영국은 나의 것

ENGLAND IS MINE
Copyright © 2024 by Nicolas Padamsee
All rights reserved

Korean translation rights arranged with Greene & Heaton Limited Literary Agency through EYA Co.,Ltd.

이 책의 한국어판 저작권은 EYA Co.,Ltd.를 통한 Greene & Heaton Limited Literary Agency와의 독점계약으로 롤러코스터가 소유합니다. 저작권법에 의하여 한국 내에서 보호를 받는 저작물이므로 무단전재 및 복제를 금합니다.

영국은 나의 것

초판 1쇄 발행 2025년 11월 10일

지은이 니컬러스 파담시 | 옮긴이 김동욱 | 편집 윤정아
펴낸이 임경훈 | 펴낸곳 롤러코스터 | 출판등록 제2019-000296호
주소 경기도 고양시 덕양구 청초로 19 아이에스비즈타워 2차 B동 704호
전화 070-7768-6066 | 팩스 02-6499-6067 | 이메일 book@rcoaster.com
제작 357제작소

ISBN 979-11-91311-69-3 03840

영국은 나의 것

니컬러스 파담시 장편소설
김동욱 옮김

카비르에게

"당신이 관념을 먹어 치운 것이 아니라,
관념이 당신을 먹어 치운 것이다."

_표도르 도스토옙스키,《악령》

차례

I · 9

II · 105

III · 201

IV · 325

V · 411

감사의 말 · 507

옮긴이의 말 · 509

I

II

III

IV

V

데이비드

공연 전 배경음악이 멈춘다. 어둠이 깔린다. 데이비드는 날아온 플라스틱 컵에 담긴 맥주를 맞았지만, 웃으며 손으로 머리를 쓸어넘긴다. 브릭스턴 아카데미Brixton Academy에서 열린 칼 윌리엄스 공연. 데이비드가 8개월 동안 기다려온 공연이다.

   데이비드는 티셔츠를 두 장 입고 있다. 원래 입고 온 것 한 장에, 굿즈 판매대에서 오늘 부어 닐짜기 적힌 새 한정판 티셔츠를 사서 덧입었다. 손목에 빨간색과 검은색 철조망 모양 팔찌를 차고 앞에 서 있는 소녀가 소리를 지르며 영상을 찍기 시작한다. 데이비드는 키가 커서 소녀의 휴대폰과 다른 휴대폰 전부를 넘어서 무대를 볼 수 있다. 데이비드의 의붓누나인 조이는 그렇지 못하다. 팬들이 더 가까이 가려고 밀어댄다. 피어오르는 연기와 서벗처럼 반짝이는 조명 사이로 칼이 등장해 와인을 병째 들이켜며 관객들에게 인사한다. "런던 여러분, 안녕하세요!" 인파가 더 몰리면서, 데이비드와 조이는 무대 앞쪽 공간으로 자연스럽게 밀려 들어간다.

칼은 자신이 전에 속했던 밴드 살로메의 노래 〈슬리핑 필스 Sleeping Pills〉로 공연을 시작한다. 기타 소리가 뾰족한 푸른빛으로 쨍하고 울린다. 데이비드는 눈을 감고 이 순간을 만끽하려다 왼쪽으로 휘청거리며 넘어진다. 조이가 그를 잡지만 함께 넘어진다. 칼은 셔츠 깃을 잡아당기고 손뼉을 치고 손가락으로 가리키고 허공을 향해 주먹을 날린다. "빈손으로 돌아올 거야." 데이비드가 따라 부른다. "하지만 너와 함께." 다음 노래가 시작되기 전, 조이는 두툼한 체인 목걸이를 풀어서 주머니에 넣는다. "이걸 계속 차고 있을 순 없지."

데이비드는 끈적거리고 맥주에 젖은 바닥에 몇 번이고 넘어지지만, 그때마다 누군가 그를 일으켜 세운다. 군중 속에 위험한 존재는 없다. 모두가 한 팀이다. 데이비드는 간신히 사진을 몇 장 찍는다. 너무 흔들려서 카메라 초점을 맞추기가 어렵다. 닥터 마틴 부츠를 신은 게 너무나 고마운 날이다.

칼과 그의 투어 밴드 뮤지션들 뒤 대형 스크린에서는 황량한 텅 빈 거리가 보이는 흑백 영상이 빠르게 재생되고, 그 사이사이에 저메인 그리어[*], 랠프 엘리슨[**], 에밀리 디킨슨[***]의 사진이

---

[*] 페미니스트 영문학자, 작가. 대표작으로 《여성, 거세당하다》가 있다.(이하 모든 각주는 옮긴이 주이다)

지나간다. 조명이 무대와 관객 위로 화려한 색상을 뿌린다. 칼은 노래 사이사이에 거의 말을 하지 않는다. 능숙하고 프로페셔널한 공연이다.

앙코르곡을 부르기 위해 돌아온 칼은 영국에 대해 뭔가를 중얼거린다. "알아볼 수 없게 변했어요. 그렇지 않나요?" 환호성이 터진다. 칼은 히죽 웃으며 어깨를 으쓱하고는 밴드에게 마지막 곡을 연주하라고 손짓한다. 데이비드는 칼이 무슨 뜻으로 한 말인지 궁금해하다가 곧 그 생각을 떨쳐버린다. 〈블랙 글래스Black Glass〉는 초기 솔로 곡으로, 가장 좋아하는 노래다. "넌 대가를 치르게 될 거야." 노래 부른다.

공연장 밖으로 나오자 몸이 멈출 수 없이 떨린다. 겨울바람이 끊임없이 살을 에듯 스친다. 하지만 데이비드는 칼을 보았고, 예상보다 훨씬 더 좋았다. 데이비드의 눈이 초록색 네온 빛으로 빛나는 입구에 머문다. 낡고 닳은 광고판에는 검은 글씨로 '칼 윌리엄스 매진'이라고 적혀 있다. 데이비드의 아이라이너는 번져 있다. 귀가 윙윙거린다. 머리카락은 부스스하고 맥주에 젖어 있다. 바지는 더 이상 슈퍼 스키니진으로 보이지 않는다. 신발끈 한쪽은 끝부분의 플라스틱이 뜯어져 실밥이 풀려 있다. 데이비드는 조이와 담배를 나눠 피우며, 찍은 사진들을 살펴보다가 그

**   미국의 흑인 작가. 대표작으로 《보이지 않는 인간》이 있다.
***   독특한 시 형식으로 유명한, 19세기 미국을 대표하는 시인.

나마 덜 흐릿한 사진 한 장을 고른 다음 간략한 설명을 달아 인스타그램에 올린다.

"내 인생 최고의 밤. #칼윌리엄스 #살로메 #브릭스턴아카데미"

◇

"공연은 어땠어?" 엄마가 라디에이터에 기대어 다리를 꼬고 서서 묻는다. 노란 셔츠에 검은 바지 그리고 금빛 레이스 귀걸이를 하고 있는 엄마는 외출 준비가 끝난 듯 보인다. 데이비드는 숙취에 시달리고 있었다.

"좋았어요. 방금 〈가디언Guardian〉 리뷰를 보내드렸어요."

"긍정적이야?"

"별 다섯 개를 줬네요."

스티븐도 부엌에 들어왔다. "어젯밤에 재미있었니?"

"네." 데이비드는 이제 그와 대화할 마음이 있지만, 그렇다고 진심으로 대화하고 싶지는 않다. 엄마가 아무리 원한다 해도 둘은 절대로 친해질 수 없다. 데이비드는 언제나 아빠 편이다.

엄마와 아빠는 3년 전에 이혼했다. 엄마는 6개월 후 스티븐과 만나기 시작했고 작년 여름에 결혼했다. 엄마와 스티븐은 같이 일하던 비영리단체 액션 에이드에서 만났는데, 엄마는 아직도 그곳에서 일하고 있다(스티븐은 앰네스티 인터내셔널로 옮겼다). 데이비드한테는 엄마가 스티븐과 바람을 피웠다거나 스티븐이 이혼과 조금이라도 관련이 있다고 여길 만한 이유가 없다. 그래도 데이비드는 스티븐을 탓했다.

"브릭스턴 아카데미였지?"

"네."

스티븐은 U2와 더 큐어를 거기서 봤다고 한다.

"좋은 공연장이지."

"그렇죠."

"관객들도 좋았니?"

"네."

스티븐은 애플워치를 확인한다. "조이가 깼나 확인해볼게."

다 같이 브로드웨이 마켓에 가서 브런치를 먹기로 했다. 데이비드와 조이는 공연이 끝난 후 술집에 갔었다. 데이비드는 맥주만 마셨고, 조이는 중간에 더블 진토닉으로 바꿔 마셨는데 지금쯤 후회하고 있을지도 모른다. 조이는 오늘 아침에 아무것도 트윗하지 않았다. 리트윗이나 '마음에 들어요'도 누르지 않았다.

12시가 돼서야 마침내 '디 오크트리'에 도착한다. 테이블에는 자매 회사인 '크리에이티브 블록'의 전단지가 놓여 있다. 창턱에는 선인장들이 장식돼 있고, 커튼은 주름 장식이 달려 있다. 천장 스피커에서는 스칸디나비아 팝 음악이 흘러나온다. 근처 테이블에서는 누군가 로즈골드 맥북으로 파워포인트 프레젠테이션을 만지작거린다. 데이비드한테 집이란 아빠가 사는 뉴버리 파크인데, 그곳의 카페들은 이렇지 않다. 비건이 된 지 6개월째인 데이비드는 메뉴를 훑어보다가 선택할 수 있는 옵션이 많아서 놀란다. 엄마나 스티븐이 계산할 것을 알기에, 말린 토마토를 곁들인 스크램블 두부와 갓 짜낸 오렌지주스, 오트밀크로 만든 플랫화이트 커피를 주문한다. 평소 먹는 아침 식사인 라이스 크리스피 시리얼, 인스턴트 커피와는 사뭇 다른 메뉴다.

"예전에 브로드웨이 마켓에 '헤이 슈거'라는 곳이 있었어." 엄마가 말한다. "거기서 풀라키poolaki를 팔았지. 영국 다른 어디서도 본 적이 없어. 동전처럼 생긴 이란 사탕인데, 설탕, 물, 식초, 사프란, 코코넛, 코코아 가루로 만들어. 바바*가 이스파한에 다녀올 때마다 가져오곤 했지." 조이가 그 가게는 뎁트퍼드로 옮겼다고 알려준다. 그들은 가게 임대료에 대해 이야기를 나눈다. 데이비드는 그 대화에 전혀 관심이 없다. 유튜브에 올라온 공연 영상을 보고 칼 윌리엄스 서브레딧subreddit**에서 더 많은 리뷰를 읽고 싶어 안달이 나 있을 뿐이다. 하지만 엄마는 그를 카페나 식당에 데려갈 때마다, 휴대폰을 사용하기 시작하기만 하면 잔소리를 한다. "대학교 생활은 어떠니?" 엄마가 조이한테 묻는다.

필수 과목인 셰익스피어 수업은 지루하다. 곧 할리우드 영화 수업이 시작되는데, 그건 재밌을 것 같다. 소수자 연대 동아리

---

*　페르시아어로 '아버지'라는 뜻.
**　레딧Reddit이라는 소셜 미디어 플랫폼에서 주제별로 구분된 하위 게시판을 일컫는 말.

활동의 일환으로 시위도 조직하고 있다⋯.

"우리가 서명 운동을 시작했는데 24시간 만에 3000명이 서명했어요." 조이가 말한다. "그런데도 학교는 여전히 레이철 바인이 캠퍼스에서 강연하는 걸 가만 놔두려고 해요. 그저 정부가 학교의 방침에 반대하는 공문을 보낼까 봐 겁먹은 거죠. 비겁해요. 학교는 혐오를 퍼뜨리는 사람, 오로지 혐오발언으로만 경력을 쌓은 사람에게 발언 기회를 주고 있는 거예요."

조이는 데이비드한테 자신이 열두 살 때 엄마(그러니까 스티븐의 첫 번째 아내)가 암으로 돌아가신 후 열여섯 살 때까지, 너무나 좌절해서 오프라인에서는 의사소통을 할 수 없었다고 털어놓은 적이 있다. 여전히 이 사실을 생각하면 놀랍다. 조이가, 좌절했었다니. 퀸메리대학교에 입학한 이후 조이는 자신감 있게 설득력을 갖고 말하는 법을 배웠다. 그의 말은 빠르고, 완전한 문장으로 입 정중앙에서 나왔다. 데이비드처럼 입꼬리에서 나오는 게 아니라.

소수자 연대 동아리는 그 강연 행사에서 피켓 시위를 할 것이다. 레이철 바인의 발언을 막거나 폭력을 사용하지는 않겠지만, 자신들의 감정을 분명히 표현할 것이다. 스티븐이 지지 의사를 표한다. "우파 세력은 분명 소수자 연대 동아리가 레이철 바인의 표현의 자유를 방해했다고 주장할 거야." 스티븐이 물잔을 채우며 말한다. "그들은 표현의 자유가 무엇을 뜻하는지 전혀 모르지. 그건 누구도 자신이 한 말 때문에 폭력이나 협박, 투옥을 당해서는 안 된다는 뜻이야. 그게 전부지. 그 이상도, 이하도 아니야."

"그럼요."

"데이비드, 넌 어떻게 생각하니?" 스티븐이 묻는다.

데이비드는 어깨를 으쓱한다. 칼은 자서전에서 자신이 표현의 자유를 전적으로 지지한다고 썼고, 볼테르의 말을 인용했다. '나는 당신의 의견에 동의하지 않지만, 당신이 그 의견을 말할 권리는 죽음을 무릅쓰고 옹호하겠다.' 뭐 그런 식으로. 데이비드는 자서전을 두 번 읽었고, 그 말에 동의한다. 누구든 무엇이든 말해도 그는 괜찮다. 하지만 논쟁하고 싶지는 않다. 데이비드는 멋지게 스타일링한 조이의 짙은 남빛 머리에 감탄한다. 그에 비해 자신은 엉망으로 보일 게 분명했다.

"우리는 대학에 레이철 바인을 연사로 초청한 것이 실수였다는 점을 평화롭게 알리고 있을 뿐이에요." 조이가 말을 이어간다. "사람들은 트랜스 혐오 표현이 마치 전혀 해롭지 않은 양 '건전한 의견 차이'라고 말하죠. 말도 안 돼요. 표현은 해롭지 않은 게 아니니까요. 표현에는 결과가 따르죠. 만약 표현에 아무런 결과도 따르지 않는다면, 애초에 표현을 보호할 까닭이 뭐가 있겠어요?"

데이비드는 휴대폰을 꺼낸다. 뭔가를 보거나 읽는 건 용납되지 않겠지만, 공연 사진이 '좋아요'를 몇 개나 받았나 빠르게 확인하는 정도는 괜찮을 것이다. 더 받은 게 없다. 여전히 다섯 개다. 웨이터가 음식을 가져온다. 데이비드는 음식이 촉수처럼 뻗어나가는 자신의 두통을 완화시켜 주기를 바랄 뿐이다.

"표현의 자유는 까다로운 주제라고 생각해." 엄마가 말한다. "내 기억에… 샤 정권* 말기에 바바, 그러니까 내 아버지는 독일 문화원에서 열린 저녁 시 낭독회에 열 번을 가셨어. 사람들이 매번 샤에 반대하는 시를 낭송하는 곳이었지. 그 후 2주 동안 나는 매일 새벽 3시나 4시쯤 깨서는 부모님 방에 가서 바바가 아직 거기 있는지 확인했어. 비밀경찰 사바크SAVAK가 와서 아버지를 데려갈까 봐 무서웠거든. 모두가 사바크를 두려워했지. 그 후 새 정권이 들어서자 아버지는 한 남자가 여자의 몸에 손을 올리고 있는 그림을 그렸다는 이유로 일주일 동안 감옥에 갇혔어. 샤 시대에서 이슬람 공화국 시대로 넘어가면서 많은 것이 변했지만, 한 가지 변하지 않은 건 표현의 자유에 대한 갈망이었어. 분명 꿈 같은 것이었지. 표현의 자유는…."

"얼마나 무서웠을지 상상도 할 수 없어요." 조이가 말한다. "이란에서 겪으신 일이요. 그게 진짜 표현의 자유의 위기죠. 여기의 날조된 위기가 아니라요."

엄마는 고개를 끄덕이며 포크로 달걀노른자를 찌른다.

---

* '샤'는 페르시아어로 '왕'이라는 뜻으로, 이란의 팔레비 왕조를 가리킨다. 1979년 이란 혁명으로 붕괴했다.

◇

 뉴버리 파크로 돌아온 데이비드는 '나남 푸드 앤 와인'에 들러 베이크드 빈, 빵, 후무스, 치약을 구입하고 집으로 걸어갔다. 데이비드는 지하도로 지나가는 걸 꺼려했다. 두 개의 지하도 사이에 넓고 황량한 공터가 있는데, 같은 칼리지*에 다니는 모가 거기서 패거리와 어울려 놀곤 하기 때문이다. 하지만 데이비드는 10분이나 더 걸리는 다른 길을 택할 만큼 자존심이 없지는 않았다.

 첫 번째 지하도에 다다르자 힙합 비트가 들린다. 그들이 거기 있을 것이다. 조명은 절반만 들어오고, 그마저도 흐릿하게 깜빠인다. 그래피티 태그들이 그림자 밖으로 보였다 사라졌다 하고, 콜라캔과 맥도날드 봉지들, 다 망가진 쇼핑 카트가 보인다. 데이비드는 욕설을 중얼거리며 물웅덩이를 지나 공터로 들어섰다. 예상대로 벤치 등받이에 걸터앉아 있는 모와 패거리가 보인다.

 모가 고개를 든다. "어이, 어이. 이브라힘." 그의 발 사이에 블

---

* 영국에서 초등학교 6년, 중등학교 5년을 마친 후 대학 입시 준비 등 식스폼Sixthform 과정을 위해 가는 2년제 교육기관.

루투스 스피커가 있다.

"왜?" 이브라힘이 형광색 축구공을 돌리며 말한다.

"쟤 알아보겠어?"

"음."

"내가 다니는 칼리지 겁쟁이야."

"아, 맞네. 그래, 메이크업 보이."

모가 손으로 자위하는 시늉을 한다.

이브라힘이 웃는다. "봐, 얼마나 겁먹었는지. 봐봐."

데이비드는 그들을 지나치며 두 번째 지하도만 쳐다본다. 조금만 더, 조금만 더, 조금만 더…. 두 번째 지하도로 들어서자 공터에서 운동화가 콘크리트 바닥을 차는 소리가 들려와 데이비드를 불안하게 만들지만, 뒤돌아보고 싶은 충동을 참는다. "이거 봐." 이브라힘이 소리친다. "등번호 7번, 호날두!" 쿵 하는 소리와 휙 하는 소리가 들린 후, 데이비드는 등에 충격을 느끼며 넘어진다. 배낭에서 땡그랑 소리가 난다. 공이 튕겨나간다.

"오오오. 이브라힘, 야."

"시우우우우우우!Siuuuuuuu!"*

데이비드는 청바지가 찢어지고 손바닥이 아픈 채로 일어선다. 음악은 계속 신나게 울려 퍼진다. 이 지하도에서 나는 냄새

---

* 스페인어에서 yes를 의미하는 sí를 길게 발음한 것으로, 호날두의 골 세리머니이다. 호날두 특유의 발음에 가깝게 표기했다.

는 틀림없이 오줌이다. 데이비드는 무릎에 묻은 질척한 담배꽁초를 닦아낸다.

"그거 완전 챔피언스리그급이었어."

"시우우우우우우!"

"그 감아 차는 거 우리 5대5 할 때도 써야 돼, 진짜. 그건… 야, 진짜."

데이비드는 뒤돌아보지 않고 집으로 향한다.

데이비드는 자신의 침실 창밖을 바라봤다. 맞은편 굴뚝에서 연기가 뿜어져 나온다. 마당에는 구불구불한 검은 덩굴이 담장에 달라붙어 뒤쪽 지붕 위로 바스락거리며 늘어져 있다. 예전 집주인들은 여름마다 가지치기를 꼭 했었다는 이웃들의 불평이 잇따르자 아빠는 그 담쟁이덩굴을 죽여버렸지만, 잘린 줄기들을 치우지 않고 그대로 뒀다. 돌로 포장된 바닥에는 물뿌리개가 옆으로 누워 있다. 어디선가 아이들의 웃음소리가 들린다. 칼리지 생활이 어쩌다 이렇게 나빠진 걸까. 어쩌다 중등학교보다 더 나빠진 걸까. 체육도 없고, 수학도 없고, 복장 규정도 없다. 그런데도….

망할 모. 6주 전 휴게실에서 있었던 그 사건 이후로 그는 데이비드의 삶을 지옥으로 만들고 있다. 부분적으로는 데이비드의 잘못이다. 그걸 가져오지 말았어야 했다. 집에서만 썼어야 했다. 하지만 모는 워낙 개자식이라 어차피 데이비드를 괴롭힐 핑계를 찾았을 거다. 데이비드는 칼리지에서는 친구를 사귈 수 있을지도 모른다고, 인기가 많아질지도 모른다고 순진하게 생각했었다.

데이비드는 기름기와 여드름으로 붉어 보이는 피부 상태가 너무 신경 쓰여서 지난여름부터 일상용 남성 메이크업을 해보기로 했다. 중등학교에서는 어떤 여자애와도 아무런 진전을 보지 못했기에, 칼리지에서는 꼭 누구와든 관계를 진전시키리라 마음먹었다. 프라이머, 컨실러 펜, 안티 샤인 파우더가 든 콤팩트, 페이스 스펀지, 리무버가 들어 있는 에센셜 키트를 주문했다. 9월부터 11월까지는 현명하게도 전부 집에만 놔뒀다. 그러다가 원하는 효과를 내려면 일과 중에 계속 덧발라야 할 것 같다는 강박관념이 들었고, 결국 메이크업 파우치를 칼리지에 가져가 매 쉬는 시간을 화장실 칸 안에서 보냈다. 12월의 어느 오후, 데이비드는 휴게실에서 학생들이 늘 가방을 쌓아두는 곳에 자신의 배낭을 두고 책을 읽으러 갔다. 어느 순간 보니 모가 흥분해서는 콤팩트를 자기 앞에서 흔들며 소리치고 있었다. "씨발 이게 뭐야?"

모도 비슷한 아소스 배낭을 갖고 있었고, 실수로 데이비드의 배낭을 뒤지게 된 것이다. 데이비드는 "돌려줘." 하고 웅얼대며 콤팩트를 잡으려 했지만, 모는 으스대며 여자애들 무리로 가서는 데이비드를 가리키며 콤팩트를 보여주고 다녔다. 셀리나를 제외한 모두가 배꼽을 잡고 웃었다. 셀리나는 모한테 자기 성

정체성에 대해 "존나 얼마나 불안하길래 그러는 거냐"고 따져 물었다. "걔 좀 그냥 내버려둬. 그리고 넌 한 번이라도 거울을 본 적이 있어? 진짜, 넌 화장이 좀 필요해." 셀리나는 눈을 흘기며 콤팩트를 잡아채서는 데이비드에게 돌려줬다. 다른 여자애들이 수군거렸다. 모는 당시에는 이 일로 당황한 듯 자기 뺨을 매만 졌지만, 곧 데이비드를 '호모 새끼'라고 부르기 시작하며 더 세게 밀어붙였다. 학년에서 잘나가는 녀석들이 모를 따랐고, 셀리나는 이 일에 끼어들었다는 이유로 제니퍼와 앨리스한테서 따돌림 당했다. 데이비드는 '메이크업 보이'가 됐다.

브릭스턴 아카데미에서 열릴 칼의 공연을 기다리는 것만이 삶을 견뎌낼 힘이었다. 데이비드는 수업에 가는 길에 인스타그램을 뒤지며 새로운 투어 사진이 없나 찾아보고, 점심시간에는 입고 갈 옷을 고민하고, 저녁에는 세트리스트 에프엠setlist.fm을 새로고침하며 공연에서 어떤 곡이 나왔는지 확인하면서 견딜 수 있었다. 이제는 어쩌지?

하늘은 우중충한 회색빛이다. 작고 하얀 깃털 하나가 배수관에 달라붙어 있다. 데이비드는 노트를 펴서 자신이 쓴 가사를 다시 읽는다. '사슬에 묶인 소년이 있네 / 템스강 물가에 누워 있네 / 사슬에 묶인 소년이 있네 / 죽든 살든 보상은 없네 / 넌 그의 유일한 불꽃이었지 / 네가 변하기 전까지는 / 그는 네 뜻대로 못 했었지 / 그는 그저 아이일 뿐인걸 / 이름 없이 태어난 아이 / 넌 그를 사슬로 묶었네 / 죄인의 수치심을 먹였지.' 데이비드는 이 가사가 마음에 든다. 하지만 자신이 이걸 부를 수 있을지는 확신하지 못한다. 선율을 만드는 법을 모르기 때문에 칼을 흉내 내기에는 부족할지도 모른다. 데이비드는 음정이 맞는지 틀렸는지 구별하지 못한다. 모든 음이 똑같이 들릴 뿐이다.

현관문이 닫히는 소리가 났다. 데이비드는 아래층으로 내려간다.

"아, 집에 와 있었네?" 아빠는 독일 메탈 밴드 람슈타인의 R+ 로고가 그려진 카모 무늬 모자를 쓰고 있다. 예전에 헬스장에 자주 다닐 때 헬스장 친구가 준 모자다. 아빠가 그 밴드를 찾아본 적은 없을 테고, 음악을 들어본 적은 더욱 없을 것이다.

"네." 데이비드가 말했다. "3시에 돌아왔어요."

"콘서트는 어땠냐?"

"좋았어요." 데이비드는 더 말하고 싶다. 좋아하는 노래들을 라이브로 듣는 게 어떤 느낌이었는지, 환호하는 군중에 휩싸여 좌우로 왔다 갔다 흔들리는 것이 어땠는지, 칼을 사랑하니까 분명 스스로를 의심하고 사랑받지 못할 것 같다는 불안감도 자신처럼 똑같이 공유할 낯선 이들과 즉흥적으로 황홀하게 포옹을 나눴던 것이 어땠는지 아빠한테 전부 이야기하고 싶다. 하지만 그러지 않는다. 데이비드는 아빠와 음악이나 책 이야기를 나누는 게 어렵다. 엄마와 이야기 나누는 것보다 훨씬 더 어렵다. 괴롭지만 그게 현실이고 아마 앞으로도 그럴 것이다.

"일하다 온 거예요?"

"세븐 킹스에서. 한 여자애가 자기가 산 아파트로 이사하는 거 도와줬어. 겨우 스물세 살이더라. 믿어지냐? 겨우 스물세 살이라고. 그 애 TV를 너도 봤어야 하는데. 거의 영화관 스크린이야."

데이비드가 그 여자애한테 어떤 도움이 필요했는지 물어보자, 아빠는 벽걸이 TV, 조립식 옷장, 부엌 가구, 남는 방에 놓을 러닝머신, 싱크대를 하나하나 빠짐없이 말해준다.

"그 일들 다 잘 마쳤어요?"

"그럭저럭."

아빠는 십대 때 영국군에 입대해 왕립 공병대에서 전기기술자로 복무했다. 제대 후 쉽게 일자리를 구할 수 있을 거라 기대했지만, 군대에서 자격 취득 시험을 보지 않았기 때문에 회사들은 아빠가 지식과 경험이 그렇게나 많았음에도 충분한 자격을 갖췄다고 여기지 않았다. 엄마 말로는 아빠라면 큰 어려움 없이 자격을 취득할 수 있었을 테지만, 너무 고집이 세서 그러지 않고 혼자 힘으로 해보기로 했다고 한다. 아빠는 제대 후 자영업 전기기술자로 일하기 시작했지만, 지금은 태스크래빗*에서 고용할 수 있는 일반 수리공이다. 데이비드가 자라는 내내 아빠는 계속 추락했다. 추락하고, 추락하고, 또 추락했다. 데이비드는 아빠가 앞으로 더 추락할까 봐 걱정한다.

---

* 수리, 청소 등 생활 서비스를 중개하는 앱.

아빠의 리복 추리닝 아래로 배가 불룩하다.

"〈온리 풀 앤 호스Only Fools and Horses〉 한 편 볼래요?" 데이비드가 묻는다.

"언제?"

"9시요?"

"그러자. 8시도 괜찮고."

아빠 눈에 간절함이 어린다. 데이비드의 상상일 뿐일까? 아빠가 한때는 롤링스톤스 콘서트에서 엄마한테 술을 사줄 만큼 자신감이 넘치는 남자였다는 게 믿기 힘들다.

아빠는 롤링스톤스 곡이라고는 〈김미 쉘터Gimme Shelter〉밖에 몰랐던 것 같지만, 롤링스톤스를 좋아하는 군대 동료 두 명과 같이 웸블리 스타디움에 갔었다고 한다. 그날 엄마는 혼자였다. 아직 런던에서 친구를 한 명도 못 사귀었지만, 어릴 적부터 언젠가 롤링스톤스를 직접 보리라 꿈꿔왔기 때문에 이 기회를 놓치고 싶지 않았단다. 결국 거기서 아빠를 만났고, 얼마 후 첫 데이트를 했다.

엄마의 아버지가 유명한 화가라는 걸 알게 된 아빠는 〈타임 아웃Time Out〉 잡지를 찾아보고는 엄마를 테이트 미술관으로 데려갔다. 엄마는 아빠가 사교적이고 재미있고 친절하다고 느꼈다. 영국에서 만난 다른 어떤 남자들보다도 더 친절했다. 게다가 외모도 매력적이었다. 아빠는 자신이 그리 예술적인 사람은 아니라고 고백했지만, 함께 볼 수 있는 영화, 전시회, 연극 공연

들을 찾아보는 등 최대한 노력했다. 한동안은 그렇게 애썼지만 처지가 어려워지면서 그런 노력을 기울이는 것이 너무 힘들어졌고, 결국 더 이상 문화 활동도 찾아보지 않게 됐다.

"그래요." 데이비드가 말한다. "좋아요. 기대되네요."

데이비드는 DVD를 넣고 소파로 돌아왔다. 그는 오른쪽에 앉고, 아빠는 왼쪽에 앉는다. 그들 사이에 놓인 대접에는 소금맛 감자칩이 담겨 있다. "어떤 편 볼까요?"

"화학 회사가 나오는 거 어때?" 아빠가 말한다.

데이비드는 그 에피소드를 선택한다. 아빠와 데이비드는 모든 에피소드를 수없이 반복해서 봤다. 데이비드는 〈오피스The Office〉〈핍 쇼Peep Show〉〈사인필드Seinfeld〉 같은 다른 텔레비전 시리즈도 보자고 해봤지만, 아빠는 〈온리 풀 앤 호스〉만 고집했다. 그들은 완전판 박스 세트를 갖고 있는데, 거기에는 일곱 개 시즌 전체와 열다섯 편의 크리스마스 스페셜이 진부 들어 있다.

데이비드는 이 시리즈를 함께 보면서 아빠와 유대감을 느낀다. 다른 어떤 때보다 친밀한 감정이다. 서로 대화를 나누고 있지는 않지만 함께 웃고 있고, 그것만으로도 분명히 의미가 있었다.

◇

월요일 아침, 데이비드는 냉전의 기원을 다루는 역사 수업을 듣는다. 수업 주제는 흥미진진하지만 데이비스 선생님이 과제를 너무 많이 내줘서 데이비드는 따라가기가 힘들었다. 오후에는 약변화하는 남성명사를 배우는 독일어 수업이 이어진다. 문법을 배우다 보면 머리가 멍해진다. 다음 날인 화요일. 영어 수업 시간이다.

"자." 놀스 선생님이 입을 연다. "다들 아서 밀러의《시련The Crucible》읽어왔니?" 몇몇 학생들이 고개를 끄덕인다. "좋아, 그럼 애비게일 윌리엄스라는 인물부터 시작해볼까? 애비게일에 대해 어떻게 생각했니? 완전히 악역으로만 보였을까? 아니면 조금이라도 공감이 갔니? 너희들의 생각을 듣고 싶네."

데이비드는 할 말이 많지만 수업 시간에 발표하기를 꺼린다. 손을 들어 말하려고 할 때마다 목이 조이는 듯한 느낌이 든다.

"어서들 말해보자." 놀스 선생님이 말을 이어가며 비좁고 답답한 교실을 둘러본다. "자, 그럼 애비게일을 어떻게 해석할 수 있을지 내가 먼저 한 가지 말해볼까?" 기침을 하는 놀스 선생님의 남색 재킷에서 웨스트햄 배지가 반짝인다. 축구팬인 학생들은 선생님이 자신들의 환심을 사려고 그 배지를 단다고 확신하고 있어서, 매주 월요일마다 주말 경기에 대해 캐물으며 허를 찌르려 한다. "애비게일은 처음부터 끝까지 악역이야. 이 연극에서 가장 단순한 인물이지. 거짓말하고, 조종하고, 무고한 사람들 열아홉 명을 죽게 했어. 동기도 뻔해. 질투심에다가 엘리자베스 프록터한테 복수하려고 그런 거지. 이런 해석은 공정하다고 생각하니?"

"굉장하십니다, 선생님." 프레디가 말한다. "수업 끝난 거죠?"

"웃기시네." 놀스 선생님이 받아친다. "다른 사람들은?"

"애비게일은 좀 걸레 같아요." 칼릴라가 말한다.

"오오오오오."

"씨이이이입."

"무슨 뜻이니?"

"무슨 뜻인지 알잖아요." 칼릴라가 말을 잇는다. "선생님 말처럼 애비게일은 그냥 엘리자베스한테 복수하고 싶어서 그러는 거예요. 엘리자베스의 남자를 갖기 원했기 때문에 엘리자베스한테 마녀 누명을 씌우고 온갖 짓을 다 하는 거죠. 남자를 보고 '와, 저 남자 맛 좀 볼래. 내 거야.' 이렇게 생각했던 거예요."

"칼릴라 말이 맞아요." 제니퍼가 흥분한 함성 너머로 손을 들며 말한다. "애비게일은 오직 한 가지 목적밖에 없어요. 도덕성 제로인 걸레예요. 그냥 그런 애예요."

"그래." 놀스 선생님이 말한다. "그것도 하나의 해석이 될 수 있겠지. 다른 의견 있니?"

어색한 침묵이 흐른다. "없는데요." 더그가 말한다. "우리가 내린 판결은 애비게일이 걸레라는 거예요."

놀스 선생님은 짧고 단정하게 깎은 머리를 손가락으로 쓸어 넘긴 뒤 학생들에게 당시의 도덕규범과 애비게일의 배경에 대해 생각해보라고 독려한다.

"애비게일은 청교도 여성들의 억압된 욕망을 상징해요." 셀리나가 지친 듯이 말한다. "하지만 애비게일은 달라요. 마을의 다른 청교도 여성들, 특히 엘리자베스처럼 규범을 잘 따르는 여성들과는 달리 애비게일은 자신의 욕망을 억누르거나 참회하지 않아요."

"좋아." 놀스 선생님이 답한다. "그럼 그녀의 행동 방식은 어떻지?"

"선생님 말씀대로예요. 거짓말하고 조종해요. 무자비하죠. 하지만 청교도 시대에 달리 어떻게 할 수 있었겠어요? 게다가 그녀는 사회에서 어떻게 행동해야 하는지 누구에게서도 제대로 된 가르침을 받은 적이 없어요. 비참한 어린 시절을 보낸 고아잖아요. 그렇죠? 애비게일은 혼자서 자기 방식대로 문제를 해결하는 데 익숙해요. 악역인 건 맞지만, 동시에 독립적이고 강하며 자유롭게 사고하는 사람이기도 해요. 엘리자베스와 애비게일 중에서 고르라면, 저라면 애비게일이 되겠어요."

"어휴, *너라면* 그런 말 할 줄 알았어." 제니퍼가 말한다. "정말 뻔한…."

"제니퍼." 놀스 선생님이 말을 끊는다. "수업 주제에서 벗어나지 말자. 셀리나가 깊이 있는 의견을 냈어. 중요한 의견을 제시했는데, 우리가 잘 생각해보면서 더 발전시켜나가면 좋겠네."

셀리나는 제니퍼의 비아냥이나 놀스 선생님의 칭찬에도 아랑곳하지 않고 등을 기대앉는다. 데이비드는 셀리나가 어떻게 항상 그렇게 손쉽게 멋져 보일 수 있는지 궁금하다. 오늘도 셀리나는 여러 개의 목걸이를 짤랑거리며 '그라임스'라고 적힌 후드티에 무릎이 찢어진 워시드 블랙진을 입고 투박한 검은 부츠를 신고 있다. 데이비드가 보기에 셀리나는 이미 정신적으로 칼리지 생활을 끝낸 것 같았다. 인스타그램 스토리를 보면 셀리나는 런던의 문학 행사에서 편안하게 어울리며 자신이 쓴 자유시를 낭독하고 종이팩 와인을 마신다. 셀리나는 분명 대학에 갈 날을 손꼽아 기다리고 있을 것이다. 데이비드처럼 그녀도 칼리지에서 친구가 없지만, 그와는 달리 전혀 신경 쓰지 않는 것 같다.

지난 금요일 제니퍼와 앨리스가 사물함 앞에서 셀리나와 맞붙으려 하는 걸 봤다. 제니퍼는 셀리나의 치마가 더 짧아질 수는 있는 거냐며 빈정거렸다. 셀리나는 불쾌해하는 눈빛으로 제니퍼를 쳐다봤지만 대꾸는 하지 않았다. 이어서 앨리스가 왜 코걸이를 하냐고 빈정거렸다. "자기야, 남자애들 관심 끌고 싶으면 그거 빼는 게 좋을 거야. 노숙자처럼 보여서 좋을 거 없을걸. 그냥 그렇다고." 셀리나는 앨리스를 향해 쏘아붙였다. "나는 내가 하고 싶은 거 하고, 넌 네가 하고 싶은 거 해. 우리가 전부 흔해 빠진 년이 될 필요는 없잖아?" 그러고는 사물함을 쾅 닫고 걸어가며 그들에게 가운뎃손가락을 들어 보였다.

"좋아." 놀스 선생님이 말한다. "청교도주의의 역사에 대해 이야기해보자. 청교도 신앙이 어디에서 어떤 상황에 대응해 생겨났는지 아는 사람 있니?"

데이비드는 어젯밤 위키피디아에서 청교도주의 항목을 읽었다. 청교도 신앙은 영국에서 생겨났다. 청교도는 영국 국교회에서 로마 가톨릭 관행을 완전히 제거하려 했다. 데이비드는 이런 내용을 발표할 수도 있었다. 만약 더 자주 발표에 나선다면 셀리나가 그를 그저 동정의 대상이 아니라 다른 시각으로 볼 가능성도 있을 것이다.

"아무도 없니?"

데이비드는 목이 조여오는 듯해 시선을 돌렸다.

오후에는 냉전의 기원을 다루는 역사 수업이 또 있다. 데이비스 선생님은 학생들에게 마셜 플랜이 어떻게 시행됐는지 토론하게 한다. 하지만 데이비드는 얄타 회담의 긴장관계를 다룬 장까지만 제대로 읽었다.

◇

부모님은 이혼한 후 굿메이스에 있던 집을 팔았다. 아빠는 뉴버리 파크로, 엄마는 스트랫퍼드로 이사했다. 양육권 합의가 안 돼서 법정에 갔고, 판사는 엄마 편을 들어 데이비드가 70퍼센트의 시간을 엄마와 보내야 한다고 명령했다. 데이비드가 3년의 시간을 견디는 사이, 엄마는 스티븐과 함께 스트랫퍼드에서 해거스턴으로 이사했다. 데이비드는 열여섯 살이 되자 법적 권리를 행사해 비율을 뒤집었다. 엄마가 이혼을 원했으니 그 결과도 감당해야지. 때로는 일주일 내내 아빠와 함께 있기도 했다.

그러다 외할아버지가 돌아가시자 엄마는 크게 낙심했다. 데이비드는 새로운 일성을 받아들여 월요일, 화요일, 금요일, 일요일은 아빠와 뉴버리 파크에서, 수요일, 목요일, 토요일은 해거스턴에서 엄마와 지내기로 했다.

이번 주 수요일에는 스티븐이 늦게까지 일해야 해서 데이비드는 엄마와 거실에서 빈둥거리고 있다. 밥 딜런 레코드판에서 소리가 지직거리며 울려 퍼진다. 음악은 지루하지만 턴테이블 바늘을 올렸다 내렸다 하는 것은 좋다.

다음 날 저녁, 스티븐이 집에 있다. 스티븐은 엄마한테 조이가 시위하는 영상을 봤냐고 묻는다. 그 영상에는 레이철 바인이 연설하기로 한 건물 입구 앞에 학생들이 모여 "혐오는 여기서 심판받는다"라고 적힌 현수막을 들고 구호를 외치는 모습이 담겨 있다.

데이비드는 그 영상을 봤을 때 불편했다. 그는 어쩌다 보니 조이와 친구가 됐고 둘은 분노라는 감정으로 유대감을 형성했다. 아내와 사별한 스티븐은 조이에게 절대로 재혼하지 않겠다고 약속했었고, 조이는 그 말을 믿었다. 데이비드와 조이가 처음 만난 뒤 얼마 동안, 둘은 유명한 공포 영화 장면들 링크에 "결혼식에서 이런 일이 일어나면 좋겠다ㅋㅋ"라는 식의 메시지와 눈알 모양 이모지를 달아서 왓츠앱으로 주고받았다. 그러다 데이비드는 조이가 살로메를 좋아한다는 걸 알게 됐다. 살로메를 좋아하는 사람은 단 한 번도 만난 적이 없었다. 둘은 음악 이야기를 나누기 시작했고, 분노가 가라앉은 후에도 계속 메시지를 주고받았다. 이제 데이비드는 조이를 가장 친한 친구로 여긴다. 아니, 유일한 친구라고 할 수 있겠다. 하지만 칼이라면 조이의 시위를 어떻게 생각할까?

"봤어요." 엄마가 말한다. "집에 오는 버스에서야 겨우 볼 수 있었어요. 일이 너무 바빴거든요. 하루에 이메일이 60통이나 올 줄이야."

"점심도 못 먹었어요?"

"네."

"이런." 스티븐이 말한다. "그래도 일이 다 끝나서 다행이네요. 크리스가 〈가디언〉에서 그 영상을 보는 걸 지나가다 봤는데, 조이가 어딨는지 알려줬어요. 대단한 자랑거리는 아니지만, 그래도…"

엄마가 저녁 식사를 준비하기 시작한다. "데이비드, 우리 산가크sangok* 만들까 하는데, 비건 치즈나 후무스랑 먹어도 돼. 괜찮겠니?"

"좋아요."

데이비드는 간식을 먹으며 대화를 멍하니 듣고 있다가 인스타그램을 스크롤한다. 셀리나가 셀카를 새로 올렸다. 검은 초커 목걸이, '메탈리카'라고 적힌 흰색 민소매 상의, 길고 검은 머리카락에 살짝 들어간 붉은 톤 하이라이트. 통통한 뺨, 도톰한 입술. 그 입술, 미치겠네. 셀리나는 섹시하다. 셀카에는 '좋아요' 51개가 달렸다. 데이비드는 한 번도 그렇게 많은 '좋아요'를 받아본 적이 없다. 누군가는 심지어 불꽃 이모지로 댓글을 달았다.

"예전에는 영국 정치를 이해한다고 생각했어요." 엄마가 말한다. "하지만 조이의 시위 영상을 보면… 조이의 실천은 정말 대단해요. 그리고 혐오에 취약한 학생들이 느끼는 감정도 너무나 공감되지만…. 좌파가 표현의 자유를 대하는 태도가 이렇게나 변한 건 좀 이상하네요. 이란에서 겪었던 삶과 견주면 이해하기

---

*   통밀로 만드는 이란의 납작 빵.

힘들어요."

 데이비드는 고개를 든다. 엄마는 콧대의 톡 튀어나온 부분을 문지르고 있다. 엄마가 이런 버릇을 보일 때마다 짜증이 난다. 자신의 콧대에도 있는 톡 튀어나온 부분이 떠오르기 때문이다. 그가 엄마한테서 물려받은 유일한 얼굴 특징이다. 좁은 이마, 또렷한 광대뼈, 작고 뾰족한 턱으로 이뤄진 대칭형 얼굴도 아니고, 매력적인 눈이나 둥근 눈썹도 아니다. 그저 이 톡 튀어나온 부분뿐이다.

 "무슨 말인지 알아요." 스티븐이 말한다. "내가 조이 나이였을 때와는 상황이 달라요. 그때는 표현의 자유가 절대적이라고 확신했죠. 그리고 자기가 이란에서 겪은 일들을 생각하면…" 스티븐은 잠시 말을 고른다. "우리가 기억해야 할 건, 이제는 표현의 자유가 현 상황에 도전하는 데 쓰이는 경우보다 현상 유지를 위해 악용되는 경우가 훨씬 더 많다는 거예요. 지금 상황은 여전히 개선될 필요가 있는데도요. 사실 조이 세대는 우리가 싸웠던 것과 같은 것을 위해 싸우고 있는 거예요. 평등, 존엄성, 존중 말이에요. 다만 다른 방식으로 하고 있을 뿐이죠."

 "음." 엄마가 말한다. "그럴지도요."

◇

데이비드는 영어 숙제를 시작했다. 데이비드는 자기도 모르게 이곳 자신의 방에서 공부하는 시간을 즐기고 있다. 나뭇잎이 우거진 거리 풍경이 보이는 유리 책상, 홈팟, 제대로 작동하는 램프가 있는 방이다.

벽에는 아무것도 없지만, 침대 위에 있는 고래 그림만은 예외다. 예전에는 그 자리에 아기 침대가 있었던 모양이다. 데이비드가 어릴 때 고래를 좋아해서, 엄마는 뻔하게도 고래 그림을 그대로 놔뒀다. 붙박이장은 비어 있고, 붙박이 책장도 비어 있다. 심지어 침대 옆 탁자 위의 페르시아풍 액자마저 속이 비어 있다. 가을에 이사 온 이후로 엄마와 스티븐은 데이비드에게 물건을 더 가져와서 방을 꾸미라고 계속 설득했지만, 데이비드는 이대로 두고 싶었다. 마치 호텔에 온 것 같아서.

숙제로 '아서 밀러의 《시련》에서 주역 존 프록터와 적대관계인 애비게일 윌리엄스에 대해 논하시오'라는 문제에 1000단어로 답을 써야 한다. 20분 만에 500단어를 썼다. 구글 독스에 생각을 입력하는 건 할 만하다.

노크 소리가 들린다.

"들어가도 되니?" 엄마가 묻는다.

"네."

"바쁘니?"

"영어 숙제요."

엄마는 책상 위에 놓인 책을 보려고 고개를 기울인다. "너 《시련》을 읽기 시작했니?"

"네, 마음에 들어요. 올해 읽은 책 중에 단연 최고예요."

엄마는 이란에서 그 책을 읽었다고 한다. 영어로 처음부터 끝까지 읽은 첫 문학 작품이었다고. "아직도 그 책 샀던 날이 기억나. 간디 애비뉴라고, 사람들이 서양 책이랑 카세트테이프를 몰래 팔던 곳이었어. 그 책을 들고 집에 왔을 때, 아마 그때가 바바가 가장 자랑스러워하던 순간이었을 거야. 내가 그 책을 읽은 다음에 바바도 두세 번 읽으셨지. 그러고 나서 당연히 불태워야 했지만." 엄마는 외할아버지가 돌아가시기 전에는 자신의 과거에 대해 거의 말하지 않았는데, 지금은 말하는 걸 멈출 수가 없는 모양이다.

"그렇군요."

엄마는 침대에 앉으며 얼룩무늬 안경을 고쳐 쓴다. "사이다가 마침내 바바의 유품을 보냈어."

"할아버지 물건이요?"

노트, 사진, 스케치, 일기가 든 상자라고 했다. "런던까지 무사히 도착하면 좋겠구나. 네게 보여주고 싶어. 네가 할아버지를 만날 기회가 없었다는 게 가슴 아파."

"전화로 이야기 나눈 적 있잖아요."

"그게 같겠니. 넌 할아버지를 정말 좋아했을 거야. 만난 사람은 모두 그랬으니까. 자유로운 영혼의 예술가셨거든. 네가 할아버지에 대해 더 많이 알았으면 좋겠어."

"알겠어요."

엄마는 페르시아어를 쓰는 것도 그립다고 한다. 데이비드는 언젠가 휴가차 테헤란에 다녀오는 건 어떻겠냐고 물었지만 엄마는 안전하지 않을 거라고 단언했다. 할아버지가 당국에 알려진 인물이었기 때문에, 엄마도 시스템에 이름이 올라가 있을 거라고 했다. 게다가 할아버지도 돌아가셨고 할머니는 이미 오래전에 돌아가셨으니, 그곳에 남은 건 아무것도 없다. 데이비드가 사촌 사이다 얘기를 꺼내자 엄마는 솔직히 그녀를 잘 알지도 못한다고 말했다. 이란에서 가까웠던 사람들은 이제 다 죽었거나 미국으로 이민 갔다. 학창 시절 친구들은 캘리포니아에 있다.

"하지만… 난 네가 네 뿌리를 알았으면 해. 할아버지에 대해서도 알았으면 좋겠고. 그래서 그 상자가 도착하면 네가…."

"네, 걱정 마세요."

"고맙구나." 엄마가 손바닥으로 침대를 누른다. "그나저나 매트리스는 어떠니?"

"괜찮아요."

"이전보다 나아?"

"네."

엄마는 안절부절못한다. 빈티지 팔찌에서 찰랑거리는 소리가 난다. "사실 네 칼리지 생활 얘기를 하고 싶어서 왔어. 어떠니? 좋아지고 있니?"

"네."

"정말?"

"음."

"요즘 너 너무 조용해. 칼리지 얘기 안 좋아하는 거 알아. 그래도 물어봐야겠어."

데이비드는 의자를 돌려 노트북에 집중한다. "괜찮아요."

"친구는 좀 사귀었고?"

"음."

"혹시라도 거기서 또 힘들어지면 꼭 말해줘. 그리고 무슨 일이든 나한테 털어놓을 수 있다는 거 알지? 아니면 스티븐이나. 아니면 조이한테라도."

"아니면 아빠한테요."

"아빠한테는 얘기할 수 있니?"

데이비드는 눈을 감는다. "숙제 끝내야 해요."

◇

다음 날 아침, 데이비드는 휴대폰으로 트위터를 확인하다 '칼 윌리엄스'가 실시간 트렌드에 오른 것을 보았다.

칼의 새 싱글이 나온 걸까? 아니면 살로메 재결합 소문이라도 있는 걸까?

7시 40분. 밖은 음산하다. 지금 당장 샤워를 하지 않으면 역사 수업에 지각할 것이다. 하지만 칼이 왜 트렌드에 올랐는지 알아내야만 한다. 만약 정말로 살로메 재결합이라면?

인기 트윗을 연다. @coolist: "시대에 뒤떨어진 공룡이 이슬람 혐오자로 밝혀졌네. 놀랍다 진짜ㅋㅋ" @oracleTM: "그러니까 칼 윌리엄스는 이제 끝난 거네." @GuruBanks: "안녕히 가세요, 윌리엄스 씨." 여러 사용자들이 '칼 윌리엄스, 리즈 공연에서 이슬람 혐오발언으로 관객 퇴장 사태 촉발'이라는 제목의 〈인디펜던트Independent〉 기사를 공유하고 있다. 그중에는 조이의 친구도 한 명 있다.

"씨발." 데이비드는 기사가 로딩되는 동안 중얼거린다. 리즈에서 열린 공연 중 칼은 이렇게 말했다고 한다. "오늘 오후에 공연장으로 오는 길에 파필드초등학교를 지났어요. 지난 월요일에 무슬림 학생 스무 명이 학교의 LGBTQ 수업에 항의해 학교를 그만뒀다고 하죠. 스무 명이요. 꽤 많죠, 그렇지 않나요? 혹시, 정말 혹시, 이슬람은 서구의 가치관과 100퍼센트 양립할 수 없는 건 아닐까요? 그런 건 아닐까요? 정말이지 모르겠네요."

기사에는 퇴장한 몇몇 팬들의 인터뷰가 나와 있다. "모두가 칼의 발언에 야유를 보냈고, 상당수가 자리를 떴어요. 제가 있던 K구역에서만 수십 명이 나갔어요." "저런 말을 들은 후에는 더 이상 있을 수가 없었어요. 칼은 인종차별주의자가 돼버렸어요. 공연을 끝까지 즐길 수 없었을 거예요." "퇴장하는 게 마음 아팠지만, 사실 선택의 여지가 없었어요. 여러모로 슬픈 일이에요."

데이비드는 기사를 닫는다. 등골이 오싹하다. 백래시가 있을까? 사람들이 칼의 음악을 듣지 않게 될까? 새 싱글 발매가 연기될까? UK페스티벌 주최 측이 라인업에서 칼을 빼게 될까? 조이의 퀸메리대학교 친구들이 데이비드가 칼과 살로메 티셔츠를 입는다고 비난하기 시작할까?

전부 일어날 수 있는 일이다. 그 생각을 하면 몹시 두렵다.

버스에서 조이가 보낸 메시지를 받는다. "헐. 봤어? 칼 윌리엄스가 극우로 갔다는 게 믿기지 않아. 도대체 무슨 일이 벌어지고 있는 거야?" 데이비드는 이렇게 대답하고 싶다. '뭐라고? 논란의 여지가 있는 발언 하나 했다고 칼이 LGBTQ 운동과 환경 운동을 해왔다는 사실을 전부 없애버리는 거야? 칼은 10년을 비건으로 살아왔어. 극우라고? 진심이야?' 하지만 이렇게 답장할 뿐이다. "젠장. 실망스럽네. 그래도 새 싱글은 기대돼."

저녁이 되자 영국의 모든 언론이 이 논란을 다루기 시작한다. BBC에서는 주요 연예 뉴스로 다루고, 〈가디언〉〈뉴 스테이츠먼New Statesman〉〈콰이터스Quietus〉에서는 오피니언 기사로 다룬다. '왜 나는 칼 윌리엄스와 결별했는가' '칼 윌리엄스, 무슨 일이 있었기에?' 이런 식의 제목이 넘쳐난다. 데이비드는 믿을 수가 없다.

조이에게 무심하게 메시지를 보냈건만 잘 받아들여지지 않았고, 이런 답장을 받았다. "정말? 발언 읽어본 거야? 칼은 인종차별주의자라고." 데이비드는 메시지를 무시했지만, 또 다른 메시지가 왔다. "칼이 너한테 우상인 건 알아. 하지만 인종차별주의자이기도 해. 우리는 전에는 그걸 몰랐어. 이제는 알게 됐고." 데이비드는 이 메시지도 무시했다.

정원으로 떨어지는 빗방울이 빈 화분을 채우고, 흩어진 벽돌 더미 위로 튀어 오른다. 맞은편 집 TV 안테나에 앉은 비둘기는 푹 젖은 모습이다. 데이비드가 전등 스위치를 켜자 창틀의 거미줄은 은은하게 빛나고, 콜라캔 주변으로 흔들리는 그림자가 드리운다. 곰곰이 생각할수록 이번 사태는 더더욱 불합리하고 위선적으로 보인다. 칼은 논란의 여지가 있는 말 한마디 했다고 캔슬당하고 있다. 반면 R&B 스타 지젤 고메즈는 악어, 뱀, 타조, 가오리 가죽으로 만든 맞춤 운동화를 신고 다녀도 여전히 모두가 지젤을 '여왕'이라고 추앙한다. 어떻게 한마디 말이 그보다 더 나쁠 수 있단 말인가?

데이비드는 칼을 지지하는 트윗을 쓰고 싶다. 뭔가 지적이고 눈이 번쩍 뜨이는 트윗을. 하지만 위험하다. 조이의 친구들이 그를 차단할 수도 있고, 조이가 더 이상 그를 모임에 데려가지 않을지도 모른다. 그러면 누구랑 어울릴 수 있을까? 내일 조이의 집에서 가질 술자리를 기대하고 있었는데.

겁쟁이처럼 욕설을 중얼거릴 뿐이다. 선택의 여지가 없다. 입을 다물어야만 한다.

◇

데이비드는 레드 스트라이프 맥주를 마시며 조이와 그의 친구들인 로리, 엘리너와 이야기를 나누고 있다. 스포티파이 재생목록에서 배경음악이 경쾌하게 흘러나온다. 데이비드는 몇 곡을 알아들었다. 보위의 노래 한 곡, 샤론 밴 이튼의 노래 한 곡, FKA 트위그스의 노래 한 곡이다. 하지만 대부분의 곡이 그에겐 너무 긍정적이고 힘을 북돋우는 느낌이다.

조이가 담배를 말며 로리에게 이번 주 셰익스피어 수업 읽기 과제가 어땠는지 묻는다. 담배를 나눠주는 조이의 검은 손톱이 반짝인다. 그는 칼라 끝에 검은 리본이 달린 하얀 셔츠에 짙은 은빛의 까마귀 모양 목걸이를 하고 있다.

"존나 지루해." 로리가 말한다. "프랭크 나이트를 얼마나 더 봐야 하는 거야?"

"그러게 말이야."

"셰익스피어를 공부하는 건 괜찮아. 당연히 좋지. 근데 프랭크 나이트가 셰익스피어에 대해 쓴 글이라니?" 로리는 자기 옆 소파 위에 놓인 빨간색과 검은색 배색의 마블 코믹스 자전거 헬멧을 손가락 관절로 툭툭 친다. "우리가 아직도 80년대에 살고 있나? 콕 록cock rock*이 다시 유행하는 거야?"

두아 리파의 〈뉴 룰스New Rules〉가 나오자 환호성이 터진다.

데이비드는 거실을 둘러본다. 소련 노동자 포스터가 걸려 있는 게 풍자인지 아닌지 여전히 잘 모르겠다. 포스터는 빨갛고 거친 질감인데, 건장한 남자와 가슴이 풍만한 여자가 함께 작업복을 입은 채 망치와 낫을 들고 있고 키릴 문자가 쓰여 있다. 조이와 그의 룸메이트들은 분명 우파는 아니다. 하지만 소련이 부활하기를 바랄 만큼 좌파도 아니다. 그런데 대체 왜 저 포스터를 걸어둔 걸까? 데이비드는 분명 과민한 상태다. 조이는 전에도 그를 한 번 초대한 적이 있지만, 그때는 저 포스터가 신경 쓰이지 않았다. 방 안에 걸린 다른 포스터는 더 이해하기 쉽다. 마야 안젤루**의 흑백 이미지에 '여성이 미래를 만든다'라는 문구가 분홍색 바탕에 흰 글씨로 쓰여 있다.

"학교 영어 수업은 어때?" 엘리너가 묻는다.

"나 말이야?" 데이비드는 맥주캔을 꽉 쥔다. 20분마다 한 번꼴로 조이나 로리, 엘리너가 그를 대화에 끌어들이려 하지만, 재밌는 이야깃거리가 없다. "뭐, 괜찮아. 지금은 《시련》을 읽고 있어. 아서 밀러 작품."

---

* 주로 남성 밴드가 연주하며, 공격적 남성성과 노골적 성적 표현을 강조하는 록 음악의 하위 장르.
** 미국의 흑인 여성 작가. 대표작으로 《새장에 갇힌 새가 왜 노래하는지 나는 아네》가 있다.

"우리도 학교에서 그거 공부했으면 좋았을 텐데." 엘리너가 말한다. "우리는 《속죄Atonement》랑 《더버빌가의 테스Tess of the d'Urbervilles》를 했거든. 이언 매큐언이랑 토머스 하디가 쓴 거." 엘리너는 검지를 입에 넣고 구역질하는 시늉을 한다.

"그렇게 고문당하고도 영문학을 계속 공부한다니 놀랍네." 조이가 말한다.

로리가 데이비드한테 앞으로 대학에서 영문학을 전공할 계획이냐고 물어본다. 담뱃재가 바닥으로 떨어진다. 데이비드는 로리가 담배를 피우는 것보다 들고 있는 시간이 더 길다는 걸 알아차렸다. "응, 아마도."

"A레벨* 과목이 영어, 역사 그리고…."

"독일어야. 음, 얼마 전에 런던 대학들의 영문학과 입학 요건을 봤어. 이 과목들이면 지원할 수 있을 것 같아."

"당연하지." 조이가 말한다. "걱정하지 마. 잘될 거야."

"골드스미스대학교도 한번 알아봐." 로리가 말한다. "거기 교육과정이 좋다는 얘기 많이 들었어. 기존 틀을 깨려고 진심으로 노력하는 것 같더라. 퀸메리대학교가 아직도 프랭크 나이트에 빠져 있는 줄 미리 알았더라면 골드스미스 입학 제안을 받아들였을 텐데."

---

* 영국의 대학 입시 과정. 대체로 2년 과정으로 이뤄지며, 세 과목을 선택한다.

데이비드는 그러겠다고 한 뒤 맥주를 한 모금 마신다. 자기들끼리 다시 대화를 나누라는 신호를 보낸 것인데, 그 뜻을 알아챈 것 같다. 켄드릭 라마의 〈킹 쿤타King Kunta〉가 흘러나오자 엘리너는 범블이라는 데이팅 앱에서 메시지를 주고받고 있는 누군가와 있었던 일화를 이야기하기 시작한다.

데이비드는 다시 자기 생각 속으로 빠져든다. 한동안 그는 진지하게 대학 진학을 생각해봤고, 자기소개서 샘플도 읽어봤다. 하지만 이제는 대학에 진학하지 않기로 마음먹었다. BBC에 따르면 학생당 평균 5만 파운드*의 빚을 지게 된다고 한다. 500파운드의 빚만 생각해도 불안해지는데, 하물며 5만 파운드라니. 5만 파운드라니. 그것도 뭣 하러? 대학에 관한 기사들은 하나같이 대학에서 '영감을 주는' '같은 생각을 가진' 사람들을 만나고 '평생의' 친구를 사귈 특별한 기회를 얻을 수 있다고 주장한다. 하지만 오늘 밤 로리, 엘리너와 몇 시간을 보내고 나니 그 말이 의심스럽다. 어쩌면 그는 친구를 사귈 운명이 아닌지도 모른다. 어차피 아마 그게 더 나을 것이다. 어쨌든 아빠한테는 〈온리 풀 앤 호스〉를 함께 볼 사람이 필요하니까.

그 기사들은 취업 가능성도 강조한다. 하지만 그는 교사가 될 생각이 전혀 없었다. 교실에서 1초라도 더 필요 이상의 시간을 보내고 싶지 않기 때문이다. 하지만 영문학과를 나와서 다른 직

---

* 약 8500만 원.

업을 얻을 수 있을 것 같지도 않다. 아빠는 법학은 어떠냐고 했다. 하지만 법학과는 수천 개의 판례를 암기해야 한다. 어차피 소설이나 시를 하루 종일 읽을 게 아니라면, 차라리 취직하는 게 낫다. 그러면 적어도 공연에 갈 돈은 생길 것이다. 그리고 노래 가사는 어쨌든 계속 쓸 수 있다. 언젠가는 모두에게 이 얘기를 할 것이다. 언젠가는.

켄드릭 라마의 노래가 끝나고 살로메로 바뀐다. 데이비드는 〈더 포레스트The Forest〉라는 걸 바로 알아차린다.

마음을 울리는 피아노 전주를 들으니 언제나 그랬듯 가슴이 찌릿하다. 데이비드는 조이를 힐끗 본다. 조이는 범블에 대해 열심히 이야기하고 있고 아직 노래가 바뀐 걸 눈치채지 못한 것 같다. 데이비드는 조이가 어떻게 반응할지, 반응하긴 할지 궁금하다. 조이가 칼에 대해 보낸 마지막 두 메시지에 그는 답장하지 않았고, 오늘 밤 그 주제가 나오지 않기를 바랐다. 보컬이 시작되자 조이가 스피커 쪽으로 돌아서며 신음한다. 데이비드는 긴장한다.

"이거 누구야?" 로리가 묻는다.

"살로메야." 조이가 말한다. "네가 맥북이랑 제일 가까워. 스킵 좀 눌러줘."

"이거 칼 윌리엄스야?" 로리가 손바닥을 든다. "잠깐만."

데이비드는 로리를 주의 깊게 지켜본다.

로리는 10초 정도 듣다가 말한다. "너 이 노래 좋아해?"

"좋아했었지." 조이가 말한다. "그냥 빨리 넘겨."

"칼 윌리엄스가 인종차별주의자가 아니라고 해도, 나라면…."

"됐어." 조이가 말을 끊는다. "내가 넘길게."

순간 화가 치민다. 데이비드는 몇 시간이나 형편없는 곡들을 참고 들었는데. 몇 시간이나. 조이는 〈더 포레스트〉 한 곡 정도도 못 들어주나? 그때 노래가 넘어간다.

"오." 다음 곡이 시작되자 엘리너가 말한다. "솔란지네."

데이비드는 티셔츠 목을 잡아당긴다. 방 안은 담배 연기가 자욱하다. 실내 흡연을 낭만적으로 생각했건만, 실제로 겪어보니 불편하다. 창문을 열고 싶은데 밖은 얼음장처럼 춥다. 불과 30분 전에 엘리너가 조이한테 난방을 올려달라고 했었다. 볼일은 없지만, 잠시 혼자 있고 싶어 화장실에 가기로 한다.

"미안, 친구." 데이비드가 몸을 앞으로 기울이는데 로리가 말한다. "방금 생각났어. 너도 칼 윌리엄스 팬이었지? 맞지?"

데이비드는 고개를 끄덕인다.

"그렇구나. 난 그냥 내 취향은 아니어서. 넌 조이랑 브릭스턴에서 공연 봤다며?"

"응."

"적어도 한 번은 봤다니 다행이네."

데이비드는 그들이 칼을 왜 그런 식으로 말하는지 이해할 수 없다. 마치 자살이라도 한 것처럼 말하고 있다. "여전히 올 포인츠 이스트All Points East 페스티벌에 올 거라는 소문이 있어. 만약 온다면 티켓을 살 거야."

"너 아직도 공연을 보러 갈 거라고?" 엘리너가 묻는다.

"당연하지. 나는 칼을 좋아해."

"그런 식으로 말하지 마." 조이가 말한다.

"왜?"

"말 안 해도 알잖아." 조이의 말투는 거들먹거리고 잘난 체하는 것 같다.

담배 연기 때문에 어지러운 데다 취기도 느끼기 시작한다. 네 번째 캔인데, 술이 머리로 직행하는 것 같다. "너희는⋯ 모두가 칼의 음악을 듣지 말아야 한다고 생각해?" 데이비드는 이 말을 여러 번 상상해봤지만, 실제로 하게 될 줄은 몰랐다.

"예술가와 작품은 분리할 수 없어." 조이가 말한다.

"그럴 수도 있고, 아닐 수도 있지." 데이비드의 손이 울긋불긋하다. "그래도 말이야. 칼이 알 켈리* 같은 사람은 아니잖아. 괴물이 아니라고. 좀 균형 있게 보는 게 중요하지 않아?"

"칼은 이슬람 혐오자야."

"정말로?" 데이비드가 평소와 달리 대담하게 말한다.

"칼은 이슬람과 서구가 양립할 수 없다고 생각해. 그러니까⋯ 그래, 이슬람 혐오자야."

"하지만 그런 말을 한 건 LGBTQ 권리를 걱정해서야."

---

* 미성년자 성 착취 혐의로 징역 30년을 선고받은 미국 R&B 가수.

조이가 한숨을 쉰다. "너마저 극우에 물들지 마."

데이비드의 눈이 커진다. "뭐라고?"

"칼 윌리엄스가 LGBTQ+ 권리에 관심이 있는 건 맞아." 조이가 말을 이어간다. "하지만 이상하게 들릴 수도 있겠지만, 이슬람 혐오적이지 않으면서도 LGBTQ+ 권리에 관심을 가질 수 있어. 그 학교의 학부모들이 이슬람을 대표하는 건 아니야. 그들은 편견에 사로잡힌 사람들이지. 하지만 그들이 이슬람 전체를 대표하는 건 아니라고. 고작 40, 50명 정도의 사람들이야. 영국에는 무슬림들이 300만 명 넘게 살고 있어. 리즈 학교 사건은 인종차별주의자들이 과장하고 있어. 이슬람과 서구가 양립할 수 없다는 주장을 밀어붙이기 위해서 말이야."

"칼이 말한 건 단지 이슬람과 서구가 어쩌면…."

"그렇게 말하는 것 자체가 존나 무지한 거야. 칼 윌리엄스 같은 사람들이 동성애 혐오를 무기로 삼아 무슬림들을 더 비방하지 않더라도, 그들은 이미 사회에서 충분히 낙인찍혀 있어."

'칼이 무지한 거야, 아니면 네가 무지한 거야?' 데이비드는 이런 생각이 들지만, 이 말을 입 밖으로 내는 것이 너무 지나치다는 것쯤은 안다. 지금 상태로도 그 정도는 안다. 목 뒤로 식은땀이 흐른다. 머리가 어지럽다. 불편한 침묵이 흐른다. 엘리너가 데이비드에게 '라디오 프리'라는 밴드를 들어봤냐고 묻는다. "진짜 좋아. 기타 위주고. 인디 밴드야. 하지만 정치적으로는 진보적이지."

"모르는데."

"가장 유명한 노래가 〈어스퀘이크Earthquake〉일 거야. 혹시 들어봤어?"

"아니."

"조금 이따 틀어줄게." 조이가 말한다. 데이비드는 자신의 레드 스트라이프 맥주를 응시한다. 집에 가고 싶다. 여기 온 게 실수였다.

◇

 일요일 아침, 데이비드는 자기 방에서 트위터에 '**#파필드학교**' 해시태그를 검색하고 있다.
 조이의 집 소파에서 불편하게 잠을 잔 탓에 짜증이 나고 까칠해져 있다. 머리가 몽롱하다. 관자놀이를 문지르며 맥주를 몇 캔이나 마셨는지 기억해내려 하지만, 잘 기억나지 않는다. 여섯 캔? 일곱 캔? 여덟 캔? 잠에서 깬 뒤 한 시간 동안 움직일 수가 없었다. 그저 소파에 누워 온몸을 벌벌 떨면서 오른팔로 눈을 가려 커튼 사이로 매정하게 새어 들어오는 햇빛을 막았을 뿐이다. 돌아오는 길도 고통스러웠다. 센트럴선 지하철이 덜컥거리거나 흔들릴 때마다 구역질이 날 것 같았다. 열차 안의 다른 승객들은 모두 건전한 주말을 보내는 것 같았고, 유아차를 끄는 한 여자는 계속 이쪽을 쳐다봤다. 휴대폰을 사용하는 것조차 힘들다. 화면을 터치할 때마다 머릿속이 울린다. 매트리스 위에는 뉴버리 파크역 앞에서 받은 써브웨이 할인 쿠폰들이 흩어져 있다. 아직 무엇을 할인받을 수 있는지 확인할 엄두도 내지 못했다. 스위트 어니언 소스를 생각하는 것만으로도….
 #파필드학교 해시태그 인기 트윗 중 하나는 이런 내용이다. "지

금까지 영국에서 만난 무슬림들은 모두 개방적이고 관용적이면서 유쾌한 사람들이었어요. LGBTQ+ 이슈나 라이프스타일도 지지하고요. #파필드학교 사건은 우파 언론들이 지나치게 부풀리고 있어요. #LGBTQ+와함께" 그다음 트윗은 이런 내용이다. "#파필드학교 사태로 피해를 본 무슬림들에게 위로를 전합니다. 최근 일주일 동안 이슬람 혐오 범죄가 늘었다는 걱정스러운 소식을 들었어요. 영국 무슬림들과 연대하고, 이슬람 혐오를 부추기지 않으면서도 계속해서 동성애 혐오와 싸워나가야 합니다."

데이비드는 계속 스크롤을 내린다. @Macca_0160이라는 계정이 학교 밖에서 시위하는 한 무슬림이 나오는 30초짜리 영상을 올렸는데, 55번 리트윗됐다. '재생'을 눌러본다. "우리 애들한테 동성애가 괜찮다고 가르치지 마! 동성애는 절대 괜찮지 않아. 하나님께서는 남자를 창조하시고, 그런 다음 남자를 위해서 여자를 창조하신 거야. 남자를 위해서 남자를 창조하신 게 아니라고! 이슬람에는 동성애 같은 거 없어. 그건 부도덕한 짓이야. 법에서 이런 수업을 하라고 한다면 어쩔 수 없지만, 우리는 애들을 그 수업에서 빼고 싶다고!" @Macca_0160은 영상에 이렇게 글을 달았다. "좌파들 중에 이 발언 비난할 사람? 있어? (쥐 죽은 듯 조용하다) ㅋㅋㅋ"

데이비드는 답글들을 살펴본다. @Goldielocks1969: "좌파가 무슬림의 잘못을 지적한다고 상상해봐. 그런 게 가능하다는 사실에 좌파들 머리가 터질걸?" @Tobystyke: "그럴 리가 없지. 무슬림을 비난하는 순간 바로 좌파 자격 박탈이니까. 공식적으로 극우가 되는 거지."

맞는 말이다. 칼한테 딱 그런 일이 벌어졌다. 데이비드는 계속 관자놀이를 문지르며 @Macca_0160의 프로필을 훑어본다. 영국 국기에 성조기, "팩트는 네 감정 따위 신경 쓰지 않는다"라는 문구도 보인다. 반면 데이비드가 팔로우하는 계정들의 자기소개에는 무지개 깃발이나 팔레스타인 국기뿐이다. 최근 트윗을 보니 〈스파이크드Spiked〉에 실린 '워크woke* 좌파의 맹점'이라는 기사가 눈에 띈다. 조이와 스티븐은 〈스파이크드〉를 질색, 진짜 질색하는데, 데이비드는 한 번도 들어가본 적이 없다. 오레오를 하나 집어 들고 누워서 기사를 읽기 시작한다.

> 워크 좌파는 문화적으로 보수적인 무슬림들 사이의 동성애 혐오 문제를 은폐하려 한다. 하지만 이는 심각한 문제다. 2015년 채널4의 설문조사에 따르면 50퍼센트가 넘는 영국 무슬림들이 동성애를 불법화해야 한다고 생각한다. 워크 좌파는 모든 무슬림이 동성애 혐오 문제에서 진보적인 견해를 보인다고 꾸며내면서, 이에 동의하지 않는 사람을 비난함으로써 오히려 동성애 혐오에 길을 터주고 있다. 관용이라는 이름으로 불관용이 번성하도록 용인하는 셈이다.

---

* 원래 사회 문제에 대해 깨어 있다는 긍정적 의미였으나, 최근에는 과도한 '정치적 올바름PC'을 비꼬는 말로 쓰인다.

데이비드는 어젯밤에 이 채널4 설문조사를 알고 있었다면 좋았겠다고 생각한다. 조이와 논쟁할 때 우위를 점할 수 있었을 텐데. 몇 년 된 자료긴 하지만 아직도 유효할 거다. 기사 작성자가 의미 없는 자료를 인용할 리 없으니까. 게다가 〈스파이크드〉는 페이스북 그룹 같은 게 아니라 명성 있는 온라인 매체 아닌가.

◇

"배달시킬까?" 아빠가 묻는다.

"좋아요." 데이비드는 냉장고 문을 닫는다. 냉장고 안은 가득 차 있지만, 쓸모없이 오래된 치즈와 끈적한 햄 조각들 그리고 딱딱하게 굳은 후무스가 조금 남아 있는 통들뿐이다.

"슈퍼에 잠깐 다녀올 수도 있지만, 배달시키는 게 더 좋지 않겠냐?"

"네."

데이비드의 피부는 비늘처럼 갈라지고 볼에는 붉은 반점이 생겼다. 그린 스트리트 마켓에서 산 칠리소스 때문이다. 데이비드가 그걸 버렸는데도 아빠는 괜찮다면서 별일 없을 거라고 우기며 다시 꺼내왔다.

"비제이스? 아니면 판다 코티지?" 아빠가 묻는다.

"판다 코티지 어때요? 지난번엔 비제이스에서 시켰잖아요. 춘권 먹고 싶은데요."

"나도 중국 음식 생각했어. 잠깐만, 메뉴판 찾아볼게."

아빠 방 서랍에는 메뉴판이 한 무더기 있다. 처음 판다 코티지에서 주문했을 때는 저스트잇 앱을 이용했었다. 그때 배달원이 유용한 정보를 알려줬는데, 저스트잇은 14퍼센트 수수료를 떼지만 전화로 직접 주문하면 5퍼센트 할인을 받을 수 있다고 한다. 그러면서 봉투에 메뉴판도 넣어줬다. 그 뒤로 아빠는 꼭 전화로만 주문한다. 메뉴판은 자꾸 쌓여간다.

데이비드는 뭘 먹을지 이미 정했다. 춘권, 탕수 두부, 코코넛 라이스. 아빠도 마찬가지다. 춘권, 닭고기 차오멘, 스페셜 볶음밥. 그래서 굳이 메뉴판을 볼 필요는 없지만, 함께 메뉴판을 살펴보는 건 하나의 행사 같은 거다. 이렇게 하면 배달 음식을 시키는 게 뭔가 특별한 가족 행사가 된다. 그들은 한 달에 한 번 배달 음식을 시킨다. 아빠의 유일한 사치라고 할 수 있다. 술은 빼고.

아빠가 메뉴판을 두 장 들고 와서 한 장을 데이비드한테 건넨다. "춘권 먹을래?"

"네."

"지난번에 먹은 거 괜찮았지?"

"네."

"나도 먹어야겠다. 메인은 뭐로 하지?" 아빠가 메뉴판을 손가락으로 훑는다. "채식 메뉴가 많네. 네가 고를 게 많아. 전보다 더 많아진 것 같은데."

"검은콩이 끌리는데요. 그래도 탕수 두부로 할게요."

"그래? 나는 닭고기 차오멘으로 할게."

"그리고 코코넛 라이스도요."

"어디 보자. 어딨지? 찾았다. 그래. 나는 스페셜 볶음밥으로 할게. 이게 제일 가성비가 좋더라. 돼지고기에, 닭고기, 새우까지 들어가니까…. 그럼, 우리가 고른 건 춘권, 탕수 두부, 코코넛 라이스, 닭고기 차오멘, 스페셜 볶음밥이네. 이게 다지?"

"네."

아빠는 메뉴판을 조금 더 보다가 전화를 건다. "여보세요. 욕슬리 드라이브에 사는 리처드인데요. 네, 오랜만이에요. 잘 지내세요? 장사는 잘되시나요? …좋네요. 제 얘기 좀 들어보세요. 제대로 식당을 차리시면 저녁마다 갈 거라고요. 농담 아니에요. 진짜 저녁마다 갈 거예요." 데이비드는 이럴 때 아빠가 보여주는 활기차고 생기 넘치는 모습이 늘 신기하다. "정말요? 축하드려요. 아드님한테 축하 인사 전해주세요. … 네? 그래야죠. 말이 길어졌네요. 죄송해요. 뭐 주문할 거냐면…."

◇

데이비드는 엄마와 스티븐의 집에 있는 자신의 방에 앉아 있다. 창문으로 강렬한 햇살이 들어오고, 커피잔에서 김이 흔들리며 피어오른다. 인스타그램을 둘러보던 데이비드는 화면을 응시하다가 욕설을 내뱉는다.

셀리나에게 남자친구가 생겼다. 최근 게시물로 어떤 개자식과 함께 찍은 사진이 올라왔는데, 셀리나는 남자의 가슴에 손을 얹고 있고 남자는 셀리나의 허리에 손을 두고 있다. 캡션으로는 손을 잡은 남녀 이모지와 하트 눈 이모지가 달려 있다. 누군가가 불꽃 이모지와 함께 "아휴 너희 진짜"라고 댓글을 달았다. 셀리니한테 남자친구가 생긴 것이다.

데이비드는 그 남자친구의 프로필로 들어간다. 자기소개에는 '시인 / 필름 사진가 / 빛을 좇는 자 / 바로크 이데올로그 / 런던 거주 / @ucl 재학'이라고 적혀 있고, 문학 행사와 시위 현장에서 찍은 사진들이 필터가 잔뜩 들어간 채 올라와 있다. 셀리나는 틀림없이 자유시 낭송회에서 이 남자를 만났을 것이다. 셀리나의 프로필을 마지막으로 한 번 더 보고는, 언팔로우한다.

데이비드는 독일어 숙제를 시작하지만, 집중하기 힘들어 곧 포기한다. 거실에서 콜라와 후무스칩을 먹으며 〈기묘한 이야기 Stranger Things〉를 보기로 한다.

세 편째 보고 있을 때 "데이비드?"라는 소리에 깜짝 놀라 돌아본다. 엄마가 문간에 서 있고, 스티븐이 그 뒤에 있다. 엄마는 가죽 재킷을 입고 있는데, 오른쪽 옷깃에는 앰네스티 초 모양 은빛 배지가 달려 있다. 데이비드는 서둘러 '일시정지'를 누르고 웅얼거린다. "이제 막 나가려던 참이에요."

"하루 종일 TV만 본 거니?"

데이비드는 독일어와 역사 숙제를 두 시간 동안 하다가 몇 분 전에 끝냈고, 지하철을 타러 나가기 전에 한 편만 보려고 했다고 말한다.

엄마가 의심의 눈초리로 바라본다.

"그거 〈기묘한 이야기〉 아니니?" 스티븐이 말한다. "정말 잘 만든 시리즈더라."

"네."

"그래, 아직 여기 있는 김에." 엄마가 말한다. "저녁 먹고 가는 게 어때? 우리 *페센잔*fesnjan* 만들 거야. 닭고기를 샀지만 두부로 쉽게 대체할 수 있어. 훈제 두부도 있….

"괜찮아요."

"정말? 왜냐하면…."

---

* 닭고기에 석류 페이스트와 곱게 간 호두를 넣어 끓인 이란의 스튜 요리.

"괜찮다니까요. 영화는 어땠어요?"

"정말 좋았어. 재미있으면서도 감동적이고, 영상미도 정말 대단했어. 아이디어도 참 신선하더라."

"나도 엄청 좋았어." 스티븐도 맞장구를 친다. "사실 웨스 앤더슨 영화를 그다지 좋아하지 않았는데, 이번 영화는 정말 괜찮더라."

"너도 좋아할 만한 영화야." 엄마가 덧붙인다.

"음."

엄마는 데이비드한테 밖에 나가봤는지 묻는다. "날씨가 정말 좋더라."

"그래요?" 데이비드가 밖을 내다본다. 오후 3시, 끈질기게 밀려드는 노을빛 때문에 창턱 왼쪽에 놓인 다육식물들이 흐릿하게 보인다. 페르시아 양탄자의 무늬가 청록색으로 빛난다.

"봄 같아." 엄마가 말한다. "그럼 이 편 다 보고 나가면 되겠다. 테이블에 5파운드 놓아둘 테니까 역으로 갈 때 카페에서 아이스커피 사 마시렴."

"고마워요."

데이비드는 3시 30분에 소파에서 일어난다. 엄마 말이 맞았다. 바깥 날씨는 정말 좋다. 휘스턴 로드를 걷는데 은색 컨버터블 자동차가 위협적으로 빠르게 지나간다. 선글라스를 끼고 상의를 벗은 남자 둘이 타고 있다. 데이비드는 후드티 목 부분을 잡아당기다가 망설이더니 그냥 걸어간다. 잠시 후 걸음을 멈추고 후드티를 벗어 배낭에 쑤셔 넣는다. 이곳은 자유 국가다. 원하는 대로 입을 수 있다. 데이비드의 티셔츠 가슴팍에는 '칼 윌리엄스'라고 크게 쓰여 있고, 등에는 '비주류 명예 시인'이라고 적혀 있다. 이 옷을 입고 셀 수 없이 많이 돌아다녔지만, 이슬람 혐오 논란 이후로는 처음이다. 데이비드는 누군가 마주치면 자신을 인종차별주의자라고 비난하지 않을까 걱정하다가 살짝 긴장된 미소를 짓는다. 그는 이단자다.

북적거리는 카페 앞에서 주머니에 손을 넣은 채 '칼 윌리엄스' 글씨가 잘 보이도록 서서 기다린다. 어느덧 줄의 맨 앞이 되어 주문하는데, 바리스타는 의외로 빈정거리는 말 따위 없이 담담히 응대하지만 아마 속으로는 트윗을 쓰고 있을지도 모른다.

데이비드는 별 탈 없이 오버그라운드 전철을 타고 화이트채플역으로 가서는 센트럴선으로 갈아타고 뉴버리 파크역에 도착한다.

아이스 오트 라테를 들고 역을 나서자 이스턴 애비뉴가 따스한 버터빛으로 물들어 있다. 래드브룩스 베팅숍 앞에서는 러닝셔츠를 입은 노인이 담배를 피우며 지나가는 사람들을 눈여겨본다. 주황색 작업복을 입은 도로 공사 작업자들이 소시지 롤을 우물거리며 이야기를 나누면서 쉬고 있다. 나남 푸드 앤 와인에 새로 들어온 십대 여성 직원이 과일과 채소 상자들을 살피다가 지나가던 데이비드와 눈이 마주치자 빙긋 웃는다.

세상에. 인스타그램에서나 볼 법한 큰 눈과 도톰한 입술이다.

그녀의 가슴. 그녀의 다리. 셀리나보다 훨씬 더 섹시하다. 셀리나 따위는 신경 꺼. 혹시 그녀가 칼의 팬이라서 티셔츠를 보고 웃은 걸까? 다음에 여기서 뭘 살 때는 말을 붙여봐야겠다. 데이비드는 지하도에 도착할 때까지 그 직원과 어떤 이야기를 나눌지 상상했다.

◇

데이비드는 스포티파이 볼륨을 최대로 높인 채 첫 번째 지하도로 들어선다. 언제나처럼 지저분하기 그지없다. 화창한 바깥 날씨는 이곳까지 미치지 못한 듯하다. 희미한 불빛 아래 끈 풀린 낡은 운동화 한 짝이 어렴풋이 보인다.

공터의 잔디밭에 모와 이브라힘 그리고 누군가가 앉아 있다. 데이비드는 모가 종종 그 사람과 칼리지 정문 앞에서 만나는 걸 봤다. 하산이었나, 하심이었나. 하산이다.

모와 하산이 다른 쪽을 보고 있는 틈을 타 몰래 지나갈 수 있을지도 모른다. 어깨를 움츠리고 손을 주머니에 넣은 채 두 번째 지하도를 향해 걸어간다. 두 번째 지하도에 거의 다 왔을 때 음악 소리 너머로 무언가가 들린다. 조롱하는 소리인가? 그대로 걸음을 옮긴다. 하지만 두 번째 지하도에 들어서자 그들이 뒤따라오는 것 같아 겁에 질린다. 달려오고 있을 거라 예상하며 어리석게도 휙 돌아선다.

그들은 여전히 공터에 있다. 하지만 모가 일어서서 손으로 입을 감싸고는 확성기처럼 소리를 친다.

데이비드는 이어폰 줄을 잡아당겨 귀에서 빼낸다.

"야." 모가 말한다. "씨발 들리는 거야, 안 들리는 거야?"

"응답하라. 응답하라." 이브라힘이 말하고는 다른 이들에게로 돌아선다. "안 되네. 배터리 문제인가 봐." 그는 무전기라도 쥐고 있는 듯 오른손을 뚫어지게 쳐다본다. "배터리 문제인가 봐. 잠깐만. 응답하라. 응답하라? 아니. 아무 소리도 안 나."

데이비드는 두 번째 지하도에서 꼼짝하지 않고 서 있다. 돌아서서 집으로 갈지, 아니면 저들의 멍청한 연극이 끝날 때까지 기다릴지 망설인다.

"쟤가 우리를 뚫어져라 쳐다보고 있어." 이브라힘이 말한다. "토끼처럼 말이야."

"아니. 너를 뚫어져라 쳐다보고 있는 거야, 인마." 모가 말한다. "네 셔츠 때문이지. 다들 그 셔츠를 좋아하잖아." 모는 담배 혹은 대마초를 한 모금 빤다. 행동을 보아하니 대마초인 것 같다.

"내 셔츠 어디가 어때서." 이브라힘이 셔츠를 집어 올리며 말한다. "그리고 그거 좀 이리 넘겨 봐."

"술은 어디 있어?"

"내 가방에." 이브라힘이 가방 쪽을 가리키자 귀의 금색 피어싱이 반짝인다.

그들은 셔츠를 두고 농담을 주고받는다. 이브라힘은 셔츠의 바탕은 검은색이고 번개 무늬가 있을 뿐이라고 우긴다. 모는 번개가 분홍, 주황, 초록색으로 알록달록하다며 놀린다. "그걸 빼고 어떻게 설명하냐. 넌 그냥 '날 봐, 애들아. 날 좀 봐.' 하는 셔츠를 입고 있는 거라고."

"좀 닥쳐."

데이비드는 집으로 걸음을 옮긴다. 저들은 정신이 나가 있다.

"야!" 이브라힘이 소리친다. "야! 메이크업 보이!" 데이비드가 걸음을 재촉한다. "야." 불규칙한 운동화 발소리가 불안하게 다가온다. "야." 그러더니 이브라힘이 데이비드의 앞을 가로막고는 씩 웃는다. "나를 무시하는 게 멋있다고 생각하나 보지?"

"아니."

"뭐가 아니야. 나를 무시하는 게 *멋있다고* 생각하는 거지."

"아니라니까."

이브라힘은 제대로 서 있지도 못한다. 몸이 축 처진 채 좌우로 흔들린다.

"멋있다고 생각하…" 이브라힘이 말을 멈추고는 눈을 깜빡인다. "잠깐만. 그 이름 알아. 이슬람 혐오자잖아."

"뭐라고?"

"뉴스에서 봤어." 이브라힘은 '칼 윌리엄스'라는 단어를 손가락으로 쿡 찌른다.

"아니야."

"내가 거짓말한다는 거야?" 이브라힘은 공터에 남아 지켜보고 있는 모와 하산에게 오라고 손짓한다. "너희 병신 같은 이슬람 혐오자들." 하산이 모에게 귓속말한다. 모는 술병을 한 모금 들이켠 다음 하산에게 귓속말로 대답한다. 그들도 지하도로 들어온다.

"저기, 미안해." 데이비드가 말한다. "미안해. 알겠지? 난 그런…. 아무튼 아니야."

이브라힘의 표정이 변한다. 뭔가를 깨달은 듯하다. 눈빛에 어렴풋이 있던 적대감이 들끓는 증오로 부풀어 오른다. 데이비드가 한 걸음 물러서자 이브라힘은 한 걸음 다가간다. 데이비드의 티셔츠 목덜미를 움켜쥔다. "제발." 아무런 반응이 없다. 데이비드가 이브라힘의 눈을 들여다본다. 흐릿하면서도 분노로 가득 찬 작은 눈동자가 커다랗고 축 처진 눈꺼풀에 삼켜져 있다. 이브라힘의 이가 좌우로 갈린다.

"너…." 이브라힘은 말을 꺼내면서 동시에 주먹을 날렸다. 데이비드가 그 힘에 휘청거린다. 이브라힘이 마치 다음 주먹을 날리려는 듯 팔을 뒤로 뺐다. 데이비드는 몸을 움츠리다 넘어져 바닥에 쓰러졌다.

이브라힘이 위협적으로 다가서자, 데이비드는 옆으로 몸을 돌려 얼굴을 가렸다. 데이비드는 여태껏 한 번도 맞아본 적이 없다. 뺨이 따갑다. 집에 가고 싶다. 그저 집에 가고 싶을 뿐이다. 이브라힘, 모, 하산이 그를 지켜본다. 데이비드는 필사적으로 얼굴을 가리며 울고 있는 모습을 보이지 않으려고 한다.

"야, 울지 마." 모가 말한다. "일어나. 거의 건드리지도 않았잖아. 그냥 한 대 맞은 거잖아, 그치?"

"좆까." 이브라힘이 말한다.

"왜 때린 건데?"

"이 새끼 나치야."

"뭐라고?"

"이 새끼가 뭘 입고 있는지 안 봤어? 칼 윌리엄스라고. 우리에 대해 개소리하던 놈 있잖아. 무슬림은 어쩌고저쩌고하던."

"그래?" 군침을 흘리는 듯한 한숨. "그리고 쟤는 영국 귀공자처럼 그 티셔츠를 입고 있다는 거지? 아, 씨발…."

데이비드는 눈물을 흘리며 한심하게 겁에 질려 있었다. 그들이 너무 싫다, 너무 싫다, 정말 너무 싫다.

"마침 한 시간 전부터 하고 싶었거든." 이브라힘이 말한다. "존나 참고 있었어."

"뭐?" 하산이 말한다.

"이거 개 시원할 거야." 이브라힘이 말한다. "정말 개 *시워어언* 할 거라고."

데이비드는 얼굴에 손을 꾹 누르고 있어서 붉은빛이 도는 검은 테두리의 손가락만 보일 뿐이다. 그 틈새로 지저분하고 낙서로 뒤덮인 지하도 벽이 어렴풋이 보인다.

지퍼 내리는 날카로운 소리가 들린다. "키야아아!" 역겨운 오줌 줄기가 데이비드의 몸을 강타했다. 데이비드는 몸을 움찔하며 무릎을 가슴 쪽으로 당기고 얼굴과 손을 바짝 붙인다.

"쌍, 뭐 하는 거야?" 하산이 말한다.

"씨발." 모가 말한다. "너… 난 못 보겠다. 진짜 못 보겠어. 씨발, 쟤 머리에…. 아, 씨발!"
 오줌 줄기가 위로, 위로, 위로 꿈틀거리다 데이비드의 머리카락으로 떨어진다.

◇

데이비드는 입었던 옷을 전부 쓰레기봉투에 구겨 넣었다. 칼 윌리엄스 티셔츠도 구겨 넣었다. 간직할 이유가 없다. 백번을 빨아도 오줌 냄새가 배어 있을 것이다. 데이비드는 봉투를 쓰레기통에 던져 넣은 뒤 오랫동안 뜨거운 물로 샤워한다. 샴푸, 린스, 샴푸, 린스, 다시 샴푸, 린스로 머리를 열심히 문지른다. 그래도 머리카락은 여전히 끔찍하게 더러운 느낌이다. 거울에 비친 자기 모습을 살펴본다. 오른쪽 뺨에 작은 상처가 났지만 심하지는 않다. 아마 아빠는 눈치채지 못하겠지만 엄마나 스티븐은 알아챌 것이다. 데이비드는 세면대 위로 고개를 숙이고 욕설을 내뱉는다.

자기 방으로 돌아와 책상 조명을 집어 들어 벽을 향해 던진다. 조명 갓에 금이 갔다. 다음은 침대 옆 탁자다. 맨발로 나무다리를 걷어찬다. 탁자는 멀쩡하지만, 발가락이 아프다. 데이비드는 탁자를 들어 올려 내리치고, 또 들어 올려 내리친다. 마침내 다리가 흔들리기 시작한다.

미친 듯이 고개를 흔들며 외친다. "씨발! 씨발! 씨발!"

더 이상 부술 것이 없자 의자에 털썩 주저앉았다. 책상 위에는 노트가 놓여 있다. 칼을 본받으려면 자신의 감정을 노래 가

사로 표현해야 한다는 생각이 들었다. 지금이 기회다. 펜을 꽉 쥐고 빈 페이지 위로 몸을 숙인다.

데이비드는 빈 종이를 뚫어져라 쳐다보다가 뜯어낸다.

무의미하다. 그는 결코 성공한 싱어송라이터가 될 수 없을 것이다. 이제 음악계에는 칼이나 자신 같은 사람들이 있을 자리가 없다. 그저 엘리트들의 기업 홍보용 개소리뿐이다. 노력해볼 필요도 없다.

5분 동안 하얀 책상 위 벗겨진 페인트 자국에 펜촉을 마구 문지르다가 피식 웃는다. 펜을 내려놓고 휴대폰을 집어 든다. 트위터를 열고 글쓰기 버튼을 누른다.

#칼윌리엄스가 **#파필드학교** 시위대를 비판하며 이슬람이 서구의 가치관과 양립할 수 있느냐고 의문을 제기한 건 옳았다. 답은 '아니오'다. 이슬람은 서구의 가치관과 양립 불가능하다. 통계가 증명한다. 이 글을 읽어봐라. https://www.spiked-online.com/the-woke-left-blind-spot

모두 발칵 뒤집힐 거다. 하지만 상관없다. 오히려 재밌을 거다.

트윗을 올리고나서 머리를 손으로 헝클어뜨린다. 여전히 머리카락이 찝찝하다. 모, 이브라힘, 하산. 무슬림 새끼들. 좆같은 무슬림 새끼들.

데이비드는 수건을 들고 다시 화장실로 향한다.

하산

"좋아요." 아흐메드가 천천히, 힘겹게 의자에서 일어난다. "쉿. 형제들. 형제들." 아흐메드가 배경음악으로 들리는 드레이크의 〈핫라인 블링Hotline Bling〉과 당구공 부딪치는 소리를 뚫고 말한다. "형제들." 은빛 수염을 긁적이고 헛기침을 한 뒤 손바닥을 든다. 뉴버리 파크 무슬림청소년센터 체육관에 있는 모든 사람들이 아흐메드를 향해 돌아선다. 길고 홀쭉한 아흐메드의 얼굴에 미소가 번진다. "첫 번째 준결승전입니다. 하산과 사지드 대 왈리드와 파이살. 선수들은 나와주세요."

하산은 어깨를 으쓱하고는 사지드한테 말한다. "자, 쟤네 한번 상대해볼까?"

"식은 죽 먹기지."

하산은 검은 플라스틱 식당 의자 다섯 줄을 지나 체육관 앞으로 향한다. 운동화가 나무 바닥에 마찰돼 끼익 소리를 낸다. 토너먼트 준결승전을 보기 위해 남아 있는 사람들이 의외로 많다. 박수와 웃음, 환호성이 들린다. 좁고 긴 직사각형 창문으로 흐린 회색빛 하늘이 보인다. 하산은 50인치 프로젝터 스크린의 오른쪽 의자에 앉는다. 사지드가 그 옆에 앉아 손바닥으로 무릎을 문지른다. "우리가 쟤네한테 네 골은 먹일 수 있을 것 같아."

컨트롤러를 건네는 아흐메드의 앙상한 체구는 금방이라도 부러질 듯하다. "*빌 타우픽.*"* 하산이 받은 컨트롤러는 끈적거리는 데다가 트리거 버튼에는 주황색 부스러기까지 묻어 있다. 하산은 검은색 나이키 후드티로 컨트롤러를 닦는다. 마즈가 이 컨트롤러를 썼던 모양이다. 그 녀석은 하프 타임마다 꼭 칠리 히트웨이브 도리토스를 먹어댄다. 왈리드와 파이살은 스크린 왼쪽에 앉는데, 강렬한 체취가 함께 따라온다. 둘 다 아직 데오도란트의 필요성을 모르는 모양이다.

"우리 계속 생제르맹으로 할까?" 사지드가 묻는다. 팀 선택 화면에서는 반짝이는 보라색 빛이 경기장 가장자리를 휙휙 돌고, 조명이 비친 잔디를 연기가 휩쓴다. "그러자." 하산이 계속 컨트롤러를 닦으며 답한다. 왈리드와 파이살은 맨체스터 유나이티드다. 1번 컨트롤러인 사지드가 경기 설정을 조작한다. 늘 그렇듯 공을 '나이키 오뎀 5'로 바꾼다. 하얀 바탕에 네온빛 노란색

---

* "행운을 빕니다"라는 뜻의 아랍어.

과 주황색 무늬가 있는 이 공은 정말이지 끝내준다. 실제 공은 수백 시간의 테스트를 거쳐 완성됐으며, 에어로트랙 홈 덕분에 정확한 궤적을 만들어낸다고 한다. 하산은 스포츠 다이렉트 매장에 갈 때마다 진열대에 놓인 공을 감탄하며 바라본다. 프리킥 한 번만 차봐도 대단할 것 같다. 하산은 〈포포투FourFourTwo〉 잡지에서 그 공을 경품으로 주는 행사를 열었을 때 이메일 주소를 12개나 새로 만들어서 응모했다.

사지드는 팀 관리 화면으로 넘어간다. "이건 하산 형한테 맡길게."

하산이 포메이션을 3-1-4-2로 바꾼다. 음바페와 카바니는 최전방에, 네이마르는 왼쪽 윙에, 디마리아는 오른쪽 윙에 배치한다. 이제 전술을 짜자. 음. 루카쿠가 문제가 될 거야. 하산은 실바가 맨투맨으로 루카쿠를 마크하도록 하고 킴펨베와 마르퀴뇨스를 뒤로 물린다. 끝.

왈리드와 파이살이 자기들 팀을 이리저리 손보는 동안 하산은 휴대폰을 확인한다. 모와 이브라힘이 들어 있는 '로스 갈락티코스' 왓츠앱 채팅방에 모가 보낸 새 메시지가 와 있다. "야, 하산. 밸런타인 공원으로 와. 이브라힘이랑 대마초 넉넉하게 들고 왔음. 빨리 와." 하산은 답장을 보낸다. "청소년센터에서 피파 대회 하는 중. 너희들도 온다고 하지 않았어? 난 준결승전인데, 사지드랑 함께 뛰고 있어. 재밌어. 결승전 보러 와도 될 것 같은데. 과자도 잔뜩 남았고."

"좋아." 왈리드가 말한다. "준비됐어."

"형제들, 자리에 앉으세요." 아흐메드가 말한다. "생제르맹 대 맨체스터 유나이티드 경기입니다."

하산의 휴대폰에 불이 들어온다. 이번엔 이브라힘이다. "ㅋㅋ 사지드 걔 열네 살 아냐? 그딴 거 때려치우고 밸런타인 공원으로 와라ㅋㅋ 도착하면 연락해." 하산은 휴대폰을 주머니에 넣는다.

경기 전 컷신이 시작된다. 카메라가 경기장을 돌며 비춘다. 마치 실제처럼 보이는 생제르맹 팬들이 빨간색, 하얀색, 파란색 카드를 들고 있고, 선수들이 입장 터널에서 걸어 나온다. 아흐메드는 볼륨을 높인다. 안녕하세요, 여러분. 품격이 넘치는 도시에서 인사드립니다. 물론 파리 얘기입니다. 축구하기 완벽한 날씨에 파르크 데 프랭스 경기장에 나와 있습니다. 오늘 해설을 맡은 저는 데릭 레이고, 제 옆에는 스튜어트 롭슨입니다. 이번 경기는 정말 흥미진진한 승부가 될 것 같은데요. 파리 생제르맹과 맨체스터 유나이티드의 대결입니다. 긴장감이 밀려온다. 이번 경기는 토너먼트 준결승전이다. 하산은 지금까지 한 번도 준결승전에 오른 적이 없다. "가자." 하산이 사지드에게 말한다.

◇

하산은 자기 방에서 예전에 아빠 밑에서 일하던 사람이 스프레이 페인트로 그려준 거리 예술 스타일의 웨스트햄 벽화를 바라보고 있다. 어떻게 그 기회를 놓쳤을까? 추가 시간에 사지드가 절묘한 세기로 스루패스를 보냈다. 공을 잘 컨트롤해 수비수를 따돌리고 속도를 올려 일대일 찬스를 만들었는데…. 그러고는 헛발질했다. 열 번 중 아홉 번은 성공했을 찬스였다. 열 번 중 아홉 번은. 결국 1대2로 졌다. 왈리드와 파이살이 토너먼트에서 우승했고, 뉴버리 파크 무슬림청소년센터의 페이스북 페이지에는 벌써 그들이 작은 트로피를 들고 있는 모습이 올라왔다. 빗방울이 창문을 두드린다. 감아차기 슛을 날리거나 속임 동작으로 골키퍼를 제치며 공을 가져갔어야 했다.

왓츠앱이 울린다. 로스 갈락티코스 채팅방이다. 하산은 알림을 쓱 밀어버린다. 이 정도 시간이 지났으니 모와 이브라힘은 완전히 취해 있을 것이다. 모가 마지막으로 보낸 메시지는 말도 안 되는 헛소리였다. 모와 이브라힘은 하산의 가장 친한 친구들이고, 무슨 일이 있어도 그럴 것이다. 하지만 그들은 변했다. 지난 가을, 오크스 파크 고등학교 식스폼 과정 진학에 필요한 성적을 받지 못한 모는 레드브리지 칼리지에 들어갔고, 열여덟 살이 된 이브라힘은 고모라 나이트클럽에서 경비원으로 일하기 시작했다. 그 후로 모와 이브라힘은 셋이서 함께했던 것들(피파 게임, 모스크 다니기, 그 외 모든 것들)이 '애들이나 하는 짓'이라고 결론 내렸고, 이제는 하산이 어서 철이 들기를 기다리고 있다.

하산은 틱톡을 보며 아늑하고 편안한 기분에 빠져든다. 미국과 영국 문화를 비교하는 영상, '내 나이를 맞혀봐' 챌린지, 웨스트햄 대 왓포드 결전의 날 브이로그를 보다가 트위터로 넘어간다. @ArianaGrande: "호주팬들 고마워요! 사랑해요!" @MehdiFaez2005: "#퀸메리대학교 학생들이 #레이철바인 캠퍼스 행사에 분명한 입장을 표명한 것에 대해 큰 존경을 표합니다." @DilwarManzoor는 파필드 학교 밖에서 시위하는 사람을 찍은 30초짜리 영상을 리트윗했다. 아프리아가 이 이야기를 올린 이후로, 하산은 좀 더 알아보려고 생각하고 있었다.

"우리 애들한테 동성애가 괜찮다고 가르치지 마! 동성애는 절대 괜찮지 않아. 하나님께서는 남자를 창조하시고, 그런 다음 남자를 위해서 여자를 창조하신 거야. 남자를 위해서 남자를 창조하신 게 아니라고! 이슬람에는 동성애 같은 거 없어. 그건 부도덕한 짓이야. 법에서 이런 수업을 하라고 한다면 어쩔 수 없지만, 우리는 애들을 그 수업에서 빼고 싶다고!" 이 영상을 리트윗하며 @DilwarManzoor는 이렇게 덧붙였다. "17장 84절: 말씀하시길, 모든 사람은 자신만의 기질(본성)에 따라 행동하나니,

누가 가장 바른 길을 걷고 있는지는 주님께서 가장 잘 아신다.' 동성애자 무슬림 형제자매 여러분, 자신들에게 진실되시고, 이런 얼간이들의 말은 귀담아듣지 마세요. 창조주의 말씀인 쿠란을 따르세요."

엄마가 하산을 부른다. 하산은 계단 위쪽으로 올라간다. 엄마는 막 돌아온 참이라 아직 히잡을 쓰고 검은색 긴 코트를 입은 채였다. 공작 깃털 무늬가 그려진 우산을 털고는 현관 매트에 놓아 말린다. 엄마의 옷과 액세서리는 전부 베스널 그린에 있는 '옥스팜' 나눔 매장에서 산 것이다. 1년에 한 번 가서 그날 매장에 있는 걸로 산다. 엄마는 쓰고 버리는 문화를 못마땅해했다.

엄마는 코코넛요거트를 사러 잠깐 동네 잡화점에 갔다 왔는데, 그사이 비가 오기 시작했다고 한다. 엄마와 하산은 곧 식사를 할 수 있을 것이다. 엄마가 미리 만들어둔 레몬치킨 비리야니를 먹기로 했다. 아빠는 식당에서 늦게까지 일하기 때문에 둘만 먹는다. "맛있을 거야. 석류 씨랑 캐슈너트도 넣었거든."

"좋아요."

"무슨 일 있니?"

"아무 일도 아니에요."

"하산?"

"피파 게임 토너먼트 준결승전에서 졌거든요."

엄마가 미소 짓는다. "모랑 했니, 아니면 이브라힘이랑?"

"음. 모요."

"이브라힘 팀이 이겼어?"

"네."

엄마가 소리내어 웃는다. "그럼 음식 준비되면 부를게."

"웹사이트는 어떻게 돼가요?" 하산이 묻는다.

은색 냄비가 식탁 중앙에 놓여 있다. 부엌 전체에 쿠민 향이 가득하다. 엄마의 가장 친한 친구 알리야가 영국에 사는 무슬림들의 삶과 문화를 기록하려는 원대한 포부로 6개월 전에 〈무슬림의 소리〉라는 웹사이트를 만들었다. 아빠는 엄마한테 이 프로젝트를 도와주라고 권했다. 엄마는 집에서 외로워하고 답답해하고 있었는데, 마침 아빠의 식당이 〈이브닝 스탠더드Evening Standard〉에 소개되면서 그 어느 때보다 인기를 끌게 돼 식당에 청소 담당자를 고용할 여유가 생겼다. 알리야는 엄마한테 인터뷰를 맡겼다. 하산은 기사 두 편을 재미있게 읽었다. 하나는 아빠처럼 60년대 후반에 이민 온 남자 이야기고, 다른 하나는 글래스고에서 레코드 가게를 운영하며 메탈 밴드에서 베이스를 연주하는 여자 이야기였다.

"잘돼가." 엄마가 말한다. "오늘 아침에는 브래드퍼드에서 온 남자를 인터뷰했어. 네가 좋아할 만한 사람이야. 축구가 그 사람 삶의 전부래. 14세 이하 팀 감독을 하고 있다네. 네가 웨스트햄을 응원한다고 했더니, FA컵에서 좋은 결과 있기를 바란대."

공들여 낸 듯한 낑낑거리는 소리에 엄마가 리나를 쳐다본다. 리나가 자기 그릇 옆에 서 있다. "아직도 배고픈 거니?" 리나가 커다란 파란 눈으로 쳐다본다. 엄마는 한숨을 쉬고는 으레 그러듯 찬장에서 개 사료를 한 봉지 더 꺼낸다. "칼라가 리나의 절반만이라도 먹어줬으면 좋겠다." 젤라틴과 으깬 고기가 그릇에 철벅하고 떨어진다. 엄마는 내일 축구 감독 인터뷰 음성과 녹취록을 업로드할 예정이다. 요즘 엄마는 엄청나게 바쁘다. "리즈의 파필드 학교 시위 때문에 여러 동성애자 무슬림들한테서 연락이 왔어. 다음 주에만 인터뷰가 세 번이야."

하산이 캐슈너트를 더 찾아내려 애쓰며 말한다. "아까 영상을 봤는데 시위하는 사람이 이슬람에는 동성애가 없다, 어쩌고저쩌고하면서 소리치더라고요. 그건 또 무슨 소리예요?"

엄마는 그 질문에 대해 답을 할 수 있으면 좋겠지만 그렇지 않다고 말했다. 여러 인터뷰 조사를 했지만 말이다. "글쎄다. 시위자들은 그들의 신앙 안에서 LGBTQ를 받아들일 자리를 찾지 못하는 것 같아."

"왜요?"

"그들은 선지자 롯의 일화를 동성애가 죄라는 증거로 보거든."

"하지만 그들이 틀린 거죠, 그렇죠?"

엄마는 물을 한 모금 마시고는 유리잔 너머로 하산을 바라본다. "그래, 나는 그렇게 생각해. 그 일화가 동성애에 대해 뭔가를 말해준다고는 생각하지 않아. 그 이야기에서 일어나는 건 강간

일 뿐이고, 결국 소돔이 파괴된 건 여러 가지 해석이 가능한 거지. 우리는 쿠란을 사회에 도움이 되는 방식으로 해석해야지, 사회를 뒤처지게 하는 방식으로 해석해서는 안 돼. 시위자들은 그걸 잊고 있는 거야."

하산은 잠시 곰곰이 생각한다. "정말 창피한 일이에요. 그 사람들 때문에 이슬람의 이미지가 나빠지고 있어요. 더 나빠지고 있다고요." 샹들리에의 빛이 식탁 위로, 그리고 벽에 걸린 바다거북과 참나무 그림 위로 일렁인다.

"그래, 하지만 말이다. 너도 알다시피 영국에서는 아주 최근까지 동성애 혐오가 만연했었어. 동성애자라는 이유로 해고당할 수도 있었지. 전환 치료*를 받게 하기도 했고. 에이즈도 이성애자들까지 죽을 수 있다는 걸 알기 전에는 언론에서 심각하게 다루지 않았어. 지금은 사회가 변했지. LGBTQ가 주류 사회에서 받아들여지고 있어. 하지만 아직도 종교 공동체에서는, 무슬림, 기독교인, 유대인 중에는 이걸 받아들이지 못한 사람들이 있어. 하지만 시간이 지나면 그들도 받아들이게 될 거야."

"다음 주 인터뷰가 도움이 되겠죠."

엄마가 빙긋이 웃는다. "그러길 바래."

---

* 동성애자의 성적 지향을 이성애로 바꾸려고 시행했던 '치료'로, 과학적 근거나 효과가 없으며 현재 영국 의료계는 이를 비윤리적이라고 규정하고 있다.

◇

"담배 피울래?"

"아니." 하산이 말한다.

"야, 그냥 한 대야. 좀 진정해. 하람*도 아니잖아."

"괜찮아."

모가 눈알을 굴린다. "알겠습니다, 이맘**님." 모는 손을 더듬어 할리데이비슨 지포 라이터를 찾아서 담배에 불을 붙인다. 그들은 레드브리지 칼리지 근처에 있는 콘크리트 미니 축구장 밖에 앉아 있다. 쇠창살에 등을 기대고 근처 사무실 직원들이 축구장 사용을 마치고 떠나기를 기다리고 있다. 공기에는 봄기운이 감돈다.

"오늘 수업은 어땠어?" 하산은 스포츠 다이렉트에서 산 값싼 주황색 축구공을 무릎 사이에 끼우고 앉아 있다.

"똑같지 뭐. 화학 선생 진짜 지루해 뒈지겠어." 모는 자신의 머

---

* 이슬람에서 금지된 행위. 음주, 돼지고기 섭취, 고리대금 등이 있다.
** 이슬람의 집단 예배 인도자를 말하며, 가끔 모스크의 운영 책임자를 뜻하기도 한다.

리를 쏘는 시늉을 한다. "왜 굳이 수업에 들어가야 하나 모르겠다."

"칼릴라도 화학 수업 듣나?"

"아, 인마." 모가 하산 쪽으로 연기를 내뿜는다. "칼릴라 말이야. 진짜 날이 갈수록 더 섹시해진다니까."

하산이 최근에 메시지를 주고받았느냐고 묻는다.

"그럼, 당연하지."

"그래서?"

"곧 뭔가 있을 거야. 두고 봐. 너랑 아프리아는 어때?"

"나랑 아프리아?"

"너 걔한테 관심 있잖아. 지난주에…."

"난 걔를 잘 모르는걸. 네가 다니는 학교 앞에서 세 마디 정도 말해본 게 전부야."

공중에서 쨍하는 쇳소리가 울린다. 그들은 몸을 앞으로 홱 움직인다. 공이 튀어 멀어져가자 다시 뒤로 기댄다. '크로퍼드 플레이스'라고 쓰인 표지판은 심하게 망가져 있어서, 하산은 차가 박은 건 아닐지 궁금해한다. 한 노부인은 현관문에서 배수구까지 양동이를 끌고 와 아무렇지도 않게 내용물을 쏟아붓는다.

"그래도 넌 걔한테 관심 있잖아. 그렇지?" 모가 캐묻는다.

하산은 아프리아가 매력적이긴 하다고 답한다.

"맞네." 모가 말한다. "걔한테 관심이 있는 거네. 좋아, 이렇게 하는 건 어떨까…. 걔는 칼릴라랑 친구거든? 수업 시간에 둘이 같이 앉아. 내가 걔들을 불러낼까? 불러낼게. 그냥 가볍게 보는 거지. 공원에서 맥주 한잔한다거나."

한 줄기 햇살이 하산이 신은 레트로 스타일 나이키 토탈90 운동화 위로 스친다. 하산은 은색과 체리빛 빨간색이 어우러진 이 신발에서 흙 묻은 부분을 문질러 닦는다. 지금까지 그는 모든 걸 모, 이브라힘과 함께해왔다. 하지만 앞으로도 그럴 수 있을까? 이 더블데이트에서 어떤 일이 벌어질지 뻔하다. 모는 모두한테 술을 마시고, 마시고, 또 마시라고 강요할 것이고, 하산은 술을 거절해서 결국 아프리아한테 재미없는 놈으로 보이고 말 것이다. 차라리 아프리아를 혼자 만나보고 싶다.

"음."

"야. 맥주 한잔 정도는 괜찮잖아."

하산은 콘크리트 바닥에 다리를 쭉 편다. "걔들 불러내. 나도 갈게."

"그럼 맥주 마실 거지?"

"간다고 했잖아."

"그래, 너는 환타 마시고. 레몬 맛 할래, 프루트 트위스트 맛 할래?"

하산은 어깨를 으쓱한다.

"알았어." 모가 답하며 담배꽁초를 휙 던진다. 침묵이 내려앉는다. 축구장 안에서 공이 튀고, 선수들이 외치고, 누군가 날카롭게 내지르는 소리가 들린다. 하산이 고개를 좌우로 이리저리 움직이자, 아무렇게나 주차된 포드 포커스의 번호판에 비친 빛도 이리저리 움직인다.

모가 길 건너편 초라한 나무들에 둘러싸인 벤치를 가리키며 말한다. "저놈 좀 봐." 레드브리지 칼리지에 다니는 데이비드라는 애인데, 모는 그를 싫어하는 것 같다. "아 진짜, 저놈 좀 봐. 매일같이 저기 혼자 앉아서 이상한 짓을 반복해. 미친놈이야."

"그래." 하산은 빨리 축구를 시작하고 싶다. 다음 수업까지 1시간도 채 남지 않았는데 오크스 파크 고등학교는 여기서 20분이나 걸어야 한다.

"봐봐…. 지금 봐."

데이비드는 이어폰을 고쳐 꽂고 휴대폰을 두드리더니 배낭을 열어 페도라를 꺼내 쓰고는 신나게 고개를 끄덕이기 시작한다.

모가 허벅지를 탁 친다. "아니, 진짜, 저게 뭐야? 저기 앉을 때마다 저래. 모자 쓰는 타이밍이 시계처럼 정확해. 누굴 감동이라도 시키려는 거야? 저런 옷 입는 것만 해도 충분히 이상한데, 저런 루틴까지? 완전 호모 같아."

"야, 그런 말 하지 마."

"뭘?"

"그런 식으로 말하지 말라고."

"어?" 모가 고개를 젓는다. "너 아까는 이맘처럼 굴더니 이제는 프랭크 오션*이야? 너 왜 이래? 진정해. 좀 편하게 생각해. 농담한 거야."

하산은 운동화를 맞부딪친다. 모를 오늘 처음 만났다면, 과연 친구가 되고 싶었을까? 그런 생각은 안 하는 게 좋겠다.
"듣고 있어, 하산?"
"응."
"이 사람들 이제 가네."
"그렇네."
"프리킥 연습할까?"
"그러자."

---

* 양성애자라고 커밍아웃한 미국의 R&B 가수.

◇

하산은 전체 화면 모드로 사진 한 장을 연다. 먹다 남아 질척해진 팔라펠 랩이 테이크아웃 용기에 담겨 있다. 밝기와 블랙 포인트, 비네트 설정을 조절한 뒤 다른 사진들을 휙휙 넘겨본다.

 미술·디자인 수업 숙제는 감각을 주제로 한 사진 연작 구성이다. 로마노 선생님은 지시 사항에 이렇게 적어두었다. "뛰어난 사진작가는 오감을 모두 포착해서 시각은 물론 청각, 후각, 미각, 촉각도 전달하는 것을 목표로 합니다. 참고 사진으로 코우델카, 파, 홀스먼의 작품을 첨부했으니 살펴보세요." 하산은 내일 사진을 더 찍어볼 생각이다. 여태 찍은 사진도 그럭저럭 괜찮지만, 참고 사진에 비할 바는 못 된다.

 하산은 골드스미스대학교에서 미디어커뮤니케이션을 공부하고 싶다. 그러려면 미술·디자인 성적을 높여야 한다. 그것도 빨리. 로마노 선생님은 그의 추천서 작성 담당 선생님이기도 하다. 하산은 노트북을 뚫어져라 쳐다본다. 골드스미스대학교에 떨어지면 큰일이다. 마음에 드는 학과가 있는 곳은 리즈대학교, 글래스고대학교, 맨체스터대학교뿐인데, 이 대학들의 기숙사비는 엄청나게 비쌀 것이기 때문이다. 골드스미스대학교라면 집에서 다닐 수 있다.

하산은 오늘 숙제는 포기하고 페이스북을 연다. 뉴버리 파크 무슬림청소년센터의 게시물에는 의학을 공부하거나, 영문학을 가르치거나, 스타트업 회사에서 일하는 등 다양한 분야에서 활동 중인 선배들과 만나는 자리가 곧 있을 거라고 나와 있다. 이미 하산의 일정표에도 적혀 있다. 웨스트햄 유나이티드는 '이거 기억하나요? 파올로 디 카니오의 천재적인 플레이' 영상을 올렸다. 하산은 영상을 본다. 믿을 수 없는 슛이다. 진짜 끝내준다. 계속 스크롤을 내리다 아프리아가 프로필 사진을 바꾼 걸 본다. 아프리아는 하산이 아는 사람 중 유일하게 페이스북을 활발히 한다. 연한 분홍색 크롭톱을 입고 카메라를 향해 웃고 있다. 들쭉날쭉하게 땋은 검은 머리가 잘 어울린다. 세상에, 아프리아는 정말 매력적이다. 그녀와 30초 이상 시간을 보낼 수만 있다면 정말 좋겠다. 아프리아가 페이스북에서 팔로우하는 페이지들을 보면 하산과 같은 음악을 좋아하는 게 분명하다. 드레이크, 에미넴, 에드 시런, 위켄드, 라나 델 레이, 시저, 스톰지, 미고스. 게다가 그녀도 최근에 〈기묘한 이야기〉를 봤다. 둘이 나눌 얘기는 충분할 것 같다.

〈무슬림의 소리〉에서는 이런 게시글을 올렸다. "오늘은 블랙번 출신의 24세 레즈비언 무슬림 자라 아메드와의 인터뷰를 소개합니다. (솔직한 이야기를 들려줄 수 있도록 가명을 썼습니다.) 그녀의 이야기는 가슴 뭉클하면서도 매우 중요합니다. 꼭 읽어보시기를 바랍니다. 링크는 아래에 있습니다."

하산은 인터뷰 기사를 읽는다. 자라는 열여섯 살 때 자신이 레즈비언임을 깨달았다. 하지만 실제로 자신이 느낀 대로 행동한 건 대학교에 가서 같은 과 친구인 피비와 가까워졌을 때였다. 둘은 연인이 됐고, 몇 년 후 함께 살기 시작했다. 자라의 부모님이 자라와 피비가 그저 룸메이트일 뿐이라고 생각하도록 침실이 두 개 있는 집을 골랐다. 자라는 과연 부모님께 진실을 말할 용기를 낼 수 있을지 알 수 없다. 부모님은 그녀와 절연할지도 모른다. 부모님의 도덕관은 신앙이 아닌 전통을 따르기 때문이다. 만약 용기를 낸다면, 그녀는 쿠란 10장 41절*을 인용하며 쿠란이 관용과 이해, 차이 존중을 장려한다고 상기시켜 드릴 것이다. 하지만 사실 그게 도움이 될 것 같지는 않다. 부모님은 옛날 사고방식에서 벗어나지 못하고 있기 때문이다.

하산은 휴대폰에 씌운 투명 실리콘 케이스를 만지작거리다가 멈추고 페이스북으로 돌아가 '댓글'을 클릭하고는 이렇게 쓴다. "@AfriaBaqri 아프리아, 이거 한번 읽어봐. 정말 좋은 글이야."

하산은 휴대폰에 엄마가 말해준 선지자 롯의 일화와 영국의 동성애 역사를 메모해뒀다. 혹시라도 아프리아와 대화할 기회가 생길까 싶어 등굣길에 메모를 읽고 또 읽었다.

---

* '내 일은 내게, 너희 일은 너희에게 있다'는 내용으로, 신앙의 비강제성을 강조하며 서로 다른 삶의 방식을 존중하라는 관용의 메시지로도 해석된다.

왓츠앱에서 알림이 온다. 이브라힘이다. "씨발 진짜 개짜증 존나 씨발." 하산이 무슨 일이냐고 묻는다. '입력 중'이라는 표시가 나타났다 사라지기를 반복한다.

> 이브라힘: 진짜 씨발 개자식들, 대체 지들이 뭐라고 생각하는 거야?
> 이브라힘: 씨발
> 모: ???
> 이브라힘: 인종차별하는 개새끼들
> 이브라힘: 우리 집에 와서 편지 구멍으로 오줌 싸고, 인종차별 개소리 지껄이다 도망갔어
> 이브라힘: 오줌을 쌌다고
> 이브라힘: 편지 구멍으로
> 이브라힘: 우리 부모님이랑 할머니가 계시는데도
> 이브라힘: 씨발

하산도 전에 '파키'*라고 불린 적은 있다. 이브라힘도 전에 얻어맞은 적은 있다. 하지만 이런 건?

하산은 엄마가 뭔가 흐르는 듯한 소리를 듣고 현관으로 나왔다가 매트 위에 고인 웅덩이를 보게 되는 모습을 상상한다. 엄마는 그런 일을 겪으면 영영 잊지 못할 것이다.

---

* 파키스탄을 비롯한 남아시아계 사람들을 비하하는 영국 욕설.

모: 말도 안 돼 미쳤네

하산: 씨발

모: 나치 개쓰레기들

이브라힘: 너희 그거 알아?

이브라힘: 이제는 소수가 아니야

이브라힘: 진짜로 이 나라의 모든 백인 새끼들이 우리를 내쫓고 싶어 한다고

이브라힘: 그 새끼들 눈에서 그게 보여

이브라힘: 어디서든. 지하철, 버스, 테스코, 어디서든 다 보인다고. 씨발 보인다고

모: ㅇㅇ

이브라힘: 씨발 이 나라

이브라힘: 개새끼들

이브라힘: 우리 집 편지 구멍으로 오줌 싸도 된다고 생각하는 거 봐

이브라힘: 씨발놈들 다 죽어라

이브라힘: 아으으으

이브라힘: 이 얘기 다른 사람한테 하지 마

이브라힘: 우리 셋만 알고 있는 거야

이브라힘은 하산에게 대마초를 건넨다.

"괜찮아."

"그러지 말고, 하산."

"진짜 괜찮다니까."

"한 모금 빤다고 안 죽어." 이브라힘이 손가락으로 대마초를 돌리자 주황빛 끝에서 연기가 타닥거리며 피어오른다. 이브라힘의 뒤편 잔디에는 초록색 금속 프레임이 반짝이는 자전거가 놓여 있다. "야."

"알았어." 그들은 공터에서 세 시간 넘게 앉아 있었다. 이브라힘과 모는 대마초를 피우고, 잭 다니엘 위스키를 들이켜며, 아마도 코카인일 하얀 가루를 열쇠로 긁어 코로 흡입하고 있었다. 하산은 모가 주변에 흩뿌린 토사물 웅덩이를 조심스레 피해서 앉아 있다. 하산은 인터넷에서 본 대로 재빨리 한 모금 빨아들인 뒤 입을 다문 채 코로만 내뱉는다. 절대 들이마시지는 않을 작정이다.

"그렇지." 이브라힘이 말한다. "역시 우리 멤버답네."

"역시 갈락티코였구만." 모가 말한다. "그럴 줄 알았어."

하산이 모한테 대마초를 넘긴다.

"갈락티코지." 이브라힘이 되뇐다. "원래 갈락티코였고. 앞으로도 갈락티코일 거고. 이제 좀 괜찮아졌냐, 모?"

"어."

"그럴 때도 있는 거지."

"그렇지."

하산은 이들과 얼마나 더 시간을 보내야 하나 고민한다. 이번엔 이브라힘과 의리를 지키려고 어쩔 수 없이 나왔다. 하지만 왓츠앱으로만 연락할 걸 그랬나 싶다. 모가 일어서더니 끼루룩 끼루룩 괴상한 웃음을 터뜨리고 손을 허공에 퍼덕이더니 말한다. "자, 중간점을 계산해서 로프의 장력 변화를 보여주는 그래프를 그리세요. 왜냐하면, 어, 로프는 파이 제곱이고 파이는…. 그리고 여러분 모두 중간점 계산하는 법을 알아야 합니다…. 왜냐하면, 어, 제가 대단한 상류층 도련님이거든요." 하산은 씩 웃으며 풀잎 하나를 집어서 검지에 감는다. 어떻게 이런 게 피파 토너먼트보다 재밌다는 건지 도무지 모르겠다.

이브라힘이 누가 그 '대단한 상류층 도련님'이냐고 묻자, 하산이 모가 흉내내는 건 GCSE* 수학을 가르쳤던 로버츠 선생님이라고 대신 설명해준다. 모가 다시 입을 연다. "c 부분에서는 각

---

* 영국에서 중등학교를 마칠 때 치는 시험 또는 중등학교 교육과정을 가리킨다.

경우에 대해 순가속도를 m, g, d로 표현하세요. m, g, d로 순가속도를 표현하세요. 표현하세요. 표현하세요." 이브라힘이 웃는다. "씨발 멍청한 백인 도련님." 모가 고개를 숙여 인사하고는 앉아서 잭 다니엘을 잡는다. "하산, 내가 지금 칼릴라한테 메시지 보내서 내일 밸런타인 공원 만남 확인할게. 개하고 아프리아 그리고 우리 둘."

"아프리아가 누군데?" 이브라힘이 묻는다.

"우리 학교 예쁜 애야." 모가 답한다.

"사진 좀 까봐."

하산은 화제를 돌리려 한다.

"야." 이브라힘이 엄지와 검지로 카메라 모양을 만든다. "사진 좀 까보라고."

하산은 마지못해 휴대폰을 꺼낸다.

"그래야지." 이브라힘이 코를 썰룩거리며 욕정 섞인 콧소리를 내더니 새로 산 셔츠에서 엄지손가락으로 재를 툭툭 털어낸다. 셔츠에는 검은색 바탕에 분홍, 주황, 초록색 번개무늬가 그려져 있다.

하산은 아프리아의 페이스북을 보여주고 싶지 않다. 둘이 품평하는 꼴을 보고 싶지 않아서다. "통신사 신호가 개떡 같네." 시간을 벌려고 둘러댄다. 공터 가운데 벤치에 놓인 《토마스와 친구들》 색칠 공부 책이 바람에 펄럭인다.

갑자기 뒤편 지하도에서 발소리가 확 퍼져온다. "씨발." 이브라힘이 뒤를 돌아보며 내뱉는다. 하산도 고개를 든다. "씨발." 이 브라힘이 다시 욕설을 내뱉으며 허둥지둥 가방을 움켜쥔다.

"알았어. 내가 아프리아 계정 찾아볼게." 모가 말한다. 너무 취해서 발소리든 이브라힘의 반응이든 알아차리지 못한 듯하다.

불안감에 휩싸인 하산은 그 발소리가 인종차별주의자일지도 모른다고 생각한다. 하지만 이브라힘이 곧 폭소를 터뜨린다. 누구였든 간에, 그 사람은 이제 공터를 지나 멀어지고 있다.

"페이스북 찾았다." 모가 말한다.

"아, 씨발." 이브라힘이 실성한 듯 웃으며 주저앉는다. "이 대마초가 날 죽이네. 진짜 죽이겠어. 난 저게⋯ 아, 씨발⋯ 근데 정작 나타난 건 모랑 같은 학교 애라니."

하산이 어깨너머로 본다. 데이비드다. 그냥 데이비드뿐이다.

"씨발." 모가 말한다. "페도라 호모 새끼네."

"모, 그만해." 하산이 말한다.

모는 하산을 무시하고는 소리친다. "야!"

"이브라힘한테 아프리아 페이스북 보여줘야지." 하산이 말한다.

"야!"

"페이스북 같이 보자고."

"야!" 이브라힘이 다시 일어나 앉으며 말한다. "야, 메이크업 보이. 야!"

데이비드가 그들 쪽으로 돌아서며 이어폰을 뺀다.

"야." 모가 말한다. "씨발 들리는 거야, 안 들리는 거야?"

"응답하라. 응답하라." 이브라힘이 말하고는 다른 이들에게로 돌아선다. "안 되네. 배터리 문제인가 봐." 그는 무전기라도 쥐고 있는 듯 오른손을 뚫어지게 쳐다본다. "배터리 문제인가 봐. 잠깐만. 응답하라. 응답하라? 아니. 아무 소리도 안 나."

"얘들아." 하산이 말한다.

"쟤가 우리를 뚫어져라 쳐다보고 있어." 이브라힘이 말한다. "토끼처럼 말이야."

하산은 조용히 지켜보고 있다. 데이비드는 얼굴을 가린 채 흐느끼고 있다. 데이비드의 부츠 옆에는 찌그러진 몬스터에너지 캔과 콘돔으로 보이는 뭔가가 놓여 있다. 하산은 이브라힘이 왜 그를 때렸는지 이해할 수 없다. 나치라고? 정말? 하산은 사태가 더 악화되는 것을 막으려고 뭔가 말하고 싶지만, 무슨 말을 해야 할지 모르겠다.

"마침 한 시간 전부터 하고 싶었거든." 이브라힘이 말한다. "존나 참고 있었어."

"뭐?" 하산이 말한다.

"이거 개 시원할 거야." 이브라힘이 말한다. "정말 개 *시워어언* 할 거라고."

하산은 얼굴을 찌푸리며 뒤로 물러선다. "쌍, 뭐 하는 거야?"

이브라힘이 자신의 물건을 꺼내 휘두른다.

"씨발." 모가 말한다. "너…. 난 못 보겠다. 진짜 못 보겠어. 씨발, 쟤 머리에… 아, 씨발!"

그들은 미쳐버렸다. 완전히 제정신이 아니다.

이 상황에 끼고 싶지 않은 하산은 급히 도망친다.

모: 뭔 일이야, 씨발 어디로 달려간 거야?

이브라힘: 야, 너 어디야?

모: 어이없네?

이브라힘: 야, 우리 이 꼴로 너네 집까지 찾아가게 하지 마라 ㅋㅋ

모: 야아아아 친구야아아아

하산은 침대에 앉아 웨스트햄 벽화를 등지고 무릎을 세운 채로 휴대폰을 뚫어져라 바라본다. 미친. 모와 이브라힘한테 무슨 일이 일어난 거지? 도대체 왜 저러는 거야? 완전히 다른 사람이 돼버렸다. 라바 램프에서 보라색 왁스 방울이 솟아오른다. 그들과 계속 어울릴 순 없다. 그건 확실하다. 그럼 앞으로 누구랑 어울릴까? 사지드? 사지드는 겨우 열네 살이잖아. 하산은 매트리스 위에서 몸을 뒤척인다. 모와 이브라힘은 여섯 살 때부터 가장 친한 친구였다. 언젠가는 모든 게 예전처럼 돌아갈 거라고, 셋이 로스 갈락티코스로 계속 함께할 방법을 찾을 거라고 생각했었다. 불가능하다. 결국 데이비드처럼 되는 걸까. 혼자 벤치에 앉아서 페도라를 쓰고 상상 속 친구들과 노는? 어쩔 수 없다. 이브라힘은 사람한테 오줌을 쌌다. 사람한테 오줌을 쌌다고.
　하산은 억지로 손가락을 움직여 답장을 보낸다.

　　하산: 너희들 진짜 선 넘었어
　　하산: 난 그런 짓에 끼어들고 싶지 않아
　　하산: 너희들 하고 싶은 대로 해 하지만 난 완전히 빠질 거야 알겠냐?

　손바닥에 식은땀이 난다. 그들은 여섯 살 때부터 가장 친한 친구였다. 다음에 그들을 마주치면 어떻게 될까? 만약 모가 레드브리지 칼리지로 가지 않았고, 이브라힘이 고모라 나이트클럽에서 일하지 않았다면 이런 일은 절대 일어나지 않았을지도 모른다. 빌어먹을 레드브리지 칼리지. 빌어먹을 고모라. 그들은 여섯 살 때부터 가장 친한 친구였다. 그들 같은 친구를 다시 사귈 수는 없을 거다. 어떻게 가능하겠어?

　　이브라힘: 어? 우리가 로스 갈락티코스라고 생각했는데
　　이브라힘: 내가 착각했나보다
　　이브라힘: 그래, 좋아. 그냥 미리 알았으면 좋겠지만
　　이브라힘: 그럼 대신 나치들이랑 어울리든가 ㅋㅋ
　　모: 하산? 친구야? 뭐라고, 씨발?

　이브라힘은 사람한테 오줌을 쌌다. 사람한테 오줌을 쌌다고.

하산: 미안하다 얘들아 난 더는 못 하겠어

하산: 오늘 일만이 아니라 요즘 모든 게 그래

하산: 너희가 모스크는 지루하고 청소년센터는 창피하다고 생각하는 거 알아. 이제 대마초랑 코카인 그런 거에 빠졌다는 것도 알고. 근데 난 안 하고 싶어. 그냥 나 빼고 너희끼리 해.

하산: 알겠지?

I

II

III

IV

V

데이비드

날카롭고 쓰라린 조명이 눈부시게 비치는 가운데, 데이비드가 치즈·요거트·디저트 코너로 진열 카트를 밀며 들어선다. 그는 시간을 확인한다. 휴게 시간까지 15분밖에 남지 않았다. 첫 번째 상자를 뜯자 클로티드 크림 열두 팩이 나온다. 선반에 물건을 채울 때 장갑을 껴야 한다는 규정은 여전히 짜증 난다. 유니폼 규정에서 다른 모든 건 전부 익숙해졌다. 심지어 밤색 폴로 셔츠의 테두리에 둘린 보기 싫은 주황색 띠까지도. 하지만 장갑은 불편할 정도로 꽉 조이고, 꺼끌꺼끌하고, 땀이 난다. 두 번째 상자에는 '부들스boodles'라는 게 들어 있다. 일반 파스타의 '훌륭한 대안'이라는 땅콩호박 국수다. 데이비드는 카트를 발로 차서 제자리로 밀어 넣는다. 공기순환장치는 원래 생선 코너에서 공기를 빼내고 베이커리 코너의 공기를 재순환시키도록 돼 있지만, 데이비드가 느끼기에는 정반대로 작동하고 있는 게 분명하다.

"저기요." 한 고객이 말을 건다. "뮐러 요거트 바닐라바나나맛 있나요?"

"죄송하지만 품절됐습니다."

"사람들이 살 수도 없는 걸 왜 반값으로 해놓는 거예요? 이번 주 내내 매일, 정말 매일 확인했는데, 한 번도 재고가 없었어요."

"죄송합니다."

그 고객은 진열 카트에 있는 상자를 확인해달라고 한다. 데이비드는 쪼그리고 앉아 카트를 한 바퀴 돈다. "죄송합니다. 여기에도 없네요."

"제 생각에 말이에요."

"네?"

"이건 사기예요. 뻔한 수법이라고요."

"죄송합니다." 데이비드는 부들스 진열대로 돌아간다. 동료 한 명이 진열 카트를 밀며 통로로 들어선다. 카트가 철커덕, 덜그럭거리며 요란한 소리를 낸다. 이제는 데이비드의 꿈에도 나오는 매장 소리가 세 가지 있다. 바로 이 소리, 그리고 상자를 찢는 소리, 그리고 '싸게 사서 부자 되세요' 방송 안내 멘트다. 이 소리들이 데이비드의 일부가 돼가고 있다. 그는 이름이 기억나지 않는 동료에게 고개를 꾸벅이며 인사를 나눈다. 부들스가 품절이라 새로 진열해야 한다. 다음은 뭘 진열해야 할까? 시간을 확인한다. 휴게 시간까지 8분 남았다. 8분.

세인즈버리 매장 직원들은 오직 한곳에서만 담배를 피울 수 있는데, 고객이 접근할 수 없는 매장 뒤편의 좁은 공간이다. 다른 데서 피우다가는 엄청난 곤욕을 치르게 될 것이다. 데이비드는 계단에 떨어진 음식 찌꺼기 위에 앉아 담배에 불을 붙인다. 8월 말이라고는 믿기지 않을 만큼 날씨가 최악이다. 벌써 어둡고 축축한 데다 쌀쌀하기까지 하다. 뒤에서 문이 덜컥 열리자 데이비드는 허둥지둥 이어폰을 찾지만 이미 늦었다.

"어이, 친구야."

"네."

"같이 있어도 돼?"

"음."

"난 자말이라고 해." 이십대 후반의 마른 체격에 기름진 머리를 길게 늘어뜨린 남자가 손을 내민다. 데이비드는 최근에 짧게 깎은 자기 머리가 마음에 든다. 샤워할 때 기분이 좋다. 바람이 불어도 더 이상 신경 쓰이지 않는다. "데이비드예요."

"월요일에 일 시작했어." 자말이 말한다. "이런 휴게 시간, 정말 없으면 안 된다니까." 자말이 말아 피우는 담배를 꺼낸다. '골든 버지니아'다. "여기서 오래 일했어?"

"6주 됐어요."

"오, 그렇구나. 월요일에 나한테 일 가르쳐준 놈은 15년 일했대. 거의 인생을 바친 거지." 데이비드가 고개를 끄덕인다. 쓰레기가 넘쳐나는 수거함 가장자리에는 새들이 앉아 깃털을 다듬고 있다. 오른쪽으로는 윤기 나는 당근 사진으로 뒤덮인 배달용 승합차가 보인다. 세인즈버리 일퍼드점 흡연 구역에서 볼 수 있는 광경은 이게 전부다. "이 근처에 살아?" 자말이 묻는다.

"뉴버리 파크요."

"거기엔 마트가 없어?"

"여기 오는 건 그리 나쁘지 않아요. 직행버스로 25분이면 돼요." 뉴버리 파크의 테스코 매장에서도 사람을 뽑고 있었지만, 거기서 일했다간 결국 이브라힘이나 모, 하산을 맞닥뜨렸을 것이다.

"그렇게 오래 걸리는 것도 아니네. 난 5분 거리에 살아." 자말이 동쪽을 가리키며 손을 휘두르자, 담배 연기가 석양에 주황빛 궤적을 그린다. "'팜즈 페리 페리' 매장 옆이야. 뉴버리 파크에 살면 팜즈를 모르겠구나. 하지만 여기서 치킨집 찾는다면 무조건 팜즈야, 진짜."

"그렇군요."

"거기서는 치킨 시시 케밥을 5파운드에 살 수 있어…. 넌 여름에 학교 끝낸 건가?"

"네."

"GCSE 같은 거?"

"AS레벨*이요."

"A레벨을 끝까지 안 했어? 그건 끝까지 해야 하는데."

"그냥 저한텐 맞지 않았어요. 시간 낭비였을 거예요."

"적어도 대학은 갈 수 있었을 텐데. 대학에는 예쁜 여자들이 더 많아. 확실히 말이야. 금발 머리도 있고, 갈색 머리도 있고, 빨간 머리도 있고. 그리고 온갖 데서 오잖냐. 틀림없이 미국 애들도 있을걸. 유후! 이 좆같은 유니폼도 안 입고 말이야." 자말이 자신의 옷깃을 잡아당긴다. "하긴 나도 할 말은 없지. 열여섯 살에 학교 때려치웠으니까." 길게 담배 한 모금을 빨아들인다. 자말이 뭔가 더 말하기 전에 데이비드가 말을 자르고는 휴게 시간이 끝나가서 안으로 들어가야 한다고 말했다. "그래. 괜찮아, 친구야. 시시한 얘기해서 미안해. 그냥 잠깐이라도 손님 말고 다른 사람이랑 얘기하니까 좋더라고. 무슨 말인지 알지? 어쨌든, 또 보자."

"네."

퇴근까지 세 시간 남았다. 세 시간.

---

*   A레벨의 첫해를 AS레벨이라고 부르며, A레벨 2년 과정 중 1년만 마치고 그만뒀다는 뜻이다.

◇

아빠 방에서 코 고는 소리가 요란하게 들려온다. 오늘 밤 〈온리 풀 앤 호스〉 시청은 글렀다. 데이비드는 옷을 갈아입고 부엌의 파리들을 휘휘 내쫓은 뒤, 채소 마살라를 전자레인지에 돌린 다음 위층으로 들고 올라갔다. 노트북으로 유튜브를 열어 칼 윌리엄스가 바르샤바 공연에서 〈블랙 글래스〉를 부르는 영상을 튼다. 화면은 흔들리고 음질도 그다지 좋지 않지만, 공연장 분위기만큼은 고스란히 전해진다. 마지막 후렴구를 부를 때는 폴란드 국기를 두른 누군가가 관객들 위로 떠다니며 촬영자 위를 지나 펜스까지 다다른다. 폴란드에서는 여전히 칼을 사랑하는 모양이다.

유튜브 메인 화면으로 돌아가니 팀 라이의 영상이 추천 목록에 떠 있다. 주로 미국 문화와 정치를 다루긴 하지만 재미있어서 즐겨 본다. 팀 라이는 〈바이스 뉴스Vice News〉 출신이고, 보도로 상까지 받은 사람이다. 진짜 상 말이다. 이번 영상은 안티파*에 관한 것으로, 댓글이 무려 3783개나 달렸다. Wisconsin1848: "안티파한테 위협받고 있다고? 그럼 뭔가 옳은 일을 하는 거겠네." Leadguitarman: "안티파는 자기들이 맞서 싸운다는 그 모든 짓을 실제로 저지르고 있어." Gcal1954: "나는 루마니아 출신이야. 80년대 공산주의 시절에 거기서 어린 시절을 보냈지. 지금은 포틀랜드에 사는데, 여기 사람들이 공산주의를 외치는 걸 보면 참 나. 공산주의가 뭔지도 모르면서. 식량 배급에, 강제 노동에, 국가가 사업을 죄다 통제하고 재산도 다 가져가는 게 공산주의야. 이 사람들은 정말 아무것도 몰라." Orange Crush: "FBI에 신고해. 농담 아니야, 팀. 저들이 알아서 물러설 거라 생각하면 큰 오산이야. 진짜야."

데이비드는 양파 바지bhaji** 한 조각을 걸쭉한 토마토소스에 찍어 먹으며 '재생' 버튼을 누른다.

팀 라이는 정체성 정치와 양극화를 주제로 현장 토론회를 기획했었다. 진보 성향 두 명과 보수 성향 두 명으로 총 네 명의 연사를 초청했는데, 그중 한 명은 〈브라이트바트Breitbart〉***에 글을 쓰는 사람이었다. 그런데 안티파 회원들로부터 토론회를 강행하면 개입하겠다는 협박을 받자, 놀란 장소 운영사에서 결국 행사를 취소해버렸다. 영상 속 팀 라이는 분노를 감추지 못하고 있다. 이 행사는 토론을 장려하고 갈등을 줄이기 위한 것이었는데 안티파가 이런 짓을 저지르는 건 말도 안 된다고 목

---

*   '안티 파시스트 액션'의 줄임말로, 극우 세력에 대항하는 미국의 급진 좌파 활동가 집단을 말한다.
** 채소나 치즈 등을 병아리콩 가루로 만든 반죽에 담가 튀긴 인도 요리.
*** 미국의 극우 성향 인터넷 언론.

소리를 높인다. 이런 걸 보면 소위 파시즘에 반대한다는 자들이 오히려 진짜 파시스트라는 걸 알 수 있다. 안티파가 팀 라이를 극우 동조자로 보다니 말이 되나? 도대체가, 그는 이민 2세대 혼혈인이고 90년대식 자유주의자라고. 이제는 다른 관점도 들어보려는 사람은 전부 극우 동조자가 된 건가?

데이비드는 빈 접시를 침대 옆 탁자 위에 놓는다. 이미 그곳에는 접시 세 개가 놓여 있다. 방 안에는 남은 돌미오 파스타 소스 덩어리에서 나는 마늘 냄새가 배어 있다. 다른 접시들에는 시들어가는 오이 조각들이 담겨 있다.

데이비드는 팀 라이의 영상을 트윗한다. "상도 받았던 저널리스트 @timlai1985가 오늘날 진짜 파시스트가 누군지 보여주고 있다. 안티파가 표현의 자유를 위협하지 않는다고 생각하나? 이 영상을 봐라."

다음 영상이 자동 재생된다. '마지막 웃음?!'이라는 제목의 영상으로, 미국의 한 대학에서 공연 전 행동 서약서 서명을 거부해 화제가 된 코미디언과의 인터뷰다.

그때 데이비드의 휴대폰에 알림이 뜬다. 트윗에 첫 '마음에 들어요'가 달린 것이다. 그를 언팔로우한 로리, 엘리노어, 그리고 다른 워키wokie*들은 꺼져버렸으면 좋겠다. 요즘은 이전보다 '마음에 들어요'를 더 많이 받는다. 훨씬 더 많이 받는다. 조이가 아직도 그를 팔로우하고 있다는 게 의외다. 곧 언팔로우할 거다. 그녀가 감당할 수 있는 진실의 양에는 한계가 있을 테니까.

데이비드는 알림을 옆으로 밀어 없앤 뒤 계속해서 영상을 본다. 이 코미디언은 똑똑하다. 특별히 재미있지는 않지만, 똑똑하다.

---

*   워크에서 파생된 단어로, 과도하게 정치적 올바름을 추구한다고 여겨지는 사람들을 비난하는 표현.

◇

"이제 BBC에서도 테헤란 시위를 보도하고 있더라." 엄마가 말을 꺼냈다.

"그래요?" 데이비드는 소파에 늘어져 휴대폰을 들여다보고 있다.

엄마는 나무 탁자 위 간식 그릇에서 피스타치오 하나를 집어 든다. "너무 기대하진 않을 거야. 전에도 여러 번 그랬거든." 그러면서도 엄마는 어젯밤 캘리포니아에 사는 친구와 통화한 일을 이야기한다. 그 친구는 아직 테헤란에 친척들이 살고 있는데, 요즘 십대들은 정권에 대한 두려움이 많이 줄었다고 한다. 이슬람 시대 이전의 조로아스터교에 뿌리를 둔 차하르샨베 수리 Chaharshanbe Suri라는 불 축제가 매년 저항의 장으로 변모하고 있다면서 테헤란 전역, 특히 서부 지역에서 소년 소녀들이 모여 술을 마시고 모닥불 주위에서 춤을 춘다는 것이다. "내가 십대였을 때는 상상도 못 할 일이었지."

"희망적이네요."

엄마는 이제는 '사회악 퇴치 특별 법정'에서 아이들에게 벌금을 물리고 재범하지 않겠다는 서약서에 서명만 하게 한 뒤 풀어 준다고 말했다. 수가 너무 많아서 그렇단다.

"그것도 희망적이고요."

"그렇지." 엄마는 니트 상의의 둥근 목선을 손가락으로 들어 올리다가, 문어 라인 아트가 그려진 하얀 물병을 집어 든다. "아, 맞다. 아침에 인터넷에서 뭘 좀 봤거든."

"뭔데요?"

"잠깐만. 이메일로 보내줄게."

"네."

"…보냈어."

젠장. '오픈 칼리지'라는 웹사이트 링크다. "엄마!"

엄마는 데이비드에게 그 웹사이트를 확인해보라고 한다. 언제든 등록할 수 있고, 그러니까 정해진 학기가 없고, 집에서 공부할 수 있다. 교과서, 수업, 과제, 연습 문제까지 필요한 모든 걸 제공해준다. 그리고 일대일 전담 튜터도 붙여줘서 궁금한 점이 있으면 언제든 이메일로 물어볼 수 있다.

"엄마!"

엄마의 눈에 담긴 친절함이 짜증 난다. "그냥 하나의 선택지일 뿐이야. 그래도 선택지는 선택지잖아. 네가 대학에서 영문학을 공부하는 데 필요한 걸 이룰 수 있을 거야. 레드브리지 칼리지가 잘 안 맞았다는 건 알아. 하지만 오픈 칼리지는…."

"엄마. 우리 이미 다 얘기했잖아요."

"하지만 오픈 칼리지라면 집에서 공부할 수 있잖아. 돈 걱정할 필요는 없어. 우리한테 돈은 있어. 우리가 다 대줄게."

엄마가 자신과 스티븐을 '우리'라고 부를 때마다 데이비드는 여전히 움찔한다. "전 돈 받고 싶지 않아요. 전 열일곱 살이잖아요. 그리고 그냥…. 아니에요. 이건 제가 원하는 게 아니에요."

"그럼 넌 정확히 뭘 원하는 거니? 너한테 있는 기회를 모조리 닫아버리고 싶은 거야? 세인즈버리에 너무 오래 있다간 정말 그렇게 될 거야. 내 말 좀 들어봐."

"좋아요." 데이비드는 소파 등받이 위로 양팔을 쭉 펼친다. "전 지금 신경 안 써요. 정말로 신경 안 써요. 왜 그걸 이해 못 하세요?" 데이비드는 시선을 돌려 창밖을 본다. 가을이 다가오니 정원의 옅은 하늘색 야외용 탁자 세트가 쓸쓸하고 우울해 보인다.

"아마 그래서 내 마음이 아픈가 봐. 내 자식은 대학에 갈 바랐거든. 그게 내가 테헤란을 떠나게 된 이유 중 하나였어."

데이비드는 눈을 질끈 감는다.

"바바는 언제나 대학 시절이 인생에서 가장 좋은 때였다고 말씀하셨지. 만난 사람들, 겪은 경험들…. 난 그 모든 걸 누리지 못했어."

"왜요?" 데이비드가 쏘아붙인다. "왜 못 누렸는데요, 엄마?"

"내가 네 나이였을 때는 정권을 지지하고 종교를 충실히 믿는 게 가장 중요한 입학 기준이었어. 시아파 신학 시험도 봐야 했지. 그래도 괜찮았어. 어떤 시험이라도 공부할 준비가 돼 있었으니까. 하지만 바바의 평판 때문에 나는 절대로 입학할 수 없었어."

"그렇군요."

"하지만 오픈 칼리지라면… 네가 공부하고 싶은 걸 공부하는 데 아무런 제약이 없어. 3년 동안 책을 읽으면서 시간을 보낼 수도 있잖아."

"전 원하지 않아요. 뭔가가 저를 제약하고 있다고 말한 적 없어요. 그런 말 한 적 없다고요. 제 말 좀 들어보세요. 전 대학에 가고 싶지 않아요. 정말로 *원하지 않는다고요.*"

"세인즈버리에서 일하는 게 소설을 읽고 흥미로운 사람들을 새로 만나는 것보다 좋다는 거니?"

"네!"

어차피 소설 같은 건 제대로 읽지도 못할 거라고 데이비드는 생각한다. 소설이 이성애 중심적이라느니, 백인 중심적이라느니, 유럽 중심적이라느니, 뭐든 간에 중심적이라느니 하는 식으로 비판하기만 할 뿐이겠지.

"그래, 알겠다. 내가 이걸 찾아보느라 시간 낭비했나 보구나."

"그런 것 같네요."

엄마는 손톱으로 탁자를 톡톡 친다. "넌 정말…"

"아니요! 아악! 씨발! 엄마, 진짜 짜증 나."

엄마는 화난 걸음으로 쌩하니 나가버린다. 데이비드는 다시 휴대폰을 들여다본다.

"어디 있어?" 엄마가 묻는다.

"지금은 싫어요."

데이비드는 지금 변기에 앉아 있다. 저녁 9시 30분이다. 데이비드는 조금 전까지 자기 방에서 칼 윌리엄스 음악을 들으며 레딧을 보고 있었다. 스티븐도 집에 있다.

"거기 있는 거야?"

"…."

"얘, 엄마한테 소리 지르고 욕하면 되겠니? 그래도 네가 한 짓은 일단 눈감아줄게."

"2분만 기다려요."

데이비드의 인생에서 엄마가 화장실 문 너머로 말을 건넨 것도 백 번은 됐을 것이다. 엄마는 뭔가에 꽂히면 참지 못한다. 당장, 지금 당장 이 순간 누군가와 이야기를 나눠야만 직성이 풀린다.

"데이비드."

"왜요? 뭔데요?"

"내가 이란을 떠나기 전에 바바가 해준 얘기가 있는데 말이야…."

"아, 진짜 그만해요."

"바바는 나랑 약속을 하자고 하시더라. 내가 재밌는 소설이나 철학책을 읽고 토론할 준비가 됐을 때만 연락하자고. 그렇지 않으면 귀찮게 하지 말자고. 영국에 온 뒤로 5년 동안 그렇게 했어. 몇 주에 한 번씩은 꼭 뭔가 흥미로운 걸 읽었는데…."

"가세요. 듣기 싫어요."

"기회가 있을 때 그 기회를 놓치면…."

"듣기 싫다고요, 씨발!"

데이비드는 오른손 주먹으로 헛되이 벽을 내리치고는 화장지를 더 뽑아 쓴다.

◇

서브레딧의 인기 게시물로 칼 윌리엄스가 바르샤바에서 중년의 팬을 무대 위에서 껴안고 있는 사진이 올라와 있다. "칼이 완벽하지 않다는 거 알아. 하지만 인간애가 부족하다고 할 수는 없지"라는 문구와 함께 올라온 이 게시물은 추천 55개를 받았다. 그 다음으로 인기 있는 게시물은 "하나 받았어. 칼이랑 투어 밴드 멤버들이 오늘 밤 정말 열심히 연주하더라고. 공연 진짜 좋았어"라는 문구와 함께 올라온 기타 피크 사진, 그리고 "8월에 결혼식이 있어. 여자친구가 신랑 신부 첫 무도곡을 이 노래로 하자네. 여자친구 정말 제대로 만났지?"라는 문구와 함께 스포티파이에서 〈블랙 글래스〉를 재생 중인 스크린샷이었다. 데이비드는 게시물을 최신순으로 정렬한다. 한 시간 전 올라온 텍스트 게시물이 눈에 띈다. '어젯밤 안트베르펜에 있었는데 이 발언은 정말 큰일 날 거야'라는 불길한 제목의 게시물에는 이미 20개의 댓글이 달려 있다. 데이비드는 두 손가락으로 관자놀이를 꾹 누른다. 이번엔 또 뭘까?

어젯밤 안트베르펜에서 칼 윌리엄스 공연을 열여섯 번째로 봤는데, 지금까지 본 것 중 최고였어. 오프닝 곡은 〈실루엣〉이었는데, 매번 들어도 질리지 않네. 리프가 시작될 때, 진짜! 목소리도 그 어느 때보다 좋았고 관객들과 호흡도 정말 잘 맞았어. 하지만 공연 중반쯤에 꽤 논란의 소지가 있는 발언을 했어. 나한테는 별로 신경 쓰이지 않지만, 영국 언론들이 이걸 물고 늘어질 것 같네. 주변에 영상 찍는 사람들이 엄청 많더라고(나도 공연 전체를 찍었지만 아직 올리진 않을 거야). 칼은 이렇게 말했어. "와줘서 고마워요, 안트베르펜 팬 여러분. 이렇게 정상적인 곳에 와서 기쁩니다. 영국은 미쳐가고 있어요. 괴물발광괴짜당Monster Raving Loony Party*이 나라를 운영해도 지금보다는 덜 미쳐 있을 거예요. 우리나라에선 무슬림 부모들이 LGBTQ 수업 때문에 아이들에게 학교를 그만두도록 하고 있는데, 다들 그게 괜찮대요. 여기 벨기에에서는 그런 행동이 반동적이고 동성애 혐오적인 광기라고 여겨지겠죠. 그런데 여러분은 그보다도 훨씬 앞서 있죠. 이미 할랄 도축**과 부르카***를 금지했잖아요. 여성권, 동물권을 신경 쓰니까요. 서구 문명을 지키기 위해 싸울 준비가 돼 있는 거죠. 그런 벨기에에 한 명의 영국인으로서 경의를 표합니다."

---

* 영국의 장난 정당. 장난 정당은 그저 재미나 장난을 목적으로 만들어진 정당을 말한다.
** 이슬람 율법에 따른 도축 방식. 동물의 고통을 최소화한다는 주장과 동물에게 더 큰 고통을 가한다는 주장이 대립한다.
*** 머리에서 발목까지 덮어쓰는 무슬림 여성들의 복식. 머리와 상반신을 가리는 히잡과는 달리 신체의 모든 부위를 가리며, 손에는 장갑을 착용한다.

Heym00n: "망했다." Depressed_aesthetic: "아, 제기랄. 〈가디언〉에서 이 소식 들으면 난리 나겠네." K3nerak: "리즈 공연 이후로 칼이 입 다물기로 했다고 생각했는데."

데이비드는 눈을 깜빡인다. 칼은 물러서는 게 아니라 상황을 더 키우고 있다.

잠시 답답한 시간이 지나고, 그는 이게 옳은 판단이라고 결론 내린다. 어차피 워크 경찰들은 사과를 받아들이지 않을 거다. 이미 캔슬당한 걸 되돌릴 순 없을 거다. 그러니 상황을 더 키우지 않을 이유가 없다.

조이가 이 새로운 논란에 대해 알게 되면 끊임없이 트윗을 올릴 것이다. 더는 칼을 비난하는 헛소리를 듣고 싶지 않아 데이비드는 조이를 언팔로우한다.

◇

"내일 몇 시부터 일하냐?" 아빠가 바비큐맛 프링글스 통에 손을 쑤셔 넣으며 묻는다.

"7시부터 3시까지요."

"난 오후에 나갔다가 6시쯤엔 돌아올 거야."

"일 잡혔어요?"

"응, 채드웰 힐스 쪽이야. 어떤 여자애가 4시간 동안 예약했어. 뭘 시킬지 모르겠다. 아마 산이라도 옮기라고 하겠지. 아무 코멘트도 안 적혀 있더라고."

"행운을 빌겠나이다."

"괜찮을 거야." 아빠의 입가에 편안한 미소가 떠오른다.

데이비드가 세인즈버리에서 즉석식품이 2+1 행사 중이라고 말한다. 태국 채소 커리, 고구마 카츠 커리, 렌틸콩 코티지 파이, 차나 마살라, 콜리플라워 필라우 라이스가 있다고 한다. 그들은 무엇을 고를지 격론을 벌이다가 데이비드는 고구마 카츠 커리, 아빠는 렌틸콩 코티지 파이로 정한다.

프링글스 통을 다시 한번 들여다본 아빠는 허벅지를 두드리며 콧노래를 낮게 흥얼거린다. 그 소리에서 아빠의 만족감이 묻어난다. TV에서는 〈온리 풀 앤 호스〉가 나오고 있다. 델, 로드니, 할아버지가 내그스 헤드 펍에 있는 장면이 보이고, 프로그램의 주제곡이 반복해서 흘러나온다.

어리석은 생각이 데이비드의 머릿속을 스친다. 언젠가 아빠가 돌아가시면 엄마와 스티븐하고만 살아야 할 거라고. "이 편 진짜 재밌네요." 데이비드는 그 생각을 떨쳐내려고 말을 꺼낸다.

"이 편 진짜 재밌지." 아빠가 따라 말한다.

불룩한 배, 코의 실핏줄, 떨리는 아랫입술. 나쁜 징조들이다. 데이비드는 어깨를 움츠린다. "네, 로드니가 만들고 있는 영화에 델이 낸 아이디어 말이에요. 런던 동물원에서 탈출한 살인 코뿔소가…."

"웃기더라." 모기 한 마리가 화면에 앉는다. "음…. 이제 자러 가야겠다. 내일 6시쯤엔 돌아올 거니까, '졸리 보이스 아우팅 Jolly Boys' Outing' 편을 같이 보자. 그 편도 엄청 재밌거든."

"좋아요."

"TV랑 불 좀 꺼줄래?"

"네."

"잘 자라."

"안녕히 주무세요."

거실을 나가면서 아빠가 말한다. "렌틸콩 코티지 파이가 제일 가성비 좋을 것 같아."

◇

'티타임' 코너에는 〈댓츠 라이프That's Life〉〈픽션Fiction〉〈사이콜로지스Psychologies〉〈심플리 유Simply You〉〈클로저Closer〉〈히트Heat〉〈헬시 리빙Healthy Living〉〈테이크 어 브레이크Take a Break〉〈픽 미 업Pick Me Up〉〈챗Chat〉〈엘르Elle〉〈러브 잇Love It〉 등의 잡지가 있다. 데이비드는 이 모든 잡지를 대체 누가 사는지 의아했다. 〈픽 미 업〉 표지에는 이런 기사들이 실려 있다고 적혀 있다. '사진 보고 수치사! 임신한 언니보다 뚱뚱하게 나왔어요!' '롤러코스터 같은 연애 끝에, 결혼 골인!' '섹스 거부했다가 맞았어요!' '얼굴에서 발가락이 자라다니!' '영국 최악의 간병인, 그 실체는?' 데이비드는 고개를 젓는다. 그래도 이건 단순한 재고 정리 업무다. 아침에는 정육·생선 코너에서 일했다. 닭가슴살, 양갈비, 칠면조 미트볼 그리고 수도 없이 많은 할랄 인증 스티커들. 데이비드는 닭날개 한 팩을 뜯어 날개를 하나 꺼내서는 손님 얼굴 앞에서 흔들며 소리치고 싶은 충동을 눌러야 했다. "이거 원하세요? 원하세요?" 하고 외치다가 그들의 크고 뚱뚱하고 멍청한 입에 억지로 쑤셔 넣고 싶었다.

재사용 가능한 용기를 가져오시면 뜨거운 음료를 25펜스 할

인받으실 수 있습니다. 자세한 내용은 직원에게 문의해주세요. 세인즈버리. 싸게 사서 부자 되세요.

데이비드는 재사용 용기 사용을 전적으로 지지한다. 하지만 오늘 하루에만 이 안내를 벌써 여섯 번이나 들었다.

"안녕, 닥터?" 자말이 진열 카트를 끌고 온다. 자말이 데이비드를 '닥터'라고 부르는 이유는 그가 짜증 나는 유니폼 바지 위에 닥터마틴 부츠를 신고 다니기 때문이다. 다른 직원들은 전부 운동화를 신는다. 근무 첫날 매장 관리자가 운동화가 더 적합할 거라고 '친절하게' 제안했다. 하지만 데이비드는 그나마 표현할 수 있는 약간의 개성마저 포기할 생각이 없다. 절대로 그럴 수 없다.

"잡지 정리?" 자말이 묻는다.

"네."

"운 좋은 새끼. 나는 이것들을 '개학 준비' 코너로 옮겨야 해. 그 코너보다 좆같은 데가 있을까? 질문에, 질문에, 질문이 끝이 없어. 중간 사이즈 있어요? 큰 사이즈는요?"

"그렇군요."

"아무튼 나중에 봐, 닥터."

데이비드는 고개를 끄덕하고는 다시 잡지 정리에 열중한다.

자말이 말을 걸지 않으면 좋겠다. 그들은 친구가 아니다. 친구가 될 일도 없을 것이다. 공통점이 하나도 없다.

◇

"뭐 마실래?" 조이가 묻는다.

"괜찮아." 데이비드가 말했다. "내 건 내가 알아서 주문할게."

그들은 야외 테이블에 앉았다. 조이는 재떨이의 막대를 눌러 꽁초들을 안쪽으로 회전시켜 떨어뜨린 뒤 담배를 말기 시작한다. 머리 위로 늘어진 줄 조명이 따스한 기운을 내뿜고 있다. 울타리에는 어지럽게 얽힌 덩굴이 보인다. 퀸메리대학교 학생들만 좀 적었다면 '더 로즈'는 괜찮은 펍이었을 것이다. 문신을 잔뜩 한 여자 종업원이 피자를 들고 지나가며 "9번, 9번, 9번"이라고 외친다.

조이가 데이비드에게 어떻게 지내는지 물어본다. 데이비드는 어깨를 으쓱했다. 그럭저럭 지낸다. 근무 시간이 지겹긴 하지만 적어도 돈은 벌고 있다. 그래도 뭐라도 하고 있다…. 어떻게 지내느냐고 조이한테 되물었다. 조이도 그럭저럭 지낸다고 한다. 몇 주 후면 3학년이 시작된다. 정신 좀 차려야 할 것 같다. 8월에 발칸 반도에서 자동차 여행 다니며 술을 진탕 마셨는데, 그때부터 지금까지 책을 거의 읽지 않았다. 현대 런던 창작 글쓰기, 탈식민주의·세계 문학, 데카당스 문학 수업을 곧 듣게 될 건데, 적어도 흥미가 끌리긴 한다. 졸업논문 쓰는 것도 재밌을 것 같다. 헬렌 아체베라는 사람에 대해 쓸 계획이다….

"그러고 보니 말이야. 빌려준 책 읽어봤어?"

지난번에 만났을 때 조이가 데이비드에게 책 두 권을 빌려줬다. "응." 데이비드가 가방에서 책을 꺼낸다.

"어땠어?"

읽을 때 거북하긴 했다. 한 권은 영국의 '인종, 정체성, 소속감'을 다룬 "용기 있는 책"이고, 다른 한 권은 교차성 이론*을 다룬 책이다. 데이비드는 겨우 몇 챕터밖에 읽지 못했다. 하지만 자신은 조이와 달리 다른 관점도 기꺼이 읽어볼 수 있다는 걸 보여주고 싶었다.

"내 취향은 아니야."

"음."

"그래도 읽어봐서 좋았어. 누가 뭐라고 하는지 알아두는 게 중요하잖아. 우파든, 문화 마르크스주의자들**이든."

---

*   젠더·인종·계급과 같은 개인의 정체성은 상호 교차적으로 형성되고, 그에 따른 차별 또한 복합적으로 작동한다고 차별 문제를 설명하는 이론.
** 프랑크푸르트학파로 대표되는 서구 마르크스주의 지식인들이 정체성 정치, 정치적 올바름 등을 통해 전통적 가치를 의도적으로 무너뜨리고 있다고 보는 극우 극우 음모론에서 쓰는 표현으로, 특히 유대계 지식인이 많은 프랑크푸르트학파를 배후로 지목한다는 점에서 반反유대주의적 성격을 띤다.

"야, 그런 말 쓰지 마."
"아니, 진심으로 하는 말이야. 고마워."

빈 잔이 테이블 위에 놓여 있고, 잔 옆면에는 거품이 달라붙어 있다.
"한 잔 더 할래?" 조이가 물었다.
"그래."
"내가 네 것도 살게. 네가 혼자 가면 바텐더가 신분증 검사할 거야. 같은 걸로? 산미구엘?"
"응."
조이가 술을 갖고 돌아와서는 데이비드에게 열여덟 살이 되면 범블을 다운로드할 거냐고 물었다. 데이비드는 생각해본 적 없다고 답한다. 조이가 다그친다. 머릿속으로 자기 프로필을 구상해봐야 한다고 한다. 범블에서 재밌는 여자애들을 만날 수 있을 거란다. "근데 한 가지 조언하자면, 프로필 사진은 앞머리 있는 사진으로 골라. 네가 왜 머리를 밀었는지 정말 이해가 안 가."
"그게 뭐가 중요해?"
"네가 칼리지 막 들어갔을 때 웨스트햄 계정을 매일 리트윗하던 거 기억나?"
"딱 두 번 리트윗했어."
"내 말은, 그때 그러던 건 진짜 너답지 않았고, 지금 이러는 것도 진짜 너답지 않다는 거야."

"이게 나아."

"앞머리 있을 때 진짜 멋있었는데."

"그만해. 알겠어?"

"뭐 그렇게 예민해. 범블이 어떤 건지 한번 볼래? 여기."

"어떤 건지 상상 가능해. 틴더에 관해 읽어봤거든."

"틴더는 잊어버려. 거기엔 껄떡대는 남자들뿐이야." 조이가 범블을 연다. 한 남자가 나타난다. 스와이프해서 넘긴다. 또 다른 남자가 나타난다. 스와이프해서 넘긴다. 시베리안 허스키를 쓰다듬고 있는 남자가 나타난다. 조이는 그의 프로필을 읽는다. "강아지 사진으로 낚시질하는 사람이네. 틀림없어." 그 남자도 스와이프해서 넘긴다. "어쨌든. 이런 식이야. 왼쪽이나 오른쪽으로 스와이프해. 그리고 기다리다 보면 매칭이 될 거야. 넌 남자니까 편할 거야. 여자애가 먼저 메시지를 보내야 하거든. 굳이 멋들어지게 첫 메시지를 보낼 고민도 할 필요 없어." 조이가 메시지 목록을 보여줬다가 재빨리 닫는다. "5개월만 지나면 넌 아마 인생의 절반을 여기에 쓰고 있을걸."

"글쎄."

데이비드는 그걸 사용하면 어떤 일이 일어날지 안다. 여자 수백 명한테 좋다고 스와이프해봐도 매칭은 단 한 번도 이뤄지지 않을 거다. 그는 매력이 없는 데다가 마트에서 일하니까.

"두고 봐."

"넌 자주 쓰는 거야?"

조이는 범블과 애증 관계다. "가끔은 매일매일 쓸 때도 있어. 솔직히 고백하자면, 코소보에서는 엘리너랑 범블로 현지 사람들 엄청나게 찾아봤었어. 근데 또 완전히 잊고 지내는 때도 있지. 뭐, 어차피 퀸메리대학교에서는 새로 만날 사람이 널렸거든."

"그래." 여자 종업원이 돌아와 이번에는 나초를 들고 "6번, 6번, 6번"이라고 외친다.

조이가 테이블에서 휴대폰을 치운다. "미안, 범블 얘기하면 흥미가 있을 줄 알았어."

"그냥 뭐."

"너 요즘 대화 나누기 힘들다. 알아?"

"응."

"야, 그러지 마…. 넌 아직…. 저녁마다 혼자 조 로건* 인터뷰나 보고 '콜 오브 듀티Call of Duty'나 하는 그런 놈들이 되고 싶어? 넌 그것보단 나은 애잖아."

데이비드는 남은 맥주를 단숨에 마셔버린다. "걱정해줘서 고마워."

"데이비드…."

"잘 있어."

---

* 미국의 유명 팟캐스트 진행자이자 코미디언, UFC 해설가. 특히 젊은 남성층에서 인기가 높다.

"야, 그러지 마…."

"9시까지 집에 들어가기로 했어. 뉴버리 파크는 여기서 많이 멀어. 맥주랑 전부 다 고마워."

◇

데이비드는 침대에서 빈둥거리며 팀 라이의 새 영상을 보고 있다.

한 좌파 칼럼니스트가 비행기에서 옆자리에 앉은 남성의 사진을 트위터에 올리며 이렇게 적었다고 한다. "제발 그놈의 다리 좀 모으세요. 지긋지긋하네요. 미치겠다고요." 팀은 실망한 듯 고개를 젓는다. 서구 페미니즘이 이 정도로 전락했단 말인가? 여성 성기 절제 같은 진짜 문제는 외면한 채 '쩍벌남' 같은 사소한 일에 발작을 일으키다니. 이 칼럼니스트는 전에 무슬림 팔로워들에게 라마단* 축하 인사를 했었다. 중동에서 유럽에 이르기까지 전 세계 무슬림 사회에서 자행하는 잔혹한 여성 억압에 대해서는 왜 한마디도 하지 않는 걸까? 서구 페미니즘이 이슬람과 맺은 이 동맹의 배경에는 무엇이 있는 걸까?

데이비드는 이런 위선에 화를 내며 댓글을 훑어본다. Shayan: "ㅋㅋㅋ 쩍벌남이라니. 미국 여자들 진짜 힘들겠다. 사우디아라

---

* 이슬람에서 행하는 약 한 달가량의 금식 기간. 해가 떠 있는 낮에는 음식과 물을 섭취하지 않으며, 해가 지면 금식을 중단하고 여러 사람이 한자리에 모여 축제처럼 만찬을 즐길 때가 많다.

비아 여자들한테 가서 얼마나 고생하고 있는지 얘기 좀 해봐. 너희가 얼마나 힘든지 알려주면 되겠네." Thewomanwithnogod: "팀 말이 맞아요. 서구의 페미니스트들을 보면 화가 나요. 저는 파키스탄에 사는데, 저를 미치게 하는 게 뭔지 알려드릴게요. 곧 강제로 정략결혼을 해야 한다는 사실이에요. 남자들이 어떻게 앉느냐가 아니라요!" Dr. Strangelove: "이슬람 문제는 완전히 외면하면서 하루 종일 자기가 피해자라고 트윗질하는 백인 여자들한테 진짜 질렸어. 어떤 남자가 다리 벌리고 앉았다느니, 새 아이폰을 잡기엔 자기 손이 너무 작다느니, 남자 동료는 연봉을 20만1000달러 받는데 자기는 20만 달러밖에 못 받는다느니 하는 것들 말이야. 아, 세상에 끔찍해라! 위로의 눈물 한 방울 흘려줄게."

데이비드는 영상을 트위터에 올린 후 유튜브의 '인기 급상승' 동영상을 살펴본다. '재난 발생 1초 전 극한 순간들 모음' '세계기록 32시간 연속 도전!' '1센트로 한 달 살아남기 챌린지' 그리고 새로 나온 '콜 오브 듀티' 예고편 영상이 보인다. 데이비드는 웃음을 터뜨린다. 꺼져, 조이. 그리고는 섬네일을 클릭한다.

군인들이 어두운 숲을 조심스레 헤쳐나간다. *규칙은 이미 무너졌고, 옳고 그름의 경계는 희미해졌다. 우리는 그 경계선을 찾으러 투입됐다.* 군인 한 명이 담배를 깊이 빨아들인 후 던져버리며 안으로 들어가겠다고 말한다. AC/DC의 음악을 배경으로 다양한 전투 장면이 연이어 펼쳐진다. 피커딜리 광장에서 휘어진 LCD 스크린들이 어둠 속에서 번쩍이는 가운데 총성이 오간다. 폐허가 된 중동의 도시로 탱크가 물밀듯이 밀려든다. *우리는 손에 피를 묻힌다. 그 덕분에 지도자들의 손은 깨끗하게 유지된다. 그게 바로 우리 임무다.*

데이비드는 너무나 실제 같은 게임 장면들에 감탄한다. '콜 오브 듀티'가 '코버트 옵스' 시리즈로 돌아갔다는 사실을 오늘에야 알게 됐다. 아빠한테서 열세 번째 생일 선물로 엑스박스 360과 '콜 오브 듀티: 코버트 옵스' 오리지널 버전을 받았는데, 그때 엄마는 불같이 화를 냈다. '콜 오브 듀티'가 18세 이상 등급이라 데이비드한테 부적합할 뿐만 아니라, 아빠가 고객 집에서 훔친 물건인 게 명백했기 때문이다. 그래도 그때는 이미 두 분이 이혼한 상태라 엄마가 할 수 있는 건 별로 없었다. 데이비드는 그걸 뉴버리 파크에 두고 거기 갈 때마다 플레이했다. 러시아를 배경으로 한 미션들이 생생하게 기억난다. 안타깝게도 온라인으로 플레이할 기회는 없었는데, 엑스박스 라이브 구독이 필요했기 때문이다. 몇 달 후, 데이비드는 아빠한테 이베이에 팔아버리라고 말했다. 그러지 않으면 엄마가 잔소리를 멈추지 않을 테니까. 게다가 다른 게임을 사자니 너무 비쌌고, 그렇다고 같은 오프라인 미션만 반복해서 할 수는 없었다.

'콜 오브 듀티: 코버트 옵스2'의 캠페인 모드는 논란의 소지가 다분한 내용을 담고 있고, 멀티플레이어 모드는 수준을 한껏 끌어올렸다고 한다. 리뷰들은 긍정적이다. 〈가디언〉은 '훌륭한 게임, 정치적 측면은 아쉽다'라는 제목으로 5점 만점에 4점을 줬다.

〈가디언〉이 정치적 측면에 문제가 있다고 한다면….

데이비드는 콘솔 가격이 어느 정도인지 알아봤다. 그리 비싸지 않다. 중고 플레이스테이션4를 살 정도의 돈은 있다. 게다가 마침 다른 여가 활동을 찾고 있던 참이었다. 요새는 여가 시간에 〈온리 풀 앤 호스〉 시청만이 전부다. 데이비드는 아빠만큼이나 이 드라마에 매달리고 있다.

◇

데이비드는 평소와 달리 방해받지 않고 휴게 시간을 보내며 '칼 윌리엄스' 서브레딧의 인기 게시물을 읽고 있다. '칼 윌리엄스가 극우였다면 이 상황이 덜 괴로웠겠지'라는 제목이고, 추천 19개와 댓글 46개가 달린 글이다.

> 칼은 정신상태 엉망에, 반항자에, 우울증 환자면서, 동물권과 LGBTQ+ 인권을 위해 열정적으로 싸우는 활동가야. 극우가 아니니까 그쪽으로 넘어가서 새 팬층을 만들 수도 없고, 자기가 망언했단 걸 알고 후회하고 있겠지만, 감성적인 가사는 잘 쓰지만 복잡한 정치 문제는 잘 못 다루니까 계속 말실수만 할 거야. 아니면 더 최악으로는 도망쳐서 은둔할 수도 있지. 지금 걔한테 친구들이 진짜 필요한 건데 말이야. 걔가 쓴 노래 들어본 사람들은 다 알 거야. 얼마나 우울증이 심하고 인생에서 쓰라린 경험을 했는지. 근데도 언론이랑 소셜 미디어가 이러는 거 진짜 역겨워. 딴 사람은 누구도 못 따라 할 노래인데, 그 노래가 사람들 목숨을 구했고 그 사람들한테는 그냥 인생 자체야. 진짜 그 자체. 대체 왜 언론이랑 소셜 미디어는 꼭 지금 와서 때려잡으려고 혈안이 된 거야? 이제 오십대 아저씨인데. 그동안 해온 거에 대해 감사나 존중 같은 건 조금도 못 보여주나?

데이비드는 가장 많은 추천을 받은 댓글을 읽는다. "칼은 비건에다 트랜스젠더·성소수자 권리 지지하고, 페미니스트이고, 왕실이랑 정부에 반대하는 애야. 극우하고는 완전히 거리가 멀지." "칼이 극우가 선동하는 걸 그대로 퍼뜨리고 있는 건 맞아. 근데 내 생각엔 동물복지나 페미니즘, LGBTQ+ 문제에서 출발해서 거기까지 간 것 같아. 영국에서 완전히 이미지 회복 불가능해지기 전에 빨리 정신 차리면 좋겠다. 원래 칼이 언론에 비협조적이었거든. 언론들은 아마 지금 상황을 좋아하고 있을걸?"

데이비드는 최근에 보도된 기사는 하나도 읽지 않았지만, 어떤 내용일지 충분히 상상이 간다.

칼은 암스테르담 공연에서 이렇게 말했다. "여러분이 응원해주시는 게 저한텐 정말 큰 힘이 돼요. 〈가디언〉 기사 무시해주셔서 고마워요. 걔들이 떠들어대는 그 사람은 제가 아니에요. 다른 사람이죠. *세상일이 다 그렇죠C'est la vie*. 이런 짓을 즐기고 있는 거고, 멈출 생각도 없을 거예요. 하지만 저도 물러설 생각 없어요."

데이비드는 눈을 찡그리며 담배 연기를 내뿜는다. 상쾌한 아침이다. 햇살이 사각형 모양으로 바닥을 비추고 있다. 트윅스 포장지가 금빛으로 반짝인다. 맞은편 쓰레기 수거함에서 짙은 그림자가 길게 드리워져 있다.

데이비드는 엄지로 휴대폰 화면을 쓸어내리며 다른 댓글들을 훑어본다.

Dr Benway: 영국 언론들 보면 칼이 마치 무슨 수를 써서라도 잡아야 할 연쇄살인마라도 되는 것 같아. 그냥 나이 든 예술가가 자기 의견 좀 말한 건데 말이지.

Happygib: 진짜 답답하네. 이 서브레딧의 칼 팬들 대부분이 고의로 모르는 척하는 거 보면 정말 우울해져. 칼이 보여주고 있는 상당히 역겨운 정치적 견해를 감싸고 도는 꼴이라니.

Dr Benway: 아무도 칼의 정치적 견해를 '감싸고 돌지' 않아. 우리와 다른 정치적 견해를 가진 걸 신경 쓰지 않을 뿐인 거고, 칼을 극우라고 선정적으로 몰아가는 것에 문제 제기하는 거지.

Happygib: 네 꼴 좀 봐. 한심하다, 정말.

Happygib 같은 사람들은 왜 짐을 싸서 이 서브레딧을 떠나지 않는 걸까? 진정한 팬들에게 이곳을 맡겨두면 좋으련만, 이대로 가다간 말다툼의 늪이 되고 말 것이다. 휴게 시간이 조금 남아서 데이비드는 사파리 앱을 연다. 이베이에 입점한 아고스 스토어에서 플레이스테이션4 리퍼 제품을 120파운드에 12개월 보증으로 판매하고 있다. 1042대가 판매됐고, 15대가 남아 있는데 55명이 관심 목록에 담아뒀다고 한다.

사고 싶다. 그다음으로 싼 '즉시 구매' 상품은 140파운드인데, 레스터에 사는 이름 모를 판매자가 올린 것인 데다가 판매자 평가도 세 개뿐이다. 오늘 아침 출근길 버스에서 데이비드는 '콜 오브 듀티: 코버트 옵스2' 영상을 더 찾아봤다. 직접 플레이하면 재밌을 것이다. 너무 사고 싶다. 페이지를 새로고침하니 이제 14대가 남아 있다. 에라, 모르겠다. 데이비드는 담배를 비벼 끄고 '구매' 버튼을 클릭한다.

◇

"지난주에 조이랑 술 마시러 갔다면서?" 스티븐이 물었다.

"네." 데이비드가 웅얼거리며 답했다. 데이비드는 우스울 정도로 잘 채워진 냉동실에서 간식거리를 찾고 있었다. 장을 보고 이걸 다 넣으려면 테트리스 하는 것 같겠다.

"화이트채플 쪽에서 마셨니?"

"거기 있는 '더 로즈'요."

스티븐은 조이가 자기도 그 술집에 데려갔었다며, 마음에 들었다고 한다.

엄마는 센트럴선 지연 문제로 퇴근이 늦어지고 있다. 호번 역에서 동부로 가는 지하철을 45분이나 기다렸지만 겨우 세 대가 왔고, 그마저도 전부 사람들로 가득 찼다고 한다. 지금은 버스를 타고 퇴근하는 중이지만 아직 시간이 좀 걸릴 것 같다. 반면에 스티븐은 평소와 달리 일찍 퇴근했다.

세탁기에서는 옷가지가 이리저리 튀어 오르며 끼익거리는 소리, 철거덕거리는 소리, 흐느끼는 듯한 소리가 난다. 데이비드는 오븐에 비건 소시지 롤을 집어넣는다.

"나중에 콩 칠리도 먹어야 하니까 자리 좀 남겨두렴." 스티븐이 말한다.

"네."

집 밖 울타리에 걸린 정원등이 부드럽게 반짝이며 흔들린다. 야외용 탁자 세트는 X자로 교차한 탁자 다리만 보일 뿐이다. 스티븐이 창턱에 놓인 화분에 꼼꼼히 물을 주는 동안, 데이비드는 뉴버리 파크의 아빠 집 부엌에서 크고 검은 민달팽이가 더듬이를 씰룩거리던 모습을 떠올린다. 민달팽이를 집 밖으로 데려가 잡초 위에 놔둔 후, 데이비드는 부엌에 또 무엇이 살고 있을지 생각했다. 점액 자국으로 보아 그 민달팽이는 가스레인지 밑에서 나온 것 같았지만, 그곳을 들여다보지는 않기로 했다.

"조이랑 콘서트 예약해둔 거 또 있니?" 스티븐이 묻는다.

"아뇨."

"아쉽네. 다이스 앱 쓰니?"

"아뇨."

"그 앱으로 공연 정보를 다 볼 수 있대. 제일 좋다더라."

"아, 네."

데이비드가 부엌을 나서려는데, 스티븐이 오픈 칼리지 얘기를 꺼낸다. 데이비드는 움찔한다. 스티븐이 보기에는 고려해볼 만한 가치가 있단다. A레벨을 마치는 게 좋을 것이고, 돈 문제는 걱정하지 않아도 된다.

"됐어요."

"데이비드…"

"됐다고요."

데이비드는 스티븐이 부모 노릇 하는 걸 가만 놔두지 않을 것이다. 절대로 놔두지 않을 것이다.

"이제 나한테 널 돌봐야 할 의무가 있어서 그러는데, 네 장래를 위해서는…."

"그냥 내버려둬요. 제발. 당신은 내 부모가…. 쌍, 그냥 좀 내버려둬요."

"칠리 조금 먹지 않을래?" 엄마가 거듭 묻는다.

"됐어요." 데이비드는 휴대폰에서 눈을 떼지 않은 채 대답한다.

"늦게 와서 미안해."

"신경 쓰지 마세요."

"소시지 롤만 먹고 살 순 없잖아."

"엄마, 괜찮다니까요."

"…잠깐이라도 들어가면 안 되겠니?"

"마음대로 하세요."

데이비드는 벽에 걸린 웃고 있는 푸른 고래 그림을 바라본다. 이전 집주인 아기는 이걸 보며 마음이 편안해졌을지 모르지만, 데이비드에게는 전혀 그렇지 않다. 스티븐은 개자식, 완전히 개자식이다. 엄마가 침대 끝에 앉자 데이비드는 무릎을 당긴다.

"뭐 재밌는 거 읽고 있니?"

"레딧이요." 수없이 레딧에 대해 이야기해줬지만, 엄마가 그게 뭔지 이해하고 있을지는 여전히 미지수다. 엄마는 원래 기술에 밝지 않다. 페이스북, 인스타그램, 트위터가 무엇이 다른지 익히는 데도 한참 걸렸다. 아직도 친구들과 지메일로 연락할 정도다.

데이비드는 스티븐이 엄마한테 무슨 일이 있었는지 말했을지 궁금하다. 아마 안 했겠지. 엄마는 아무 말도 하지 않는다. 엄마는 자기 무릎 위에 올려놓은 손을 쭉 펴며 말을 시작했다. "드디어, 정말로 드디어 바바의 유품이 담긴 상자를 받았어. 너한테 보여주고 싶은 게 좀 있어."

"지금은 말고요."

"오픈 칼리지 얘기는 꺼내지 않을게. 나한테 정말 의미가 큰 일이야."

"…알겠어요."

"그럼 금방 돌아올게."

창문에 빗방울이 세차게 부딪친다. 유리를 타고 흐르는 빗방울이 가로등 불빛에 반짝인다. 방구석 라디에이터에서는 꾸르륵거리는 소리가 난다. 스티븐이 난방을 켰나 보다. 데이비드는 흰색, 파란색, 청록색 사각형 무늬의 새 이불을 발로 걷어찬다. 엄마가 상자를 들고 돌아와 침대 가장자리에 앉더니 낡고 바랜 작은 사진 두 장을 그에게 건넨다. "첫 번째 사진은 60년대 런던에서 찍은 거야."

"이 사람이 할아버지예요?"

"응."

"런던에서 찍었다고요?"

"세인트마틴대학교에서 장학금 받고 공부하셨잖니. 알고 있잖아."

사진 속 할아버지는 커다란 캔버스 앞에 서 있다. 허름한 하얀 셔츠에 검은 바지를 입고, 왼손은 주머니에 넣은 채 오른손으로는 느긋하게 담배를 들고 있다.

두 번째 사진에서 할아버지는 나무 탁자에 앉아 있다. 금테 안경을 쓰고 사파리에서나 볼 수 있을 법한 상앗빛 흰색 정장을 입고 있다. "이건 좀 나중에 찍은 거야." 엄마가 말했다. "80년대 초반쯤."

"특이한 스타일이네요."

"이 양복을 참 좋아하셨지. 왜 그렇게 좋아하셨는지 모르겠다."

데이비드는 어쩔 수 없이 관심을 보여야 할 것 같아 할아버지가 어떤 예술가였는지 물었다. 엄마는 스케치가 그려진 공책을 꺼냈다. "자, 한번 봐. 바바는 사카카네Saqqakhana 운동의 일원이었어. 60년대 이란에서 큰 반향을 일으킨 운동이지. 바바와 다른 예술가들은 이란의 대중문화, 이슬람 종교 물품, 이슬람 이전 시대의 문학 작품, 페르시아 민속예술, 심지어 그릇이나 구슬 같은 일상용품에서도 영감을 얻었단다. 기본적으로 이들은 이란 사회의 다양성을 기리고, 그 풍요로움과 독창성을 보여주는 데 관심이 있었지."

데이비드는 서예 느낌으로 소용돌이무늬가 그려진 페이지에서 시선을 멈춘다.

"음." 엄마가 말한다. "바바는 이렇게 문자와 숫자를 장식으로 많이 사용했어. 60년대 중반 테헤란 비엔날레에서 이 스케치를 훨씬 크게 만든 작품을 전시하셨지."

"그렇군요." 데이비드는 차라리 단답형 질문을 해야 했다고 생각한다.

"하지만 바바는 결국 사카카네 운동에서 멀어졌어." 엄마가 말을 이었다.

"사카카네 운동이 샤를 돕고 있다고 생각하시게 됐거든. 통일된 국가라는 이념을 내세워 이란 사회의 균열을 덮어 가리고, 사회경제적 불평등을 감추는 식으로 말이야. 그래서 다시 피카소와 마티스 그리고 다른 유럽 예술가들한테서 영감을 얻기 시작했어. 바바가 이슬람 정권의 심기를 건드려서 일주일간 감옥에 갇혔던 그 남녀 그림 있잖아. 그 그림은 사카카네보다는 입체파에 가까웠지."

엄마가 더 작은 검은색 노트를 꺼내자 데이비드는 답답한 듯 거칠게 한숨을 내쉰다.

"오늘은 이것만 마지막으로 보자. 약속할게. 70년대 후반 작품이야. 지붕들을 그린 핏빛 스케치가 아주 입체파답지? 있잖아, 지금 여기서 이걸 보는데도 좀 불안해지네. 샤가 쫓겨나기

직전에 아야톨라*가 지지자들한테 매일 저녁 지붕 위에 올라가 구호를 외치라고 했던 때가 있거든. 사방에서, 정말 사방에서 구호 소리가 들렸어. 굉장했지…. 아니, 그보다는 엄청 강렬했다고 해야겠네."

호기심이 동한 데이비드가 공책을 받아든다.

"솔직히 바바가 이걸 태워버리지 않은 게 의외네." 엄마가 말한다.

"어, 이건 뭐예요?" 수채화로 그린 '모나리자'인데, 베일을 쓰고 있다.

"아…. 그런 시리즈가 몇 개 있어. 유명한 그림들을 재현한 거야. 다만 베일을 씌웠지. 그냥 바바가 불만을 표출한 거야. 별 의미 없어."

베일을 쓴 프리다 칼로, 피카소 스타일의 베일 쓴 여인, 베일을 쓴 매릴린 먼로라니.

"대단한데요."

---

* 시아파 이슬람에서 고위 성직자에게 수여하는 칭호로, 여기서는 이란 혁명 이후 이슬람 정권 초대 지도자가 된 루훌라 호메이니를 가리킨다.

◇

데이비드는 거실 카펫 위에 무릎을 꿇고 앉은 채 플레이스테이션4를 상자에서 꺼냈다. 이전에 갖고 있던 엑스박스360보다 더 날렵해 보인다. 검은 색깔에 5센티미터 정도로 얇고 가벼운 기계다. 컨트롤러를 집어든 데이비드는 조이스틱을 빙글빙글 돌려보고 버튼들도 두드려본 다음, 중지를 트리거 버튼 위에 올려놓았다. 거친 사포 같은 느낌이 꽤 좋다. 상자 안에는 온라인 채팅용 헤드셋과 전원 케이블, HDMI 케이블도 들어 있다. 전원을 켜자 화면에 PS 로고가 나타나고, 컨트롤러의 직사각형 터치패드가 차가운 푸른빛으로 빛난다.

 볼륨을 높인다. 40, 50, 아 몰라, 55. 아빠를 깨울 수 있는 소음이란 존재하지 않는다. 이웃들도 한 번쯤은 시끄러운 소리를 참아줄 수 있을 것이다. 그쪽에서 들려오는 신음 소리와 고함 소리, 아기 울음소리를 데이비드도 충분히 참아왔으니까. '새 유저'를 클릭하고 아바타 카테고리를 스크롤한다. '생물' 카테고리를 볼까? 북극곰이 괜찮아 보인다. 데이비드는 북극곰을 좋아한다. 순백의 생물이 눈과 혹한, 희미한 태양과 서리 낀 별들로 이뤄진 완전히 하얀 세상을 홀로 헤쳐나가는 모습에는 뭔가 시적인 면이 있다. 그리고 시체를 뜯어먹을 때 하얀 주둥이에 피를 묻히면 그 모습이 잔인하면서도 멋져 보인다. 엄마와 BBC 〈살아 있는 지구Planet Earth〉를 볼 때도 북극 장면들을 재미있게 봤었다. 데이비드는 북극곰을 선택한다.

다음은 온라인 ID를 만들 차례다. 화면 오른쪽에 '온라인 ID 제안'이 몇 개 있다. *eventful-scrub*, *enough_shadow*, *speedy_auntie*, *scratchylibertyuk*, *adequate-swearer*. 뭐로 할까? 데이비드 이름을 넣어서 David1702? 2월 17일에 브릭스턴 아카데미에서 칼 윌리엄스 공연을 봤었다. 이미 사용 중이란다. 어떻게 그럴 수가 있지? UK가 문득 떠올라서 붙여보니 된다. 그러면 David1702UK로 하자.

PSN 프로필이 생겼다. 이제 '콜 오브 듀티'를 플레이할 준비가 됐다.

자말이 옆에서 연령제한 구매를 도와줬기에 데이비드는 일이 끝난 후 매장에서 '콜 오브 듀티'를 살 수 있었다. 케이스의 비닐 포장을 뜯어내고 디스크를 넣자, 플레이스테이션4가 디스크를 삼키며 찍 소리와 딸깍 소리의 중간쯤 되는 기분 좋은 소리를 내더니 윙 하는 소리를 내기 시작한다. '콜 오브 듀티' 표지 이미지가 화면에 나타난다. 짧은 스포츠형 머리에 목에는 문신을 한 체격 좋고 터프한 군인이 방탄조끼 위로 돌격 소총을 들고 있다. 데이비드는 잠시 동안 이 군인이 될 것이다. 방을 둘러본다. 이제 막 켜진 천장 전구에서 날카로운 노란빛이 퍼진다. 둔하고 나른한 주황빛이 아니다. 이런 분위기는 게임을 하기에 맞지 않다. 화면이 어두워질 때마다 어색한 얼굴이 비치는 게 보기 싫다. 전등 스위치를 탁 끄고, 하이네켄 맥주를 한 모금 마신 뒤 '시작' 버튼을 누른다.

◇

"어서오세요." 데이비드가 과장되고 가식적인 미소를 짓는다.

손님은 고개를 끄덕이기만 할 뿐 아무 말도 하지 않는다. 데이비드는 계산대에서 '친절하면서도 전문적인 표정'을 지으며 손님의 물건 바코드를 찍는다. 아까 매장 관리자가 손님한테 친절하지 않다며 주의를 줬다. "기억해. 우리 일에서 가장 중요한 건 손님을 잘 응대하는 거야. 손님이 편하게 쇼핑하고 만족해서 우리 매장을 계속 찾아오게 만드는 거지. 자네도 할 수 있을 거야. 조금만 더 노력해볼 수 있겠지? 오늘 오후에 계산대 볼 때는 110퍼센트 힘을 다하는 모습을 보고 싶네." 데이비드가 바코드를 스캐너에 갖다 댈 때마다 날카로운 삑 소리가 난다. 아직 이 손님의 물건을 절반도 처리하지 못했다.

"올리브 바코드 제대로 찍은 거 맞아요?"

"네."

"확실해요?"

"네."

"확인해볼 거예요."

"알겠습니다."

"난 할인 때문에 산 건데."

"아, 네."

데이비드는 손님이 서비스 창구 앞 좌석으로 성큼성큼 걸어가 영수증을 꼼꼼히 살펴보는 모습을 지켜보다가, 다음 손님을 향해 돌아선다. "어서오세요." 억지스러운 미소가 이전보다 훨씬 더 과장되고, 훨씬 더 가식적으로 변한다.

데이비드는 어서 '콜 오브 듀티'를 다시 하고 싶어 안달이 났다. 어젯밤 그는 새벽까지 게임을 하며 캠페인 모드에서 다섯 개 미션을 완수했다. 첫 번째 미션이 압권이었다. 가상의 국가 베지크스탄을 누비는 건 정말 경이로웠다. 그을린 듯한 파란 저녁빛, 짙게 소용돌이치는 연기, 검은 재, 불길해 보이는 불꽃들, 무너진 건물 잔해. 사운드도 인상적이었다. 따닥따닥 끊어지는 총소리, 군인들의 고함 소리, 긴장감 넘치는 배경음악까지. 런던을 배경으로 한 세 번째 미션도 그에 못지않았다. 알카파다 테러 공격 이후를 그린 상황이었는데, 게임 내 환경에는 몇 가지 어이없는 실수가 있긴 했다. 전화 부스는 반짝이는 빨간색으로 너무나 새것 같은 모습이었고, 피커딜리 광장 지하철역은 어찌 된 일인지 너무 낡고 초라해서 마치 미국 지하철을 보는 것 같았다. 그래도 푸른색의 거리 안내판이나 버스 옆면 광고 같은 디테일은 멋졌다.

게임의 속도는 기억하던 것보다 훨씬 더 정신없고 중독적이었다. 조작법을 익히기도 전에 첫 킬을 기록했다. 처음 몇 번 죽고 나서는 화면에 나타나는 명언들을 읽었다. 키루스 대왕, 밥 말리, 윈스턴 처칠 등 인물 조합이 특이했다. 하지만 얼마 지나지 않아, 죽을 때마다 화면이 흑백으로 변하는 순간 'X' 버튼을 마구 누르기 시작했다. 2초의 휴식조차 너무 길게 느껴졌다.

퀴노아, 병아리콩, 주방 세제, 바나나….

데이비드는 견딜 수 없이 초조해진다. 적어도 진열대 사이에서 일할 때는 움직이면서 휴대폰으로 뭐가 확인이라도 할 수 있는데, 여기서는 빠져나갈 구멍이 쥐뿔도 없다. "영수증 드릴까요?"

"아뇨, 괜찮아요."

"알겠습니다. 세인즈버리를 이용해주셔서 감사합니다." 데이비드는 다음 손님을 향해 돌아선다. "어서오세요."

◇

"'콜 오브 듀티' 기억나요?" 〈온리 풀 앤 호스〉 타이틀 화면이 흘러가는 동안 데이비드가 말을 꺼낸다. "제 생일 때 엑스박스360 번들로 사주신 적 있잖아요."

"엑스박스 말이냐?" 아빠가 말한다. "기억난다. 네 엄마가 탐탁지 않아했잖아."

"그랬죠. 어쨌든 그때 '콜 오브 듀티'가 같이 들어 있었거든요. 우리 같이 미션도 몇 번 했잖아요."

"러시아에서 벌어지는 이야기였나?"

"맞아요."

아빠가 자신의 기억력에 뿌듯해하는 기색을 역력히 보이며 견과류를 집어 먹는다.

"그래서 말인데요. 제가 플레이스테이션4랑 새로 나온 '콜 오브 듀티'를 샀거든요. 그때 했던 것의 속편이에요."

"네 엄마한테 그거 샀다고 말했냐?"

"이제는 제가 '콜 오브 듀티' 하는 걸 별로 신경 안 쓰실걸요."

"그래도 혹시 모르니까 말 안 하는 게 좋겠다."

"알겠어요."

"그래, 게임은 재밌냐?"

"네, 아주 재밌어요. 특히 캠페인 모드가 정말 끝내줘요. 아빠랑 같이 했던 거랑 비슷해요. 스토리도 훌륭하고요. CIA와 SAS* 요원으로 플레이하면서 러시아와 싸우는데, 베지크스탄이라는 가상의 국가 반군들과 함께 싸워요. 러시아가 그 나라를 침공했거든요. 런던에서 벌어지는 미션도 있어요."

"런던이라고?"

"네, 이번엔 전 세계를 넘나들어요. 미션도 더 다양해졌고요. 당연히 총격전이 주가 되긴 하지만, 그보다 더 복잡한 미션도 있어요. 폭탄 해체 같은 거 말이에요."

아빠가 어금니를 쑤신다. "땅콩이 끼었네." 빼내려고 애쓰느라 얼굴을 찌푸린다. 데이비드는 고개를 돌리며 어떻게 하면 물어보고 싶은 질문을 꺼낼 수 있을까 고민한다. 아빠가 사준 스위스 아미 나이프가 금이 간 나무 캐비닛 위에 놓여 있다. 그 칼에 어떤 기능들이 있었는지 기억이 가물가물하다. 코르크 따개는 분명히 있었다. 또 뭐가 있었지? 기능이 최소 열 가지는 됐다. 가위? 열쇠고리? 손전등? 스위스 아미 나이프 옆으로는 기타를 배워볼까 하고 주문했던, 반짝이는 셀룰로이드 재질의 펜더 Fender 기타 픽들이 여기저기 흩어져 있다. 조이가 처음으로 자기 집에 초대했을 때 같이 마셨던 레드 스트라이프 맥주캔도 있

---

* 영국 특수작전부대.

고, 그 옆에는 휴대용 술병이 있다. 살로메나 칼 윌리엄스에 대한 기사가 실린 음악 잡지들(⟨NME⟩ ⟨Q⟩ ⟨케랑!Kerrang!⟩)도 쌓여 있다.

거실에는 벽에 걸린 그림도, 책장도, 예쁜 장식품도 없다. 아빠는 누구에게도 거실을 보여줄 필요가 없으니까. 데이비드가 자기 물건들을 여기저기 흩어놓지 않았다면, 이곳은 완전히 텅 비어 있었을 것이다.

아빠는 마침내 땅콩을 빼내고 그 자리를 혀로 더듬는다. 느릿느릿 날아다니는 파리 한 마리가 옆에서 윙윙거리자, 아빠는 팔꿈치로 쫓아낸다. "아, 이놈의 땅콩."

"음. 그래서 말인데요. 어젯밤에 새로 나온 '콜 오브 듀티'를 하다가 어떤 미션에서 베지크스탄에 있는 미 대사관에 설치된 폭탄을 해체해야 했는데, 문득 생각이 났어요…. 아빠가 영국군에서 전기기술자로 일하셨을 때 꽤 흥미진진했겠다 싶었어요."

데이비드는 아빠가 과거에 대해 말하기를 꺼린다는 걸 알고 있지만, 이제는 무척 궁금하다. 외할아버지도 흥미로운 인물이었을 수 있겠지만, 아빠는 그와는 차원이 다르다. 아빠는 주인공급으로 흥미로운 인물이다.

데이비드는 전에 했던 바보 같은 생각, 언젠가 아빠가 돌아가실 거라는 생각이 여전히 마음에 남아 있다. 그 생각이 정확히 뭔지는 알 수 없지만, 뭔가 분명히 남아 있다.

"그래." 아빠가 답한다. "난 군대에서 전기기술자로 일했어. 폭탄 제거 같은 건 해본 적 없어. 하지만 군대에 있긴 있었지."

"군대에 있었던 기간이 얼마나 됐어요?"

"거의 10년 정도."

"그럼 어렸을 때부터 입대하고 싶으셨어요?" 게임 속 SAS 대위 스티브 개럿은 여섯 살 때부터 입대하고 싶어 했다고 한다.

"아니, 졸업 시험을 치르고 일자리를 알아보기 전까지는 한 번도 생각해본 적이 없었지. 단 1초도. 하지만 군대는…. 입대한 걸 한 번도 후회한 적 없어. 정말로 후회하지 않는 일이야. 군대만의 독특한 분위기, 동료들과의 유대감, 재미있는 경험들. 세계 곳곳을 돌아다닌 것도 마찬가지고. 독일, 캐나다, 키프로스, 심지어 아프리카 케냐까지 가봤어. 그전엔 영국을 떠나본 적도 없었어. 런던을 벗어나본 적조차 있었는지 모르겠다."

"대단하네요."

"게다가, 그때는 나라를 위해 봉사한다는 게 의미 있게 느껴졌지."

"그랬겠어요."

"지금 나라 꼴을 보면, 만약 지금 군대에 있다면 이런 느낌이 들진 않을 것 같아." 아빠가 고개를 끄덕이며 입술을 우물거린다. 마치 잊어버린 말을 떠올리려는 듯하다. 하지만 곧 현실로 돌아온다. "그래, 엑스박스. '콜 오브 듀티.' 다 깼냐? 새로 나온 거?"

데이비드는 미션 몇 개가 아직 남았다고 답한다.

"그렇구나…. 음, 이제 자러 가야겠다."

"사실 전 아직 안 졸려요. 한 편 더 보는 거 어때요?"

"그래?"

"네, 내일 열한 시에 출근하기도 하고요."

"나도 내일은 늦잠 좀 자야겠다."

둘은 '연패A Losing Streak' 편을 보기로 한다. 핑 소리와 함께 주제곡이 울려 퍼진다.

◇

"금요일에 아침 근무야, 저녁 근무야?" 자말이 물었다.

"아침이요."

"그래? 나도 그런데."

데이비드가 고개를 끄덕인다.

"라이터 좀 빌려줘봐." 자말이 말한다. 커다란 불꽃이 휘몰아치며 담배를 스친다. "고맙다. 내 건 어디에다 뒀는지 모르겠네. 분명 집에서 갖고 나오긴 했는데. 어쩔 수 없이 하나 새로 사야겠어. 라이터 하나에 1파운드 20펜스인가 뭐 그 정도를 써야 한다니 열받네. 에이, 그런 일도 있는 거지." 밖은 음산하다. 하늘은 멍든 듯 보랏빛이 반짝이는 구름으로 뒤덮여 있다. 비가 흡연 구역으로 쉭쉭거리며 떨어지고, 데이비드는 어둠 속을 응시한다. "그런데 말이야." 자말이 입을 연다. "금요일 저녁에 시간 돼?"

"저요?"

"뭐 다른 일 있어?"

"그럴 것 같은데요. 왜요?"

"아이, 씨. 그게 무슨 대답이야. 뭐 하는데?"

"친구들이랑 밥 먹기로 했어요."

자말이 콘크리트 바닥에 침을 뱉었다. "그딴 건 취소해. 더 끝내주는 금요일 밤이 될 거니까. 우리 집에서 파티 열거든. 괜찮은 녀석들 올 거야. 대마초도 잔뜩 가져온대. 그리고 여자들도 올 거고. 장담하는데, 진짜 섹시한 여자들. 어때? 친구들이랑 밥은 아무 때나 먹을 수 있잖아."

자말조차 친구가 있나 보다. 집에서 파티를 열 만큼이나. "오랜만에 만나는 거라 취소하긴 좀 그래요." 데이비드가 답한다. "하지만 나중에 들를 수 있을지 볼게요."

"어디서 먹는데?"

"피자 익스프레스요."

자말이 고개를 젓는다. "뜨거운 밤이 아니라 피자를 택하겠다고? 제정신이야? 할 수 없지. 파티는 밤늦게까지 계속할 거야. 내 번호 있지? 밥 다 먹으면 왓츠앱으로 연락해, 상황 봐서. 친구 몇 명 만나는 거야?"

"두세 명이요."

"걔네도 데려와."

"알겠어요."

이제 금요일까지 변명거리를 고민하게 생겼다.

"다시 일하러 갈 시간이지?" 자말이 말한다.

"그렇네요."

"다음엔 잡지 코너라고 했나?"

"네."

데이비드가 일어서자 닥터마틴 부츠가 젖은 아스팔트 위에서 끼익 소리를 낸다.

"운 좋은 새끼."

◇

데이비드는 총알이 날아다니는 곳으로 무모하게 뛰어들었다. 총알에 맞자 화면이 흑백으로 변하고, 구석에서 핏자국이 튀어 오른다. 컨트롤러가 진동한다. 데이비드는 뒤로 물러나 불꽃이 튀는 군용 트럭 뒤에 웅크린다. 트럭 창문은 이미 박살 나 있다. 데이비드는 체력이 회복되기를 기다린다. 수류탄 아이콘이 나타난다. 왼쪽 조이스틱을 아래로 당겨 폭발 구역에서 벗어난다. 수류탄이 터지면서 자갈이 날리고 연기가 피어오른다. 화면에 다시 색채가 돌아오고 핏자국이 사라지자 일어나서 AK-47을 겨누며 트럭 주위로 총을 쏘기 시작한다.

"씨발!" 또 죽었다.

데이비드는 캠페인 모드를 거의 다 깼다. 하지만 지난 두 시간 동안 마지막 미션에서 고전하고 있다. 이만큼 어려웠던 건 '감금' 미션뿐이었다. 그때는 벽돌로 된 벽에 돌을 던지고 또 던지고 또 던졌고, 창문마다 의자를 끌고 다니며 감방에서 탈출할 방법을 찾아 헤맸다. 하지만 결국 탈출에 성공해 제이나의 자매들을 구출하고 총기 보관함을 부숴서 연 뒤 러시아 경비병들을 죽였을 때는 온몸에 소름이 돋았다. 데이비드는 오늘 밤 반드시 마지막 미션을 깨겠다는 일념으로 'X' 버튼을 연타해 마지막 체크포인트로 돌아간다.

새벽 두 시까지 진전이 없으면 난이도를 '어려움'으로 낮추는 것도 고려해볼 만하다. 하지만 아직은 그렇게 물러설 생각이 없다. 데이비드는 '콜 오브 듀티: 코버트 옵스' 오리지널 버전을 '베테랑' 난이도로 깼다. 그러니 이번에도 '베테랑'으로 깰 수 있을 것이다.

"씨발!" 또 죽었다.

데이비드는 컨트롤러를 꽉 움켜쥔다. 마틴 루서 킹 주니어의 명언이 나타난다. *불의는 어디서 일어나든 세상 모든 곳의 정의를 위협한다.* 처음에는 소파에 앉아 있었지만, 지금은 화면에서 1미터도 안 되는 거리의 방바닥에 앉아 다리를 꼬고 있다. 몹시 춥지만, 데이비드와 아빠는 가을에는 절대 난방을 켜지 않는다. 12월은 돼야 한다. 그전엔 안 된다. 어차피 라디에이터는 제 역할을 기의 못 한다. 방을 데우려면 몇 시간은 걸릴 것이다. 어둠 속에서도 라디에이터 편에 묻은 붉은 얼룩들이 보인다. 케첩일까? 스리라차 소스? 아니면 돌미오 파스타 소스? 라디에이터에 바짝 붙어서 먹은 식사가 너무 많았다. 9월인데 어쩜 이리 추울 수가 있지?

데이비드는 신음 소리를 냈다. 변명거리만 찾고 있다. 문제는 추위가 아니라 그 자신이다. 다른 게 아니라 자신이 문제다. 인내심을 갖고 더 현명하게 행동해야 한다. 총은 자주 재장전하고,

전력 질주할 때는 슬라이딩을 더 자주 해야 하며, 수류탄은 꼭 필요한 순간을 위해 아껴둬야 한다.

데이비드는 'X' 버튼을 누르며 공장 가스관을 향해 달려가다가 저격수의 레이저 조준을 피해 길을 막아선 장애물 뒤에 몸을 숨겼다. *계단에 있다!* 누군가 소리친다. 데이비드가 일어나 총을 쏜다. 계속해서 방아쇠를 당겨 러시아인 셋을 쓰러뜨린다. 하지만 적은 여전히 많다. 훨씬 더 많다. 적은 싸우지 않고서는 가스관을 넘겨줄 생각이 없어 보인다.

3시가 조금 지나 데이비드는 마침내 공장 가스관에 도착해 폭약을 설치했다. 게임의 스토리를 마무리하는 영화 같은 장면이 재생된다. 가스 시설은 파괴됐고, 이바노프는 죽었으며, 러시아는 그와의 관계를 공식적으로 부인했다. 동맹군이 상황을 상당 부분 타개한 셈이다. 하지만 제대로 처리하지 않으면 문제는 다시 불거질 것이다. 결국 레베데프가 이바노프의 자리를 노릴 테니까. SAS의 스티브 개릿 대위는 이 문제가 다시는 일어나지 않도록 특수부대를 꾸리자고 제안한다. 디아즈는 망설인다. 공식 요원들은 지원할 수 있지만, 비공식적인 무법자들은 안 된다고 한다. 개릿이 이 문제가 절대 다시 일어나서는 안 된다고 강조하자, 디아즈는 마지못해 동의하며 새 특수부대의 이름을 무엇으로 하고 싶냐고 묻는다. 개릿은 7-0-7이라고 하겠다고 답한다. 엔딩 크레디트가 올라간다. 게임 클리어.

데이비드는 침대에 누워 '콜 오브 듀티: 코버트 옵스2' 서브레딧을 열었다. 잠들기에는 너무 흥분한 상태라 한 시간 동안 레딧을 들여다보다가, 결국 플레이스테이션 플러스 구독을 결심한다. '콜 오브 듀티' 멀티플레이를 꼭 경험해봐야겠다. 서브레딧에는 연속 처치 기록 영상을 공유하고 함께 즐겁게 플레이했던 무작위 매칭 플레이어들에게 감사 인사를 전하는 유저들로 가득하다. 인기 게시물 하나는 '막판 대역전! 팀원들 위해서 제대로 일냈다!'라는 제목의 클립 영상으로, 해당 유저는 몇 초 만에 적 네 명을 처치해 3점 차로 팀을 승리로 이끈다. "와 씨, 그 칼 던지기, 산속 계곡물보다 깔끔하네." 누군가 댓글을 달았다. "아 씨발, 나도 너 같은 팀원 있으면 좋겠다!" 또 다른 누군가가 댓글을 달았다. 데이비드는 내일 플레이스테이션 플러스 14일 무료 체험을 신청하기로 한다.

◇

"이 스케치는 전부 바바가 이웃집에서 그린 거야." 엄마가 말한다. "바바의 작품을 전시하는 게 현실적으로 더 이상 불가능해지자, 바바는 기분이 몹시 나빠지곤 했어. 정말 심각할 정도로 말이야. 그때 이웃들이 있어서 정말 고마웠지…. 바바는 이웃집에 가서 그 집 남편과 위스키를 마시곤 했어. 그 집은 어떻게든 항상 위스키를 갖춰두더라고. 거기서 그 집 동물들을 스케치하면서 우울한 기분에서 벗어나곤 하셨어."

데이비드는 기이한 생물들을 스케치한 노트를 넘겨보고 있다. 엄마는 이웃이 구조된 동물들을 돌봤다고 설명한다. 사시인 고양이, 다리 하나가 없는 고슴도치, 하반신 마비된 개 등 특이한 조합이었다고 한다. "이제는 건강한 개들조차 '나제스najes'*라니 웃기지."

데이비드의 방 안에서 데이비드는 침대에 앉아 있고, 엄마는 가장자리에 걸터앉아 있다. 엄마의 가느다랗고 성긴 밤색 머리

---

* 페르시아어로 '부정한, 불결한'이라는 뜻. 2010년 이란의 아야톨라 나세르 마카렘 시라지는 개가 불결한 동물이라고 천명한 바 있다.

카락은 뚜렷이 드러난 쇄골 위로 늘어졌고, 스탠드 조명빛에 비쳐 흐릿하게 보인다. 엄마는 이웃이 고양이 한 마리를 얼마나 잘 대해줬는지 이야기를 꺼냈다. 그 고양이는 길어야 6개월밖에 못 산다고 했는데, 그래도 데려와서 헛간에 거대한 구조물을 지어서는 기어오를 수 있는 프레임이랑 긁기용 기둥까지 다 갖춰줬다. 그해 겨울이 유난히 혹독해서 난로까지 들여놔 고양이가 편하게 잘 수 있게 했다. 그런데 엄마가 테헤란을 떠날 때까지도 그 고양이는 살아 있었다고 한다. "집에 전화하면 엄마가 항상 그러셨어. '믿기니? 그 고양이가 아직도 살아 있어.' 그 말을 백 번은 하신 것 같아." 빗방울이 창문을 가로질러 지그재그로 흘러내리며 주황빛 가로등 불빛이 만든 얼룩을 통과한다. 나무들은 바람에 흔들려 소리를 낸다. 끽 하는 소리가 들리고, 자동차 경적도 울린다. "그 고양이가 그렇게 오래 산 건 식단 때문이 아니었을까 싶어. 그 집에선 고양이랑 다른 동물들에게 남은 음식을 먹였거든. 헛간에서 계피향이 풍겼었지." 엄마는 미간을 찌푸린다. "그런데 지금 생각해보니 그런 식단이 과연 얼마나 건강에 좋았을까 싶긴 하네."

"음."

"그 집은 혁명 이후에도 우리 동네에 남은 몇 안 되는 유대인 가정이었어. 정말 대단한 사람들이었지. 바바가 그 사람들을 무척 좋아하셨어. 위스키도 좋아하셨고."

데이비드가 노트를 엄마한테 돌려준다. "유명한 그림들에 베일을 씌운 스케치 있잖아요. 그건 어딨어요? 트위터에 올리면 멋질 것 같은데."

엄마가 의아한 눈빛으로 데이비드를 쳐다본다. "아, 그거. 내 방에 있어. 지금 가져올 수 있긴 한데…. 근데 그 스케치를 온라인에 올리는 건 좋지 않을 것 같아."

"왜요?"

"글쎄, 지금 영국의 정치적 분위기를 보면, 반反이슬람 정서가…."

"반이슬람 정서라고요?"

"요즘 엄청나게 퍼져 있잖아. 그리고…."

"그리고 뭐요?"

"이건 별거 아닌데, 그래도…."

"뭔데요?"

"스티븐이 우연히 네 트위터 프로필을 봤대. 네가 〈스파이크드Spiked〉 기사들을 공유하는 걸 봤다는데, 그중 일부가…. 스티븐이 걱정한 건 아니야. 그냥 생각하기를…. 물론 아무것도 아닌 거 알아. 넌 네가 원하는 걸 마음대로 공유해도 돼. 하지만 반이슬람 정서에 기름을 부을 필요는 없잖아…. 그 스케치에는 복잡한 맥락이 있어. 그런 맥락 없이 공유되면 잘못된 메시지를 전할 수도 있어."

데이비드는 마치 피부 위로 벌레들이 기어가는 것 같다. 스티븐이 그의 트위터 프로필을 '우연히' 봤다고? 분명 〈가디언〉이나 〈뉴욕타임스〉에서 칼 윌리엄스를 둘러싼 논란에 대해 읽은 뒤부터 데이비드의 소셜 미디어 활동을 감시하기 시작했을 것이다. 프리벤트Prevent*에 신고할 준비를 하면서 말이다. 칼은 이슬람 혐오자다. 데이비드는 칼을 좋아한다. 따라서 데이비드도 틀림없이 이슬람 혐오자다.

   믿을 수가 없다.

"알았어요. 그냥 잊어버려요."

"아니, 내가 노트를 갖고 와서 얘기를 나눌 수도…."

"잊어버리라고요."

"데이비드…."

"잊어버리라니까요. 그냥 귀여운 동물 스케치나 뭐 그런 거나 더 보여줘요."

---

*   영국의 테러 예방 프로그램으로, 개인의 과격화를 방지하기 위한 신고를 받는다.

◇

"씨바아알!" 데이비드가 얼굴을 찌푸리며 컨트롤러를 휘둘렀다. 상대 팀에게 연장전 깃발을 뺏기는 바람에 라운드에서 졌고, 상대팀은 5대1로 앞서나갔다. '상대팀 승리까지 1점 남음'이라는 문구가 번쩍인다. 이번 판은 우리가 졌다. 더 분발하라. 자동 음성이 흘러나온다. 데이비드는 자책감에 몸서리친다. 어쩌다 깃발을 뺏겼을까? 가끔은 정말 쓰레기 같은 실력이 나온다.

근접전 모드는 데이비드가 제일 좋아하는 멀티플레이 모드가 됐다. 짜릿하다. 새장처럼 좁은 맵에서 무작위로 똑같이 주어진 무기를 사용해 여러 라운드에 걸쳐 2대2로 싸운다. 부활은 없고 각 라운드는 단 40초만 진행한다. 40초가 지나도록 어느 팀도 전멸하지 않으면 10초간 연장전 깃발이 나타나 승부를 판가름 짓는다. 하지만 깃발은 너무 위험한 곳에 있어서 차지하려다가 목숨을 잃기 십상이다. 사실 목숨을 잃어야 정상이다. 여섯 라운드를 먼저 이기는 팀이 승리한다. 데이비드는 이런 근접전에서 느끼는 압박감이 너무나 좋다. 다음 라운드 시작까지 카운트다운이 시작된다. 10, 9, 8, 7, 6, 5…. 데이비드와 동맹군 팀원 Corey(515)는 아직 승부를 뒤집을 수 있다.

라운드 시작. 데이비드는 맵의 동쪽으로 전력 질주해 샤워 부스 가장자리에 AK-47 소총을 거치한 뒤 컨트롤러의 오른쪽 조이스틱을 눌러 조준경을 들여다본다. 데이비드는 화면에 더 바짝 다가간다. 연합군 상대편은 어디 있지? 천장에서 깜빡이는 등이 흔들리며 누르스름한 불빛을 뿌린다.

'하우스 오브 미팅'은 가장 작은 맵이다. 엄폐할 수 있는 부서진 샤워 부스가 수십 개 있지만, 측면에서 공격당하면 그 엄폐물도 소용없어진다. 샤워 부스는 한쪽에서만 보호해줄 뿐이다. 연합군 상대편은 어디에 있지? 데이비드는 그들이 자신의 측면을 공격하려고 맵 서쪽에 있는 게 아닐까 생각한다. 총알이 오가는 따다닥 소리가 난다. 젠장. Corey(515)가 당했다. 이제 데이비드에게 모든 게 달렸다. 엄폐물을 버리고 연합군이 출발한 맵 북쪽으로 향한다. 거기엔 없다. 그럼 분명히 서쪽에 있을 거다. 측면을 공격해야 한다. 그것도 빨리. 뛰다가 누군가를 보고는 미친 듯이 총을 쏜다. 죽였다. 하지만 잠시 뒤 이번엔 데이비드가 공격을 받는다. 샤워 부스 뒤로 몸을 숨긴다. 어디서 총을 맞은 거지? AK-47 소총을 거치하고 샤워 부스 밖을 살짝 내다본다. 씨발. 상대방을 발견하고는 쏘고 쏘고 또 쏜다.

죽였다. 데이비드는 동맹군에게 라운드 승리를 안겼고, 지난 라운드에서 보였던 형편없는 모습을 만회했다. 점수 차를 5대2로 좁혔다. 게임은 계속된다. 뿌듯해하며 최후의 일격 리플레이를 보면서 컨트롤러의 진동을 음미한다. *이번 라운드는 우리의*

승리다. 다음 라운드도 긴장을 늦추지 마라.

 미친 듯한 순간들이 지나고 어찌 된 일인지 점수는 5대5가 됐다. 데이비드 덕분이다. 데이비드의 온라인 게임 실력이 이번 판만큼 빛난 적은 없었다. 9킬을 쌓아 올렸다. 정말 대단한 역전이다. 마지막 라운드가 시작된다. 5, 4, 3, 2, 1….

 라운드 시작. 데이비드는 연합군이 예상하지 못할 무언가 새로운 걸 시도해야 한다. 맵 동쪽으로 이동하지만 이번에는 샤워 부스 뒤에 숨는 대신 앞으로 살금살금 계속 나아간다. 오른쪽 조이스틱을 누른 채로 상대가 조준경 시야에 들어오기를 기다린다. 멈춰 서서 발소리를 듣는다. 아무 소리도 안 난다. 증기 배출구에서 나는 쉭쉭 소리뿐이다. 앞으로 더 나아가며 연합군이 출발한 곳으로 향한다. 총성. 어디선가 총성이 들린다. Corey(515)가 연합군 플레이어 하나를 죽였다. 젠장, Corey(515)도 당했다. 데이비드는 미친 듯이 주위를 살핀다. 화면에 피가 튄다. 맞았다. 샤워 부스 뒤에 쪼그리고 앉는다. 상대는 계속 쏘고 있다. 총알이 따닥거리며 지나가 뒤쪽 벽에 핑 소리를 내며 맞는다. 총성이 멎는다. 데이비드의 캐릭터가 신음한다. 체력이 낮다. 하지만 상대는 재장전 중일 수 있다. 지금이 기회다. 위험을 감수해야 한다. 샤워 부스 뒤에서 나와 쪼그리고 앉아 미친 듯이 쏜다. 쏘고 쏘고 또 쏜다. 잡았다. 화면에 파란색으로 '연합군 전멸 / 동맹군 승리'가 빛난다. 동맹군이 이겼다. 씨발, 이겼다.

 데이비드는 승리의 기쁨을 만끽하고 싶어서 새로운 플레이어들이 배정된 로비에서 나온다. 정말 대단한 근접전이었다. 데이비드는 주먹을 불끈 쥔다. 잘했어. 알림이 번쩍인다. Corey(515)가 플레이스테이션 네트워크 친구 요청을 보냈다. 등줄기로 따뜻한 전율이 흐른다. 수락. 또 다른 알림이 뜬다. Corey(515)가 음성채팅에 초대한다. 데이비드는 TV 뒤를 더듬어 플레이스테이션 이어폰을 찾아 연결한다. 어둠 속에서 하기에는 좀 까다로운 일이다. 긴장된 숨을 들이쉬고 파티에 참여한다.

"어이." Corey(515)가 말한다.

미국인이다.

"어, 안녕."

"야, 너도 방금 그 근접전 아직도 손 떨려? 와 진짜." 목소리가 거칠고 말투가 느리지만 나이가 많은 것 같지는 않다. 아마 이십대 초반 정도?

"어, 진짜 미친 게임이었어."

"너 진짜 실력 미쳤더라. 올림픽급이야, 진짜. 우리 5대1로 지고 있었잖아, 그치?"

"그랬지."

"근데 6대5로 이겼다고? 미쳤다 진짜." 그가 휘파람을 분다. "존경합니다. 솔직히, 다 네가 한 거잖아. 난 경기의 90퍼센트를 그냥 구경만 했다고. 그래도 '콜옵' 신급 플레이는 실컷 구경했네."

"고마워."

"응. 진짜 존경합니다. 존경받을 만한 플레이였어."

"고마워."

"영국인이야? 베컴 같은 말투네."

"나?"

데이비드는 새로운 사람을 만날 때마다 으레 듣는 '어디 출신이야?'라는 호기심 어린 질문에 익숙하다.

"그래, 너. 너 말고 누구겠어?"

"미안. 응, 영국인이야. 런던에 살아."

"오오. 런던? 이젠 런더니스탄*이라며, 그치?"

"음. 그렇지."

"그 얘기 너무 많이 들었어, 진짜 너무 많이. 안됐다, 친구. 정말 안됐어."

"그게…."

"코리Corey가 내 이름이야. 데이비드가 네 이름이겠지?"

"응."

"좋아. 야, 아직도 믿기지 않는다. 6대5라니. 완전히 미쳤다고."

데이비드는 웃음을 터트리며 대화에 편안히 빠져든다. 언제 마지막으로 이렇게 편하게 대화했는지 기억도 나지 않는다. "근접전이 내가 제일 좋아하는 멀티플레이 모드야."

---

*   런던에 무슬림이 많이 사는 것을 비하하는 표현.

"근접전 좋지. '콜옵'의 진수를 다 보여주는 모드지."

"맞아."

"주로 친구들이랑 해?"

"아니, 혼자서만 해."

"나도 그래. 짜증 나. 고정 팀원이 있으면 좋겠는데. 한자리에 죽치고 앉아 있기만 하는 초보들이랑 하게 되는 거 진짜 싫거든."

"그러게."

"…같이 로비 들어가서 아까 그 마법 같은 플레이 한 번 더 해볼까?"

"좋아."

"그래, 베컴. 존나 쓸어버리자고. 이번엔 나도 내 몫을 다해볼게."

하
산

"첫 경기로 뭘 보여줄 것 같아?" 아빠가 벽에 걸린 거울 앞에 서서 물결치듯 구불거리는 머리카락을 빗질하며 묻는다. 머리카락이 빠질 기미는 하나도 없어 보인다. 하산은 아빠한테서 짙은 일자 눈썹을 물려받았지만, 나이 들어서도 풍성한 머리카락을 유지할 수 있다면 그 정도는 기꺼이 감수할 만하다. 사지드네 가족은 일찍부터 대머리가 시작되는 편이다.

"첼시 대 리버풀이겠죠."

"그래도 1대1 무승부였잖아? 우리는 맨유를 3대1로 이겼는데."

"네, 하지만 BBC는 리버풀을 좋아하잖아요. 게다가 리버풀이 막판에 동점골을 넣었고요."

옆 가르마를 깔끔하게 정리한 아빠는 빗을 셔츠 주머니에 넣고 소파에 앉는다. 퇴근 후 '타리크 그릴'의 터틀넥 유니폼을 벗고 하얀 셔츠에 암적색 넥타이, 검은 스웨터로 갈아입었다. 하산과 함께 축구 하이라이트 프로그램 〈매치 오브 더 데이Match of the Day〉를 보는 것조차 아빠에게는 격식을 갖춰야 할 중요한 자리다. 아빠는 엄마가 미리 해놓은 음식을 전자레인지에 데워 먹고 서둘러 거실로 왔다. 집에 아이플레이어iPlayer VOD 서비스를 이용할 수 있는 스마트TV가 있기는 하지만, 그들은 토요일 밤 10시 30분 생방송을 절대 놓치지 않는다.

"음." 아빠가 말한다. "이 음식 정말 맛있네."

"정말 맛있어요."

"내가 아니라 사비하가 식당을 운영해야 할 사람이라니까."

하산은 이미 엄마와 함께 저녁을 먹었고, 지금 엄마는 위층에서 코를 골며 자고 있다. 이유는 모르겠지만 엄마는 아무리 잘 쉬었든 특별한 일이 있든 밤 10시 이후에는 깨어 있지를 못한다. 심지어 새해 전날에도 하산과 아빠랑 9시 30분에 미리 축하하고 나서 살그머니 잠자리에 들 정도다.

"분명 웨스트햄 대 맨유 경기를 두 번째로 보여줄 거예요." 하산이 말한다.

"그래야 할 텐데." 아빠가 소스와 양고기, 고수잎을 숟가락으로 떠먹으며 말한다.

BBC One 채널의 토요일 저녁 방송을 시작합니다. 〈매치 오브 더 데이〉 시간입니다. 오프닝 화면이 나오고, 경쾌한 오케스트라 주제곡이 울려 퍼진다. 하산이 환타캔을 딴다. 웨스트햄 하

이라이트를 보려고 준비해둔 치즈양파맛 워커스Walkers 과자 봉지가 거실 탁자 위에 놓여 있다. 이번만큼은 재미있게 볼 수 있을 것 같다.

"사회학 숙제 다 한 거 맞지?" 아빠가 묻는다.

아빠는 결코 마음을 놓지 않는다. 오늘은 토요일인데도, 식당에서 길고 지치는 하루를 보낸 후에도 이런 걸 확인해야 한다는 생각이 떠오르는 것이다. 하산은 아빠가 "열심히 하지 않으면 인생에서 아무것도 이룰 수 없어"라든가 그런 비슷한 말을 한 횟수를 셀 수 없을 정도다.

"네." 하산이 답한다. 엄밀히는 사실이 아니지만, 시작은 했다.

아빠는 A레벨이 얼마나 중요한지 다시 한번 강조하면서, 자신이 도와줄 수 있으며 도와주고 싶다고도 말한다.

프로그램 진행자 게리 리네커가 말한다. 오늘 밤 대단한 선수들의 활약을 보실 겁니다. 먼저 스탬퍼드 브리지 경기장으로 가보겠습니다.

"도움이 필요하면 언제든 말해."

"알겠어요."

아빠는 고개를 끄덕이고 둘은 하이라이트 영상에 집중한다.

"정말 대단해요." 아자르가 득점하자 하산이 말한다.

"엄청난 선수지."

"저 공이 휘어지는 게 정말…. 아빠, 나이키 오뎀 공 덕분에 아자르가 저렇게 찰 수 있었을 거예요. 퓨즈 접합 케이싱에다가

에어로트랙 홈이 있어서 선수들이 원하는 곳으로 정확히 공을 보낼 수 있거든요."

하산은 〈매치 오브 더 데이〉를 볼 때마다 이 공 얘기를 하면 아빠가 결국 사주실 거라고 생각한다. 스포츠 다이렉트 매장에서 사도 95파운드*나 하는 공이다.

첼시 대 리버풀 경기 하이라이트를 보는 동안, 칼라가 조심스럽게 거실로 들어온다. 아빠가 혀를 차며 손바닥으로 칼라를 부른다. 아빠의 커프스단추가 반짝인다. 칼라의 눈에 망설임이 보이지만, 그래도 다가온다. "잘했어, 칼라." 아빠가 굳은살 박인 손으로 칼라의 회색 주둥이를 쓰다듬으며 말한다. "잘했어, 칼라. 그렇지, 편하게 있어도 돼. 이제 여기가 네 집이야. 이제 여기가 네 집이라고." 아빠는 소파를 토닥인다. "여기 앉아."

"칼라." 하산도 손을 뻗으며 부른다. "칼라야."

TV에서는 알론소가 코너킥으로 올라온 공을 헤딩했는데 크로스바를 맞히는 장면이 나온다. "아, 아깝다."

"정말 좋은 기회였는데." 아빠가 말한다. "여기 앉아, 칼라." 칼라는 잠시 고민하는 듯하더니 검은 인조가죽 소파 위로 뛰어올라 그들 사이에 앉는다. "잘했어, 칼라."

하산이 칼라의 등을 긁어준다. 그들은 8개월 전부터 칼라를 키우고 있다. 처음에는 모든 소리에 놀라고 잘 먹지도 않았지만,

---

*   약 16만 원.

이제는 한결 편안해 보인다.

"무신이 이 모습을 볼 수 있다면 좋겠다." 아빠가 말한다. "칼라가 우리랑 같이 TV 보는 걸 말이야."

"그러게요."

아빠는 라호르에서 어린 시절을 보낼 때 마른 몸에 꾀죄죄한 떠돌이 래브라도 리트리버와 정을 나눴다. 몇 달 동안 어머니가 요리한 음식에서 고기 조각을 몰래 떼어 모아뒀다가 나중에 그 개에게 주곤 했다. 어느 날 밤, 부모님이 카라치에 가 계실 때 그 개를 자기 침대에서 재웠다. 다음 날 아침, 삼촌인 무신이 갑자기 집에 들렀다가 계단에 있는 개를 발견했다. 무신은 개를 쫓아가 잡더니 미친 듯이 두들겨 팼다. 아빠는 울면서 말렸지만 무신을 막을 수 없었다. 결국 개는 빠져나가 도망쳤다. 그 후 몇 주 동안 아빠는 거리 곳곳을 살펴봤지만, 그 개를 다시는 볼 수 없었다. 하산이 이 이야기를 여러 번 들은 걸 보면, 그때의 경험이 아빠 마음에 계속 남아 있는 것 같다.

"무신은 개가 있는 집에는 천사들이 안 들어온다고 믿었어." 아빠가 칼라의 턱 밑을 간지럽히며 말한다. "그리고 개를 만진 후에는 기도하기 전에 꼭 목욕을 해야 한다고 생각했지. 자기가 아주 독실한 사람이라고 생각했는데, 사실은 쿠란에 대해 아무것도 모르고 있었던 거야." 아빠는 하산에게 예언자께서 군대를 이끌고 메카로 가다가 새끼를 데리고 있는 암캐를 발견했을 때, 그 개들을 건드리지 말라고 지시한 뒤 보호하라고 보초까지 세

왔다는 사실을 말해준다.

"그래요?" 하산이 아빠와 칼라, 그리고 TV 화면 사이에서 눈을 굴리며 말한다.

"무신이 지금 여기 있다면 파필드 학교 앞에서 시위를 벌이고 있을 거야. 그런 사람이었지. 이슬람 역사에 대해서는 아무것도 모르면서 말이야."

리네커가 말한다. 이제 올림픽 스타디움으로 가서 웨스트햄과 맨체스터 유나이티드의 경기를 보겠습니다. 웨스트햄은 시즌 초반에는 최악의 출발을 보여 첫 네 경기에서 모두 패했지만, 에버턴과 첼시를 상대로 한 경기에서는 많이 개선된 모습을 보였습니다. 무리뉴가 이끄는 맨체스터 유나이티드를 상대로 이 상승세를 이어갈 수 있을까요? 함께 보시죠. 해설계의 리드 보컬, 스티브 윌슨*의 목소리로 전해드리겠습니다.

"드디어 시작이네요." 하산이 말한다.

"그래, 드디어 시작이구나."

아빠가 칼라를 쓰다듬자 빠진 흰 털이 아빠의 정장 바지 위로 살살 내려앉는다.

---

* 영국의 뮤지션 스티브 윌슨과 이름이 같다는 것을 이용한 말장난.

◇

"〈007 카지노 로얄Casino Royale〉 보고 싶은 사람 손 들어보세요." 아흐메드가 말했다.

하산이 손을 들고, 사지드도 든다.

"일곱, 여덟, 아홉…. 아니, 여덟 명이군요." 왈리드가 손을 들었다가 몇 초 뒤에 마음을 바꾼다. "더 없나요?" 아흐메드가 체육관을 둘러보며 손가락으로 사람들을 가리키는데, 겨드랑이 부분이 꽉 끼는 재킷을 입고 있어 손은 가슴 높이에 머문다. "그럼 〈카지노 로얄〉은 여덟 명이고요. 〈죠스Jaws〉는?"

하산이 몸을 돌린다. 〈죠스〉는 두 번이나 봤다.

"다섯, 여섯, 일곱이네요." 왈리드가 몸을 뒤척이지만 손은 여전히 주머니에 넣은 채다. 아흐메드가 미소 짓는다. 그러고는 재킷이 터질 듯 팽팽해지는 것도 아랑곳하지 않고 손뼉을 친다. "결정됐네요. 〈카지노 로얄〉을 봅시다."

"좋았어." 하산이 중얼거린다.

"영국 영화의 명작이죠." 아흐메드가 말을 잇는다. "제임스 본드 시리즈 말이에요. 대니얼 크레이그가 본드 역할을 맡은 첫 작품이에요. 모두들 분명 재밌을 거예요." 아흐메드는 저렴한 검은색 카시오 시계를 들여다봤다. "지금이 6시 반이네요. 7시에 시작하도록 하죠. 그동안 저기 탁자 위에 있는 종이 접시에 각자 음식을 담아 가세요. 하산의 아버지께서 푸짐하게 준비해주신 음식이에요. 양갈비, 메티methi 치킨 커리, 카라히karahi 팬에 볶은 타르카 달tarka dhal 커리도 있고요. 다른 음식도 더 있어요. 타리크 그릴은 우리 동네에서 단연 최고의 파키스탄 식당이에요. 오늘 여러분 정말 마음껏 먹을 수 있을 거예요."

사지드가 하산의 등을 툭 친다. "타리크 그릴은 진짜 레전드야."

하산이 웃는다. "응, 그렇지."

사지드가 추천 메뉴를 물어본다. 탄두리 치킨은 꼭 먹어봐야 하고, 페샤와리 난naan도 꼭 먹어야 한다. 사지드와 하산도 줄을 서는데, 줄 맨 앞에는 늘 그렇듯 마즈가 서 있다. "있잖아." 사지드가 말한다. "물어보려고 했었는데, 하산 형. 금요일에 우리 집에서 파티 열거든. 내 생일이라서. 친한 친구 대여섯 명 정도만 올 거야. 올래?"

"그래."

"진짜?"

"그럼."

"좋아, 우리집에 스카이 스포츠 채널 있어서 브라이턴이랑 웨스트햄 경기도 틀어놓을 거야. 완전 신나는 노래들로 스포티파이 플레이리스트도 만들어놨고."

"좋네."

"우리 학교 애들 대박 재밌어. 형도 좋아할 거야."

그들은 접시에 음식을 담고 맨 앞줄에 자리를 잡는다. "이 난 좀 봐." 사지드가 말한다. "진짜, 타리크 아저씨는 대단해. 형, 진짜 대단하다고." 아흐메드가 프로젝터를 한참 만지작거리자 마침내 벽에 검은색 사각형이 모습을 드러낸다. 집에서 여는 파티라. 하산은 그런 파티에 딱 한 번밖에 가본 적이 없다.

◇

하산은 드레이크의 음악을 들으며 대학 지원 사이트 UCAS.com을 살펴본다. 몇 주 전부터 대학 지원서를 써야겠다고 마음먹었지만 미뤄왔다. 사지드네 파티에 다녀오고 나서야 시간이 급하다는 걸 깨달았다. 사지드는 괜찮은 애지만, 걔네 친구들은···. 아, 정말 너무 유치하다. '느그 엄마' 운운하며 가족을 모욕하는 저질 농담을 몇 번이나 쳤는지 셀 수도 없었다. 골드스미스대학교에 꼭 입학해서 또래 친구들을 새로 좀 사귀어야 한다. 웹사이트를 보니 어느 대학에 지원서를 쓰든 자기소개서가 중요하다고, 자신의 포부와 실력, 경험을 설명할 기회라고 한다. 미디어 커뮤니케이션학과에 지원하고 싶은 이유를 어떻게 설명해야 할까? 메모 앱을 열어두고는 트위터나 좀 훑어보기로 한다.

몇 분간 스크롤을 내리다보니 흥미로운 게 눈에 들어온다. @NewburyParkMasjid: "#도움 좀 주실 수 있나요? 전화 친구 봉사자를 모집합니다. 우리 #지역사회에서 외로워하시고 조금 더 힘이 필요하신 분들과 일주일에 30분 정도 통화하실 수 있다면, 이 트윗에 답글을 달아주시거나 volunteering@npmasjid.com으로 이메일 보내주시면 연락드리겠습니다."

진로 상담 선생님이 봉사활동 경력이 있으면 대학 지원서가 더 돋보일 거라고 하셨던 게 떠오른다. 한번 해볼 만하다. 게다가 쉬워 보인다. 일주일에 30분 정도는 충분히 낼 수 있다. GCSE 성적표 받던 날 썼던 일회용 코닥 카메라가 거미줄을 잔뜩 뒤집어쓴 채 창가에 놓여 있다. 흰색 밴 한 대가 사다리를 지붕에 실은 채 맞은편 집 앞 좁디좁은 주차 공간에 비집고 들어섰다. JD스포츠 드로우스트링 백을 멘 누군가가 하룻밤 사이에 생긴 인도 위 '릴 밉Lil Meep'이라고 쓴 태그 낙서에 침을 뱉는다. 하산은 짧게 이메일을 써서 보낸다. 됐다. 시간을 질질 끈 덕분에 오히려 진전이 있었다.

트위터에 재밌는 게 더 있을까? @EASportsFIFA: "마지막 기회입니다. #FIFA에서 EA 플레이 독점 에픽 스톰 스타디움 세트를 10월 31일까지 받아가세요!" @iamcardib: "오늘 카디비 비하인드씬 새 영상이 나와요. 진짜 웃겨요!! 인스타랑 메신저에서 꼭 봐주세요!" 별로 재밌는 건 없다. 다시 UCAS.com으로 돌아간다. 자기소개서는 정말로 자기다워야 한다. 열정적이고 간결하면서도 자연스러운 문체로 써야 한다. 입학 사정관의 유머 코드가 다를 수 있으니 농담은 쓰지 말아야 한다. 하산은 대체 누가 자기소개서에 농담을 쓸 생각을 하나 싶다가 피식 웃는다. 모는 아무 생각 없이 그럴 애고, 그래도 그 농담은 통할 거다. 모가 아직도 시티대학교에 지원할 생각인지 궁금하다. 전혀 모르겠다.

라바 램프 속 보라색 왁스 방울이 천천히 흐르는 걸 바라보며 계속 읽어나간다. 자기소개서는 교과 교사와 진로 상담 교사, 가족들에게 검토를 받고 맞춤법과 문장부호, 문법도 다시 한번 꼼꼼히 확인해야 한다. 창밖으로 296번 버스가 지나가는데, '콜 오브 듀티: 코버트 옵스2' 광고가 붙어 있다. 스카이 스포츠 유튜브 채널에 올라온 동영상마다 이 광고가 붙어서 수도 없이 봤다. 하지만 일인칭 슈팅 게임은 취향이 아니라서 '콜 오브 듀티' 시리즈는 한 번도 안 해봤다. 이브라힘은 이 시리즈를 좋아해서 맨날 떠들어댔지.

모, 이브라힘…. 그리운 걸까? 상관없다. 어차피 그들과 다시 말을 섞으려 해도 지하도에서 있었던 그 일을 떠올리지 않을 수 없을 테니까. 하산은 블라인드를 내린다.

그날 저녁, 뉴버리 파크 모스크에서 전화 친구 봉사활동에 관심 가져줘서 고맙다는 답장과 함께 서류 두 장을 보내왔다. 하나는 상세 안내서, 다른 하나는 작성해서 보내야 할 신청서다.

상세 안내서를 보니 이 봉사활동이 얼마나 긍정적인 영향을 끼치고 있는지, 영국에 외로운 사람이 많은 이유는 무엇인지, 어떻게 공통 관심사를 바탕으로 전화 친구를 연결해주는지 설명하고 있고, 통화할 때 지켜야 할 규칙과 하지 말아야 할 것들도 나와 있다. 별다른 내용은 없다. 신청서에는 인적 사항과 가능한 시간, 관심사를 적어 넣는다. 바깥에서 바람이 쓰레기통을 흔드는 소리가 난다. 하산은 책상 위 달 모양 입체 무드등을 빙글빙글 돌리며 반대편 크레이터를 만져보다가, 스타버스트 젤리 한 봉지를 까먹으며 서류를 보냈다. 골드스미스대학교에 꼭 붙을 거다. 반드시 붙을 거다.

◇

햇빛이 물결무늬처럼 비치는 유리창 밖으로 웨스트필드 쇼핑몰이 붉게 반짝인다. 맞은편 승강장에는 사람들이 존 루이스 백화점, 막스 앤 스펜서, 애플 스토어 쇼핑백을 들고 떼 지어 서 있다. 기차 칸 안 전광판에 '금연'이라는 글자가 밝게 빛난다. 차창 밖에서는 내셔널 레일 직원이 휠체어 발판을 접어서 치우고 있다. 직원이 동료에게 뭐라 말하자 동료가 신호봉을 든다. 기차가 쌩하니 달려나간다.

"사우스엔드에 관한 추억이 있니?"

엄마는 〈무슬림의 소리〉에 실으려고 사우스엔드의 루츠 홀 경기장에서 관리인을 인터뷰할 예정이다. 하산은 이 해변 도시의 축구팀인 사우스엔드 유나이티드를 좋아해서 엄마와 함께 경기장 투어에 같이 가보려 한다. 그다음에는 혼자 해변가로 가서 미술·디자인 수업 숙제에 필요한 사진을 찍을 생각이다. 주제는 '빛바랜 영광'이다.

"조금 있어요."

"여섯 살 생일 때 갔잖아. 사우스엔드 해변가의 어드벤처 아일랜드 놀이공원을 네가 정말 좋아했는데."

"로고에 거북이가 있었던 건 기억나요."

엄마는 아빠 타리크가 하산과 함께 파이어볼 롤러코스터를 탈 때는 태연하기만 했는데, 타고 나서는 힘들어했던 기억을 떠올린다. 식당에서 아빠는 감자튀김 몇 개밖에 먹지 못했고, 화장실에 두 번이나 가서 토했다. "영상을 많이 찍었는데, 그때 쓰던 건 메모리카드가 들어가는 후지 카메라였거든. 영상을 우리 노트북으로 옮길 수 있을지 모르겠네."

하산은 한번 알아보겠다고 답한다. 양복을 입은 아빠의 모습이 담긴 영상을 꼭 보고 싶다.

기차가 롬퍼드 역에 들어선다. 하산 또래의 여자애들 무리가 탑승해서 맞은편 칸막이석에 자리를 잡는다. 전부 눈길이 가는데, 특히 나이키 크롭 맨투맨에 무릎이 찢어진 하늘색 청바지를 입고 맥도날드 밀크셰이크를 홀짝이는 갈색 머리 여자애가 돋보인다. 그 애가 엄마와 하산 쪽으로 눈길을 던지더니 친구에게 뭐라고 속삭이고, 그 친구도 이쪽을 본다. 둘 다 웃음을 터뜨린다. 햇빛에 유리창의 긁힌 자국과 검은 얼룩이 드러난다. 철도 위 전선을 따라 버터 빛깔의 불꽃이 스쳐 지나간다.

"네가 전화 친구 봉사활동에 자원했다니 자랑스럽구나." 엄마가 말을 꺼낸다.

"네, 고마워요."

하산이 멋있다고 생각했을까? 그럴 리가. 아무도 그렇게 생각하지 않는다. 프렛Pret 토르티야 롤을 먹다가 살사 소스가 묻었을까 봐 턱과 볼을 문질러 본다.

"누구랑 연결됐니?"

"줄피 칸이라는 분이요. 오늘 아침에 전화번호를 받았어요."

"다른 정보는?"

"아자드 카슈미르* 출신이시고, 60년대 후반에 이민 오셨고, 크리켓을 좋아하신대요."

하산이 입은 옷을 보고 웃는 걸까? 그는 웨스트햄 로고가 달린 검은 패딩 점퍼와 검은 청바지, 흰색 아디다스 운동화 차림이다. 특이한 건 하나도 없는데. 차들이 여러 차선으로 된 회전교차로를 빙빙 돈다. 펫츠 앳 홈, 할포드, 빅 옐로 스토리지, 커뮤니티 푸드 같은 매장들이 늘어서 있다. 거대한 물탱크와 수많은 파이프가 있는 정수장도 보인다. 분명 다른 걸 보고 웃는 거겠지. 하산은 두 여자애를 머릿속에서 지워버린다.

전화 친구 봉사활동에 관해 엄마와 이야기를 나누고 싶다. 모스크에서 자원봉사자를 위한 교육 자료와 '활동 지침'이 담긴 드롭박스 폴더 링크를 보내왔는데, 그걸 읽으면서 불안해졌다. 처음 생각했던 것보다 어려울 것 같다. 만약 30분 동안 전화 통화를 이어가는 게 불가능하다면, 정말 말 그대로 '불가능'하다면 어쩌지? 지금까지 엄마 아빠랑만 통화를 해봤는데, 그마저도 길

---

* 파키스탄이 실효 지배하는 카슈미르 지역. 카슈미르는 파키스탄과 인도, 중국이 서로 영유권을 주장하는 분쟁 지역이다.

어야 몇 초밖에 안 되는데 말이다. 이제야 이 바보 같은 봉사활동에 신청하지 말걸 하는 생각이 든다. 하산은 다리를 쭉 편다.

"엄마도 힘들어요?" 하산이 말한다. "전화 인터뷰할 때요."

"어떤 면에서?"

"그냥 처음 보는 사람이랑 통화하는 거요."

햇살 한 줄기가 마주 보는 좌석 사이의 테이블을 가로지른다. 엄마는 테이블 위에서 손을 빼 무릎 위로 모으며 미소 짓는다. "너희 세대가 전화하는 걸 그렇게 무서워한다는 걸 가끔 잊어버리네. 괜찮아, 생각보다 어렵지 않을 거야."

"흐음."

엄마는 하산에게 너무 깊이 생각하지 말라고 한다. 그저 친근하게 대화 나누는 것이지, 그 이상도 이하도 아니라고. 예의 바르게 대하고, 전화 친구에게 공감해주고, 상대방의 이야기와 감정을 들을 수 있다는 건 특별한 기회라는 걸 잊지 말고. 그리고 많이 말하고 싶어 하시면 많이, 적게 말하고 싶어 하시면 적게 말하시도록 두라고, 침묵이 흘러도 걱정하지 말라고.

"알겠어요."

기차가 덜컹거리며 기어이 파크역과 해럴드 우드역을 지나간다. 제재소, 송전탑, 도로 공사 현장이 보인다.

"그러고 보니." 엄마가 화제를 바꾼다. "아크사를 우연히 만났어."

"아크사 아주머니요?"

"너를 오래 못 봤다더라."

"아…."

"너랑 모가 파란 별이 그려진 작은 축구공을 갖고 자기네 집 현관에서 놀던 게 아직도 생생하다고 하더라. 생각해보니… 나도 모를 한동안 못 봤네."

"음…."

"너희 둘 아직도 친구 사이니?"

"네."

"정말?"

"그럼요."

엄마는 하산과 눈을 마주치려 한다. "모 한번 초대하지 그래? 좋을 것 같은데. 걔가 좋아하던 과자도 사놓을게."

하산은 그러겠다고 약속한다. 그러고는 인스타그램을 연다. 엄마는 손가방에서 립스틱을 꺼낸다. 여자애들이 또 소란스럽게 웃는다. 문득 불편한 생각이 스친다. 엄마가 우스운 걸까? 히잡을 쓰고 립스틱을 바르는 게? 이브라힘이 영국의 백인들이 무슬림을 어떻게 보는지 얘기했던 것이 틀린 생각이라는 걸 알면서도, 하산은 그 말을 떨쳐내지 못했다. 입술을 깨문다. 정말 엄마가 우스운 걸까? 아니야, 이건 피해망상이다. 괜한 상상을 하는 거야.

엄마가 립스틱을 바르는 동안, 하산은 창 쪽으로 고개를 돌린다.

◇

"여보세요, 줄피 칸 님 되시나요?"

"네, 접니다."

"저는 하산이라고 합니다. 모스크의 전화 친구 프로그램으로 연락드렸어요."

"앗살라무 알라이쿰."

"와 알라이쿰, 어…, 앗살람."*

"고맙네. 전화 준다는 얘기는 들었어."

하산은 책상에 앉아 있다. 앞에는 메모지 두 장을 펼쳐놓았는데, 해도 될 질문과 하지 말아야 할 질문, 대화 소재, 그 밖의 대화 도움말이 적혀 있다. 아침에 갑자기 겁이 나서 교육 자료를 착실히 공부하고 크리켓 관련 최신 뉴스도 읽어봤다. 이 자원 봉사 때문에 스트레스 받고 시간만 낭비하고 있다. 원래는 식은 죽 먹기여야 했는데.

---

* 무슬림들이 사용하는 아랍어 인사말로, '앗살라무 알라이쿰'(당신에게 평화가 깃들기를)이라고 말하면 '와 알라이쿰 앗살람'(당신에게도 평화가 있기를)이라고 답한다. 아랍어를 쓰지 않는 무슬림들도 널리 사용한다.

"네, 매주 30분씩 통화하게 될 거예요."

"아주 좋구만."

"어, 그… 요즘 어떠세요?"

줄피가 웃는다. "오늘은 그럭저럭 괜찮아. 이 전화를 기다리고 있었거든."

"그렇군요…."

하산은 시간이 얼마나 흘렀는지 확인한다. 1분도 안 지났다.

"그럼, 하산 군. 내가 왜 이 프로그램에 신청했는지 배경 설명을 좀 들려줄게. 아마 일부는 이미 들었겠지만, 그래도 내가 직접 이야기해주고 싶었거든. 나는 오른쪽 무릎에 관절염이 있어. 내가 하산 군 나이였을 때 크리켓을 하다가 반월상 연골이 손상됐어. 그러고 나서 수술을 몇 번 받았는데, 뭐랄까…. 잘 안 됐지. 의사가 나이 들면 고생할 거라고 했어. 그런데 이제 예순아홉이 되고 보니 정말 고생하고 있다네. 이제는 방에서 다른 방으로 가는 것조차 겨우 할 정도야. 계단을 오르는 건 에베레스트산을 오르는 것만큼 힘들고. 용기를 내는 데만 10분이나 걸리지. 무릎 관절을 새로 하고 싶은데, 그것도 1년 반은 기다려야 할 것 같아. NHS(국민보건서비스) 대기자 명단이 길거든. 그동안은 집 밖으로 그리 자주 나가지 못할 것 같아." 줄피가 목소리를 떨며 잠시 말을 멈춘다. "그리고… 모스크가 그립다네. 예전에는 거기서 참 좋은 분들을 많이 만났거든. 정말 특별한 곳이야."

"안타깝네요…."

"괜찮아. 그런 게 인생인 거지. 가끔 좀 외롭긴 하지만 말이야. 그래도 그보다 더 심각한 일은 없어. 무릎만 고쳐지면 우리 모스크에 나오지 말라고 해도 나갈 거야."

"물론 그러시겠죠." 줄피가 전화기를 움직여서 바스락거리는 소리가 난다.

하산은 약으로 통증을 줄일 수는 없는지 묻는다. 별로 효과가 없단다. 그래도 염증을 줄여준다는 음식이 있다고 한다. 시금치, 케일, 브로콜리, 호두 같은 것들. 줄피는 목록을 만들어놓았다. 매주 월요일 아침에 그 목록을 출력해둔 뒤, 먹은 음식은 하나씩 지워나간다. 아직 효과는 없지만 언젠가는 도움이 되길 바라고 있다.

"분명 효과가 있을 거예요."

"*인샬라.*"*

아직 2분도 대화하지 않았다.

"여가 시간에는 주로 뭘 하면서 지내세요?"

줄피가 넌지시 웃는다. "이제는 모든 시간이 여가 시간이지. 음… 뭘 하면서 지내냐고? 책을 많이 읽어. 처음에 영국에 와서는 일주일에 한 권씩 읽었는데, 열여덟 살부터 예순다섯까지는 열 권도 못 읽었을 거야. 일하고, 일하고, 또 일만 했거든. 이제

---

*　'신의 뜻이라면'이라는 뜻으로, 미래의 일이 잘되기를 바라는 관용구로 쓰인다.

는 매일 밤 쿠란을 조금씩 읽고, 소설책도 한 권씩 읽어나가고 있어. 또 뭐가 있을까…. 아, TV도 보지. 너무 많이 봐. 〈온리 풀 앤 호스〉 〈폴티 타워Faulty Towers〉 〈블랙애더Blackadder〉 같은 시트콤을 좋아해. 그리고 당연히 크리켓 경기도 많이 보고. 크리켓을 보면 여전히 정말 즐겁거든. 내 선수 생활은 시작도 못 해보고 끝났지만, 경기를 보는 건 절대로 질리지 않아."

하산은 메모지의 아래쪽을 가까이 당겨 살펴본다. "잉글랜드가 스리랑카 원정 가서 하는 경기들 보고 계세요?"

"당연히 보고 있지."

"지난 원데이 인터내셔널* 경기에서 멋지게 이겼죠."

"아, 하산 군도 크리켓에 관심이 있나?"

"네."

줄피가 기분 좋은 듯 만족스러운 소리를 낸다. "정말 반갑네."

"그…. 라시드의 캐치는 정말 대단했어요."

"그건 정말 볼 만한 장면이었지."

"포크스랑 커런이 함께 만들어낸 득점도요."

"두 선수가 제법 손발이 맞아가더군."

"그리고 이번엔 볼링도 아주 정확했고요."

---

* 5일간 경기를 진행하는 '테스트 매치'와 달리 하루 만에 짧게 승부를 보는 크리켓 경기를 '원데이 크리켓'이라고 하며, 이 중 국가대표 간 원데이 크리켓을 '원데이 인터내셔널'이라고 부른다.

"요즘 팀이 한창이지."

전화로 대화하는 건데도 스포츠 이야기를 하니 편안해진다. 한결 낫다.

"다음 주가 첫 테스트 매치죠?"

"맞아, 아주 불꽃 튀는 경기가 될 것 같더라고."

하산은 사실 줄피가 축구팬이었으면 했다. 하지만 크리켓에도 관심을 가져볼 수는 있다. 골드스미스대학교에 갈 수만 있다면 그 정도는 감수할 만하다.

"목요일이야." 줄피가 말한다. "달력에도 표시해두었지. 경기 볼 수 있나? 모스크에서 하산 군이 A레벨 공부하는 학생이라고 말해줬는데, 아마 많이 바쁘겠지?"

"수업은 있지만, 중간중간 볼 수 있을 것 같아요."

"아주 좋구먼."

"아직 몇 분 통화도 안 했지만요." 하산이 말한다. "그래도 미리 말씀드리자면, 목요일 첫날 경기 끝나고 다시 전화드려도 될까요? 한 5시쯤요?"

"물론…. 부끄러운 말이지만, 스카이 스포츠 중계가 끝나면 보통 토크스포츠 라디오를 틀어놓고 거기서 하는 분석도 듣곤 하거든. 사람들 목소리 듣는 게 좋아서. 그러면 덜 외롭더라고." 줄피가 어색한 듯 헛기침을 한다. "아, 미안해. 그러니까…. 경기 끝나고 통화하면 참 좋겠네."

I

II

III

IV

V

데이비드

Dysruptz 오늘 22:09

야 음악은 별로지만 그래도 이거 한번 봐봐. https://youtu.be/Laoes7ac65I 존나 섹시함

Nmoos 오늘 22:10

지미 팰런 쇼에 나온 리나 데미아노바 영상이네? 오케이 ㅋㅋ

Nmoos 오늘 22:12

헐 ㅋㅋㅋ 30초만 봤는데 인정. 다리가 미쳤음

Chilozzi 오늘 22:14

와, "소파에 처음 앉아본다"고 할 때 폰허브 그 시리즈 생각나더라

TRXDripp666 오늘 22:15

ㅎㅎ 가짜로 면접 보는 포르노 같네 ㅋㅋㅋ

Chilozzi 오늘 22:15

완전 동의

Mix 오늘 22:17

헐?!

Corey(515) 오늘 22:18

와, 진짜 존나 섹시하다

WarriorCorgi 오늘 22:21

영상 보기 전엔 댓글 보고 '와 우리 서버에 발정 난 놈들 많네 어휴' 했는데, 보고 나니까 이해됨. 다리 다리 다리 다리 다리 다리 다리 다리 다리 다리 다리 다리 다리 다리 다리 다리 다리 다리

Nmoos 오늘 22:23

영상 다시 돌아가서 나머지도 다 봤음. 하루 종일 밤새도록 천년 내내 하고 싶다 ㅅㅂ

David1702UK 오늘 22:25
진짜 섹시하다

농담에 한마디 거들고 나서 데이비드는 부엌으로 간다. 쓰레기통 주변에는 양파 껍질 한 조각, 푸실리 파스타 한 가닥, 쪼그라든 피클 덩어리 같은 불쾌한 음식물 찌꺼기가 흩어져 있다. 쓰레기통 페달을 밟고 얼굴을 찌푸린 채 코를 막고는 빈 과자 봉지를 버렸다. 그리고 냉장고에서 스텔라 맥주 한 병을 꺼냈다. 10시 반이다. 누군가 곧 팀 데스매치를 하자고 제안하길 바란다. 내일 아침 7시부터 일해야 하니까 6시에는 일어나야 한다. 이제는 그나마 집을 나설 때쯤이면 해가 떠 있다. 1월에 아침조로 일하는 건 지옥 같았다. 서버가 미국인들 위주라서(거기는 아직 오후다), 녀석들이 리나 데미아노바 얘기를 쉽게 접지는 않을 것이다. 유럽 사람은 Nmoos 하나뿐인데, 걔는 야행성이다. 데이비드가 일어날 때 보면 Nmoos는 어김없이 여전히 접속 중이다. 맥주를 따서 한 모금 마시며 내일 아침에는 리나 데미아노바 관련 링크가 얼마나 더 올라와 있을지 궁금해한다.

신기한 건, 디스코드는 전 세계적으로 사용자가 2억5000만 명이나 된다는 거다. 스냅챗보다도 많고 트위터에 거의 근접한 수준이다. 하지만 Dysruptz가 데이비드와 Corey(515)를 자기의 '다크 퓨리 게이밍Dark Fury Gaming' 서버에 초대하기 전까지는 디스코드라는 것 자체를 들어본 적도 없었다. 얼마 전 알림이 하나 떠서 이제 디스코드가 데이비드가 제일 많이 쓰는 앱이 됐으며, 휴대폰을 켤 때마다 제일 처음 여는 앱이라고 알려줬다. (디스코드는 노트북에도 깔려 있다.) 그러고는 최대 사용 시간을 설정해두라고 제안했다. 그런 제안은 사양이다.

데이비드는 '콜 오브 듀티'에서 닉네임 앞에 붙은 다크 퓨리 클랜 태그를 자랑스럽게 달고 다닌다. 물론 서버 멤버들 중에서도 실력 차이는 있다. 하지만 모두가 킬데스K/D 비율 1.5 이상은 되는 실력자들이다. Dysruptz는 아무나 초대하지 않는다는 걸 분명히 해뒀다. 데이비드는 이제 더 이상 무작위 팀원들과 매칭될 일이 없어서 다행이다. 다크 퓨리 클랜에서 농담과 가벼운 정치 얘기, 뻘글도 즐긴다. 지난주에는 다른 여섯 명과 함께 수색 섬멸Search and Destroy 모드를 하다가 Dysruptz가 마지막 킬을 성공시켰다. 리플레이가 나오는 동안 WarriorCorgi가 아침에 데이비드가 채팅방에 올렸던 밈을 다시 언급했는데, 음성 채팅에 있던 모두가 폭소를 터뜨렸다.

처음 디스코드를 검색해봤을 때 "게임을 통해 사람들을 하나로 모으는 것"이 디스코드의 목표라는 소개글을 봤는데, 정말 그 목표를 잘 달성하고 있는 것 같다. 데이비드는 Dysruptz에게 참 고맙다.

데이비드는 방으로 돌아와서 놓친 메시지들을 스크롤하며 훑어본다.

Nmoos 오늘 22:27

@David1702UK ㅋㅋㅋ "진짜 섹시하다"라니 역시 점잖은 영국인답네.

WarriorCorgi 오늘 22:28

다리 다리 다리 다리 다리 다리 다리 다리 다리 다리 다리 다리 다리

Chilozzi 오늘 22:28

야, 미안한데 여기서 리나 데미아노바 찬양 좀 멈추고 진짜 찬양할 거 있음. 스탠 타일러 새 영상 봤어? 스웨덴 말뫼에서 노고존no-go zone*에 들어갔더라. 미쳤다.

Chilozzi 오늘 22:29

https://youtu.be/cxeLapDE6bc

TRXDripp666 오늘 22:30

ㅇㅇ 봤음. 스탠 괜찮더라 신짜 빽트만 말함 ㅋㅋ 유럽 끝장닜다. 그 영상 보니까 소문이 과장이라는 걸 보여주겠다고 모로코 갔다가 참수당한 스칸디나비아 여자애들** 생각나더라.

---

* 범죄율이 높아 출입이 꺼려지는 지역을 뜻하나, 오늘날에는 유럽의 무슬림 이주민 밀집 지역을 공격하는 정치적 맥락으로도 사용된다.
** 2018년 모로코에서 발생한 여성 배낭여행자 살해 사건을 가리킨다. 실제로는 평범한 여행이었으나, 반이슬람 소문을 반박하려 모로코를 방문했다

Dysruptz 오늘 22:30

스탠 괜찮지. 팀 라이하고 비슷한데, PC*에 겁먹는 놈은 아니야.

Corey(515) 오늘 22:30

미쳤네 ㅋㅋ 꼭 봐야겠다 ^^

Dysruptz 오늘 22:31

영상 지금 보고 싶은데 또 콜옵하고도 싶고 흐으으으음...

스탠 타일러라는 이름이 낯설지 않다. 유튜브 추천 영상에서 본 적이 있다. 섬네일의 분위기가 영 마음에 들지 않았다. 제목이 전부 대문자로 된 데다가 키워드 하나를 핏빛으로 강조한 게 거슬렸던 것이다. 하지만 이제 보니 한 번쯤 볼 만할 것 같기도 하다.

David1702UK 오늘 22:32

@Nmoos ㅎㅎ

는 식으로 왜곡돼 반이슬람 정서를 부추기는 데 이용됐다.
* Political Correctness의 약자로 우리말로는 흔히 '정치적 올바름'이라고 한다.

David1702UK 오늘 22:32

@Dysruptz 스탠 타일러 영상은 한 번도 안 봤는데, 팀 라이는 꽤 많이 봤어. 팀 라이 괜찮았는데. PC에 그렇게 신경 쓰나? 그 영상 한번 볼게. 근데 일단 콜옵부터 할까?

Dysruptz 오늘 22:33

ㅋㅋ 팀 라이는 PC에 완전 찌들었지

Dysruptz 오늘 22:33

흐으으으으음

Dysruptz 오늘 22:33

그래그래 Chilozzi가 추천했으니까 일단 이거 보고 15분 뒤에 팀데매 콜?

Corey(515) 오늘 22:34

ㅇㅇ

David1702UK 오늘 22:34

좋아 콜

◇

아빠는 자기 방 커튼을 절대 내리지 않는다. 데이비드는 창밖을 응시한다. 가로등 불빛이 늘어져 주황빛 그림자를 드리운다. 배달 기사 한 명이 20번지 앞에서 기다리고 있는데, 그 집에는 지난주에 무슬림 부부가 이사 왔다. 길에서 마주쳤을 때 그 부부가 너무 친근하게 다가와 자기들 소개를 해댔었다. 하지만 그들의 이름은 잊어버렸다. 쓸데없는 정보일 뿐이다.

"흠?" 아빠가 잠결에 중얼거린다. "누구야?"

"저예요."

"데이비드?"

"네."

곰팡내 때문에 아빠가 기침을 한다. 어딘가에 곰팡이가 피는 게 분명했다. 엄마가 예전에 벽 안이나 카펫 밑에도 곰팡이가 숨어 있을 수 있다고 했었다. 데이비드는 신문지 더미를 피해 걸어가서는 의자에 놓인 람슈타인 모자를 잡동사니로 가득한 책상 위로 옮기고 의자에 앉았다. 이번에는 등을 기대지 말아야 한다. 의자 다리가 헐거워지고 있으니까. 아빠는 상체를 일으키더니 입을 이리저리 움직여본다. 트림이 나왔다. 털이 숭숭 난 손등으로 입가를 훔친다.

"괜찮아요?"

아빠는 잠깐 잠이 들었다고 실토한다. 책을 읽다가 피곤함을 이기지 못했다는 것이다. 책은 보이지 않는다. 아빠는 누르스름한 손톱으로 볼을 긁는다. "일은 어떠냐?"

"똑같죠. 케틀Kettle 포테이토칩 재밌는 거 하나 사왔어요."

"솔트 앤 비니거?"

"아뇨, 새로 나온 맛이에요. 쉬즈Sheese 앤 스프링어니언 맛이에요. 옛날에 먹던 맛이랑 같은 건데, 진짜 치즈 대신 비건 치즈로 만든 거예요."

"그 치즈 앤 어니언 맛 좋아했는데. 워커스였나?"

"네, 그건 워커스였고요." 데이비드가 천천히 말을 잇는다. "이건 케틀이에요. 맛있을 거예요."

아빠는 몸을 돌려 다리를 침대 밖으로 내밀고, 무릎을 문지르더니 머그잔을 집어 한 모금 마시고는 인상을 찌푸린다. "몇 시지?"

"여덟 시 좀 지났어요." 침대 옆 탁자 위에는 머그잔 말고 잔돈 더미도 있는데, 대부분 동전이다. 형광 주황색 라이터, 스니커즈 초코바 몇 개, 예전에 아빠가 헬스장 다닐 때 쓰던 자물쇠(비밀번호는 데이비드의 생일로 맞춰져 있다), 찌그러진 사블론 튜브 연고, 아세트아미노펜이랑 이부프로펜 진통제 약갑도 보인다.

"시계는 어디 갔냐?"

"여기 있었는데요…."

21세기에는 누구나 다 휴대폰으로 시간을 보는데, 이유는 모르겠지만 아빠는 AA 건전지로 작동하는 하얀 플라스틱 여행용 알람 시계를 쓴다. 외출할 때마다 공구 가방에 꼭 넣어 다닌다. 데이비드가 보기에는 특별한 것 없는 시계다. 공항 면세점에서나 팔 법한 그런 시계다. 하지만 아빠는 유독 이 시계에 애착이 있다. "한번 찾아볼게요." 데이비드는 흙색 카펫 위에 무릎을 꿇고 침대 밑으로 기어들어 간다. 세인즈버리에서 산 보드카 빈 병들, 즉석식품 용기, 먼지 뭉치, 오줌 얼룩진 삼각팬티, 'XL 사이즈'라고 적힌 빨간색 옷 태그가 보인다. 시계는 침대 머리맡 쪽에 있다. 손을 뻗어 보드카병 하나를 튕긴다. "찾았어요."

"음." 아빠가 말한다. "8시 15분이네."

"20분 뒤에 〈온리 풀 앤 호스〉 볼까요?"

"깔끔하게 8시 반으로 하자."

"좋아요. 포테이토칩도 먹어보고요."

"워커스 말하는 거지? 어떤 편 볼까? 혹시 '투 헐 앤 백To Hull and Back' 편은 어떠냐?"

데이비드는 입을 열었지만 말은 하지 않는다. 어젯밤에도 '투 헐 앤 백' 편을 봤다. 아빠가 이미 본 에피소드를 또 보자고 하는 게 이번이 처음이 아니다. 지난달에만 서너 번 있었다. 데이비드는 의아하다. 아빠가 전에는 이런 실수를 한 적이 없는데.

가슴속에 분노가 치밀어 오른다. 태스크래빗의 그 무슬림 여자, '아이샤 R'이 아빠에 대해 엉터리 악평을 남겼기 때문이다. 아빠가 숙취를 달고 일하러 갔을 수는 있다고 쳐도, 무례하게 굴고 일을 대충 했다는 건 말도 안 된다. 절대 그랬을 리가 없다. *이 사람 쓰지 마세요! 최악이었어요!* 데이비드는 그녀 같은 족속을 잘 안다. 할인 상품 가격이 제대로 찍혔는지 확인하려고 돋보기를 꺼내 드는 부류 말이다. 그녀가 남긴 리뷰를 읽지 말아야 했다. 아빠의 태스크래빗 프로필을 아예 확인하지 말아야 했다. 하지만 무슨 일이 있었던 건지, 일주일에 두 번씩은 하던 일이 몇 주에 한 번으로 줄어든 이유를 알아내야만 했다. 그 일 뒤로 아빠가 술을 더 마시게 된 건 당연했다. 할 일도 없는데 온종일 술을 마셔야 하지 않겠는가?

"정말 재밌는 에피소드죠." 데이비드가 한참 뒤에야 말한다.

"난 그 에피소드가 좋더라."

"저도요." 데이비드가 일어선다. 더 할 말이 없다. 아빠한테 어젯밤에 '투 헐 앤 백' 편을 봤다고 지적할 수는 없다. "조금 이따 봐요."

아빠는 머그잔을 집어든다. "음. 8시 반에 보자."

◇

데이비드는 고개를 절레절레 젓는다. 믿을 수가 없다. 정말 믿을 수가 없다.

그는 조이가 페이스북에 올린 밈을 스크린샷으로 찍어서 디스코드를 열고 다크 퓨리 채팅방에 복사해 붙여 넣는다.

David1702UK 오늘 17:30
말이 되냐 이게?

David1702UK 오늘 17:30
진짜로 저런 식으로 생각하는 사람들이 있음.

Chilozzi 오늘 17:30
ㅋㅋㅋㅋㅋㅋㅋㅋ

TRXDripp666 오늘 17:35
헐ㅋㅋ

Runningngunning 오늘 17:35

근데 저 밈 공유한 사람... 백인 아님...?

David1702UK 오늘 17:35

ㅇㅇ

Runningngunning 오늘 17:35

ㅋㅋㅋㅋㅋㅋ 세상 참

Dysruptz 오늘 17:36

그런 사람이랑 페북 친구임?

David1702UK 오늘 17:36

의붓누나임

Dysruptz 오늘 17:36

아 ㅇㅇ 전에 말한 거 기억난다... 진짜 할 말이 없네.

Corey(515) 오늘 17:37

웃기네 ㅋㅋ

조이는 트위터와 인스타그램에서 데이비드를 언팔로우하고

차단해버렸다. 하지만 페이스북에서는 여전히 친구로 남아 있다. 데이비드는 글을 올리지 않고, 조이는 주로 좌파 페이지들의 밈을 공유하는 것이 전부다. 그래도 데이비드는 페이스북 친구라도 끊지 않아서 다행이다. 다크 퓨리에 공유할 엄청난 콘텐츠들을 조이가 계속 올려주고 있으니까. 현실에서 진짜 PC충*을 알고 지내는 사람은 아무도 없을 테니.

> David1702UK 오늘 17:40
> 또 어이없는 거 하나 볼래?

BBC 드라마에 출연 중이던 스코틀랜드의 유명 배우 재니스 존슨이 왓츠앱 메신저에서 친구들과 나눈 대화가 유출되면서 문제가 됐다. 소위 인종차별 농담이었다는 이유로 결국 드라마에서 하차까지 하게 됐는데, 조이는 이 논란에 관한 밈을 공유하면서 "재니스 존슨을 옹호하는 사람들 아이디가 다 @whiteethnostate69** 이런 식인 거 보셨죠? 이제 이런 사람들이 그녀의 새 친구라는 걸 알았으면 좋겠네요"라고 적어 올렸다.

---

*   원서에는 Social Justice Warrior(사회 정의 전사)의 약자인 SJW로 되어 있다. 유사한 맥락에서 쓰이는 'PC충'으로 번역했다.
** '백인민족국가'를 뜻하는 'white ethnostate'에서 따온 것으로, 백인 우월주의적 성향을 드러내는 아이디이다.

Runningngunning 오늘 17:42

헐 ㅋㅋ

Corey(515) 오늘 17:43

그러니까 이제 재니스 존슨이 백인 우월주의자란 거야?!

Dysruptz 오늘 17:44

ㅋㅋㅋㅋ 그럼 우리도 다 백인 우월주의자네. 뭐 어쩌겠어.

WarriorCorgi 오늘 17:47

https://youtu.be/NaFN1c-XADc

WarriorCorgi 오늘 17:47

다리 다리 다리 다리 다리 다리 다리 다리 다리 다리 다리 다리 다리

Chilozzi 오늘 17:48

ㅋㅋ 너 리나 찐팬 됐네

WarriorCorgi 오늘 17:48

리나 데미아노바 최고

BonkRipper101 오늘 17:50
위에 재니스 존슨 사건 진짜 미쳤다. 90년대가 그립네

데이비드는 등을 기대 앉는다. 조이와 페이스북 친구가 끊기지 않아서 다행이다.

◇

부활절이 다가오자 데이비드는 생활용품 매대에 상품을 채워 넣느라 바쁘다. '깡총거리기엔 난 너무 멋져' 문구가 적힌 냅킨, 토끼 귀 장식을 끼울 수 있는 종이 접시, '소피'라는 양 캐릭터가 그려진 공, 황금토끼 모양 장식품, 허니콤 종이로 만든 당근 장식품까지. 부활절 사흘 전인 성금요일Good Friday이 되니 이 상품들은 이미 모조리 동났다. 상품을 채워놓고 있는데 매니저인 케빈이 데이비드를 부른다.

"네?"

"다른 일 좀 해줘야겠어."

"알겠습니다."

"마음에 들진 않겠지만 어쩔 수 없네."

"알겠습니다."

케빈이 까칠한 턱수염을 긁적인다. "그러니까, 근무표가 완전히 엿됐어. 오늘은 재닛이 1시까지만 일하는 날인데, 시간 변경은 절대 못 하겠다네. 가족들과 뭐 한단다. 성금요일이라 그런가 뭐. 아무튼 그다음 교대인 신시아가 3시부터 들어오거든. 그사이 두 시간을 누군가가 메꿔줘야 하는데 말이야." 케빈의 눈빛이 비정하게 번뜩인다. "그래서 자네가 그 '누군가'가 되시겠다."

"하지만 재닛 일은…."

"그래, 그걸 하라고."

"저는 3시까지 매대 채워야 하는데요. 근무표에…."

"근무표에 뭐라고 써 있는지 알아. 내가 지금 바꾸고 있잖아."

"하지만…."

"이봐." 케빈이 데이비드의 가슴을 손가락으로 찌른다. "내 말에 '아니요'니 '하지만'이니 하지 마. 너는 10분 뒤에 1시부터 3시까지 재닛 자리 메꿔. 재닛이 창고에서 기다리고 있을 거야."

"정말로요?"

케빈은 아무 말도 하지 않는다. 비웃음 속에 경멸이 어린다.

"왜 하필 저죠? 다른… 누군가는요?"

"재미있는 시간 보내."

데이비드는 빵 코너 앞에 서서 연갈색 토끼 귀를 쓰고 있다. 머리띠에 공예 철사와 끈으로 만든 토끼 귀다. 지나가는 손님들에게 부활절 십자가빵을 무료로 나눠주고 있다. 모든 것이 다 싫고 모든 사람이 다 밉다.

"어서 가봐." 한 아버지가 아들을 부추긴다.

데이비드가 쟁반을 내민다.

"고맙습니다." 소년이 어색하게 미소 지으며 하나를 집어 든다.

"부활절 토끼 아저씨한테 손 흔들어드려." 아버지가 말한다.

소년이 손을 흔든다. 데이비드는 손 흔들어주기를 거부한다. "세인즈버리에서 쇼핑해주셔서 감사합니다." 그가 이를 악물고 말한다. "행복한 부활절 보내세요." 소년은 아버지한테 뒤뚱거리며 돌아가 빵을 한 입 베어 문다. 매장 방송이 울린다. *오늘 베이커리 카운터에 들르셨나요? 세인즈버리 부활절 토끼가 부활절 십자가빵을 무료로 나눠드립니다. 지금 바로 빵 코너를 방문해 받아가세요. 세인즈버리. 싸게 사서 부자 되세요.*

　데이비드는 하얀 원피스를 입은 두 여자아이가 어머니의 손을 끌고 오는 걸 보다가 그녀를 발견한다. 셀리나다. 남자친구와 함께다. 젠장. 셀리나가 데이비드와 눈이 마주치자 미소 지으며 다가온다. 젠장. 칼리지 그만둔 이후로는 본 적이 없는데. 여자아이들이 데이비드를 올려다보고, 어머니는 아이들 어깨에 손을 올린 채다. 데이비드가 쟁반을 낮추자 아이들이 빵을 집어간다. 뭔가 더 있을 거라 기대했는지 아이들이 머뭇거리다가, 결국 엄마가 "서비스 정말 최고네요"라고 빈정대듯 중얼거리며 아이들을 데리고 간다. '바로크 이데올로그'는 인스타그램에서 봤을 때처럼 오늘도 병신같아 보인다. 주황색 비니에 흰색 오버사이즈 맨투맨, 흰색 운동화 차림이다.

　"안녕." 셀리나가 말한다.

　"안녕." 데이비드가 토끼 귀를 신경 쓰며 답한다. 부끄러움에 얼굴이 붉어진다.

　"여기서 일하는 거야?"

"응."

셀리나가 데이비드를 남자친구 스튜어트에게 소개한다. "반가워, 친구." 스튜어트는 검지와 새끼손가락에 천박하게 번쩍이는 은색 인장 반지를 끼고 있다. 그린 듯한 가는 수염에, 귓불은 동그랗게 뚫어 늘려놓았다. 셀리나는 영어 수업에서 자기랑 데이비드만 참고서 요약본이 아니라 원서를 읽었다고 말한다. "그럼 너도 책 많이 읽어?" 스튜어트가 묻는다.

"별로."

"시간이 없어서?"

"그래."

"아쉽다." 셀리나가 말한다. "그나저나 머리는 어떻게 된 거야? 예전엔 멋진 앞머리 있었잖아. 그런 거 있지, 2000년대 인디밴드 스타일? '스트록스' 같은?"

"질려서 잘랐어."

"그나저나 토끼 귀 마음에 드네." 스튜어트가 말한다.

셀리나는 장난스럽게 스튜어트를 말린다. 토끼 귀 쓸 생각은 꿈도 꾸지 말라고, 얼굴이 지금도 충분히 길다고. 그러고는 다시 데이비드를 향해 말한다. "AS레벨까지만 하고 관두는 게 원래 계획이었어?"

쟁반을 든 손이 떨린다. "A레벨을 다 마칠 필요성을 못 느꼈어."

"그 심정 이해해." 스튜어트가 말한다.

데이비드는 셀리나한테 대학은 지원했냐고 물으며 서둘러 다른 얘기를 꺼낸다.

골드스미스대학교에서 영문학과 조건부 합격을 받았단다. "스튜어트가 다니는 유니버시티칼리지런던UCL은 아니지만 재미있을 것 같아. 뉴크로스도 괜찮은 동네고. 빨리 떠나고 싶어, 이 개같은 동네. 미안, 난⋯."

"괜찮아. 여기 진짜 개같은 동네지."

셀리나는 가죽 라이더 재킷의 지퍼를 만지작거린다. 재킷 깃에는 배지들이 달려 있다. 울프 앨리스, 하임, 고트 걸, 글래스 애니멀스, The 1975 같은 밴드 배지들이다.

"하나 슬쩍해도 돼?" 스튜어트가 쟁반을 가리키며 말한다.

"실컷 먹어."

스튜어트가 장바구니를 바닥에 내려놓는다. 펑크 IPA 맥주, 프로세코 와인, 오렌지주스, 갤럭시 초코바, 딸기가 담겨 있다. 스튜어트가 부활절 십자가빵을 집어 들자 셀리나도 따라서 집어 드는데, 반짝이는 검은 매니큐어가 눈에 띈다. 그녀는 정말 섹시하다. 칼리지에서 봤을 때보다도 더 섹시해졌다. 인스타그램 팔로우를 끊은 지도 한참 됐는데. 그녀의 눈, 볼, 입술. 긴 검은 머리에 와인빛으로 물들인 부분까지. 데이비드가 보기에 그녀는 리나 데미아노바보다도 예쁘다. 훨씬 더. 그런데 왜 이런 멍청이랑 같이 있는 걸까?

"고마워." 셀리나가 말한다. "그럼, 즐거운 부활절 보내."

"너도." 데이비드가 말한다.

"즐거운 부활절 보내, 친구." 스튜어트가 말한다. "만나서 반가웠어. 모든 일이 잘되길 바래." 셀리나는 케이크를 넋 놓고 바라보며 뭐라 말한다. 스튜어트가 뭐라고 대답하더니 웃음을 터뜨리고, 둘은 느릿느릿 걸어간다.

데이비드는 자기와 스튜어트가 셀리나를 걸고 콜옵 근접전 모드라도 붙을 수 있다면 좋겠다고 생각한다. 폴로 셔츠 겨드랑이 부분이 끈적거린다. 쟁반을 든 손가락 끝과 마디가 빨갛다. 부활절 십자가빵이 담긴 쟁반을 빵 진열대에 툭 내려놓고는 토끼귀를 홱 벗는다. 하우스 오브 미팅, 팩토리, 행거, 케이브. 어떤 맵이라도 좋다. 데이비드는 셀리나에게 자신이 스튜어트보다 더 남자답다는 걸 보여줄 것이다.

◇

데이비드는 버스를 타고 집으로 가면서 엄마한테 전화를 건다. 엄마랑 얘기하고 싶은 기분이 아니다. 아니, 지금은 그 누구와도 얘기하고 싶지 않다. 하지만 별수 없다. 부재중 전화가 네 통이나 와 있다. 발 앞으로 굴러오는 세븐업캔을 밟아서 찌그러뜨린다. 버스가 빨간 신호에 멈춘다. 스포츠 다이렉트에서는 '부활절 대박' 세일 중이고, KFC는 손님들로 북적인다. 페이스북을 보니 KFC가 식물성으로 만든 팝콘 치킨을 멕시코에서 시범 판매한다는 글에 신나서 달린 댓글이 기괴하게도 수두룩했다. 데이비드는 KFC에서 한 번도 음식을 사 먹은 적이 없다. 켄터키 프라이드 치킨Kentucky Fried Chicken의 약자라고? 그보다는 켄터키 프라이드 학대Kentucky Fried Cruelty라고 해야 맞을 텐데. 납품업체 직원들은 수만 마리의 닭을 창문도 없는, 똥으로 가득 찬 사육장에 밀어 넣고, 제 몸뚱이를 더는 지탱하지 못해 다리가 부러질 때까지 먹이를 처넣다가, 그 부러진 다리를 붙잡고는 도살해버린다. 칼 윌리엄스는 매 공연 앙코르 전에 KFC 납품업체 도살장 영상을 틀어준다. 21세기의 홀로코스트나 다름없다. 버스가 다시 움직이고, 자전거가 버스 옆으로 휙 지나간다. 엄마가 전화를 받는다. "여보세요." 데이비드는 애써 밝은 척하며 말한다.

"드디어 전화하는구나."

엄마는 48시간만 연락을 안 해도 몇 달은 못 본 것처럼 군다. "미안한데요. 어젯밤에도 너무 피곤했고, 그 전날도…. 뭐, 그래서요."

"잠깐이라도 전화해줄 수 있잖니."

"네, 알겠다고요."

"알겠다고?"

버스가 갠츠 힐 지하철역 앞 정류장에 선다. 사람들이 꽉 들어찬다. 귀여운 금발 여자애가 옆자리에 앉는다. 전화를 그냥 끊어버리고 싶은 충동이 든다. 주변에 사람들이 이렇게 많은데 욱하는 꼴을 보일까 봐 엄마랑 통화하는 게 싫다. 하긴 나중에 해도 역시 짜증 날 것이다. 집에 가서 좀 쉬고 싶다. 데이비드는 발로 세븐업캔을 비틀어 짓뭉갠다. "그래서 지금 전화했잖아요. 그러니까, 음…. 오늘 쉬는 날이었죠? 어땠어요?"

"솔직히 말해서 그냥 일하는 게 나았을지도 모르겠다. 하루종일 우울하기만 했어."

"왜요?"

"알잖아."

데이비드는 목을 우두둑 꺾는다. "그 책은요? 쓰기 시작했어요?" 지난번에 해거스턴에 갔을 때, 엄마는 자기 아버지와 사카카네 운동에 대해 뭔가 쓰고 싶다고 했다.

"아니, 일단은 미뤄뒀어."

"왜요?"

"마음의 준비가 안 됐거든."

"왜요?"

"알잖아."

데이비드는 혀끝으로 오른쪽 뺨 안쪽을 찌르며 길게 숨을 들이쉰다. "알았어요, 엄마. 계속 말해봐요."

"난 네가 너무 걱정돼서…."

"아, 진짜."

"정말이야. 이렇게 좋은 기회를 다 갖춘 내 아들이 선택한 게…."

"제 걱정 하지 마세요."

"어떻게 걱정을 안 하니? 세인즈버리에 처박혀서, 만나는 사람도 없고, 책도 안 읽고, 이제는 아무것도 안 하잖아."

"전 괜찮아요!"

"정말?"

"네."

"흠…."

"엄마, 전 괜찮아요. 씨발, 괜찮다고요!"

"넌 마트에서 물건이나 채우고 있잖아. 책도 읽을 수 있는데…."

"책이고 뭐고, 아, 씨! 전 괜찮아요. 진짜 제발! 괜찮다고요."

"지금은 괜찮을 수 있지. 하지만 내 말 좀 들어봐. 십대 때 세인즈버리에서 일하는 건 낭만적일 수도 있겠지만, 사십대가 돼서도 거기서 일하는 건 전혀 낭만적이지 않아. 나도 액션 에이드에서 일하다 보면 가끔 죽을 만큼 지루할 때가 있어. 네가 언젠가 그 일에 대해 어떤 기분이 들지 상상이 되니? 아직은 대학에 갈 수도 있고, 보람 있는 일을 구할 수도 있어. TV 대본도 쓸 수 있고, 게임 시나리오도 쓸 수 있고, 뭐든 할 수 있지. 근데 나중엔 그게 점점 어려워지다가 결국엔…."

"그딴 거 상관없어요!" 데이비드는 자기가 눈에 띄게 몸을 떨고 있을까 봐 걱정된다. 목소리를 낮추고 귀여운 여자애한테서 멀어지려 창가 쪽으로 몸을 웅크린다. "아니, 잠깐만요. 전 괜찮아요. 정말 괜찮아요. 절 걱정한다고요? 그럼 잔소리 좀 그만해요. 그것만 해도 제 삶이 나아질 테니까. 제가 하루 종일 세인즈버리에서 일하고 전화까지 했는데, 그게 잔소리나 들으려고 그러는 거겠어요?"

"그럼 전화하지 마."

"그거 잘됐네요."

"그럼 이만 끊을까?"

데이비드는 이를 악문다. "잠깐만요. 주말에 가요, 말아요?"

"올 거니?"

젠장. "네, 일요일이죠? 부활절 일요일에 갈게요."

"고마워. 기다릴게."

"네."

"특별한 음식을 준비할게. 조이도 올 거야."

"네."

"…너희 둘 사이에는 별일 없지?"

데이비드는 과장되게 신음 소리를 낸다. "이제 그만해요. 일요일에 봐요, 엄마."

◇

"야." WarriorCorgi가 말한다. "그만 좀 뿌려. 내가 지금 페인트볼 게임 하다가 개박살 난 것처럼 보이잖아."

"분홍색." Chilozzi가 말한다. "노란색. 파란색."

"야."

"완전 웃기지 않냐? 얘들아, 내가 Corgi를 무지개 찐따로 만들어버렸어."

"으흠." Dysruptz가 헛기침을 한다. "너희 둘 다 저격 담당이었던 것 같은데."

"그건 Chilozzi한테나 알려줘." WarriorCorgi가 대꾸한다. "나는 집중할 거라고."

"알았어." Chilozzi가 키득거린다. "이제 장난 그만할게. 아니다, 잠깐만. 분홍색 스프레이 한 번만 더. 이거 이름이 뭐더라? 전기 스프레이건이네. 아, 진짜 웃기다. 됐어. 이제 진지하게 할게. 걱정 마."

"데이비드, B 거점 먹자." Dysruptz가 말한다.

"오케이, 바로 뒤에 붙을게."

데이비드는 Dysruptz, WarriorCorgi, Chilozzi와 함께 시가

전 모드를 플레이하고 있다. 이 모드에서는 32대32로 대규모 전투를 벌이는데, 거대하게 뻗어나간 맵에서 긴장감 넘치는 혼전이 벌어진다. 높낮이를 적극적으로 활용할 수 있고, 적과 여러 방식으로 맞붙을 수 있으며, 차량까지 몰 수 있다. 맵 곳곳에 A부터 E까지 거점이 흩어져 있는데, 여기를 차지해서 점수를 쌓아야 한다. 먼저 250점을 채우는 팀이 이긴다.

WarriorCorgi와 Chilozzi는 E 거점 근처 고층 빌딩 옥상에서 저격을 맡고 있고, 데이비드와 Dysruptz는 큰길을 따라 B 거점인 국회의사당으로 향하고 있다. 아군인 동맹군은 현재 C, D, E 거점을 장악해 190점이다. 적군인 연합군은 A와 B 거점을 장악해 170점이다.

"얘들아." WarriorCorgi가 말한다. "헬기다."

"씨발." Dysruptz가 말한다. "어디?"

"우리 쪽이야. 잠깐만. 걱정 마. 누가 잡았어."

데이비드가 위를 올려다보니 헬기 한 대가 화염에 휩싸인 채 빙빙 돌고 있다. 헬기는 선물에 처박히더니 검은 연기 속으로 사라진다. 데이비드는 Dysruptz 바로 뒤에 바짝 붙어서 달린다. 돌무더기와 박살 난 트럭, 잘린 나무들과 뒤집힌 라바콘을 지나치는데, 뒤에서 총성이 울려 퍼진다. 이렇게 플레이어가 많으니 교전이 끊이질 않는다. B 거점까지 33미터, 겨우 33미터 남았다. 하지만 분명 연합군이 지키고 있을 것이고, 쉽게 내주지는 않을 것이다. 데이비드와 Dysruptz는 대형 쓰레기 수거함 양쪽 끝에 각각 숨어서 총을 거치한다. 거리에는 낙엽이 어지럽게 흩어져 있고, 국회의사당 정면에는 돌기둥이 늘어서 있다. 데이비드는 국회의사당 입구를 조준경에 담는다.

"여기서 방금 셋 잡았어." Chilozzi가 말한다.

"저 하찮은 연합군 시체들은 마치 잭슨 폴록 그림 같다니까." WarriorCorgi가 말을 덧붙인다.

"B로 치고 들어갈 준비됐어?" Dysruptz가 묻는다.

"응, 준비됐어." 데이비드가 답한다.

Dysruptz가 국회의사당을 향해 수류탄을 던지고, 데이비드는 뒤이어 화염병을 던진다. "오케이. 셋, 둘, 하나." 둘이 엄폐물 뒤에서 튀어나오는데 총알이 비처럼 쏟아진다. Dysruptz는 욕설을 내뱉으며 죽는다. 데이비드는 발치로 날아드는 구릿빛 불꽃을 피해 후퇴한다. "걱정 마. 난 아직 살아 있어." 화면은 흑백으로 변한 채 피가 튀어 번졌고, 컨트롤러는 미친 듯이 진동한다. 데이비드는 근처 건물로 도망쳐 들어가 웅크려서 체력을 회복한다. Dysruptz가 데이비드의 위치로 리스폰한다. "돌아왔다." 로켓이 쏟아지며 만들어낸 황금빛 지옥이 국회의사당을 덮치면서 연합군 셋이 죽는다.

"돌격하자." 데이비드가 말한다. "우리 팀의 누군가가 로켓 런처로 길 뚫어줬어."

"좋아." Dysruptz가 답한다. "이번엔 제대로 될 거야."

"이번에는 진짜 먹는다."

한 명을 멋지게 헤드샷으로 날리고 다른 한 명은 부랴부랴 근접전으로 제압한 후, 데이비드와 Dysruptz는 주변을 소탕하고 B 거점을 장악한다. 이제 동맹군은 B, C, D, E 거점을 장악해 210점이다.

Chilozzi가 이쪽으로 오는 연합군은 자기가 모두 처리하겠다고 한다. WarriorCorgi는 큰길을 달리는 지프차를 조준한다.
"운전수 잡았다."
"보닛 위에 있던 놈도 잡았다."
"와씨. 저렇게 픽 쓰러지는 거 봐. 뉴스에 나왔던 그 지하디스트처럼 죽였네."
"뭐?"
"알잖아. 그 뚱뚱한 새끼. 이라크에서 자기 트럭 보닛 위에서 총 맞는 사진 있었잖아."
"나 나 나 나 나 나 나 나 나 나 나~ 무슬림맨!" Dysruptz가 배트맨 테마송을 부른다.
"아, 생각났다." Chilozzi가 말한다. "그 뚱뚱한 새끼."
"지하디스트인지 돼지하디스트인지 모르겠다더라. 내가 본 최고의 드립이었다."
"데이비드, 그 트윗 뭐였지? 비만 비하니 하던 거?" WarriorCorgi가 묻는다.
"용서할 수 없는 범죄를 저지른 극악무도한 인간이었을지라도" 데이비드가 그 트윗을 한 글자도 빼먹지 않고 말한다. 돌기둥 옆에 웅크린 채 연합군이 시야에 들어오기를 기다리고 있다.
"비만을 비하할 필요는 없…."

Dysruptz가 폭소를 터뜨린다.

"아, 진짜. 그만. 너무 웃겨 죽겠다." WarriorCorgi도 웃으면서 말한다.

"비만을 비하할 필요는 없다." 데이비드가 말을 잇는다. "그저 그의 범죄 행위만…."

"푸하하하."

"킥킥."

"푸하하하하."

"그 트윗 찐이었어?" Chilozzi가 묻는다.

"닥쳐." Dysruptz가 말을 자른다. "분위기 망치지 마."

수류탄이다. 데이비드는 몸을 피해보려 하지만, 늦었다. 죽었다. "젠장." 집중력이 흐트러졌던 탓이다. 데이비드는 컨트롤러의 양쪽 손잡이를 잡고 흔들다가 바닥에 내리친다. "미안."

"나도 당했어." Dysruptz가 말한다. "너무 웃겨서 그랬어."

B 거점을 빼앗겼다. 게다가 연합군이 D와 E 거점까지 다시 가져가면서 200점을 기록한다. 놈들이 승리를 코앞에 두고 있다. Chilozzi가 데이비드와 Dysruptz한테 자기 위치로 리스폰하라고 말한다. 고층 빌딩 옥상에 헬기가 한 대 있는데, 이걸 몰고 거점 중 한 군데로 갈 수 있단다. "좋은 생각이네." 데이비드가 말한다. Chilozzi와 WarriorCorgi랑 다시 만난 뒤 전망을 보

니 감탄스럽다. 맵의 광활한 풍경이 한눈에 들어온다. 눈 덮인 산맥, 경기장, 소방서, 군사기지, 강이 보인다.

"자." Chilozzi가 말한다. "타자."

"나 좀 기다려줘." Dysruptz가 말한다. "좋아. 탔다."

"좋았어." Chilozzi가 말한다. "이동하자. D 거점으로 갈까?"

"그러자." Dysruptz가 말한다.

프로펠러가 위이잉 돌아가며 헬기가 뜬다.

"연합군이 벌써 220점이야." Dysruptz가 말한다. "D는 무조건 먹어야 해."

"먹을 거야." 데이비드가 말한다. 헬기가 연기를 뿜어대는 창고 위를 지나간다. "반드시."

"낙하산 준비됐지?" Chilozzi가 말한다.

화면에 경고가 뜬다. 적 순항 미사일 접근 중.

"뛰어! 뛰어! 빨리!" Dysruptz가 다급하게 말한다.

아무도 없는 헬기가 폭발하면서 하늘을 검게 물들인다.

"이제 싹 다 부숴버리자!" Chilozzi가 꽥 하고 소리 지르며 D 거점을 향해 AK-47을 난사한다.

선택의 여지가 없다. 지금 당장 이 거점을 먹어야만 한다.

데이비드가 R2 트리거 버튼을 세게 누른다. "가자, 애들아!"

◇

데이비드는 토요일 12시부터 8시까지 일한다. 매 순간이 고문이다. 매장에는 게으른 손님들이 우글거린다. 질문, 질문, 또 질문이다. *이거 있나요? 저거 재고 있어요? 더 없나요?* 데이비드는 이런 손님들에게 소리라도 지르고 싶다. 눈이 달렸으면 선반 좀 보세요. 선반에 없다고요? 그러면 참 신기하게도 말이죠, 없는 거랍니다. 토끼 귀를 쓴 채 셀리나와 스튜어트를 만났던 일 때문에 아직도 속이 쓰리다.

  퇴근해 집에 온 데이비드는 아빠와 함께 〈온리 풀 앤 호스〉를 보고는 곧장 침대로 향한다. 다크 퓨리 클랜에서 같이 '콜 오브 듀티'를 할 수 있는 사람이 아무도 없기 때문이다. 살로메의 초기 곡 중 잘 알려지지 않은 곡을 몇 달 만에 다시 틀고, 눈을 감은 채 음악에 집중한다.

  단순한 멜로디에, 섬뜩한 가사. 연쇄살인마의 시점으로 노래를 쓸 만한 용기가 있는 사람은 칼 윌리엄스 말고는 없다. 음악 산업에서 용기 있다고 치는 건 인종차별이 나쁘다, 보수당Tories이 나쁘다, 기후변화가 나쁘다는 말뿐이다. 그딴 건 용기가 아니다. 오히려 음반 판매량을 늘려줄 보증 수표일 뿐이다. 데이비드는 칼의 솔로 곡이 더 좋지만, 그래도 〈어 스트레인저A Stranger〉는 정말 대단한 곡이다.

노트북을 닫고 눕는다. 퇴근한 지 세 시간도 채 안 됐는데 벌써 월요일 아침이 두렵다. 옆으로 몸을 돌린다. 어둠 속에서 포스터들의 윤곽이 희미하게 보인다. 방에서 냄새가 덜 났다면 잠들기가 더 쉬웠을 테다. 앞으로는 먹고 나서 더러운 그릇을 바로 아래층으로 가져가야지, 며칠씩 그대로 두지 말아야겠다. 〈언컷Uncut〉 잡지의 '살로메 완벽 가이드' 특별호에서 받은 포스터의 오른쪽 아래 모서리가 찢어진 게 신경 쓰인다. 데이비드가 가장 좋아하는 포스터인데, 칼 윌리엄스는 숲속 벤치에 앉아서 페도라를 쓰고 목걸이를 여러 줄 겹쳐 걸친 채 라이터를 만지작거리며 생각에 잠겨 있다. 손마디에는 '도움 사절'이라는 문신이 보인다. 나머지 살로메 멤버들은 뒤에 서서 이야기를 나누고 있다. 이 포스터 속 칼에게는 뭔가가 있다. 수수께끼 같고, 시적이면서, 진짜 존나 멋있다. 휴게 시간에 담배 피울 때마다 자주 이 모습을 떠올린다. 포스터를 바라보던 데이비드는 한숨을 내쉰다. 자꾸만 일터 생각이 나는 걸 멈춰야 한다.

"브렛, 너야. 네가 해. 아니, 네가 해. 네가 해야 해." 데이비드가 잠에서 깨어 고개를 든다. "네가 해. 훈련할 때 네가 제일 잘했잖아. 네가 해." 아빠다. 밖에 앉아서 혼자 중얼거리고 있다. 데이비드는 지난 몇 달 동안 이런 장면을 너무 많이 봤다. 방 창문 아래 뒷마당에는 초록 플라스틱 의자가 있는데, 아빠가 거기 앉아서 담배를 피우고 머그잔으로 뭔가를 마시면서 허공에 대고 손짓하고 있다는 걸 안다.

"네가 해." 아빠가 말이 뭉개지는 목소리로 계속 말한다. "자, 브렛." 과거의 기억을 되살리는 것 같다. 근데 왜? 이렇게 늦은 시간에? 거의 2시 반이다. 브렛은 누굴까? 어린 시절 친구? 군대 동료? "이겼어. 우리가 이겼어. 4대3이야." 데이비드는 발가락을 오므린다. 이런 걸 엿듣게 되는 게 불편하다. "와, 멋진 페널티킥이었어." 베개에 머리를 꾹 누른다. "우-우-우-우. 위이이이." 세상에. 이런 소리는 정말 못 참겠다. 견딜 수가 없다. "위이이. 이겼어. 이겼다고." 이건 너무…. 이상하다. 이상해. 아빠답지 않아. 대체 무슨 일이지? 더는 못 듣겠다. 노트북을 열고 살로메를 다시 튼다.

◇

Runningngunning 오늘 10:15
아니 씨발

Runningngunning 오늘 10:15
도대체 몇 번째야?

데이비드는 아침으로 먹고 있는 딸기맛 팝타르트 때문에 속이 불편하다. 반값에 팔길래 여러 팩을 사둔 게 실수였다. 검은색 잠옷 티셔츠에 보라색 스프링클과 아이싱 부스러기가 잔뜩 묻었길래 손으로 툭툭 털어낸다. 유리창에 파리 한 마리가 다리를 비비며 씰룩거린다. 자리에서 일어나 창가에 눈 우체국 영수증과 유리컵을 집어 든다. 유리컵으로 파리를 덮고 영수증으로 입구를 막은 뒤, 창문을 열어 파리를 놓아준다. 구름 한 점 없이 푸른 하늘이다. 뒷마당 담장의 윗부분이 햇살을 받아 반짝인다. 죽은 담쟁이덩굴 줄기가 바람에 흔들린다.
　Runningngunning이 뭐라고 더 말할지 기다리며 팝타르트를 마저 먹어 치운다.

Runningngunning 오늘 10:16

https://twitter.com/NightWaters83/status/1222991785963724800?s=20

Runningngunning 오늘 10:16

하필이면 부활절 아침이라니, 씨발

데이비드는 Runningngunning이 왜 깨어 있는지 의아하다. 텍사스는 새벽 4시일 텐데? 링크를 눌러본다. 이런 젠장. 파리에서 무슨 일이 터진 모양이다. 샤프 미술관Chappe Gallery에서 총기 테러가 있었다. 목격자의 트윗에 따르면 도처에 피가 흐르고 시신이 널려 있다고 한다. 검색창에 **#샤프미술관**을 입력한다. 이런 젠장. 지난 1분 사이에만 트윗이 수백 개나 올라왔다. 젠장, 젠장, 젠장. 오른손 엄지손톱을 물어뜯는다.

David1702UK 오늘 10:18

씨발, **#샤프미술관** 해시태그가 트위터를 뒤덮었어. 진짜인 것 같네.

Runningngunning 오늘 10:18

그래. 주류 언론에선 아직 보도 안 하지만 확실히 진짜야. 20~30분 전에 일어난 것 같아. CNN은 아마 사실관계 확인 중이겠지(이슬람이 아니라고 할 변명거리나 찾고 있겠지)

David1702UK 오늘 10:19
파리니까 확실히 이슬람이겠지

David1702UK 오늘 10:19
암담하다

David1702UK 오늘 10:20
BBC 뉴스에서 보도하기 시작했어. 몽마르트르 샤프 미술관에서 '사건'이 발생했대. '용의자'는 경찰이 사살했고, '다수의 사상자'가 발생한 것으로 추정된다네.

Runningngunning 오늘 10:20
ㅋㅋ 역시 BBC 뉴스. 차라리 〈알자지라 Al Jazeera〉 보는 게 낫겠다.

Runningngunning 오늘 10:20
진지하게 말하는데, 너희 유럽 사람늘은 정신 차려야 해. 우린 예전에 너희의 미술이니 음악이니 책이니 하는 걸 우러러봤는데, 이주민 수백만 명한테 문 열어주고는, 이젠 미술관도 총에 맞지 않고선 못 가게 됐잖아. 씨발! 너희의 문화와 문명은 다 어디로 갔냐? 진짜 다 망쳐먹었네

BonkRipper101 오늘 10:21
와. 그냥 눈이 떠졌는데 이런 걸 보게 되네.

BonkRipper101 오늘 10:21
이 사진 좀 봐. https://twitter.com/DamianZGray/status/1223241991020116096?s=20

Runningngunning 오늘 10:21
세상에, 토할 것 같아. 트위터에서 곧 내려갈 거야.

BonkRipper101 오늘 10:21
개새끼들

데이비드는 몸을 떤다. 그 사진을 보지 말아야 했다. 너무하다. 그냥 너무 끔찍하다.

David1702UK 오늘 10:22
끔찍하네

Runningngunning 오늘 10:23
진짜 매주 어디서나 이런 걸 보는 게 지긋지긋하다. 다들 '왜 이런 일이 일어나는 거지? 너무 이상해! 이해가 안 가!' 이러고 있고. 답은 뻔한데 씨발

Runningngunning 오늘 10:23
이슬람

Runningngunning 오늘 10:23

그리고 최악이 뭔 줄 알아? 한 시간 뒤면 트위터에 PC충들이 물밀듯이 몰려와서 이슬람은 잘못이 없다느니, 전 세계 무슬림들에게 연대를 표한다느니 할 거야. **#이슬람은평화다** 이딴 해시태그가 최상위 트렌드에 오를 게 뻔하지.

BonkRipper101 오늘 10:24

100퍼센트 경찰이랑 주류 언론이랑 정치인들이 피해자 부모들 압박해서 성명 내게 할 거야. 테러범들을 용서한다느니, 이슬람을 사랑하고 존중한다느니 하는 거.

BonkRipper101 오늘 10:24

씨발 내가 아는 사람한테 이런 일이 생기면 난 뉴스에 나가서 진실을 말할 거야. 무슨 사랑이니 존중이니 용서니 하는 개소리 말고.

Runningngunning 오늘 10:25

ㅋㅋㅋㅋ 누가 그렇게 말하는 거 보고 싶다.

Runningngunning 오늘 10:28

혹시 알아? 어쩌면 파리 사람 중에 용기 있는 놈이 나올지도?!

David1702UK 오늘 10:30
하! 제발 그랬으면

BonkRipper101 오늘 10:30
야, 완전 열받아서 콜옵이나 하면서 열 좀 식혀야겠다. 같이 할래?

David1702UK 오늘 10:30
아쉽지만 지금은 못 하고 나중에 꼭 하자

거의 10시 반이다. 엄마가 마련한 짜증 나는 부활절 점심 식사 때문에 12시까지 해거스턴에 가야 한다. 오후 시간을 다 날리는 셈이다. 조이도 거기 올 거다. 엄마가 작년처럼 무 프리 Moo Free 부활절 비건 달걀이라도 사뒀기를 바란다. 그건 그래도 괜찮았다. 칼 윌리엄스 티셔츠를 집어 들고 샤워하러 욕실로 들어간다. 햇빛이 너무나 밝게 비친다. 더러운 창문에 얼룩진 자국들이 마치 별똥별처럼 보인다.

오버그라운드 전철을 타고 가면서 새 소식이 궁금해 트위터만 계속 새로고침 한다. 객차의 손잡이가 축축한 주황빛으로 번들거린다. 테러범은 총을 쏘기 전에 '알라후 아크바르'라고 외쳤다고 한다. 여러 목격자가 증언했다. 하지만 BBC는 여전히 진실을 숨기고 있다. 살육극이 벌어졌던 것 같다. 테러범은 칼라시니코프 소총으로 무장했었다. 경찰이 3분 만에 테러범을 '제압'했지만, 그 3분 동안에…. 사망자가 수십 명에 이를 수도 있다는 추측이 나온다. 기차가 아이들이 축구하는 공원 옆을 지나며 덜컹거린다. 밝은 초록색 공이 배낭 더미 위로 날아간다. 다크 퓨리 서버가 들끓고 있다.

Runningngunning 오늘 11:30

ㅋㅋㅋㅋㅋ 시작됐네

Runningngunning 오늘 11:31

https://twitter.com/becca_hogwarts/status/1254212256447693825?s=20

Runningngunning 오늘 11:32

https://twitter.com/lululalu/status/1254213304365411328?s=20

Runningngunning 오늘 11:32

https://twitter.com/asifrno092/status/1254214203281534976?s=20

---

* '신은 가장 위대하시다'라는 뜻의 아랍어 표현.

Runningngunning 오늘 11:32

https://twitter.com/DrRuthWright/status/1254215303902773249?s=20

Runningngunning 오늘 11:32

https://twitter.com/Tinuvie61893/status/1254216937031245826?s=20

 데이비드는 이런 트윗들을 읽으며 얼굴에 열이 치밀어 오르는 걸 느낀다. "#샤프미술관에서 무슨 일이 일어났는지도 모르면서 벌써 이슬람 탓하는 사람들이 보이네. 이슬람 혐오 잠깐만이라도 좀 참지 그래?" "#샤프미술관에서 총기 사건이 있었다고 또 무슬림 탓하네! 아니야! 무슬림 탓하지 마. 범인만 탓해. 그 사람 배경은 상관없어. 누가 했든 그놈이 개새끼인 거고, 그게 다야." "#샤프미술관에서 오늘 일어난 일 진짜 무섭다. 근데 이걸 기회로 너희 무지한 주장 퍼뜨리지 마. 그자는 무슬림이 아니었어. 테러범이었지. 염치 좀 지키자." "한 사람이 대량 학살을 저질렀다고 해서 그 종교를 믿는 18억 명을 싸잡아서 혐오 조장하네? 응, 그래. 정말 말이 된다, 그치?"

 조이와 스티븐도 똑같은 소리를 할 거다. 어쩌면 엄마까지도. 데이비드는 허벅지에 손을 문지른다. 오늘은 〈가디언〉식 개소리를 들을 기분이 아니니까, 그놈의 이슬람 애호증은 집어치우라고 말해주겠다. 박하향 껌 한 조각을 꾹 눌러 꺼낸다. 입 다물고 있으라고 강요당하는 것도 지긋지긋하니 이제 맞서주겠다. 이슬람 혐오자라고 부르든 말든. 그게 어떻다는 건가? 한번 해보라지.

◇

"스티븐, 가지 좀 꺼내줄래요?" 엄마가 부탁한다.

"그럼요." 스티븐은 손에 오븐 장갑을 낀다.

"흠." 엄마는 수프를 맛보며 말한다. "좋아요. 이제 다 된 것 같네요."

스티븐이 오븐 문을 잡아당기자, 부엌은 향신료향으로 가득 찬다.

"데이비드." 엄마가 말한다. "앉으렴."

데이비드는 토스터가 놓여 있는 옅은 회갈색 나무 요리대에 몸을 기대고 서 있다. 빵 부스러기 하나 없다. 어떻게 집을 이렇게나 깨끗하게 유지하는 건지 이상하다. 엄마와 스티븐은 *정말이지* 이상하다. 이른 오후의 햇살이 부엌으로 스며든다. 찬장 안 반투명한 파란색 유리잔이 얼룩 하나 없는 미닫이 유리문 사이로 반짝인다. 테라스 화분에서 자라고 있는 양상추가 바람에 흔들린다. 데이비드는 사람들이 왜 저런 걸 집에서 키우는 건지 도무지 이해할 수 없다. 마트에서 사면 될 텐데.

부활절 소품들이 식탁 위에 놓여 있다. 봄꽃이 담긴 꽃병, 나무로 만든 작은 토끼 장식품 그리고 알록달록한 달걀들. 달걀은 엄마 말로는 데이비드가 어렸을 때 색칠한 거라는데, 그런 기억은 전혀 없다. 부활절 소품으로 가득 차 있다 보니 오늘은 식탁 위에 걸어놓은 트렌디한 이케아 펜던트 조명마저 누군가 대충 붙여놓은 달걀처럼 보인다. 데이비드는 식탁에 앉아서 디스코드와 트위터를 확인한다. Runningngunning이 쓴 채팅을 본 다음에는 BBC 뉴스도 조심스레 살펴본다. 별다른 소식은 없다.

엄마가 조이한테 음식이 다 됐다고 큰 소리로 외친다. 그러고는 데이비드와 스티븐에게 이렇게 다 함께 모인 게 얼마 만인지 묻는다. "꼭 백만 년은 된 것 같네요. 확실히 몇 달은 됐을 거예요." 엄마는 콘택트렌즈를 끼고 립스틱을 발랐고, 꽃무늬가 들어간 우아한 남색 상의를 입고 있다. 데이비드가 좀 전에 도착했을 때는 길고 하늘하늘한 은백색 숄까지 걸치고 있었다.

"크리스마스." 스티븐이 오븐 트레이를 식탁 위에 올려놓으며 기억을 더듬는다. "크리스마스 다음 날이었죠." 스티븐은 평소처럼 사무실에서나 입을 법한 차림새로, 단추를 푼 셔츠에 검은색 정장 바지를 입고 있다. 엄마가 꽃을 다시 가다듬는다. 꽃잎은 엄마 손목에 비치는 핏줄처럼 옅은 파란색이다.

조이가 부엌 문간에 나타난다. "죄송해요. 졸업논문에 쓸 새로운 아이디어를 메모하고 있었어요. 어떻게 연결할 수 있을지 떠올라서…. 아무튼 오늘은 그만해야겠어요."

스티븐이 시계를 확인하며 농담을 던진다. "1시인데? 오늘이 부활절이긴 하지만…."

"이제는 1시를 넘겨서는 논문 작업을 하지 않아요. 하루에 두세 시간 이상 논문을 쓰는 건 오히려 역효과만 난다고 결론 내렸거든요."

"글쎄, '토끼와 거북이'의 토끼라서 그런 것 같은데."

"참 나."

조이의 아랫입술 오른쪽 아래에는 마치 거미에게 물린 것처럼 짙은 은색의 피어싱이 있다. 그녀는 무표정한 눈으로 데이비드가 입고 있는 칼 윌리엄스 티셔츠를 힐끗하고는 옆에 앉는다.

"안녕." 그녀가 마치 요즘도 대화를 나누는 사이인 양 인사한다.

"안녕."

"가지를 구워봤어." 엄마가 조이에게 말한다. "포도잎 쌈에, 내 어머니가 자주 해주시던 수프인 *애쉬 레슈테*ash reshteh도 만들어봤는데, 면, 병아리콩, 강낭콩이 들어 있어. 허브도 많이 넣었고."

"제 삶에는 이렇게 집에서 만든 이란 음식이 정말 필요해요." 조이가 대답한다. "이틀에 한 번꼴로 밤마다 배달 앱으로 시켜 먹는 게 습관이 돼버렸거든요. 부끄럽지만요."

조이와 엄마, 스티븐은 각자 좋아하는 배달 음식점 몇 군데를 이야기한다. 사케 스시, 더 브렉퍼스트 클럽, 야드 세일 피자, 다바 키친. 엄마가 수프 냄비를 식탁 위에 올려놓는다. 조이는 수프를 사진 찍어 엘리너한테 보낸다. 요즘 수프 만들기에 푹 빠진 엘리너가 이걸 보면 '완전히 흥분해서 날뛸 것'이라며 말이다.

"미리 말해주는 건데." 엄마가 수프를 퍼서 네 개의 그릇에 나눠 담는다. "민트맛이 너무 많이 날 수 있어. 몇 스푼이나 넣어버렸거든. 그렇지만 아마 괜찮을 거야." 데이비드의 눈이 휘둥그레진다. 이렇게 초록색인 음식은 난생처음 본다. 아마 사람들은 비건인 데이비드가 매일 밤 이런 걸 먹고 사는 줄 알 거다.

스티븐이 화이트와인병에 오프너를 꽂는다. "데이비드, 마실래?"

"맥주는 없어요?"

스티븐의 얼굴에 살짝 힘이 들어간다. "오늘 식사에는 화이트와인이 더 잘 어울릴 것 같은데."

데이비드는 어깨를 으쓱한다. 이렇게 여성스러운 술은 좀 싫다. Dysruptz는 화이트와인을 좋아한다고 실토한 Runningngunning을 놀렸었다. 하지만 이 개떡 같은 상황에 술이라도 있으면 도움 되겠지.

포도잎 쌈을 식탁 위에 올려놓은 엄마가 스티븐 옆, 데이비드 맞은편에 앉는다.

스티븐이 어설프게 건배를 제안한다. "행복한 부활절을 위하여! 그리고 *에이데 쇼마 무바락*Eide Shoma Mobarak! 아미라가 어제가 이란의 새해인 노루즈였다고 하더라고. 그러니까 정말 두 배로 축하할 일이네."

"*에이데 쇼마 무바락*!" 엄마가 따라 외친다.

"네, 건배요." 데이비드는 건성으로 대답한다. 햇살이 부엌에 진한 버터빛으로 번진다. 데이비드는 혼자 밖에 나가 담배를 피우며 쉬고 싶은 마음을 참을 수가 없다.

"자, 수프가 먹을 만할지 장담은 못 하겠네. 어떨지 한번 보자." 엄마의 말에 조이가 맛을 본다.

"엄청 맛있어요!"

"굉장한데요." 스티븐도 거든다.

"흠, 우리 어머니가 만드시던 애쉬 레슈테에 비할 바는 못 되네요. 언제나 간을 딱 맞추셨거든요. 그렇지만 나쁘진 않네요. 데이비드, 맛있니?"

"음."

"맛있지?" 엄마가 미소 짓고는 목을 가다듬고 조이 쪽으로 몸을 돌린다. "졸업논문 연구는 여전히 재밌니?"

조이는 기침을 하며 가슴을 쿵쿵 친다. "죄송해요. 이 구운 가지도 맛있네요. 입에 너무 많이 넣었나 봐요. 좀 천천히 먹어야겠어요." 조이는 와인 잔을 잡으며 말을 잇는다. 논문 연구는 흥미진진하다. 헬렌 아체베의 소설을 전에도 읽은 적이 있지만 비평을 해볼 생각은 한 적이 없었다. "아직도 그녀를 모르는 사람이 이렇게나 많다는 건 범죄예요, 범죄."

조이가 헬렌인지 뭔지에 대해 떠드는 동안 데이비드는 수프를 숟가락으로 뜬다. 그의 취향에 비해 너무 건강한 음식이다.

구운 가지는 먹을 만하지만, 뱅뱅 소스*를 듬뿍 발라야 제맛일 것 같다.

데이비드는 조이의 말을 끊고 멍청한 돼지 새끼라고 쏘아붙이고 싶은 심정이다. 헬렌도 마찬가지고. 하지만 지금은 그럴 때가 아니다. 어차피 대화 주제는 곧 파리 테러 사건으로 넘어갈 테니까. 그사이에 데이비드는 식탁 밑의 페르시아 양탄자를 발가락으로 쿡쿡 찌른다. 창턱에 놓인 작고 검은 새 장식들이 반지르르하다. 영양실조에 걸린 듯한 비둘기 한 마리가 양상추 화분에 내려앉더니, 잎사귀 사이에서 고개를 흔들며 구구거린다.

"부활절 준비 기간에 세인즈버리는 어땠니?" 스티븐이 묻는다.

"네?" 데이비드는 대화로 재빨리 돌아온다.

"부활절 준비 기간에 세인즈버리는 어땠냐고."

"괜찮았어요."

"바빴니?"

"네."

"올해는 슈퍼마켓에서 비건 부활절 달걀을 정말 많이 팔더라고." 조이가 끼어든다. "엘리너가 일주일 전부터 완전 비건 채식을 시작했거든. 비건 음식이 엄청 많다고 하던데, 심지어 화이트 초콜릿도 있대."

---

* 간장, 식초, 땅콩버터, 칠리 소스 등을 섞어서 만든 소스. 달콤하면서도 매콤한 맛이 특징이다.

"응."

'데이비드가 너무 까다롭게 굴고 있지 않나요?' 조이가 마치 이런 비밀 얘기를 하려는 듯 스티븐을 보며 눈썹을 치켜올린다. 차라리 그냥 터놓고 말하는 게 더 나을 것이다. 데이비드는 그녀가 보내는 신호를 너무나 쉽게 읽어낼 수 있다. 그때 스티븐의 전화벨이 울리고, 스티븐은 주머니에 손을 넣는다. "미안한데, 이 전화 좀 받아야겠어요. 지금 좀 정신없이 돌아가는 상황이라…."

"괜찮아요." 엄마가 대답한다. "어서 받아요."

"그런데 수프에 정확히 뭘 넣은 거예요?" 조이가 엄마한테 묻는다. "엘리너가 분명 저한테 레시피를 내놓으라고 조를 거예요."

데이비드는 자기 휴대폰을 꺼낸다. 아직도 별다른 소식은 없다. PC충들이 쓴 트윗만 계속 눈에 띌 뿐이다. 모두가 Nmoos의 소식을 기다리고 있다. 파리에 살고 있으니까 현장의 생생한 이야기를 전해줄 수 있을 것이다.

"별일 없죠?" 스티븐이 돌아오자, 엄마가 손을 내밀며 묻는다.

"도미닉 전화였어요. 오늘 파리 사건에 대한 우리 성명서를 올리기 전에 마지막으로 한번 봐달래서요. 우리 무슨 얘기 중이었죠?"

엄마가 스티븐에게 얘기해 주는 동안, 데이비드는 앰네스티의 페이스북 페이지를 연다. 성명서가 올라와 있다.

국제앰네스티는 오늘 파리에서 발생한, 수많은 무고한 생명을 앗아간 극악무도하고 비겁한 행위를 가능한 한 강력한 어조로 규탄한다. 국제앰네스티의 모든 구성원은 이번 사건으로 피해를 당한 모든 이들과 함께한다. 정치인과 언론은 이번 공격에 대응할 때 우리 사회에 증오의 불씨를 더욱 키울 수 있는 언어 사용을 자제하고, 우리를 갈라놓는 것보다는 하나로 묶어주는 것이 훨씬 더 많다는 점을 강조해야 할 것이다. 국제앰네스티는 더 많은 혐오가 아닌, 더 많은 사랑을 촉구한다.

더 많은 사랑? 더 많은 사랑이라고? 데이비드가 웃음을 터뜨린다.
스티븐이 그를 바라본다. "왜 웃는 거니?"
"아무것도 아녜요." 데이비드가 고개를 젓는다.
"아니. 왜 웃는 거니?"
데이비드는 와인을 들이키며 바로 그 순간이 온 건지, 한 단계 도약할 순간이 온 건지 저울질한다. Corey(515)는 부모한테, Runningngunning은 아내한테 진실을 말했다. Dysruptz는 퀵워시 세차장 상사한테 진실을 말했다. 그러니 자신도 진실을 말할 수 있다. "앰네스티의 성명서를 봤어요." 목소리가 갈라진다. "언급이 하나도 없더라고요…. 이슬람에 대한 언급은 단 하나도." 입 밖으로 나온 말은 부엌 안에 퍼지며 지글거리는 소리를 낸다. 말해버렸다. 정말로 말해버렸다. 심장이 쿵쾅거린다. 스티븐은 데이비드를 불안한 눈으로 바라본다. "그래." 스티븐은 숨을 가쁘게 쉬면서, 더듬거리며 말을 잇는다. "이슬람에 대한 언급은 없었지."

얼굴이 달아오르는 침묵이 흐른다. 그때 조이가 신음 섞인 한숨을 내쉰다. "무슨 말을 하려는 거야?"

"무슨 말을 하려는 거냐고?" 데이비드가 조이를 바라본다. "솔직해지자는 거지."

"데이비드." 엄마가 말을 끊는다.

"이번 테러 공격은 이슬람 극단주의의 영향을 받은 것일 수도 있지." 스티븐이 말을 잇는다. "하지만…"

"미친." 데이비드가 과장되게 고개를 뒤로 홱 젖힌다.

"데이비드." 엄마가 양손을 식탁에 올린다.

"못 들었어요, 엄마? 이슬람 *극단주의*라고? 이슬람 극단주의의 영향을 받았다고?"

"데이비드, 예의 좀 갖춰." 엄마가 말한다. "그리고 네가 지금 무슨 말을 하는 건지 좀 생각해 봐."

"하지만 앰네스티는 이슬람 애호증이잖아요!" 생각이 너무 빨라진다. 하고 싶은 말은 알지만 제대로 전달을 못 하고 있다. "모르겠어요? 엄마! 다들 이슬람 애호증이라고요."

"데이비드, 이제 그만. 나중에 얘기하자." 엄마가 말을 끊는다. "오늘은 부활절이니까…"

"풋." 데이비드는 접시를 밀어낸다. "좋아요. 검열합시다." 입을 지퍼로 잠그는 시늉을 한다. "그럼 조용히 할게요. 아주 예의 바르게 입 다물고 있죠. 테러 공격이 알라의 이름으로 무슬림이 저지른 게 아니라고 굴어보자고요. 무함마드가 전쟁광이 아니었다고도 굴어보고요, 또…. 뭐, 알잖아요." 공기가 축축하다. 어금니가 서로 부딪히고, 손가락이 떨린다.

"너 도대체 왜 이렇게 된 거야?" 조이가 따진다.

"내가?"

"데이비드." 엄마가 말한다. "너 좀…. 대하기가 정말 힘들구나. 너 요즘…."

"뭐가요? 대체 뭐가요?"

엄마는 길게 숨을 들이쉰다. "오늘은 부활절이잖아. 이런 얘기 할 때가 아니야."

"아미라, 걱정하지 마요." 스티븐이 입을 뗀다. "걱정하지 마요. 우리 서로 좋게 좋게 어른스럽게 얘기해볼 수 있죠. 이번 테러 공격에 대해 차분하고 이성적으로 얘기 나누지 못할 까닭이 없죠."

"정말 그렇게 생각해요?" 엄마가 말한다. "오늘 좋은 시간을 보내길 기대했는데."

"괜찮아요." 스티븐이 엄마와 눈을 마주친다. "데이비드, 만약 우리 성명서에서 이슬람을 직접적으로 언급한다면 테러리스트에게 종교적 정당성을 부여했을 거고, 그건 잘못된 일이었을 거야. 테러에는 종교가 없어."

"종교가 없다고요? 그자가 '알라후 아크바르!'라고 외쳤다고요. *알라후 아크바르! 알라후 아크바르!*"

"그만해." 엄마가 말을 끊는다. "정신 차리고…."

"똑똑히 말해요!" 데이비드가 엄마 쪽으로 고개를 돌리며 소리친다. "한 번만이라도 똑똑히 말하라고요. 이란에서 무슨 일이 일어났는지 봤잖아요. 직접 봤잖아요. 여기서도 그런 일이 일어나기를 바라는 거예요? 영국에서도 이슬람 혁명이 일어나기를 바라냐고요? 왜냐하면 실제로 곧 일어날 거니까요. 제 할아버지는 표현의 자유를 위해 감옥에도 갔잖아요. 아니에요?"

데이비드는 포크를 집어서 휘두르다가 나무 식탁에 내리꽂고는, 긁고, 긁고, 또 긁는다. 엄마가 식탁 위로 손을 뻗어 데이비드의 포크를 빼앗으려 하자, 데이비드는 엄마의 손을 쳐내고는 포크를 접시 위에 쨍그랑 던진다.

"왜요? 아니냐고요?"

엄마는 아연실색하며 데이비드를 쳐다본다. "너는 아무것도 몰라."

스티븐은 양 손바닥을 펼치며 모두 심호흡을 하자고 제안한다. 그는 식탁을 살펴보고는 엄마한테 괜찮다고, 긁힌 자국은 가릴 수 있을 거라고 말한다. 그리고 데이비드에게 경고하듯 말을 건넨다. 어른들의 대화에 끼고 싶다면 어른답게 행동하는 법부터 배워야 한다고. "알겠니?"

데이비드는 시선을 돌린다.

"사과하렴."

"아, 씨…."

"그만. 사과하라고."

"데이비드." 엄마가 부드럽지만 단호한 목소리로 말한다. "너는 아무것도 몰라. 바바는 표현의 자유를 중요하게 여기셨지. 하지만 이슬람에 반대하신 게 아니었어. 아야톨라 정권을 싫어하셨지. 그렇지만 샤 정권도 싫어하셨어. 이슬람이 아니라 억압적인 정부를 싫어하셨던 거야. 내가 너한테 보여준 스케치 있잖아, 맥락이 있는 거야. 난 네가 네 뿌리와 역사를 알았으면 했고, 이란의 이야기를, 바바의 이야기를 너하고 나누고 싶었어. 네가 어렸을 때 더 많이 알려줘야 했는데…. 데이비드, 네 할머니는 독실한 무슬림이셨어. 하루에 다섯 번씩 기도하셨지. 만약 지금 살아 계셔서 손자가 이슬람 혐오자가 돼가는 걸 아신다면…."

데이비드는 눈알을 굴린다.

"내 말 좀 들어봐." 엄마가 계속해서 말한다. "내 말 좀 들어보라고. 너는 아무것도 몰라. 이란이 겪고 있는 문제는 정치적인 거지, 종교적인 게 아니야. 오늘 파리에서 일어난 일도 종교적인 게 아니야. 이슬람은 적이 아니야. 네 할머니한테 이슬람은 개인적인 삶에서 매우 깊은 의미가 있었어. 할머니한테 힘이 돼주었지. 그때 일이 있고 나서…. 그러니까, 힘든 시기를 여러 번 겪으실 때마다 말이야. 이슬람은 할머니한테 희망과 위안의 원천이었던 거야. 쿠란에 나와 있는 모든 말을 문자 그대로 받아들여야 한다고 생각하는 사람들, 세상이 7세기 이후로 하나도 변하지 않았다고 생각하는 사람들이 있지. 하지만 그런 사람들은 어느 종교에나 있어. 하나님도 아시겠지만 기독교에도 그런 사람들이 있잖니. 쿠란에는 아름답고, 자비롭고, 진보적인 구절들이 많이, 아주 많이 있어."

"아미라 말이 맞아." 스티븐이 덧붙인다. "테러리스트들이 영국에서 이슬람의 서사를 좌지우지하도록 놔둬선 안 돼. 테러리스트들이 자기가 이슬람이라고 주장할지도 모르지. 하지만 아니야, 정말로 아니야. 종교를 이용하는 폭력적인 기회주의자일 뿐이지. 테러 공격에 대응한다면서 평범한 무슬림과 이슬람에 낙인 찍는 건 잘못된 거야." 스티븐은 잠시 멈춘 뒤 말을 잇는다. "이렇게 생각해보자. 평범한 무슬림이, 그러니까, 글래스고에서 레코드 가게를 운영하는 평범한 무슬림이 파리에서 일어난 테러 공격에 무슨 책임이 있겠니?"

데이비드는 무슬림이 레코드 가게를 운영한다는 얘기는 단 한 번도 들어본 적이 없다.

"그래요?" 데이비드가 대꾸한다. "그런데, 그런데." 여전히 생각이 말보다 더 빠르게 흘러간다. 좀 더 설득력 있게 말하고 싶다. "왜 소위 무슬림이라는 사람 중에는 테러를 규탄하는 사람조차 없을까요? 영국 무슬림의 3분의 2는 테러 모의를 알게 돼도 경찰에 신고하지 않을 거라고 했어요. 3분의 2나요."

"헛소리하고 있네." 조이가 쏘아붙인다. "그건 지어낸 통계야."

"그렇지 않아."

조이가 코웃음을 친다. "어떻게 아니? 출처라도 있나 보지?"

데이비드는 그녀를 뚫어져라 쳐다본다.

"그럴 줄 알았어." 조이가 말한다. "아, 그리고 평범한 무슬림들더러 테러 공격을 규탄하라고? 첫째, 16억 명한테 소수의 폭력적인 사이코패스를 대신해서 사과해달라고 할 순 없어. 둘째, 얼마나 많은 사람들이 규탄하는지 알기나 하니? 트위터만 봐도 알 수 있는데? 지금 이 순간에도 수백만 명의 평범한 무슬림들이 이번 테러를 규탄하고 있다고. 수백만 명이. 나는 그런 걸 매일매일 보는데. 심지어 그들은 그럴 필요도…."

"난 그런 무슬림을 *단 한 번도*…."

"너는 극우의 에코 체임버*에 갇혀 있어. 그게 이유야."

"내가? 내가 에코 체임버에 갇혀 있다고? 너야말로…."

"아니, 내 말 좀 들어봐. 평범한 무슬림들더러 테러를 규탄하라고 강요할 수는 없어. 그들과는 아무 상관 없는 일이니까. 사과할 일도 없고. 오히려 그들이 피해자라고. 진짜 팩트를 원하니? 지난해 영국에서는 무슬림 대상 폭력 사건이 사상 *최고치*를 기록했어. 사상 최고치라고. 이런 사건들이 뉴스에 나오지 않는 건 '테러 공격'이 아니라 '증오 범죄'로 분류되고, 대문짝만 하게 헤드라인을 장식할 사망자가 없어서야. 하지만 수백 건이나 된

---

*   자기 생각과 같은 정보만 선택적으로 받아들이면서 신념이 점점 강화되는 폐쇄적 소통 현상을 비유적으로 나타내는 말.

다고. 그렇기 때문에 테러 공격에 올바른 방식으로 대응하는 게 중요한 거야. 정치인, 언론, 모든 사람이 자기들이 쓰는 말에 조심해야 한다고. 이슬람이 어쩌고저쩌고 하는 식으로 말하지 말고 말이야."

데이비드는 비꼬는 듯이 조이의 말투를 흉내 낸다. 조이가 한숨을 쉰다. 엄마는 믿을 수 없다는 듯 데이비드를 바라본다.

"철 좀 들어." 스티븐이 말한다.

"아악!" 데이비드가 소리 지른다. "대화가 안 돼! 당신들은 이슬람 애호증이야. 이슬람 애호증. 이슬람 애호증이라고!"

"오늘 정말 어린애같이 구는구나."

"아니야. 당신들이 그래!" 데이비드는 포크를 내던진다. 포크가 바닥 타일에 꽂힌다.

"데이비드!" 엄마가 소리 지른다.

"주워." 스티븐이 냉랭하고 차분한 목소리로 말한다.

데이비드가 의자를 박차고 일어나 소리 지른다. "씨발!" 접시를 벽에 집어 던지자 산산조각이 난다. 밖에서는 또 다른 비둘기가 시끄럽게 구구거린다. 엄마는 데이비드한테 소리를 지르고, 또 지른다. 데이비드는 획 돌아서서 성난 걸음으로 뛰쳐나간다. 이 엿 같은 집구석에서, 엿 같은 해거스턴에서, 이 엿 같은 황당무계한 세계에서. 그들에게 가운뎃손가락을 치켜올리며 뛰쳐나간다.

◇

데이비드는 담배를 피우며 벽에 기대어 축 늘어져 있다. 날씨가 확 나빠졌다. 이제는 흡연 구역 계단에 앉아 있는 것조차 불가능할 정도로 날씨가 엉망이다. 15분 휴게 시간 내내 서서 보내야 한다. 우박이 건물을 때리자 데이비드는 얼굴을 찌푸린다. 하필이면 우박이라니. 그나마 자말이 더 이상 세인즈버리에서 일하지 않아 쓸데없는 잡담으로 휴게 시간을 망치지 않는다는 게 다행이다. 자말은 떠난 뒤에도 데이비드에게 문자를 몇 통 보냈다. "야. 노동수용소는 어떰? 여전히 똑같냐?" "우리 집에서 파티 여는데에에! 토요일에 올래애애?" "독재자 케빈은 요새 어떠냐? ㅋㅋㅋㅋ 아직도 좆같이 굴고 있냐?" 데이비드는 굳이 답장할 필요를 느끼지 못했다.

흰색과 파란색이 섞인 빛이 으스스하게 쓰레기장을 비추고 있고, 망가진 카트가 물구나무서 있다. 우박이 콘크리트를 때리며 끊임없이 핑핑 소리를 낸다. 데이비드는 우박을 피해 휴대폰을 최대한 가리며 '콜 오브 듀티: 코버트 옵스2' 서브레딧을 훑어본다. '팀워크는 이런 거지, 랜덤 매칭이었으면 절대 불가능했을 듯'이라는 제목의 동영상 클립이 있다. 정말 공감 가는 제목이다. '상식적으로 하드코어에서 팀원이 사격 중일 때 앞을 가로지르다 죽으면 네 잘못임'이라는 제목의 글에서는 말다툼이 벌어져 댓글이 95개나 달렸다. 댓글을 대충 훑어보고 나서 트위터를 확인하는데, 〈스펙테이터Spectator〉 미국판에서 파리 공격을 다룬 기사가 눈에 들어온다. 진보주의자들이 말장난으로 변명만 늘어놓는 걸 그만둬야 한다는 내용이다. 데이비드는 이 기사를 공유한다. 그 끔찍했던 부활절 일요일 이후로 트윗을 자주 올리고 있다. 조이와 스티븐 그리고 엄마가 한통속이 돼서 프로파간다를 몰아붙이는 꼴이라니. 씨발것들. 엄마는 다섯 번이나 전화를 걸었고 음성메시지도 여러 통 남겼는데, 그걸 생각하면 웃음이 난다. 음성메시지를 누가 듣는다고. 이번 주에는 전화할 생각이 전혀 없다. 글쎄, 다음 주에나 할까. 잔소리를 들을 생각은 없다.

데이비드는 담배를 비벼 끈다. 계단에 앉아 있었으면 좋았을 텐데. 발이 죽을 것처럼 아프다. 발뒤꿈치를 들어 올리며 얼굴을 찌푸리다가 다시 발을 내려놓는다. 닥터마틴 부츠를 신어서 그런 것일지도 모른다. 하지만 운동화는…. 절대 안 된다, 말도 안 되는 소리다. 남은 3분은 '칼 윌리엄스' 서브레딧을 보며 보낸다. 이번 주가 끝날 무렵에 칼이 새 노래를 발표할 거란 소문이 돌고 있다. 신뢰할 만한 소식통이 보도자료를 봤다고 한다. 금요일까지 엠바고가 걸려 있지만, 노래 제목이 〈내 소신 때문에 Because Of My View〉이며 "이 나라에서 가장 도발적인 목소리가 새로운 차원의 서정적 가사를 선보인다"는 내용이 담겨 있다고 한다. 너무나 기다려진다. 정말로 너무나 기다려진다.

◇

현관문이 덜컹덜컹 멈칫거리며 열린다. 온몸을 실어서 밀어야 한다. 여름이라 문이 팽창하면서 문틀에 제대로 들어맞지 않게 됐다.

"다녀왔습니다." 데이비드가 큰 소리로 말한다.

무언가 타는 냄새가 난다. 가방을 계단 아래에 던져놓고는 부엌으로 향한다. 가스레인지 불이 켜져 있고, 냄비를 감싸며 활활 타는 불꽃이 보인다. 뚜껑을 들자 김이 자욱하게 피어오른다. 아빠가 밥을 올려놓은 걸 깜빡한 모양이다. 엉망진창이 됐다. 냄비 옆면에 들러붙은 몇 알을 제외하면 밥알이 모조리 새카맣게 타서 바스러질 지경이다.

창문을 열고는 아빠한테 이 일을 알리러 간다.

"아빠, 아빠!"

"여기 있다."

"밥이…." 데이비드가 아빠 방으로 뛰어 들어가며 말을 꺼내다가 걸음을 멈춘다. "헉! 아빠, 괜찮아요?"

"으응…."

아빠는 방바닥 한가운데 누워 천장을 응시하고 있다. 가슴 위로 손을 맞잡고, 큼지막한 작업화를 신은 채. 바지에는 재가 옐

게 묻어 있고, 옆에는 빈 보드카병이 놓여 있다.

"무슨 일이에요?"

"괜찮아. 이러고 있으면 돼. 근데 밥이…."

"제가 처리했어요." 데이비드가 카펫에 무릎을 꿇으며 말한다. "무슨 일이 있었던 거예요?"

"밥을 안치고 나서 휴대폰을 위층에 놔두고 왔다는 게 생각났거든. 그래서 가지러 갔다가…. 어떻게 된 건진 모르겠는데 넘어져서…. 웃기게도 일어나기가 좀 힘드네."

데이비드가 부축하려 하자 아빠는 잠깐만 기다리라고 하며 입술을 우물거린다. 볼에는 머스터드 자국이 점점이 묻어 있다. "〈온리 풀 앤 호스〉 볼까? 크리스마스 특집 편?"

"그래요." 데이비드는 아빠가 왜 일어나지 못하는지 의아해한다. 겨울 동안 아빠는 눈에 띄게 살이 쪘다. 손까지 전보다 커져 있을 정도다. 그것 때문일 수도 있고…. 아니면 다른 이유, 더 안 좋은 이유가 있을 수도 있다. "일어나요." 데이비드가 애원하는 목소리로 말한다. "아빠, 일어나요."

"음?"

"제발요. 같이 일어나봐요."

"금방 갈게."

데이비드는 조심스럽게 아빠 머리 쪽으로 가서 겨드랑이 밑으로 손을 넣어 일으키려 한다. 너무 무겁다.

"일어나요."

"잠깐만."

"아빠!" 데이비드의 목소리가 떨린다. "셋 셀 테니까 같이 일어나요. 알았죠?"

"으음."

데이비드는 아빠를 천천히 일으켜서 침대까지 부축해 간다. 남색 침대보에는 울퉁불퉁한 담뱃불 자국이 있다. "여기 누워 있어요…. 좀 어때요?"

"금방 갈게."

아빠는 카펫에서 침대로 옮겨온 것조차 제대로 인식하지 못한 듯하다. 침대 옆 스탠드 불빛이 아빠의 콧등에 숯처럼 검은 그림자를 드리워 실핏줄을 가려준다. 데이비드는 아빠한테 잠시 쉬라고 말한다. 자기가 파스타를 해줄 테니, 그걸 먹고 나중에 〈온리 풀 앤 호스〉를 보자고.

아빠가 전에 없던 모습으로 데이비드의 손을 잡으려 한다.

"걱정 마요." 데이비드가 말한다. "그냥 쉬어요."

데이비드는 자기 방에서 '바닥에 쓰러져서 못 일어남 위험'이라고 구글에 검색하려다 멈춘다. 검색 결과가 좋지 않을까 봐 걱정된다. 휴대폰이 울린다. 엄마다. '거절'을 누른다. 화장실에서 똑똑 소리가 난다. 변기 물통에 금이 가서 물이 새고 있는데, 화장실이 물바다가 되는 걸 막으려고 물통 밑에 욱여넣어 둔 양동이로 물이 떨어지는 소리다. 매일 저녁 양동이를 비우는데, 이번에는 휴대폰을 주머니에 넣고 화장실에 성큼성큼 들어가 양동이를 비운 다음 물통을 향해 내던진다.

"제발 그만 좀 새라고! 씨발!" 데이비드가 소리친다. 양동이가 옆으로 쓰러진다. "그만 좀! 씨발!" 데이비드는 주먹을 꽉 쥐고 물통을 내리친다. "으아아. 씨발." 손가락 관절이 아프다. 그래도 두 번, 세 번, 네 번, 다섯 번을 더 내리친다. "제발 그만 좀 새라고. 제발 좀, 씨발. 그만 새라고."

◇

Nmoos 오늘 21:00

얘들아 안녕

Nmoos 오늘 21:00

요즘 못 들어와서 미안

BonkRipper101 오늘 21:00

야 Nmoos 돌아왔다!!

Runningngunning 오늘 21:00

아 씨발 어디 갔었냐

마침내 돌아왔다. 데이비드는 노트북 앞으로 몸을 기울인다. 파리의 분위기는 어떨까? 진짜 파리 사람들은 뭐라고 하고 있을까?

Corey(515) 오늘 21:01

어서 얘기 좀 해봐

Dysruptz 오늘 21:01

ㅠㅠ?

Nmoos 오늘 21:03

응 미안해 얘들아

Nmoos 오늘 21:04

뭐라고 해야 할지 모르겠네. 지금 다 개같은 상황이야

Nmoos 오늘 21:04

그러니까

Nmoos 오늘 21:04

사촌이 샤프 미술관 사건에서 죽었거든. 감당이 좀 안 되네

Nmoos 오늘 21:04

그냥 나는 괜찮다고 말하려고 들어왔어. 당분간은 좀 조용히 지낼 것 같아

Nmoos 오늘 21:04

잘 지내, 얘들아. 언젠가는 돌아올게

데이비드는 이 말을 머릿속으로 정리하려고 애쓰며 볼을 부풀린다.

David1702UK 오늘 21:05

씨발

David1702UK 오늘 21:05

너무 안타깝다

Corey(515) 오늘 21:05

@Nmoos 아니 씨발, 진짜?

Corey(515) 오늘 21:05

와, 진짜 무슨 이런

Dysruptz 오늘 21:05

@Nmoos 와, 진짜 개같네

Dysruptz 오늘 21:05

필요한 만큼 시간을 가져. 우리는 기다릴게

Runningngunning 오늘 21:05

아 씨발. 말도 안 돼

Runningngunning 오늘 21:05

그 개쓰레기들

Runningngunning 오늘 21:05

야 Nmoos…, 진짜 미치겠네

다크 퓨리 클랜원들이 애도의 뜻을 표하는 동안, 데이비드는 뒤로 기대앉아 새끼손가락을 물어뜯는다. 이건 심각한 일이다, 정말로 심각한 일이다. Nmoos의 사촌이 죽다니. 부활절 일요일 샤프 미술관에 있었고, 거기서 죽었다. 데이비드는 트위터에서 봤던 사진을 떠올린다. 피, 시신들. 어쩌면 그가 본 시신 중 하나가 Nmoos의 사촌이었을지도 모른다. 손가락을 입안 깊숙이 집어넣고 잇자국이 날 때까지 깨문다. Nmoos도 피해자 가족이라니. 이대로 넘어갈 수는 없다.

Mix 오늘 21:10

@Nmoos 진짜 끔찍하다 친구야. 필요한 거 있으면 언제든 연락해

WarriorCorgi 오늘 21:10

@Nmoos 그래, 머리 식히고 싶을 때 언제든 시가전 한 판 뜰 수 있어. 이번엔 진짜로 너 없이 헬기 안 몰게

Corey(515) 오늘 21:11

@Nmoos 아니면 미국으로 올 수 있으면 와. 우리 동네 사격장에 진짜로 지하디스트 과녁이 있어

WarriorCorgi 오늘 21:11

ㅋㅋㅋ

Dysruptz 오늘 21:15

Nmoos 지금 메시지 안 보는 것 같아. 이만 나간 듯. 정리할 시간 좀 줘. 때 되면 돌아올 거야

Mix 오늘 21:16

와, 그 사격장 개웃기네. 우리 동네 건 너무 PC에 매여 있어서 재미없어

Runningngunning 오늘 21:18

https://www.illuminating-islam.org/Quran/Themes/violent_passages.html

Runningngunning 오늘 21:18

자, 평화의 종교에서 발췌한 구절들이야

Runningngunning 오늘 21:18

한번 읽어봐, 농담 아니고 꼭 읽어봐

Corey(515) 오늘 21:19

와, 몇 개는 진짜 빡치네

David1702UK 오늘 21:20

진짜 심각하네

   데이비드는 세 번째 하이네켄캔을 따면서 이슬람이 평화의 종교라고 당당히 주장하는 사람들을 도저히 이해할 수 없다고 생각한다. 모니터에서 희미하게 새어 나오는 불빛과 키보드 아래에서 스며 나오는 푸른빛만이 있을 뿐, 방 안은 어두컴컴하다. 노트북은 이제 제대로 충전이 되지 않는다. 전원 케이블을 만지작거리는데, 끝부분 근처의 플라스틱이 닳아 금속 선이 드러나 있다.

밤이 늦었지만 곧 '콜 오브 듀티' 게임을 하자고 누군가 제안할 것이다. 잠을 못 자도 상관없다. Nmoos를 위해서라도 참여해야 한다.

어차피 게임 컨트롤러에 새로 산 장치를 써보고 싶은 마음도 있다. 컨트롤러 뒷면에 버튼 두 개를 추가로 달 수 있는 장치인데, 이걸 쓰면 반응 속도가 빨라져서 프로 게이머들은 모두 쓴다고 한다. 뒷면 오른쪽 버튼에는 '점프' 기능을, 왼쪽 버튼에는 '앉기' 버튼을 넣을 생각이다. 이러면 총을 쏘면서 동시에 쪼그려 앉을 수도 있고, 모퉁이를 돌 때 총알을 피하기도 더 쉬워질 것이다.

> **Runningngunning** 오늘 21:21
> 심각한 정도가 아니라 진짜 역겹다, 씨발

> **Runningngunning** 오늘 21:21
> 진짜 더는 못 참겠다. 한계야. 더는 못 견디겠어.

> **Runningngunning** 오늘 21:23
> @Dysruptz 여기서 다른 디스코드 서버 링크 공유하면 안 되는 거 알아. 그 규칙 이해하는데 한 번만 예외로 해줄 수 있어?

Runningngunning 오늘 21:23

내가 있는 다른 서버가 있는데 너희도 좋아할 것 같고, 거기 있는 사람들도 너희 들어오는 거 괜찮다고 할 거야

Runningngunning 오늘 21:23

콜옵 서버는 아니라서 경쟁 같은 건 신경 안 써도 돼. 그냥 정치 얘기랑 그런 거 하는 덴데, 멤버가 200명이나 돼서 좋은 콘텐츠도 많고 다들 꽤 진지하게 얘기해. 우리도 좀 더 진지해질 필요가 있는 것 같아서.

Runningngunning 오늘 21:23

진짜 Nmoos 사촌 생각하면 씨발

Dysruptz 오늘 21:25

그래, 이번만 공유해봐

Dysruptz 오늘 21:25

근데 이런 거 자주 하진 말자

Runningngunning 오늘 21:25

https://discord.gg/48URfde

Runningngunning 오늘 21:25

좀 무거운 얘기가 많은 데지만, 지금은 그래야 할 때야

Runningngunning 오늘 21:25

다 농담으로만 넘길 수는 없잖아

Runningngunning 오늘 21:25

이걸 깨닫지 못하면 우리도 다 Nmoos 사촌처럼 될 거야

링크를 클릭하자 서버 이름이 '보.탄.⚡⚡'인 디스코드가 나온다. 커버 사진은 검은색, 흰색, 빨간색 가로줄 무늬 깃발인데,* 서버 이름이 그 위에 새겨져 있다. #채팅 채널을 클릭하자 빨간색 경고창이 뜨면서 메시지를 읽거나 쓸 권한이 없다는 알림과 함께 #규칙을 확인하라는 안내가 나온다. 다크 퓨리 서버에 새 메시지가 있다.

Mix 오늘 21:25

이거 진짜야?

---

*   보탄Wotan(북유럽 신화의 신 오딘)과 두 개의 번개 문양(나치 친위대 문양과 비슷하다), 독일 제국의 삼색기(검은색-흰색-빨간색)는 극우 집단에서 즐겨 사용하는 상징들이다.

Corey(515) 오늘 21:26

여기 뭐 하는 데야?

WarriorCorgi 오늘 21:26

와, 진지한 거 맞네 진짜

데이비드는 다시 보.탄.♦♦ 서버로 돌아가 규칙을 연다.

1. 보.탄.♦♦은 무슬림 출입 금지 구역입니다. *아리아인만 출입할 수 있습니다.* 죄송합니다. 아니, 사실 죄송하지 않습니다.

데이비드의 가슴이 답답하게 조여온다. 아리아인만 가능하다고? 다른 규칙들을 훑어본다.

2. 보.탄.♦♦은 미디어 게릴라전, 밈 공유 그리고 뉴스, 인종, 종교, 전통주의, 영성, 철학, 예술, 문학에 관해 진지한 내화를 나누기 위한 .서버입니다. 뻘글도 환영하지만 정해진 채널에만 올려주세요.(보.탄.♦♦은 케크포비아Kekophobic*가 아닙니다.)

---

*   케크kek는 '웃음lol'이 변형된 말에서 유래했으며, 이후 극우 인터넷 커뮤니티의 주요 밈이 됐다. 케크포비아는 이러한 극우 인터넷 문화나 유머 표현에 대한 경직되고 부정적인 태도를 가리킨다.

3. 활동 목표: 서구 이슬람화에 맞서 싸우고, 늦기 전에 '거대한 대체', '백인 말살'*을 저지한다.

4. 처음에는 훈련병 등급으로 시작합니다. 소셜 미디어 습격전, 저격 미션 및 기타 작전에 참여할 준비가 돼 있어야 합니다. 진실이라는 대의에 헌신하고 충성하는 멤버는 계급이 상승할 것입니다(계급은 훈련병부터 최고 사령관까지 있습니다).

5. 닉네임이나 아바타로 신원이 드러나서는 안 됩니다. 익명성 준수, 얼굴 노출 금지.

6. 토론은 반드시 영어로만 해야 합니다.

7. 가짜 뉴스 링크(《뉴욕타임스》, CNN, BBC, 《가디언》 등)는 금지합니다. 캡처, PDF만 가능. 주류 언론 사이트를 방문하면 그만큼 조지 소로스의 주머니만 채워주게 됩니다.

---

*   거대한 대체Great Replacement와 백인 말살White Genocide은 극우 음모론으로, 비백인 이주민들로 인해 백인이 소수자가 되거나 사라질 것이라고 주장한다.

8. 아동 성착취물 공유 시 영구 추방됩니다.

9. 나치, 반유대주의, 반이슬람, 동성애 혐오, 인종차별 용어 사용 시 해당 계정은 24시간 정지됩니다(용어가 많이 감지되면 디스코드가 서버를 자동으로 폐쇄할 수 있음). **창의적 표현은 얼마든지 환영합니다**

※보.탄.⚡⚡은 어떤 방식으로도 나치즘을 지지하지 않습니다. 군사 용어, 계급은 역할놀이 목적으로만 사용됩니다.

보.탄.⚡⚡의 멤버 전용 채널에 접근하려면 계정 인증이 필요합니다. 오른쪽 손목에 ⚡⚡와 **닉네임**, **날짜**를 쓴 사진을 찍으세요. 그리고 다음 질문에 답하세요.

(1) 당신의 DNA를 알고 있습니까? 100퍼센트 아리아인입니까?
(2) 나이가 어떻게 됩니까?
(3) 어디에 삽니까?
(4) GAB*이나 트위터를 사용합니까? 계정명이 무엇입니까?
(5) 정치 성향과 종교는 어떻게 됩니까?
(6) 좋아하는 영화, 책, 음악가와 그 이유는 무엇입니까?

* 주류 소셜 미디어의 검열에 반대한다는 명목으로 만들어진 플랫폼으로, 극우 성향 사용자들이 주로 이용한다.

(7) 왜 보.탄.⚡⚡에 가입하고 싶으십니까?

사진과 답변을 @RitterKreuz 최고사령관에게 보내주세요.

인증 과정은 최대 48시간이 소요될 수 있습니다. 죄송하지만 확인이 필요합니다. 보.탄.⚡⚡에 잠입해 진실을 침묵시키려는 주류 엘리트 언론들이 있기 때문입니다. 진실을 지키는 일에는 온갖 위험이 따릅니다. 사진과 답변 평가가 끝나면 보.탄.⚡⚡의 장군이 음성채팅 약속을 잡기 위해 연락할 것입니다.

그동안 다음 추천 자료를 보시기 바랍니다.

https://www.thepeacelovingreligion.com/pages/quran/violence.aspx (이슬람이 인간의 존엄성과 자유에 미치는 이념적 위협을 검토하는 중립적 사실 기반 웹사이트)
https://altpedia.org/wiki/White_demographics (백인 인구 통계에 관한 사실 기반 백과사전 항목)
https://www.bitchute.com/video/SAZPXDSFAXt5 (율리우스 에볼라*와의 인터뷰)

---

*   20세기 이탈리아의 극우 철학자로, 전통주의와 파시즘을 옹호했으며 오늘날의 극우 사상에 큰 영향을 미쳤다.

https://infonebula.org/info/Martin_Heidegger (하이데거* 입문)
https://infonebula.org/info/Friedrich_Nietzsche (니체** 입문)

환영합니다. KEK, H.H.*** KEK.

    Runningngunning은 대체 무슨 짓을 하는 거지? 아리아주의? 굽타 선생님의 역사 수업 말고는 '아리아인'이라는 말을 진지하게 쓰는 걸 본 적이 없다. 아리아주의가 아직도 존재하긴 하는 걸까? 진심으로? 아니면 반어법일까? 첫 번째 규칙부터 자격이 안 된다. 고마워요, 엄마. 순간 미운 마음이 스친다. 엄마가 이란인이 아니라 영국인이라면 그의 삶은 훨씬 간단할 것이다.
    미디어 게릴라전이라…. 솔깃하다. 거짓말을 해서 순수 아리아인이라고 주장할 수도 있을 것이다. 하지만 확인 작업이 있으니 혈통이 드러날지도 모른다. 데이비드는 목덜미를 꼬집는다. 왜 늘 이렇게 모자라기만 한 걸까? 대체 뭐가 잘못된 걸까?
    다크 퓨리 서버로 돌아간다. 어쩌면 다른 사람들은 아무도 침여하고 싶어 하지 않을지도 모른다.

---

*   20세기 독일의 철학자. 한때 나치당원이었다는 사실로 논란이 있다.
**   19세기 독일의 철학자. 나치는 그의 철학을 왜곡해서 자신들의 이념을 정당화하는 데 이용한 바 있다.
***   하일 히틀러Heil Hitler의 약자로, 인터넷 검열을 피하고자 사용하는 암호.

Runningngunning 오늘 21:34

나 믿고 한번 들어와봐

Runningngunning 오늘 21:34

이 사람들이 미디어 게릴라전 조직하는 방식이 진짜 장난 아냐

Runningngunning 오늘 21:34

채팅 내용도 좋아. 뉴스, 예술, 철학. 많이 배웠어. 유럽이랑 미국 각지에서 사람들이 모였는데, 박사학위 있는 사람들도 많아. 완전 학자들이라니까ㅋㅋ 결국 나도 《1984》란 책 샀다?

Runningngunning 오늘 21:34

어차피 우린 Nmoos한테 빚진 게 있잖아

Runningngunning 오늘 21:34

가만히 앉아서 무슬림들한테 당할 순 없지

Runningngunning 오늘 21:34

PC충들은 이런 개소리나 싸지르고 있는데 말이야. https://twitter.com/Lace_Flye/status/1217185465482201242?s=20

Corey(515) 오늘 21:36

PC충 씨발 새끼들

Corey(515) 오늘 21:36

흠.... 아리아주의라니 좀 세지 않나?

Runningngunning 오늘 21:36

나도 처음엔 그랬는데 이제는 뭐랄까? 편을 정해야 할 때라고 봐

Runningngunning 오늘 21:36

결국 들어올지 말지는 네 선택이지

Corey(515) 오늘 21:36

그럼 한번 들어가볼게

Corey(515) 오늘 21:36

Nmoos를 위해서라도

Corey(515) 오늘 21:36

직접 해보기 전에 뭐라 하면 안 된다고 내가 늘 말했잖아

Corey(515) 오늘 21:36

무슬림 출입 금지라.... 웃기네 ㅋㅋ

WarriorCorgi 오늘 21:37

Dysruptz 네 생각은 어때?

Runningngunning 오늘 21:37

후회 안 할 거야

Runningngunning 오늘 21:37

근데 아까도 말했듯이 강요는 없어

Dysruptz 오늘 21:38

나도 들어갈게

◇

부엌 식탁에서 아빠가 토스트에 버터를 바르며 일주일 된 〈선 Sun〉을 읽고 있다.

"저 왔어요." 데이비드가 말한다.

아빠가 고개를 든다. "오늘 일은 어땠냐?"

"괜찮았어요. 내일은 12시 출근이고요."

"그럼 늦잠 자도 되겠네."

"네."

얼마 전 아빠가 방바닥에 쓰러져 있는 걸 본 이후로, 데이비드는 아빠를 유심히 살피며 어떤 징후나 증상 같은 건 없는지 찾아보고 있다. 하지만 아빠는 평소와 다름없어 보인다. 혀를 입술 사이로 살짝 내밀고는 토스트에 버터 스프레드를 한 번 너듬뿍 바른 다음, 잠시 살펴보더니 뱅뱅 소스도 지그재그로 짜넣는다.

"네 엄마한테서 아까 전화 왔었다."

데이비드는 그 자리에서 굳어버린다. 아직도 엄마 전화를 무시하는 중이다. "아."

아빠가 엄마한테 들은 이야기를 전한다. 부활절 일요일에 데이비드가 아주 못된 짓을 했다고, 이슬람 혐오성 발언도 하고, 접시도 깼다고 말이다.

데이비드는 엄마와 스티븐, 조이가 자신을 몰아세웠다고 설명한다.

"…그거 무슨 고급 접시였냐?"

"네."

"그 사람들 고급 접시 좋아하지."

데이비드가 웃는다. "엄청 고급이었어요. 아빠도 봐야 했는데. 암청색 도자기 접시였다고요."

아빠가 입술에 묻은 빵 부스러기를 털어낸다. "네 엄마 말로는 내가 집에서 이슬람 혐오 같은 생각을 주입하고 무책임한 소리나 한다더라. 내가 나쁜 영향을 끼친대. 애비 노릇 할 자격도 없다나 뭐라나."

"정말 그렇게 말했어요?"

"원래 예민하잖아. 괜히 발끈하고 그러는 게 취미지."

스티븐이 엄마를 부추기고 있을 거라고 데이비드가 말한다. "스티븐은 정말 개… 쫄보죠."

"아직도 앰네스티에서 일하나?"

"네."

아빠가 이를 쑤신다. "그래도 전화 한 통 하는 게 좋을 거다. 안 그러면 또 나한테 신경질을 낼 텐데. 네 엄마가 나한테 얼마나 신경질 잘 내는지 너도 알잖아."

"할게요…. 나중에요."

"플레이스테이션 산 건 알고 있냐?"

"아니요."

"'콜 오브 듀티'는?"

"아니요."

"그 애긴 안 꺼내는 게 좋겠다."

데이비드는 48시간 동안 보탄에 대해 어떻게 할지 고민한다. 자신의 혈통이 드러날 가능성은 적다고 결론 내린다. 소셜 미디어에 들킬 만한 걸 올린 적이 없기 때문이다. 하지만 자신이 순수 아리아인이라고 거짓말하는 건 불편한 일이다. 게다가 보탄의 멤버가 되고 싶은지조차 확신이 서지 않는다. 이 서버가 너무 극단적인 건 아닐까, 아니면 지금은 그런 극단이 필요한 때일까? Nmoos의 사촌이….

데이비드는 여러 면에서 머리가 명료하게 돌아가지 않는데, 양파 냄새 탓이라며 데오도란트를 사방에 뿌린다. 요새 식사 후 바로바로 접시를 치우지 않고 있다.

Corey(515)가 메시지를 보내왔는데, 보탄 가입 관리자와 '꽤 진지한' 음성채팅을 나누고 승인받았다고 한다. "내 닉네임은 LobsterSins68로 했어. 이유는 묻지 마. ㅋㅋ"

데이비드는 답장하지 않는다. 당장 제일 걱정되는 건 '콜 오브 듀티' 음성채팅에서 나누는 농담에서 소외될 것이라는 점이다. 얼마 전 게임을 할 때 TRXDripp666이 보탄의 밈을 언급했는데 모두 빵 터지며 그걸로 농담을 주고받았고, 데이비드는 기분도 엿같은 데다 완전 멘붕이었다. 차라리 Dysruptz가 Runningngunning이 보탄 링크를 공유하지 못하게 했더라면 좋았을 것이다.

◇

"드디어 전화하는구나." 엄마가 말한다.

데이비드는 집에서 5분 거리에 있는 가로등에 기대어 서 있었다. 오른쪽의 상점들이 따스한 옅은 갈색으로 희미하게 빛나고 있다. 빈 샌드위치 포장지를 발로 차서 거리로 날린다.

"네."

"그래."

"뭐라고요?"

"그래."

금발의 섹시한 여자가 '리베카 뷰티숍' 밖에서 전자담배를 피우며 문자를 보내고 있다. 검정과 빨간색으로 된 뷰티숍 간판에는 제모, 잔털 제거, 얼굴 관리, 손발톱 관리 서비스를 받을 수 있다고 적혀 있다. 데이비드 또래의 남자 셋이 후드를 뒤집어쓴 채 자전거를 타고 지나가며 고함을 지르자, 데이비드는 인도 중앙으로 몸을 피한다.

"아빠한테 내가 이슬람 혐오자라고 했죠? 그게 아빠 탓이라고 했고, 아빠가 부모 노릇을 제대로 못 한다고 했잖아요. 나한테 전화하라고 명령하더니 이제는…"

"네 아빠는 부모 노릇을 제대로 못 하고 있는 거 맞아."

"썅, 닥쳐요."

"흠."

엄마가 멍청하게 고개를 절레절레 젓는 모습이 눈에 선하다. 나중에 스티븐한테도 이 통화에 대해 보고할 것이고, 스티븐도 똑같이 멍청하게 고개를 절레절레 저을 것이다. 그들이 증오스럽다.

"좋아요. 그러면 우리가 왜 통화하고 있는 거죠? 제가 뭐라고 하길 바라는데요? 비싼 접시 깨트려서 죄송합니다. 깨트려서 죄송해요. 자, 이제 끝났나요?"

"아니, 안 끝났어."

"알겠어요. 식탁도 죄송합니다. 정말 정말 죄송해요. 자국 좀 남았나요?"

"그런 말투로 나한테 말하지 마, 절대로. 경고야."

데이비드가 인도에 침을 뱉는다.

"네가 지금 하는 말 좀 봐." 엄마가 말을 잇는다. "너 왜 이렇게 된 거니? 언제부터 이렇게 못되고 뒤틀린 애가 된 거야? 언제 이렇게 변한 거야?"

'스파이스 헛' 할랄 음식점 창가 자리에는 하얀 로브를 입은 노인과 축구복을 완벽하게 차려입은 아이 둘이 앉아 있다. 데이비드는 다시 리베카 뷰티숍 쪽으로 돌아선다. "엄마가 답해봐요. 엄마가 제일 잘 알잖아요."

"데이비드, 난 접시나 식탁을 걱정하는 게 아니야. 네가 걱정돼. 네가 변해가는 게 걱정이라고. 접시랑 식탁이야 뭐, 그건 사춘기 호르몬 때문이라 치자. 하지만 네가 한 말들, 네가 생각하는 것들, 그건 더 심각한 문제야. 네 말을 듣고 있자니…."

"제가 이슬람 혐오자라고 생각하는 거예요?"

"……."

"제가 무섭다고 생각하는 거예요? 위험하다고? 괴물이라고? 그게 하고 싶은 말이에요?"

"넌 아직 어리고, 네가…."

"전 열여덟 살이에요!"

데이비드 옆의 쓰레기통이 넘쳐흐른다. 하얀 운동화 하나가 마치 혀처럼 삐져나와 있다.

"이 증오심이 어디서 비롯됐는지 도무지 모르겠구나." 엄마가 말한다.

"제 인생에서요."

침묵이 흐른다. 엄마의 숨소리가 들린다. 엄마가 한숨을 내쉬고는 떨리는 목소리로 말한다. "데이비드…."

"뭐요?"

"있잖아…. 칼리지에서 정말로 무슨 일이 있었는지 말해줄 수 있잖니. 아무 일도 없었고 다른 남자애들이 괴롭히지도 않았다고 했지만, 난 그때를 잊을 수가…."

"지금 그 얘기 하는 게 아니잖아요."

"아직도 해거스턴역에서 울고 있는 널 봤을 때가…."

"울고 있지 않았어요."

"아니, 울고 있었어. 말해줘. 학교에서 남자애들이 널 괴롭혔니?"

"아니요."

"말해줄 수 있잖아."

"아니라고요."

"애들이 너를 괴롭히지 않았다고? 상처 주지 않았다고?"

"씨발!"

"데이비드."

"씨발! 아악, 씨발. 제발 좀. 씨발! 왜 제 생각들이 꼭 뭔가 이상하고 무의식적인 이유에서 비롯됐어야 하는 거죠? 테러 공격과 이슬람 사이에 연관성이 있다고 보는 게 저 혼자만이 아니잖아요. 무슬림들이 유럽을 바꾸고 있다고, 유럽을…. 유라비아로 뒤바꾸고 있다고 보는 게 저 혼자만이 아니라고요. 제정신이 아닌 건 제가 아니라 엄마예요."

한 남자가 한 손에 스텔라 맥주캔을, 다른 손에는 파란 비닐봉지를 든 채 절뚝거리며 지나간다. 그가 버스에 손짓하며 기다려달라는 신호를 보내지만, 버스는 그대로 떠나버린다. "그래서요? 왜 그런 말을 하는 건데요?" 데이비드는 엄마를 다그친다.

"초등학교 때 기억나니?"

"뭐라고요?"

남자가 버스를 향해 맥주캔을 휙 던진다.

"기억나?"

"아니요."

"초등학교 때 심하게 괴롭힘 당했잖니."

데이비드는 속이 뒤틀리는 기분이다.

"심하게 괴롭힘 당했잖니. 그건… 미안하구나. 아직도 그 생각만 하면 가슴이 찢어져. 그때처럼 무력감을 느낀 적이 없었어. 내가 직접 인종차별을 당했을 때보다 천배는 더 괴로웠어, 천배는. 미안해. 내가… 하고 싶은 말은…. 데이비드, 그 애들은 백인이었잖아. 영국 애들이었잖아. 만약에 칼리지에서 무슨 일이 있었고, 그 일이 무슬림이 한 거라서 네가 이렇게 증오심을 갖게 된 거라면, 그건 걔네가 무슬림이어서가 아니야. 어떤 남자애들은…."

"으아악!" 데이비드는 휴대폰을 오른쪽 귀에서 떼고 더욱 세게 움켜쥔다. 아까 그 남자가 버스를 향해 맥주캔을 던졌던 것처럼, 휴대폰을 던져버리고 싶은 충동을 억누르고 있다. 엄마는 정말 사람을 미치게 한다.

"초등학교 때 내가 너를 꼭…."

"그만해요!" 엄마는 미쳤다. 데이비드는 초등학교 때 일 같은 건 거의 기억도 안 난다. "제발 그만 좀 해요!"

"그렇게 말하지…."

"그만요! 2주 뒤에 전화할게요. 그동안은 스티븐이랑 조이하고나 이야기 나눠요. 그 둘이랑 놀면서 시간 보내라고요. 저한테 전화하지 마세요. 아빠한테도 전화하지 말고요."

"제발. 어린애처럼 굴지 마. 내가…."

"그만!" 데이비드가 소리친다. "경고하는 건데요. 우리한테 전화하지 마세요. 다시는 전화하지 말라고요."

데이비드는 전화를 끊고 숨을 헐떡이며 가로등을 주먹으로 내리친다.

◇

Corey(515) 오늘 20:05
야?

데이비드는 답장을 해야만 한다. 아침에 면도를 했건만 턱을 긁적이자 까칠한 수염이 느껴진다. 윗볼에 난 수염도 점점 더 눈에 띄게 자라고 있지만, 깎았다가 더 굵고 검게 자라날까 걱정된다. 오늘 밤 중으로는 답장해야 한다. 보도블록 위에 깃털 몇 개가 흩어져 있다. 데이비드는 구글에 '아리아인 오늘날 의미'를 검색한다.

검색 결과 가장 위에 위키피디아 항목이 나온다. 미리보기에는 이렇게 적혀 있다. '고대 인도에서는 이 난어가 여러 다른 뜻으로 변해간 것과 달리, 아르ar-를 자기 민족을 가리키는 표식으로 쓰는 용법은 이란 계통 언어에서 보존되고 있으며…' 연관 항목으로는 '아리아 인종' '아리아인(동음이의어)' '그레코아리아인' '인도이란인'이 있다. 데이비드는 어리둥절한 표정으로 화면을 응시한다. 이란 계통? 인도이란인? 데이비드는 '인도이란인' 항목을 클릭한다.

인도이란인은 학계에서는 인도이란계라고도 하며, 그들 자신을 지칭하는 말인 아리아 또는 아리아인이라고도 불린다. 인도이란인은 인도유럽어족의 주요 어파인 인도이란어파 언어를 사용하며 기원전 3000년대 후반에 유라시아 대륙 곳곳으로 퍼져나간 인도유럽계 민족이었다. 이들은 이후에 이란계와 인도아리안계로 갈라졌다.

너무 복잡하다. 아리아주의와 이란은 대체 무슨 관계일까? 데이비드는 '아리아인' 대표 항목을 클릭한다.

아리아인은 인도이란인들이 자신들을 부르던 말에서 유래했다. 고대 인도의 베다 시대 인도아리아인들은 이 말을 자신들의 종교적 정체성을 나타내는 데 썼고, 그들의 문화가 자리 잡은 아리아바르타 지역을 가리키는 말로도 썼다. 한편, 이란인들은 자신들의 경전인 아베스타에서 이 말을 자기 민족을 가리키는 용어로 썼는데, 오늘날 이란이라는 국가 이름도 여기서 비롯됐다.

이란이라는 이름의 어원이 '아리아'라고? 말도 안 돼! 어떻게 여태 이걸 몰랐지? 왜 아무도 알려주지 않았지? 문서가 너무 길고 난해하다. 다 읽으려면 한참 걸릴 것이다.
데이비드는 뒤로 가기를 누르고 미친 듯이 '아리아 이란 이란인'을 검색한다.

10시 30분. 데이비드는 지난 두 시간 동안 레딧과 쿼라Quora*에 올라온 게시물을 읽고, 수십 개의 과학·역사 사이트를 돌아다니며 글을 찾아보고, 유튜브를 보면서 시간을 보냈다. 온몸이 설렘으로 따끔거린다.

아리아인. 그는 아리아인이다. 순수한 아리아인이며, 그 누구 못지않게 아리아인답다. 이란이야말로 아리아인의 발상지니까.

페르시아의 왕 다리우스 1세는 기원전 486년에 낙쉐 로스탐Naqsh-e-Rostam에 묻혔는데, 절벽을 파서 만든 그의 무덤에는 이렇게 새겨져 있었다. "짐은 위대한 왕 다리우스로다. 왕들의 왕이요, 온갖 민족이 사는 나라의 왕이며, 이 광활한 땅 구석구석을 다스리는 왕이로다. 히스타스페스의 아들이요, 아케메네스 왕가의 사람이며, 페르시아인이요, 페르시아인의 아들이며, 아리아인이요, 아리아인의 혈통을 이어받은 자로다." 기원전 486년에 죽은 사람의 무덤에 이렇게 새겨져 있었다. 아리아인이요, 아리아인의 혈통을 이어받은 자라고.

데이비드는 오늘 밤 엄청난 사실을 알게 됐다. 엄마가 여태껏 숨겨온 사실들을 너무나 많이 알게 된 것이다. 노래 가사 쓰는 걸 그만둔 뒤로 처음 노트를 꺼낸다.

1768년, 유럽의 학자 앙크틸뒤페롱Anquetil-Duperron은 고대 이란인들이 자신들을 아리아인이라고 불렀다는 사실을 밝혀냈

---

* 지식 문답 서비스를 제공하는 웹사이트.

다. 이와는 별개로 영국의 언어학자 윌리엄 존스 경Sir William Jones은 그리스어, 라틴어, 산스크리트어, 페르시아어가 공통된 기원에서 비롯했으며 이 언어들 사이의 유사성이 우연일 리 없다는 점을 밝혀냈다. 그러고 나서 독일의 철학자 슐레겔Schlegel은 이러한 '인도유럽' 언어들의 관계가 오래전 이란에서 유럽으로 아리아인이 이주했기 때문이라는 이론을 제시했다. 이 이론은 유럽 전역으로 퍼져나갔고 막스 뮐러Max Müller, 에르네스트 르낭Ernest Renan, 아돌프 픽테Adolphe Pictet, 아르튀르 드 고비노Arthur de Gobineau 같은 다른 철학자들도 이를 확증했다. 데이비드는 이 철학자들을 전부 찾아봤다. 이들은 하나같이 엄청난 양의 저술을 남겼는데, 막스 뮐러의 전집만 해도 18권에 달했고 위키피디아에도 상세한 참고문헌이 달린 문서가 있었다. 이들은 진지한 철학자였다.

그렇게 해서 유럽이 아리아인의 땅이 됐다. 아리아인들이 유럽으로 이주했기 때문이다.

데이비드는 어떤 웹사이트에서 이란계·유럽계 아리아인과 비아리아인 사이의 타고난 차이점을 다루는 글을 발견했다. 아리아인들에게는 창의성과 섬세함, 혁신성이 있지만 비아리아인들은 게으르고 야만적인 데다 사고력이 없다는 주장이었다. 이걸 읽고 데이비드는 눈살을 찌푸리며 페이지를 닫아버렸다. 하지만 곧이어 모, 하산, 이브라힘이 떠올랐고, 다시 생각해보게 됐다.

데이비드는 자신의 노트를 훑어본다.

사이프 아자드Seif Azad*: "이란인, 독일인, 영국인, 프랑스인은 서로 다른 아리아인들을 일컫는 말이다. 이들은 사상과 행동에서 창의성을 포기하지 않았으며, 과학 분야에서 이러한 자질로 유명하다. 단지 명칭과 지역, 시대의 차이로 구분돼 보일 뿐이다."

모하마드 레자 샤Mohammad Reza Shah**: "이란은 유럽 가문의 일원. 이란이 같은 유럽 국가들 사이가 아니라 중동에 있는 건 단순한 지리적 우연. 정신적으로는 하나."

프리드리히 막스 뮐러(옥스퍼드대학교 교수)***: "그들의 사상이 우리의 사상 속에 여전히 흐르고 있다. 그들의 피가 우리의 혈관에 흐르고 있듯이 (…) 그들은 정신적으로나 실제로나 우리의 진정한 선조다."

---

* 테헤란에서 1933~1937년 발행된 잡지 〈고대 이란Iran-e Bastan〉의 편집장으로, 나치에 동조적이었다.
** 1979년 이란 혁명으로 망명할 때까지 이란의 마지막 샤(국왕)였으며, 자신과 이란의 정체성을 유럽과 연결짓고자 했다.
*** 독일 출신의 비교언어학자이자 동양학자. 19세기 유럽에서 아리아인 연구에 큰 영향을 미쳤으나, 연구가 인종주의로 변질되는 것은 강하게 비판했다.

고비노*의 저작 찾아볼 것?

DNA 아리아인 = R1A. 이란 = R1A M420. 유럽 = R1A Z93 + R2A.

페르시아는 651년 정복당하기 전까지 세계적 강국(아리아인의 강국)이었음. 비아리아인의 침투로 쇠퇴.** 이것도 더 찾아볼 것?

영국·이란계 혈통이니 데이비드한테는 순수한 아리아인의 피가 흐르는 것이다. 믿을 수가 없다. 질문에 답할 시간이다. (1)그렇다. 데이비드는 자신의 DNA를 알고 있고, 100퍼센트 아리아인이라고 증명할 수 있다. (2)열여덟 살이다. (3)영국 런던에 산다. (4)트위터를 한다. 계정명은 @DavidBlackGlass다. (5)표현의 자유와 동물권을 신봉한다. 무신론자다. (6)칼 윌리엄스. 자신의 팬층을 적으로 돌릴 각오가 된 음악가이고, 어떤 결과가 닥치더라도 소신 있게 말할 용기가 있는 사람이기 때문이다. (7)데이비드가 보탄에 가입하고 싶은 이유는 검열당하는 것, 이슬람에 대해 뭐만 말해도 이슬람 혐오라고 비난받는 것이 지긋지긋해서다.

---

* 　프랑스의 귀족이자 외교관.《인종불평등론》에서 아리아인의 우월성을 주장했으며, 후대 나치즘에도 영향을 미쳤다.

** 　651년 페르시아의 사산 제국이 이슬람 제국에 의해 멸망했고, 이를 계기로 이란 지역에서 믿는 종교는 조로아스터교에서 이슬람으로 점차 전환됐다.

데이비드는 책상 서랍을 뒤져 매직을 찾는다. 서랍 안에는 칼리지 시절 프린트물과 형광펜, 클립, 잡지 〈Q〉 한 권 그리고 아빠가 아주 오래전에 사준 옛날 클릭휠 아이팟이 있다. 아이팟 상자를 처음 열어봤던 때가 기억난다. 중고품이었지만 멋진 광택이 나는 하얀 애플 상자에 들어 있었고, 데이비드는 그 상자를 몇 년이나 침대 옆 탁자 위에 두었다. 애플 스티커도 어딘가에 아직 있을 것이다. 마침내 매직을 찾아낸 데이비드는 오른쪽 손목에 보위 스타일로 번개 문양을 두 개 그린다. 반드시 익명을 준수해야 한다고 하니 David1702UK는 닉네임으로 적절치 않을 것 같아서, 대신 BGMP5(BG는 〈블랙 글래스Black Glass〉의 약자고 MP5는 '콜 오브 듀티'에서 가장 좋아하는 무기다)와 오늘 날짜인 4월 17일을 쓴다. 그러다가 미소를 지으며 닉네임에 아리아인 DNA인 R1A를 덧붙여 BGMP5R1A로 정한다. 사진을 찍고 '편집' 버튼을 눌러 흑백 필터를 적용한다. 화장실에서는 변기 물통에서 흘러나온 물이 양동이를 때리는 소리가 들린다. BGMP5R1A. @RitterKreuz 최고사령관에게 보낸다.

하산

"있잖아요, 줄피 할아버지. 궁금한 게 있는데요. 영국에 처음 오셨을 때 어떤 느낌이었어요?"

"회색이었지. 회색, 회색뿐이더라. 하늘도 거리도 온통 다. 집들이 전부 같은 색인 걸 보고 어안이 벙벙했어. 고향하고는 아주 달랐지."

"그랬군요. 〈무슬림의 소리〉에서 1969년에 아자드 카슈미르에서 이민 오신 여성분 인터뷰를 읽었는데, 그분도 같은 말씀을 하시더라고요. 추위 때문에 충격받으셨대요."

"그분도 나처럼 겨울에 오는 실수를 하신 건가?"

"1월쯤이었던 것 같아요."

"어쩌면 우리가 같은 비행기를 탔을지도 모르겠군. 내가 탄 비행기엔 나 말고도 애들이 정말 많았거든. 승객의 90퍼센트가 열여섯 살도 안 된 애들뿐인 비행기는 그때 말고는 본 적이 없어. 내 양옆에 앉은 남자애들은 이름표를 달고 있더라고. '내 이름표는 어디 있지? 이름표 없이 가다가 길을 잃어버리는 건 아닐까?' 그런 생각을 했던 게 기억나. 그런데 말이지, 사실 내 첫인상이라고 해야 할까? 정말 정말로 처음 느낀 인상은, 히스로 공항의 밝고 하얀 불빛에 눈이 멀 것 같았던 거였지. 빛이 너무 압도적이었어. 눈이 아파서 자꾸만 깜빡거렸지. 내가 살았던 마을에는 전기가 들어오지 않았거든."

"정말요?"

"전기가 들어온 건 70년대 중반이었어. 그러니 히스로 공항의 그 불빛들이란, 나한텐 정말 대단한 거였지. 그러고 나서 리즈로 갔는데, 삼촌이 거기 살고 계셨거든…."

"회색빛이었겠네요."

"리즈에서 맞이한 첫 아침에 나무를 찾아 나섰어. 우리 집 앞 거리에 나무가 한 그루도 없다는 게 이해가 안 됐거든. 삼촌은 어떻게 그렇게 오래 살면서 나무 한 그루 안 심으셨나 싶었다니까."

포근한 봄날 아침이다. 축구공을 차려고 달려가는 선수들 실루엣이 그려진 하얀 침구 위로, 마름모꼴 햇살이 내려앉는다. 햇살에 반짝이는 먼지가 매트리스 위로 춤춘다. 하산은 휴대폰을 귀에 댄 채 창가에 서서 밖을 내다본다. 집 앞 거리에 나무가 이렇게 많은 줄은 이제야 알았다. 물론 어떤 나무인지까지는 알지 못한다.

"60년대 초에 오신 거예요?" 하산이 묻는다. "삼촌께서요."

"맞아, 1961년이었지."

"아자드 카슈미르를 떠나신 이유를 아세요?"

"망글라 댐* 때문이었지. 미르푸르Mirpur랑 다디알Dadyal, 거기다 삼촌이 살던 곳같이 작은 마을 수백 군데가 물에 잠겼거든. 영국 시공사에서 보상금과 여권을 주면서 버밍엄이나 브래드퍼드, 리즈에 일자리가 많다고 보내줄 수 있다고 했다네. 내가 알기로는 일주일 정도 고민하다가 친구들 몇 명이랑 같이 그냥 떠나셨다더군."

"아…."

"우리 아버지가 우리랑 같이 살자고 설득해보셨지. 근데 삼촌은 우리 가족을 좋아하지 않으셨어. 단 몇 분만 같이 있어도 바로…. 그러다가 부모님이 돌아가시고 나서, 내가 리즈로 가서 삼촌이랑 살게 된 거야. 인생이란 게 참 이상하게 흘러가기도 하지."

"그러게요."

줄피가 전화기에 대고 숨을 거칠게 내쉰다. 언제부터인지 모르겠지만, 하산은 이런 대화가 꽤 즐거워졌다. 하산은 70년대 영국의 인종차별이 어땠는지 물어본다.

---

*   아자드 카슈미르에 있는 대형 댐. 1961년 착공하여 1967년 완공했으며, 건설 과정에서 수많은 마을이 수몰됐다.

"끔찍했지. 학교에서 이민자가 나 혼자뿐이었으니까, 괴롭힘이 얼마나 심했을지 짐작하겠지? 심지어 한번은 역사 선생도 내가 온 곳으로 돌아가라고 말했다니까."

"세상에."

"힘든 시절이었지. 아자드 카슈미르가 너무 그리웠어. 거기선 다른 애들도 선생님들도 나한테 잘해줬거든. 물론 아직 부모님 돌아가신 걸 슬퍼하고 있을 때이기도 했고. 정말 힘든 시절이었어. 하지만 공부는 열심히 했고, 영어도 제대로 배웠어. 학교 졸업하고 나서는 방직 공장에서 일했는데, 거기엔 우리 같은 사람들이 좀 더 많아서 나았지. 관리자가 우리를 괴롭히긴 했어도, 그래도 더 나았어."

"그랬어요?"

"한때는 정말 배타적인 나라였지. 지금은 많이 나아졌어…. 그래도 말이야, 요즘 〈일퍼드 리코더Ilford Recorder〉*를 온라인으로 읽기 시작했는데 기사들 보면서 속상할 때가 있어."

"어떤 기사들이요?"

"그냥 동네에서 있었던 일들이야. 하지만 보면 속상하더라."

---

*   런던 레드브리지 자치구 일퍼드 지역의 신문.

◇

골드스미스대학교에서 AAB 조건부 합격 통지*를 받은 뒤로 하산은 공부만 했다. 공부하고 또 공부했다. 하산의 방은 바인더, 색인 카드, L자 파일, 포스트잇으로 가득했다.

부활절 사흘 전 성금요일에는 미술·디자인 수업 포트폴리오에 들어갈 사진들을 꼼꼼히 편집하며 시간을 보내고, 토요일에는 온라인으로 《욕망이라는 이름의 전차》 비평문들을 읽었다. 부활절 일요일이 되자 지쳐버려서 사회학 교과서를 펴놓고 몇 시간 만에 축 늘어졌다. 교과서를 밀어내고 휴대폰을 꺼내 틱톡을 연다. 베커Becker가 1970년대에 연구한 공격적 면접 방식이 뭔지 공부하는 것보다는 뭐든지 더 재밌을 것 같다. 토끼 귀 필터를 쓰고 정치 얘기나 하는 미국 크리에이터 영상이라도 말이다. 스티키 토피 푸딩 맛 비스킷을 먹으며 스크롤을 내린다.

다음으로는 트위터를 연다. @TheGuardian: "'성공하든지 죽

---

* A레벨 최종 성적이 나오기 전 조건부 합격을 통지했다는 뜻으로, AAB는 A레벨 세 과목에서 A, A, B 성적을 받아야 한다는 뜻이다. A레벨 시험 성적은 A*(A보다 높은 최고등급), A, B, C, D, E로 나온다.

든지 둘 중 하나입니다.' 난민들은 도버해협을 건너는 것 말고는 방법이 없다고 말합니다." @WestHam: "감독님이 노리치 원정 경기 앞두고 12시에 기자회견을 합니다. 아래 링크에서 라이브 블로그를 확인하세요." @DilwarManzoor: "파리 #샤프미술관에서 테러 공격이 있었던 것 같습니다. 참담하네요. 빛의 도시 파리에 있는 모든 분들을 위해 기도합니다." 욕설이 튀어나온다. 또 이런 일이? 해시태그를 검색하니 지난 1분 동안에만 수백 개의 트윗이 올라와 있다. @scoredearth: "이슬람이 #샤프미술관을 공격했다. 증거야 뻔하지. 무슬림들은 테러할 때마다 알라후 아크바르라고 외치잖아ㅋㅋ" @theboogiebeagle: "파리 #샤프미술관 테러로 수십 명의 사상자 예상. 테러범은 알라후 아크바르라고 외쳤다는데, 또 이 말을 따라 해보라고들 하겠지? '테러에는 종교가 없다.' (또 시작이다)"

하산은 현장의 끔찍한 사진을 보지 않았더라면 좋았겠다고 생각하며 몸서리를 친다. 무슬림인 척하는 이 미친놈들. 증오스럽다. 존나 증오스럽다. 대체 왜 서러는 길까? @D₁Ruth Wright: "#샤프미술관에서 오늘 일어난 일은 너무 끔찍하지만, 제발 이걸 핑계로 무지한 혐오발언 좀 하지 마세요. 무슬림이 '아니라' 테러리스트입니다. 정신 좀 차리세요." 하산은 이 트윗에 '마음에 들어요'를 누른다. 이제 암울하게도 뻔한 일들이 벌어지겠지. 더는 생각하지 않기로 하고 공부를 다시 시작한다.

1번 문항: 사회 계층과 교육 성취의 관계 연구.

사회학자들은 사회 계층과 교육 성취도 사이에 상관관계가 어느 정도 있는지 연구해왔다. (…) 비구조화된 면접은 학생들이 자신의 견해를 자세히 설명할 수 있다는 장점이 있지만, 시간이 오래 걸린다는….

기나긴 일요일이 되겠다. 그나마 화요일에 무슬림청소년센터에서 피파 대회를 또 연다는 게 위안거리다. 지난 두 번을 우승했으니 기세도 좋다. 창밖에서 거미줄이 반짝인다. 맞은편 집의 유난히 큰 TV 안테나가 햇빛을 받아 덩어리진 그림자를 드리운다. 제로콜라를 마시러 갈 12시만 기다리고 있다.

아니야, 집중해야지.

비구조화된 면접은 연구자와 연구 대상자가 자유롭게 대화를 나누면서 질적 자료를 수집하는 방식으로, 다양한….

◇

바람이 옷자락을 스치며 지나가고 하산은 웨스트햄 트레이닝 재킷 주머니에 손을 넣은 채 집으로 향한다. 피파 대회를 세 번 연달아 제패했다. 명실상부한 피파의 전설이다.

결승전 전반전에서는 왈리드가 잘 버텨내며 몇 차례 기회를 만들어내고 공 점유율에서도 우위를 보였다. 하지만 후반전은 일방적인 경기였고, 하산이 완전히 경기를 장악하며 3대0으로 끝났다. 보도블록 위로는 나무 조각들이 흩어져 있고, 그 사이로 빈 보드카병이 널브러져 있다. '니 운동화 진짜 구리네'라는 낙서가 적힌 쓰레기통을 향해 보드카병을 차올리자 하산이 맨 배낭 속 트로피가 달그락거린다.

세찬 바람이 갓 자른 앞머리를 망친다. 일자눈썹을 기리려고 미용사한테 앞머리는 좀 길게 두고 뒷머리와 옆머리만 짧게 잘라달라고 했었다. 오크 레인 거리로 꺾어 들어가며, 머리를 다시 손질해야겠다고 생각한다. 까치 몇 마리가 '공짜'라고 갈겨쓴 상자 안에 든 운동용 밴드를 쪼아대고 있다. 동네 편의점 창가에는 디지털 전광판이 붉은빛으로 빛나고 있다. 로또 당첨금

1160만 파운드, 유로밀리언 복권은 1840만 파운드*. 오늘 저녁은 좀 쉬었다가 내일부터 다시 공부를 시작하는 게 어떨까 하는 생각을 해본다.

파란색과 분홍색의 신데렐라 옷장이 멘딥 로드 공공임대 아파트 쓰레기통들 옆에 덩그러니 버려져 있다. 밴 한 대가 레몬 빛 전조등을 비추며 분주히 지나간다.

앨버트 드라이브에 접어들었다. 왼쪽 집 가장자리, 낮고 허름한 계단에 한 백인 여자애가 발목을 꼰 채로 늘어져서는 형광색 아디다스 모자를 쓰고 에어팟을 꽂은 채 고개를 까딱거리고 있다. '매매' 팻말이 없어졌다. 저 여자애네 가족이 이사 온 걸까? 이 동네는 원래 무슬림만 사는 곳이었다. 이브라힘은 예전에 60번지에 살았다.

하산은 돌아갈지 잠시 고민한다. 하지만 아직 초등학생 정도 된 여자애일 뿐이다.

"안녕." 하산은 인사를 건네고는 입술을 다문 채 미소 짓는다.

고개도 한 번 끄덕인 뒤 생일 선물로 받은 아이폰이 들어 있는 청바지 오른쪽 주머니에 손을 넣은 채 계속 걸어간다.

여자애가 보도로 휙 튀어나와 하산이 가던 길을 막고는 귀에서 에어팟을 뺀다. "안~녕~."

현관문이 열리고 이십대 초반으로 보이는 남자 둘이 집에서

---

* 각각 약 200억 원, 310억 원.

나온다.

"몇 병 살 거야?" 한 명이 말한다. 축구선수 필립 포든처럼 광대뼈가 튀어나온 남자는 검은색 벙거지에 검은색 맨투맨을 입고 빨간색 신발끈을 한 닥터마틴 부츠를 신고 있다.

"잠깐." 포켓 조끼의 지퍼를 올리던 다른 남자가 말한다. 턱을 까딱하며 말을 잇는다. "믿어지냐, 앨릭스? 또 보이네."

"젠장." 앨릭스라는 남자가 맥주병을 손에 든 채 말한다. "이 새끼들 진짜 어디에나 있네!"

"파키!" 여자애가 외친다. "파키, 파키, 파키!"

하산은 여자애를 밀치고 지나가며 앨버트 드라이브를 계속 걸어간다.

"야." 포켓 조끼를 입은 남자가 말한다. "파키."

마당 대문 열리는 소리가 삐걱거린다. 하산은 눈을 땅에 깔고 발걸음을 재촉한다. 아이폰 따위는 이제 아무런 의미도 없다. 그저 이 상황을 빨리 벗어나고 싶을 뿐이다.

"야!"

그들이 하산을 따라잡는다. 앨릭스와 포켓 조끼 남자가 양옆을 막아서고, 여자애는 바로 뒤로 쫓아온다.

"우리 여동생한테 뭔 짓 하려고 한 거지? 그런 거 아냐?" 앨릭스가 말한다. "파키 페도* 새끼."

---

* paedophile에서 나온 말로 '소아성애자'를 비하하는 속어.

"파키 페도 새끼." 여자애가 신이 난 것처럼 따라 한다. "파키 페도 새끼."

"아니에요." 하산이 말한다.

"난 분명히 그렇게 보이던데." 포켓 조끼 남자가 말한다.

앨릭스가 맥주를 한 모금 마시고는 병을 흔든다.

"제발요." 하산이 발걸음을 멈춘 채 말한다. "저, 저….'

비웃음이 터져 나온다. "뭐라고?" 앨릭스가 말한다. "영어도 못 하냐?"

"여기 사는 놈 중에 단어 하나 제대로 말할 줄 아는 놈이 없다니까." 포켓 조끼 남자가 말한다. "입 모양 보고 따라 해. 영. 어. 영. 어. 씨발, 엄마는 어떻게 우릴 이런 똥통 동네로 데려온 거야?"

"저기요." 하산이 말한다. "제 휴대폰이랑 지갑이랑 다 가져가셔도 돼요."

앨릭스가 침을 뱉는다. "우리가 도둑놈이라도 된다는 거야?"

"아니요."

"그렇게 생각하는 거네?"

"아니에요. 저는….'

"*감히* 우릴 그렇게 생각해?"

"제발요." 목이 메고 눈물이 북받친다.

앨릭스가 하산의 가슴을 손가락으로 쿡쿡 찌른다. "도둑놈은 오히려 너희들이잖아, 인마." 하산이 손가락을 피하려고 하자 포켓 조끼 남자가 팔을 붙잡는다. 빠져나오려고 발버둥 치지만 포켓 조끼 남자의 힘이 너무 세다. "도둑놈은 너희들이라고, 파키 변태 새끼야." 앨릭스가 병을 치켜든다.

"쟤 좀 봐." 앨릭스가 말한다.

하산은 피투성이가 된 채 보도 위에 웅크리고 누워 울고 있다. 그들이 하산을 내려다본다.

"한심하기는."

"애기처럼 우네."

"내가 뭔 생각하고 있는 줄 알아?"

"뭔데?"

"쟤 지금 맥주병 닿아서 술 묻었을까 봐 저러는 거 아냐?"

"오오오. *하람! 하람!*"

여자애가 날카롭게 소리를 지른다. "*하람! 하람! 하람! 하람! 하람!*"

하산은 두 손으로 눈을 가리고 있다. 이마에서 흘러내린 피가 눈물과 뒤섞이고, 입안에서는 짭짤하고 버터 같은 맛이 난다. 상처가 얼마나 깊은지 걱정된다.

"걱정하지 마." 앨릭스가 말한다. "병은 비어 있었거든."

"알라를 찬양하라! 알라를 찬양하라!"

"못되고 나쁜 술! 이번엔 안 묻었네~."

귓가에서 이상한 소리가 울린다. 역겨운 침이 볼을 타고 뜨듯하게 흐르자 하산이 얼굴을 찡그리는데, 얼굴을 움직이는 것만으로도 너무 아파서 바보 같고 창피한 흐느낌이 새어나온다.

"들었어?"

"들었지."

누군가 하산 옆에 무릎을 꿇고 바짝 다가온다.

"자." 앨릭스가 말한다. "이제 그만할까?"

"…."

"이제 그만할까, 파키야?"

"네."

긴 침묵이 흐른다. 눈물이 자꾸만 쏟아진다.

"그래, 그냥 친근하게 인사 나눈 거야. 그게 다야. 근데 부탁 하나만 들어줄래? 이 런던 똥통 동네에 사는 너희 무슬림 새끼들한테 전해. 제발 영어 좀 배우고 예의도 좀 배우라고. 다들 공학 천재라며? 그 머리 좀 써봐. 영. 어. 영. 어. 아, 그리고 경찰에 신고했다간 진짜 찾아내서 목을 따버릴 거야."

"…."

"야, 알아들었냐? 씨발…."

"네."

또다시 침을 뱉는다.

"그럼 꺼져." 앨릭스가 일어서며 말한다. "꺼져, 꺼지라고."

◇

"하산….."

"저 좀 내버려둬요."

"사실대로 말해줘." 엄마가 말한다. "부탁이야, 제발."

"이미 말씀드렸잖아요." 하산도 자신의 목소리가 공허하게 들린다.

"웨스트햄 유니폼을 입었다는 이유만으로 유리병에 맞아서 여섯 바늘이나 꿰맸다는 게 말이 된다고 생각하니?"

하산은 옆으로 몸을 돌리고 눈을 감는다. 머리가 핑핑 돈다. 고통이 파도처럼 밀려오는데, 지금도 파도가 그를 덮치고 있다. 킹 조지 병원에서는 아침에 퇴원했다. 엄마 아빠는 병원에서 밤을 새우겠다고 했다. 자판기조차 고장 난 을씨년스럽고 사람 낳은 보호자 대기실에서 밤을 보내야 했지만 말이다. 경찰에게도 똑같이 말했다. 오크 레인에서 밀월 유니폼을 입은 사람들이 지나가다가 하산이 웨스트햄 팬이라서 공격했다고. 사실대로 말해야 했나? 그래야 했을 수도 있지만, 이제는 늦었다.

집에 와서 거울을 흘깃 보았더니 오른쪽 눈썹 위에 실밥이 보였고, 토할 것 같았다. 이제는 그저 쉬고만 싶다.

"머리에 큰 손상이라도 입었으면 어쩔 뻔했는지 알기나…."

"네."

하산은 창가로 걸어가는 엄마의 발소리를 듣는다. 몇 분 뒤 눈을 떴을 때도 엄마는 그대로 서 있다. 지푸라기같이 누런 오후 햇살이 방을 찌르듯 비춘다. 하산은 이 시간에 라바 램프가 꺼져 있는 게 어색해서 엄마한테 켜달라고 한다. 엄마는 책상 뒤를 더듬어 스위치를 찾는다. 딸깍 소리와 함께 불이 켜지자 유리등이 은은한 보랏빛을 내뿜는다. 엄마는 일어서서 하산의 크롬북을 톡톡 두드리며 말한다. "파리 테러 이후로 〈무슬림의 소리〉가 메시지를 얼마나 많이 받았는지 아니?"

"아니요."

"수십 통이야."

"아."

"이슬람 혐오 범죄가 곳곳에서 벌어지고 있어. 그 테러를 빌미로 사람들이 협박당하고, 괴롭힘당하고, 위협당하고, 폭행당하고, 별짓을 다 당했다는 얘기를 들었어. 일흔두 살 된 한 가게 주인이 나한테 이렇게 말하더라. 이제는 밤에 가게 문 잠그기 전에 CCTV가 잘 작동하는지 먼저 확인한대. 가게가 부서지거나 불타면 보험사에 보낼 증거가 있어야 하니까. 만약을 대비해서가 아니라 반드시 그런 일이 벌어질 거라고 말이야. 유럽 어디든 테러만 일어나면 이런 일이 벌어져. 너무나 뻔한 일이지. 그리고 누구한테 그 책임을…."

"엄마…."

"언론의 잘못이야. 그 멍청한 타블로이드 신문들이 말도 안 되게 공포를 조장하는 기사를 써대면서 사람들을 극도로 흥분시키고 있잖아."

"엄마."

엄마도 하산만큼이나 땀으로 번들거리며 거칠게 숨을 쉰다.

"엄마."

"미안하구나. 네가 그렇게 아파하고 있는데 이런 얘기를 듣고 싶지 않겠지만…. 하지만 이게 그냥 일어난 일이 아니라는 게…. 난 알아야겠어. 왜냐하면… 하산, 난 네 엄마고, 누군가 널 공격했어. 널 공격했다고. 그 말은 내가 널 지켜주지 못했다는 거야…. 보호자 대기실에 앉아 있을 때… 내 인생에서 최악의 밤이었어. 그래서 난 알아야…."

하산은 기계적으로, 의욕 없이 같은 이야기를 되풀이한다.

"그 사람들 생김새는 기억나는 게 없니?"

"밀월 유니폼을 입고 있었다고요."

"다른 건?"

"없어요."

"하산."

"저 좀 그냥 쉬게 해줘요."

◇

 집을 나서고 보니 비참하다. 낯선 사람들의 시선이 따갑게 느껴지지만 그건 예상했던 바다. 하지만 가슴이 조여오는 느낌은 예상치 못했다. 너무나 심해서 몇 번이나 정신을 잃을 것 같았다. 몇백 미터도 채 걷지 못하고 돌아선다. 그리고 집으로 돌아와 일주일 내내 방 안에서 스크롤만 내린다. 스크롤, 스크롤, 스크롤.

 어느 날 저녁, 아빠가 체온계를 들고 나타난다. "혹시 모르니까 체온이나 재보자."

 하산은 혀 밑에 체온계를 넣고 입술로 물고는 기다린다. 그동안 아빠는 자리에 앉아 양복바지 위에 손을 올리고 책상 위에 놓인 링 바인더를 살펴본다. 시험공부를 해보려 했지만 그마저도 맥없이 흐지부지되고 말았다. 문장을 읽고 또 읽어도 하나도 머리에 들어오지 않았다. 삐 하는 소리가 나자 하산이 체온계 화면을 확인한다.

 "괜찮아요."

 "36.9도?"

 "으음."

 "그래. 그럼 상처가 감염되지는 않았다고 봐도 되겠구나. 뭐,

어차피 수요일에 실밥 풀러 갈 때 의사 선생님이 한 번 더 확인 하시겠지만." 쓰레기통에는 사탕 포장지가 가득 차 있다. 둘은 잠시 침묵 속에 앉아 있다가, 아빠가 말을 꺼낸다. "있잖아, 이런 얘기를 한 적이 있었는지 모르겠는데, 나도 비슷한 일을 겪은 적이 있어." 아빠가 브래드퍼드에서 일하던 공장이 문을 닫은 직후에 식당을 차리려고 런던으로 이사했을 때였다. 리젠트 스트리트의 크리스마스 조명이 예쁘다는 말을 듣고 사진을 찍어서 부모님께 보여드리려고 갔었단다. "가는 길에 그러니까, 그때는 자기들을 '파키 패는 놈들Paki-bashers'이라고 부르던 무리를 만났는데, 내가 평생 맞아본 것 중 가장 심하게 두들겨 맞았지. 갈비뼈 두 대가 부러지고 피를 엄청나게 흘렸어. 그중 한 놈이 망치를 들고 있었는데, 다른 놈들이 날 발로 차는 동안 계속 망치로 위협만 했어. 다행히 그놈이 겁쟁이라 망치를 못 썼으니 망정이지, 아니었으면 지금 이 자리에 없었을지도 모르지."

"아빠."

"그러니까 내가 하고 싶은 말은, 갈비뼈가 부러진 게 아프신했지. 하지만… 음…." 아빠가 자신의 머리를 가리킨다. "여기에 받은 충격이 더 심했어. 몇 달 동안은 그때 기억이 자꾸 떠올랐지. 아무 때나 갑자기…."

"아빠."

"응?"

"괜찮을 거예요. 정말로 괜찮을 거예요."

"그래, 물론이지." 아빠가 무릎을 문지른다. "괜찮을 거야. 하지만 혹시라도 불안한 마음이 들면 언제든 엄마나 나한테 말해주면 좋겠구나. 우리가 늘 네 곁에 있을 거야."
"알았어요."
"정말?"
"알았다고요."
"…그래, 열이 없으니 다행이구나. 하던 거 마저 하렴."

◇

왜 이렇게 집중이 안 되는 걸까?

   교과서 60쪽을 몇 번이나 읽었는데 아무것도 머릿속에 들어오지 않아서 초조하고 짜증 나고 불안하기만 하다. 이전에는 공부 진도를 착실히 맞춰왔는데, 지금은 시간을 너무 많이 낭비하고 있다. 사회학에서 최소한 B는 받아야 하는데. 책상에 팔꿈치를 괴고 몸을 앞뒤로 흔드니 머그잔 속 차가 출렁인다. 어젯밤 잠을 제대로 못 자서 이렇게 울적한 것 같다. 새벽 3시에 땀에 흠뻑 젖은 채 깨어난 뒤로는 페이스북, 인스타그램, 트위터, 틱톡을 맴돌다가 결국 그냥 일어나는 게 낫겠다고 생각했다. 하산은 정신 차리라고 스스로를 다그치며 다시 한번 교과서를 읽어본다.

*   많은 사회학자는 사회가 실제로는 개인이 어떻게 행동하고 서로 관계를 맺는지에 따라 결정된다고 본다. 이처럼 개인의 행동을 중시하는 관점을 행위이론이라고 하는데, 이는 반대로…*

   안 되겠다. 하산은 교과서를 밀어낸다. 라바 램프가 60쪽과

61쪽을 깊은 바닷속처럼 어두운 빛으로 물들이고 있다. 그런 데다 엄마가 뉴버리 파크를 산책하자고 해서 따라나선 이후 아직도 어지럽다. 밖에 나가자마자 가슴이 답답해졌는데, 그 느낌이 내내 가시지 않았다. 엄마가 카페에서 스무디를 사는 동안 하산은 밖에서 기다리며 남몰래, 필사적으로 공기를 들이마셨다. 내일은 학교에 가야 한다. 부활절 방학도 끝났다.

의사 선생님은 별다른 문제 없이 하산의 실밥을 제거한 뒤, 상처 부위에 염증도 없으니 이제는 괜찮을 거라고 말했다. 그런데 왜 이러는 걸까? 의학적으로는 아무 문제가 없다.

많은 사회학자는 사회가 실제로는 개인이 어떻게 행동하고 서로 관계를 맺는지에 따라 결정된다고 본다. 이처럼 개인의 행동을 중시하는 관점을⋯.

하산은 교과서를 웨스트햄 벽화를 향해 던졌다.

데
이
비
드

"모두 준비됐나?" RitterKreuz 최고사령관이 묻는다.

"예!" 데이비드가 다른 보탄 멤버들과 한목소리로 대답한다. **#작전** 음성채팅방에는 75명이 있다.

"좋다. 곧 유튜브 링크를 올리겠다. 왼쪽 게시판 채널에서 볼 수 있을 것이다. 대부분은 이미 수십 번이나 습격전에 참여해서 절차를 잘 알겠지만, 처음 참여하는 사람들도 몇몇 있으니까 DarkSunRising 장군과 LordofKek 장군이 이제부터 제군들에게 도움이 될 만한 요령을 알려줄 것이다."

데이비드는 이번에도 RitterKreuz 최고사령관의 유려한 말솜씨에 감탄한다. 그의 억양으로 어디 출신인지 가늠하기는 어렵다. 캐나다 말투 같으면서도 영국과 독일, 아일랜드의 영향이 섞여 있는 듯하다. 이미 잘 아는 요령들이라 책상 밑으로 저린 다리를 쭉 펴본다.

"감사합니다, 최고사령관님." DarkSunRising 장군이 말한다. "좋다. 초임자들을 위한 요령을 전달하겠다. 첫째, 유튜브 위장 계정의 프로필 사진은 필히 설정해둘 것. 절대적으로 필수다. 구글 이미지에서 무작정 가져오지 말고 실제 인스타그램 계정의 사진을 사용할 것. 위장 계정이 진짜처럼 보여야 한다. 둘째, 최적의 댓글은 반드시 외국인 이름 같은 계정용으로 비축해둘 것. PC충들은 외국인들의 비판을 가장 두려워한다. 그 이상으로 두려워하는 건 없다. 물론 서양식 이름의 계정으로도 댓글을 남겨야 한다. 댓글창이 진짜 같아 보여야 하기 때문이다. 하지만 최적의 댓글은 IbrahimSocialist33이나 Jahandar4love 같은 계정에 배치해야 한다. PC충들은 외국인의 의견을 지극히 중요시하므로, 외국인들이 자기한테 반기를 드는 것을 보면 제정신을 잃고 완전히 혼란에 빠진다. 우리의 댓글로 그들의 사기는 철저히 저하될 것이다."

"동의한다." LordofKek 장군이 말한다. "게다가 PC충 유튜버의 자신감을 깎아내리고 의심을 심어주는 것 외에도, 잠재적 시청자들을 멀어지게 만들 수 있다. 많은 사람들이…. 나도 한때 그랬으니 잘 안다. 많은 사람들이 유튜브 영상을 열었다가 '좋아요'보다 '싫어요'가 더 많고 부정적이고 비판적인 댓글이 잔뜩 달려 있는 걸 보면, 그것만으로도 시청하지 않기로 결정한다."

"내가 하나 더 조언하자면 휴대폰보다는 노트북을 사용하라는 것이다." DarkSunRising 장군이 덧붙인다. "지금 휴대폰을 쓰고 있다면 노트북으로 옮길 것. 유튜브 모바일앱에서도 계정 전환이 가능하지만, 브라우저보다는 번거롭기 때문이다."

"고맙다." RitterKreuz 최고사령관이 말한다. "모두 준비됐나?"

"예!"

"예!"

"예!"

"그렇다면 이제 링크를 올리겠다. 전투를 개시하라."

데이비드는 카페인이 몹시 필요해서 레드불을 들이켠다. 영국은 새벽 3시 30분이다. 눈꺼풀이 축 처진 채 녹초 상태지만, 지금은 창의적으로 생각하고 머리를 최대한 날카롭게 써야 하는 순간이다. 링크를 클릭하자 손가락 아래 키보드 틈새로 푸른 빛이 으스스하게 새어 나온다.

영상의 제목은 '인종차별주의자들에 맞서 이슬람의 진실 알리기'이고 유튜버 이름은 에마 도널리다. 영상이 올라온 지 몇 시간밖에 되지 않았는데도 조회수가 6000회나 됐다. 데이비드는 그가 최근 업로드한 영상을 훑어본다. '일주일간 인스타에서 목주름 보정해보니' '나에 대한 리액션에 리액션하기' '우리 강아지는 바보예요' '〈우리는 댄스소녀〉 드라마 패션 따라 하기! 주의: 대실패' '모든 생명은 소중하다All Lives Matter*라는 말이 틀린 이유'…. 데이비드는 비웃는다. 전형적인 좌파 콘텐츠의 잡탕이다. 뷰티, 패션, 귀여운 반려동물에다 착한 척하는 도덕질까지. 데이비드는 아무 영상이나 하나 재생해본다.

그녀는 대략 열여섯 살 정도로 보이는 데다 아름답다. 붉은빛이 도는 긴 금발 머리에, 크고 온화한 파란 눈, 새빨간 립스틱, 완벽한 치아에 흠잡을 데 없이 하얀 피부다. 이런 애가 이슬람에 대해 무슨 강의를 한다는 건가?

데이비드는 문제의 영상으로 돌아가 재생 바를 중간쯤으로 옮긴다. "이 세상에는 어려운 시기에 드러나는 두 종류의 사람이 있어요. 하나로 뭉치는 사람들과…."

정지. 더 들을 필요도 없다. 데이비드는 Ameer el-Shehata 2001이라는 위장 계정으로 '싫어요'를 누르고 '댓글 달기'를 클릭한다. 카페인이 효과를 내기 시작한다. 혀끝으로 윗니의 울퉁불퉁한 가장자리를 왼쪽에서 오른쪽으로, 다시 오른쪽에서 왼쪽으로 훑으며 생각을 가다듬는다. 그러고 나서 댓글을 쓴다.

> 정말 치가 떨리네요. 에마, 부끄러운 줄 아세요. 저는 자유롭고 세속적인 삶을 살려고 파키스탄을 떠나 영국으로 왔어요. 이슬람도, 여성에 대한 폭력도, 중매결혼도, 신성모독죄도 다 벗어나고 싶었죠. 근데 당신은 그걸 전부 여기로 가져오려는 건가요? 제가 자유를 누리는 걸 왜 방해하시는 거죠?

---

*   '흑인의 생명도 소중하다Black Lives Matter' 운동에 대응해 만들어진 구호로, 인종차별 문제의 심각성을 희석한다는 비판을 받는다.

데이비드는 레드불을 다 마시고는 Princess Fahmida 위장 계정으로 바꾼다.

저는 여섯 살 때 할례를 강요당했어요. 감히 제게 이슬람의 '진실'을 알려주시겠다고요? 당신은 이슬람에 대해 아무것도 모르잖아요. 당신은 오히려 증오를 조장하고 있어요. 하지만 조회수만 올라가면 됐죠, 그렇죠? 이 영상으로 번 돈 가지고 비싼 화장품이나 실컷 사세요.

데이비드는 조언대로 위장 계정의 프로필 사진을 인스타그램에서 가져왔다. 두꺼운 투명테 안경을 쓰고 '펭귄 모던 클래식' 시리즈 책을 읽고 있는 남아시아 여성의 사진이다. 거기에 무지개 필터까지 입혔다. '그녀'의 프로필 상단에 배너 이미지도 올리고 재생목록도 추가하는 수고까지 들였다. 데이비드가 만든 위장 계정들은 진짜처럼 보인다. RitterKreuz 최고사령관도 데이비드의 위장 계정들이 진짜 같다고 칭찬해준 적이 있다. 다음 한 시간 동안 데이비드는 댓글을 거의 50개나 남긴다.

"좋다." RitterKreuz 최고사령관이 말한다. "이제 습격전을 종료하겠다."

"전원 수고했다." DarkSunRising 장군이 말한다. "영상의 '싫어요'가 1500개인 비해, '좋아요'는 800개에 불과하다. 이제 아무도 이 영상을 신뢰하지 않을 것이다."

"거기에 건설적인 비판 댓글도 상당량 확보했다." LordofKek

장군이 웃으며 덧붙인다.

"댓글을 전부 검토했다." RitterKreuz 최고사령관이 말한다. "전원이 '좋아요'를 눌러야 할 댓글 열 개를 선정했다. 다음 위장 계정들이다. Sauban Fallah, TheMarijaCloudburst, Princess Fahmida, Akuma4u, Adzahan Saad03, warfaaraza, thosebrowneyestho, Morning of Teenx, Holliexo, Dr Talha Malik, alhabu hu alhabu 06. 명단을 게시판에 올리겠다. 해당 댓글을 찾아 '좋아요'를 누르도록. 이 댓글들이 상단에 노출되는 것을 보고 싶다. 해당 계정의 주인들에게 감사를 표한다. 제군들의 지성과 창의성, 헌신은 보상받을 것이다. 대의에 크게 기여했다."

데이비드는 자부심을 느끼며 등받이에 기대앉는다. Princess Fahmida도 명단에 있다.

데이비드는 대의에 크게 기여했다.

◇

데이비드가 문을 또 한번 두드린다. "아빠, 파스타 만들었어요." 여전히 아무런 대답이 없다. "아빠, 들어갈게요." 방 안은 어둡다. 맞은편 집 앞에 서 있는 배달원이 써브웨이 봉투를 들고 요란하게 문을 두드리고 있다. 써브웨이를 누가 온라인으로 주문한담? 저 집 사람들은 대체 얼마나 게으른 거야? 보나 마나 무슬림이겠지. 데이비드는 불을 켜고 커튼을 치고는 침대 옆 탁자에 있던 먹다 남은 사과를 쓰레기통에 던져 넣는다.

"으음?" 아빠가 노르스름한 불빛 속에서 눈을 깜빡인다.

데이비드가 침대 옆 스탠드도 켠다. "파스타 만들었어요."

"저녁이야?"

"네."

아빠가 몸을 겨우 일으켜 앉자, 데이비드는 여기로 갖다주겠다고 말한다.

"뭐로 만들었냐?"

"음, 시금치랑 토마토 통조림으로 만들었어요."

"매운맛 돌미오 소스는?"

"이번엔 안 넣었어요."

"난 그 돌미오 소스가 좋은데."

"시금치랑 토마토 통조림만으로도 맛있을 거예요."

"뱅뱅 소스는?"

"일단 드셔보시죠."

아빠가 자신의 추리닝을 살펴본다. 침대 옆 스탠드에서 나온 빛이 무딘 칼날 모양으로 추리닝을 비추고 있다. 아빠가 손가락에 침을 묻혀 얼룩을 문지른다. 주방으로 온 데이비드는 파스타를 접시 두 개에 대충 담는다. 데이비드도 이걸 먹고 싶진 않다. 시금치가 물컹물컹해서 질감이 끔찍하지만, 그래도 건강에는 좋을 것이다. 아빠가 오늘 아침으로는 곡물 시리얼과 블랙베리 잼을 먹었고, 나중에는 같이 프링글스 감자칩을 먹을 테니, 지금은 건강한 걸 먹어야 한다. 여름에 킹 조지 병원에서 의사가 아빠를 퇴원시키면서 경고했다. 담배랑 술을 끊고 규칙적으로 운동하고 균형 잡힌 식사를 하지 않으면 곧 다시 보게 될 거라고. 그때는 미니 뇌졸중이 아니라 진짜 뇌졸중으로 만나게 될 거라고. 아빠는 여전히 담배를 피우고 술도 마시고 하루 종일 방에만 있으니, 이제 균형 잡힌 식사에 많은 게 달려 있다. 데이비드가 읽어본 바로는 시금치가 뇌졸중을 예방한다고 했고, 토마토 통조림이 분명 돌미오 소스보다는 건강에 좋을 것이다.

데이비드가 접시 하나를 침대 옆 탁자에 탁 내려놓고는 다른 접시를 무릎에 올린 채 자리에 앉는다.

"맛있을 것 같은데요."

책상 위에는 개봉하지 않은 애플워치가 놓여 있다. 스티븐이 아빠를 위해 큰맘 먹고 샀단다. 심박수도 측정할 수 있고, 운동량 링을 채우는 게 목표가 돼서 한 시간에 한 번은 일어나는 동기부여가 될 거라고 했다. 엄마는 스티븐한테 소용없을 거라고, 아빠는 절대 쓰지 않을 거라며 스티븐을 말렸다. 하지만 스티븐은 고집을 부렸다. 아마도 자신이 얼마나 다정하고 너그러운 사람인지 보여줄 수 있는 절호의 기회라고 생각했나 보다. 파스타를 한동안 뒤적거리던 아빠는 기운 없이 한 입을 먹는다.

"먹을 만하죠?"

"뱅뱅 소스 좀 넣을까?"

"음…."

"아니다, 네 말이 맞아. 이대로도 먹을 만하네." 아빠는 시금치를 애써 피해 가며 파스타를 먹다가 데이비드한테 내일 구직센터에 몇 시에 가느냐고 묻는다.

"9시까지 가야 해요."

"또 그 상담이냐?"

"네."

데이비드는 취업 상담원과 매주 해야 하는 쓸데없는 상담이 싫다. 세인즈버리에서 잘린 사람이 무슨 수로 면접에서 '돋보이고' '좋은 인상을 남긴다'는 건가? 경제가 개판이다 보니 일자리마다 지원자들이 물밀듯이 들어온다. 일자리를 구할 가능성이라고는 제로다. 굴욕스럽고 시간 낭비일 뿐이다. 그냥 실업 수당이나 주고 내버려두면 좋겠다.

"힘내라."

"네."

어차피 데이비드는 일자리 따위 원하지도 않는다. 일자리가 생기면 보탄의 미션을 수행하는 게 거의 불가능해질 테니까. 실업의 유일한 단점이라면 엄마와 스티븐이 나서서 돈을 대주려 한다는 거다. 아빠가 그들한테 그딴 돈 집어치우라고 말하고 싶어 안달이라는 걸 데이비드는 안다.

"'콜 오브 듀티'는 여전히 재밌냐?"

"네, 재밌어요."

"아까 신문에서 읽었는데, e스포츠."

"네?"

"런던에서 대회가 있었다는데, 열여섯 살 애가 50만 파운드[*]를 땄다더라. 말이 되냐? 네가 '콜 오브 듀티'로 그렇게 따면 재밌겠다."

데이비드가 픽 웃는다. "프로들이랑 겨룰 실력이 있으면 좋겠네요. 진짜 미친 실력이에요. '콜 오브 듀티' 리그 스트리밍 보면 알 수 있는데요. 맵 파악하고 스폰 위치 아는 거랑 반응 속도가 장난 아니에요. 진짜 미쳤어요. 차원이 달라요. 완전히 다른 차원이에요."

---

*   약 8억5000만 원.

아빠의 목소리에 실망감이 스며든다. "아쉽구먼." 마치 데이비드가 정말로 '콜 오브 듀티' 대회에서 우승할 수 있을 거라고 진심으로 생각했던 것처럼 들린다. "50만 파운드면 큰돈인데."

"…네."

불편하고 질척한 침묵이 이어진다.

"음식은 괜찮아요?" 데이비드가 묻는다.

"뱅뱅 소스 좀 뿌려보자."

◇

20분 동안 독일 낭만주의 회화를 훑어보던 데이비드는 마침내 〈안개 바다 위의 방랑자Wanderer above the Sea of Fog〉에서 멈춘다. 짙은 녹색 외투를 둘러 입고 오른손에 지팡이를 쥔 인물이 회색빛 풍경을 응시하는 모습이, 그것도 관객을 등지고 서 있는 모습이 꼭 시인 같다. 칼 윌리엄스가 19세기에 살았다면 이런 모습일 것 같다.

데이비드는 포토샵으로 이미지를 열어 검은 테두리를 두르고, #리소스 채널에서 RitterKreuz 최고사령관이 공유했던 베이퍼웨이브 필터를 적용한다. 그러자 그림에 살짝 깨진 듯한 80년대 감성이 깃들고, 하늘색·분홍색·보라색 형광빛이 그림을 물들인다. 마치 미드 〈기묘한 이야기〉에서나 볼 법한 분위기다. 다음으로 그림 수평선 위에 검은 태양*을 추가하고 편집도구를 이것저것 만지작거려서 멀리 산 너머로 태양이 떠오르는 것처럼

---

*   나치 독일의 친위대 본부로 쓰였던 베벨스부르크 성에서 처음 사용된 극우 상징물. 오늘날에는 네오나치가 하켄크로이츠 대신 즐겨 쓰는 상징이 됐다.

보이게 한다. 마지막으로 텍스트 상자를 추가하고 두껍고 크롬 광택이 나는 글꼴을 선택한 뒤, 어떤 문구를 넣을지 고민한다.

RitterKreuz 총사령관은 '우리'란 말이 들어간 밈을 제일 좋아한다. 데이비드는 '우리는 내일을 가질 것이다'라고 쓴다. 그러다 '내일은 우리 것'으로 바꾸고, 다시 '미래는 우리 것'으로 고친 뒤 곰곰이 생각한다. 베이퍼웨이브 필터가 그림과 잘 어울린다. 미래는 우리 것. 그래, 이거야. 데이비드는 디스코드를 열어 보탄 서버의 **#밈저장소** 채널에 이미지를 공유한다.

창턱 위로 거미가 기어가고, 유리창에는 빗방울이 음산하게 떨어진다. 방 구석구석이 거미줄로 반짝인다. 고개를 드니 천장에 야광별이 떠 있다. 더는 빛나지 않는, 콧물 색깔처럼 변해버린 스티커인데, 시리얼 사은품으로 받은 거였다. 어떻게 떼어내야 할지 막막하다. 거미가 사라지자 데이비드는 창턱에 휙 입김을 불어 먼지를 일으킨다.

'Xx 다리우스 1세 왕중왕 팬클럽 xX'* 서버에 접속한다. 이란인과 인도아리아인들만 가입할 수 있는 서버다. 얼마 전에 '인도유럽' 서브레딧에서 링크를 발견했다. 글은 올리지 않지만, 좋은 콘텐츠가 좀 있기에 가끔 잠복해서 구경하는 재미가 있다. 오늘은 사람들이 '페르시아의 미인, 진정한 아리아인(아리아 인

---

* 다리우스 1세는 고대 페르시아 제국의 왕으로, '왕중왕'이라는 칭호로 불렸다.

종)'이라는 제목의 유튜브 영상을 놓고 토론 중이다. 섬네일에는 금발에 푸른 눈인 아름다운 여자가 나온다. "아리아인이어서 자랑스럽다. 페르시아인이야말로 진정한 아리아인이다"라고 누군가 썼다. "이란인은 DNA(R1A M420)도 인종도 백인이다. 이게 진짜 여자들이다"라며 다른 누군가가 검은 하트 이모지*를 붙였다. 여자들이 정말 섹시하다. 영상을 끝까지 본 데이비드는 다크퓨리 서버로 옮겨간다.

    Corey(515) 오늘 15:05
    배틀존 한판 뜰 사람?

    Corey(515) 오늘 15:05
    아침밥도 안 먹었지만 일단 한판 때려볼까 ㅎㅎ

    Corey(515) 오늘 15:05
    어제 유툽 영상 봤는데 거기서 본 팁 좀 써먹어보고 싶음 ㅋㅋ

    Runningngunning 오늘 15:09
    어 좋아

---

*   검은 하트 이모지는 파시즘이나 극우 이념 지지를 암시하는 용도로 사용되기도 한다.

데이비드도 참여하겠다고 답한다. 6시 전까지는 보탄에서 습격전이나 수색섬멸전, 저격 미션이 예정돼 있지 않으니 '콜 오브 듀티'를 몇 시간 정도는 할 수 있다.

"네가 만든 그 밈 진짜 좋다." Runningngunning이 음성채팅에 들어오자마자 말한다.

"잠깐만. 지금 볼게." Corey(515)가 말한다. "오! 야, 개쩐다. 미래는 우리 것. 존나 맞는 말이야. 나도 오늘 밈 몇 개 만들 수 있을 듯."

"또 NPC 밈*이야?"

"뭐겠어."

"인정. 그거 개웃기더라."

지난주에 Corey(515)는 무표정하게 심각한 얼굴을 한 회색 보야크Wojak 캐릭터**로 밈을 만들었다. 위에는 '나는 싸우다 죽을 준비가 돼 있다', 아래에는 '누군가가 나한테 주입한 생각을 위해서'라고 문구를 넣었다. 단순하지만 효과적인 밈이었다. PC충들이 엄청나게 발끈했을 거다.

Runningngunning은 만화 캐릭터 패러디를 더 좋아한다. 만화책이나 디즈니 영화의 캐릭터들을 가져다 뼈아픈 진실과 섞

---

*   진보적 성향의 사람들이 스스로 생각하지 않고 게임 속 NPC처럼 주류 언론이나 사회적 통념을 맹목적으로 따르는 존재라고 비하하는 밈.
** 우울한 표정의 대머리 남자를 단순하게 그린 인터넷 밈 캐릭터. 최근에는 극우 커뮤니티에서 정치적 밈으로 자주 변형해 사용한다.

어 만든 밈 말이다. 데이비드는 그런 밈을 만들 만한 재치가 없다. 하지만 데이비드가 만든 밈도 장군들과 RitterKreuz 최고사령관의 마음에 꽤 드는 것 같다.

"오늘 아침에 닥터마틴 웹사이트에서 흰색 신발끈* 주문했어." 데이비드가 말을 꺼낸다.

"쩐다." Runningngunning이 말한다.

"난 이제 세 켤레가 흰색 끈이야." Corey(515)가 말을 더한다.

"빨간색 신발끈 한 사람도 많을 것 같아?" 데이비드가 궁금해한다. "아니면 그거 그냥 헛소문인가?"

"씨발, 알 게 뭐야."

보탄 멤버라면 누구나 흰색 신발끈을 맬 자격이 있다. '피를 본' 사람들은(그게 무슨 뜻이든 간에) 빨간 신발끈으로 바꿀 자격이 생긴다.

"몰라." Runningngunning이 말한다. "서버에서 빨간색 신발끈 사진 본 적 없어."

"그래." Corey(515)가 화제를 바꾼다. "배틀존 한판 가자." Corey(515)가 어제 본 팁들을 공유한다.

"알겠어." Runningngunning이 말한다.

"지금 팁대로 세팅 바꾸는 중." 데이비드가 말한다. "…좋아.

---

*   닥터마틴 부츠의 신발끈 색깔은 극우 집단의 암호로 쓰이는데, 흰색은 백인 우월주의를, 빨간색은 폭력성을 상징한다.

됐다."

"무기는?" Runningngunning이 묻는다. "그라우Grau로 할까?"

"그래, 써봐." Corey(515)가 답한다. "난 M4 쏠게."

"난 그대로 MP5로 할게." 데이비드가 말한다.

MP5를 몇 주 동안 만지작거렸더니 이제 만족스럽다. 총열은 일체형 내장소음기, 조준경은 솔로제로 NVG 강화(열화상 포함), 총열 하부는 용병 전방 손잡이, 개머리판은 FTAC 접이식, 탄약은 45구경 탄창으로 했다. 반동 제어, 사거리, 연사력 모두 괜찮다.

"로비 들어간다." Corey(515)가 말한다. "야, 매칭 시스템아. 빨리 좀 해줘라."

기다리는 동안 Runningngunning이 어젯밤 루이빌에서 안티파 깡패들이 동상을 부숴댔다는 소식 들었느냐고 Corey(515)와 데이비드한테 묻는다.

"새쓰레기들." Corey(515)가 말한다. "동상이 무서워서 그래."

"노예주 동상을 부수겠다면서 왜 무함마드 동상은 안 부수는 건데?" 데이비드가 말한다. "그 사람도 노예를 사고팔고 잡아다가 소유했잖아."

"무함마드 동상이란 게 있기는 해?" Runningngunning이 묻는다.

"어딘가에는 있겠지." Corey(515)가 답한다. "모스크에 없나?"

"이슬람에서는 무함마드를 그림이나 조각상으로 만드는 게 금지라고 들었는데?" Runningngunning이 말한다.

"뭐야, 그림으로 그리면 안 된다고?"

"뭐라고?" Corey(515)가 말한다. "이슬라마바드*에도 없다고?"

"글쎄?" Runningngunning이 말한다. "아무튼 개가 노예주였던 건 확실해. 그럼 이름을 개 따라 지은 사람들이 전부 이름 바꾸게 하면 되잖아."

"개웃기겠다." 데이비드가 히죽거린다.

"그럴 수만 있다면 우리 동상쯤은 전부 포기할 수 있지." Corey(515)가 뭔가를 바삭바삭 씹으며 말한다.

"뭐 먹고 있냐?" Runningngunning이 묻는다.

"타키스 푸에고칩. 이제는 이런 윤리적 비건 어쩌고 하는 것도 먹게 됐네. 그래도 과자류는 거의 다 먹을 수 있더라."

"어, 나도 이제 적응했어." Runningngunning이 말한다. "사실 치킨집은 원래도 싫었어. 거기 가는 말종들 보면 알잖아. 그런 것들 근처에만 가도 더러워지는 것 같았다고."

"런던에 있는 치킨집들이 최악이지." 데이비드가 덧붙인다.

#피와땅** 채널에서 RitterKreuz 최고사령관이 쓴 글을 보고

---

*   파키스탄의 수도.
**   '피와 땅'은 나치의 핵심 사상으로, 순수한 혈통('피')과 생활 영토('땅')를 함께 가리키는 개념이다.

데이비드는 마음을 굳혔다. 보탄*이야*말로 데이비드의 전부다. RitterKreuz 최고사령관은 인종적 우월성을 입증하기 위한 수단으로, 공감 능력의 증거인 윤리적 비건을 모든 아리아인에게 권한다. 그는 10년째 윤리적 비건을 실천해왔다. 이제 다크 퓨리 멤버들도 실천하고 있다.

"너희 오늘 밤에 습격전 참여하지?" Runningngunning이 묻는다.

"100퍼센트 장담은 못 할 것 같아. 두고 봐야지." Corey(515)가 답한다.

"나는 참여할 거야." 데이비드가 답한다.

"그럴 줄 알았다. 넌 한 번도 빠진 적 없잖아. 유튜브랑 트위터 위장 계정이 몇 개야? 수백 개는 되지? 넌 진짜 전사다, 전사."

"고마워."

"곧 장군 계급 달 거야."

"두고 봐야지."

"진심으로 하는 말이야. 넌 한 달 만에 부사관으로 진급하지 않았냐? 그리고 세 달 만에 장교 달고? 난 6개월 동안 훈련병이었다고. 최고사령관과 장군들이 너를 좋아하는 게 분명해."

"정말 그렇게 생각해?"

"Runningngunning 말이 맞아." Corey(515)가 거든다. "보탄의 모두가 널 좋아해. 당연한 거지. 진짜 누구나 인정할 수밖에 없어. 네가 노력해왔으니까."

"고마워."

"좋아. 게임 준비됐다."

◇

　가을비가 부슬부슬 내리는 가운데 검은색과 빨간색으로 된 헬스장 간판이 반짝인다. 데이비드는 담배를 마지막으로 한 모금 빨아 들인 뒤 비벼 끄고는 건물 안으로 들어선다. 구글에 달린 평점 높은 리뷰들을 보니 영 마음에 걸렸다. "옛날 방식 그대로인 헬스장" "완전히 엉망진창" "사람이 너무 많고 분위기도 험악. 기구 쓰려면 한참 기다려야 됨" 심지어는 "진짜 고문실 같다"는 평까지 있어서 3개월 회원권을 끊기가 망설여졌지만, 걸어서 갈 수 있는 거리에 이만한 가격의 헬스장은 여기밖에 없었다.

　헬스장 로고가 새겨진 민소매 셔츠를 입은, 무슬림처럼 생긴 직원이 올려다본다. 데이비드는 그 직원과 대화할 수밖에 없다. "저기, 그러니까… 오늘 오리엔테이션 받으러 왔는데요."

　무슬림이 이름을 묻는다.

　"데이비드요."

　"잠깐만요." 그가 아이패드를 획획 넘긴다. "찾았어요. 음… 마이클이 오리엔테이션을 맡기로 했는데 지금 어디 있는지 모르겠네요…. 괜찮아요, 제가 대신 해드릴게요…. 전 파이즈라고 합니다."

데이비드는 마지못해 악수하고는 안내받은 대로 빨간색 팔걸이의자에 앉아 배낭을 바닥에 내려놓는다. 배낭 안에는 물병과 하얀 수건이 들어 있다. 탈의실 가기가 귀찮아서 운동복을 미리 입고 왔다. 뉴발란스다.

파이즈가 이전에 헬스장을 다녀본 적이 있는지, 운동앱을 써본 적이 있는지, 건강상의 문제나 예전에 다친 데는 없는지 묻는다. 데이비드는 전부 없다고 대답한다.

"알겠습니다. 그럼 저희 헬스장에 등록하신 계기가 뭔가요? 근력을 키우고 싶으신가요? 지구력을 기르고 싶으신가요? 아니면 전반적인 체력을 높이고 싶으신 건가요? 사교 활동을 위해서인가요?"

"더 강해져야 해서요."

RitterKreuz 최고사령관은 모두가 체력 관리를 하라고 강조한다. 탄탄하고 근육질인 몸이 용기와 투지, 의지력 같은 도덕적 가치를 보여주기 때문이며, 우리의 운동이 오프라인으로 나아갈 때는 정신적 능력뿐 아니라 신체적 능력도 필수적일 것이기 때문이다. 데이비드도 거기에 한몫하려 한다.

"그렇군요." 파이즈가 말한다. "그럼 따라오시겠어요? 안내해드릴게요."

스피커에서 묵직한 베이스가 들어간 음악이 철벅철벅 흘러나온다. 자판기 안에는 루코제이드 에너지 드링크 병들이 반짝이고, 진열대에는 그레네이드 카브킬라 프로틴 바가 진열돼 있다.

위층에서는 실내 자전거들이 윙윙거리는 소리를 낸다. 아리아인 여자가 벽면 거울 앞에서 몸을 살펴보고 있고, 발치에는 덤벨 한 쌍이 놓여 있다. 반다나를 한 흑인 남자는 평평한 웨이트 벤치에 엎드려서 얼굴을 쿠션에 파묻고 있는데, 허리에는 리프팅 벨트를 두르고 쇳덩이 손잡이를 움켜쥐고 있는 그의 등 근육이 불끈 솟아올라 있다.

파이즈는 체스트프레스 머신 앞에 멈춰 서서 그걸 쓰고 있는 아리아인 남성에게 몇 세트 남았는지 묻는다. 한 세트밖에 안 남았단다. "좋네요. 자, 회원님. 처음 시작하시기에 딱 좋은 기구예요. 가슴 근육, 그러니까 대흉근을 키우는 운동이죠. 이두근이랑 어깨, 등 근육도 키울 수 있고요." 운동을 마친 아리아인 남성은 형광색 물병을 들고 상어처럼 날카롭게 지나간다. 데이비드는 저 사람도 우리 운동을 지지할지 궁금해진다. 쇼핑이나 해거스턴의 엄마 집에 가는 것 말고는 몇 달 만에 처음으로 집 밖으로 나왔다. 데이비드는 기구에 올라가 어깨를 구부린다.

"시트 높이는 괜찮으세요?" 파이즈가 묻자 데이비드는 고개를 끄덕인다. "오른쪽에서 중량을 조절할 수 있어요. 그거 빼시고요. 네, 15킬로까지 내리시고요. 자, 손잡이를 꽉 잡으세요. 좋습니다. 엄지로 손잡이를 감싸고요. 좋아요. 이제 밀어보세요."

데이비드는 무시당하는 기분이 든다. 물론 초보자이긴 하지만 데이비드는 열여덟 살이지, 여덟 살이 아니다. 데이비드는 밀려고 시도한다.

"제대로 밀어보세요." 파이즈가 말한다. "머리도 패드에 똑바로 대고요."

밀리지 않는다. 기계가 고장 났나 보다.

"걱정하지 마세요." 파이즈가 말한다. "중량을 좀 더 줄여야겠네요. 그러면 돼요. 12.5킬로로 내려봅시다." 파이즈가 기구 옆으로 조심스럽게 돌아간다. "아니, 10킬로로 하죠." 중량을 바꾸고 뒤로 물러선다. "어차피 오늘은 처음 배우는 거니까요. 자, 이제 한번 해보세요."

이번에는 가까스로 바를 들어 올린다. 힘을 주느라 데이비드의 얼굴이 일그러지지만, 어떻게든 해낸다. 바가 완전히 펴질 때까지 밀어 올린 다음 쩽그랑 떨어뜨린다.

"잘했어요. 자, 이게 1회예요. 8회에서 12회가 한 세트가 되는 거죠."

"…네."

"체스트프레스는 8회씩 3세트를 하시고, 세트 사이에 30초씩 쉬세요. 10킬로로 편하게 하실 수 있게 되면 12.5킬로로 올리시고요."

"네."

"지금 한 세트를 다 해보실래요, 아니면 다음 기구로 넘어갈까요?"

"넘어가죠."

◇

"그래서?" 엄마가 문간에 서서 말한다.

"뭐가 그래선데요?"

데이비드는 이렇게 엄마 집에 와 있어야 하는 게 지긋지긋하다. 매번 똑같이 개떡 같은 시간만 보내게 되는데, 이건 엄마와 스티븐이 아빠와 맺은 '협약'의 조건이다. 데이비드가 일주일에 최소 이틀은 이들과 함께 시간을 보내지 않으면, 아빠한테 돈을 보내주지 않겠다고 했다. 개자식들이라서 그렇다.

엄마가 수요일에 취업 상담원을 만난 건 어땠냐고 묻는다.

"아무 일도 없었어요."

"취직할 데를 찾아주기로 한 거 아니었니?"

"그럴걸요."

"근데 면접 한번 못 봤잖아. 그 사람이 그것도 못 해준다면 뭐 하러…."

"다 소용없어요."

"좀 적극적으로 해봐야지. 이력서 쓰는 거 도움도 받고. 우리보다는 그쪽이 더 조언을 잘해줄 거 아니니? 아니면 취업에 도움 될 만한 교육과정도 추천받아보고. 돈은 우리가 내줄게."

"10분밖에 못 봐요. 10분 갖고 무슨 기적을 바라는 거예요."

"왜 10분밖에 안 되는 거야?"

"원래 그래요."

엄마가 데이비드를 쏘아보며 뭔가 달라져야 한다고, 이런 식으로 계속 갈 수는 없다고, 세인즈버리에서 그렇게 오래 일한 것만으로도 이력서가 엉망이라고 말한다.

"그래서 뭘 바라는 건데요? 스티븐이 영웅처럼 나타나서 앰네스티 인턴십이라도 얻어주길 바라는 건가요? 하긴 자기 식구 밀어주는 건 아무렇지도 않은 것 같더라고요."

"조이는 영문학과 수석이야. 인턴 자리는 어디든 잡을 수 있지."

"근데 하필 앰네스티에 자리를 잡았다고요?"

"데이비드, 지금은 조이 얘기가 아니라 네 얘기를 하는 거야."

"아, 그러시겠죠."

지금 이 순간에도 Corey(515)와 Dysruptz, Runningngunning은 '콜 오브 듀티'를 하고 있다. 게임 전적을 보여주는 보조 앱으로 확인해보니 Corey(515)는 방금 끝난 점령전Domination 모드에서 수비 열 번에 점령 아홉 번을 기록했고, Runningngunning은 그라인드Grind 모드에서 킬을 스물여섯 번이나 했다. 데이비드도 같이 할 수 있었을 테지만, 여기에서 지루한 설교나 듣고 있어야 한다. 이 설교가 빨리 좀 끝났으면 좋겠다. 9시에는 보탄에서 저격 미션이 잡혀 있는데, 이건 절대로 늦을 수 없다. 다만 음성채팅할 때는 조심해야 하는데, 엄마나 스티븐이 엿들을 수 있어서다. 전에도 그랬다.

"진지하게 말하는 거야." 엄마가 말한다. "이대로는 안 돼. 너는 온종일 인터넷에서 뭐 하는지도 모르는 짓거리나 하면서 빈둥거리고…. 네 아빠도 온종일 뭘 하는지 모르겠고 술이나 마시면서 죽어가는데, 우리가 돈을 보내줄 순 없어."

데이비드가 몸을 일으킨다. "아빠 얘기는 빼요."

"네가 그런 얘기 듣기 힘들다는 거 알아. 너는 이제 겨우 열여덟인데, 이런 일을 겪어선 안 되는 나이지. 하지만 나도 이걸 그냥 보고만 있을 순 없어. 나는 공범이 되고 싶지…. 의사가 말한 대로 일과성 허혈 발작transient ischaemic attack이 있었잖니. 이대로 가다간 몇 주 안에 뇌졸중이 올 거야. 정말로. 이건 부정할 수 없는 현실이야."

"닥쳐요!"

"진짜로 뇌졸중이 오면…. 네 아빠가 운동은 하고 있니? 건강하게 먹고 있어?"

"그럼 돈 보내지 마요!"

"데이비드."

데이비드가 베개를 움켜쥐더니 던질 듯이 자세를 취한다. "씨발! 우리 좀 내버려둬요."

"그래서 어쩔 건데? 굶어 죽게 놔둘까? 현실을 똑바로…."

"우린 잘 살 수 있어요!"

엄마가 데이비드를 유심히 살펴본다. "온종일 인터넷에서 뭘 하는 거니?"

데이비드가 엄마와 눈을 마주친다. "뭐라고요?"

"들었잖아. 온종일 인터넷에서 뭘 하느냐고 물었어."

"액션 에이드에서 일하는 엄마나 앰네스티에서 일하는 스티븐보다는 더 의미 있는 일 하고 있죠. 그건 확실해요."

◇

데이비드는 단 한 세트도 마치지 못한 자신을 질책하며 이두근을 문지른다. 변명을 하자면 기구를 사용하려고 기다리는 무슬림들이 들끓는 걸 신경 쓰느라 집중하기가 어려웠다. 어깨를 돌리며 이어폰을 꽂고 보탄 음성채팅방에 접속하자 이미 60명이나 들어와 있다. 특수 교란 미션이 10분 후에 시작될 예정이다. "BG-MP5R1A, 어서 오시오." LordofKek 장군이 말한다.

"안녕."

Runningngunning과 몇몇 다른 멤버들도 데이비드에게 인사를 건넨다.

"좋다." LordofKek 장군이 말한다. "지금이 9시 25분인데, 9시 30분에 RitterKreuz 최고사령관이 미션의 세부 사항을 설명할 것이다. 그때까지 조용히 하도록."

데이비드는 검은색 쓰레기통이 생각난다. 지난번에 깜빡해서 오늘 밤에는 꼭 내놓아야 한다. 온갖 쓰레기가 넘쳐나 뚜껑도 닫히지 않는 상태다. 미션이 끝나자마자 바로 처리할 생각이다.

정확히 9시 30분에 RitterKreuz 최고사령관이 음성채팅방에 들어와서는 이번에는 예술성과 통찰력이 필요한 만큼 이렇게 멤버가 많이 참여해서 기쁘다고 말한다.

"제군들을 믿어도 되겠지?"

"예!" 데이비드가 제일 먼저 대답한다.

"역시 그럴 줄 알았다. 오늘 밤, 전우들이여, 우리는 특수 교란 미션을 수행할 것이다. 안티파 놈들이 주류 언론 꼭두각시들의 알랑방귀를 받으면서 그들의 한심한 시위가 칭찬받는 지금이야 말로 그 폭력적인 인간쓰레기들, 바퀴벌레 같은 놈들의 정체를 드러낼 최적의 시기다. 제군들도 봤겠지만, 안티파 놈들이 최근에 '**#나치를박살내자**' 해시태그를 트렌드에 올려놨다. 우리는 이걸 역이용할 수 있다. 해시태그를 교란할 수 있다. 그러고 싶지 않나?"

"예!"

"예!"

"씨발놈들." LordofKek 장군이 욕설을 내뱉는다. "씨발 좌좀 새끼들."

"바로 그런 말을 듣고 싶었다." RitterKreuz 최고사령관이 말한다. "좋다. 그럼 시작하자. 이 미션은 여러 단계로 진행될 것이다. 첫 단계는 지금부터 시작하는데, 모두가 밈 제작을 맡는다. 우리는 안티파 놈들의 '**#나치를박살내자**' 입장, 즉 '인종차별적' 발언에는 폭력으로 대응하는 게 정당하다는 입장을 전개하는 밈을 만들되, 그 입장을 살짝 과장해서 실제보다도 더 과격하고 위협적으로 보이게 만들 것이다. 나와 장군들이 그중 최고의 밈들을 선별할 것이다. 두 번째 단계에서는 모두가 선별된 밈들을 갖고 안티파 위장 계정을 이용해서 '**#나치를박살내자**' 해시태그와 함께 트윗해야 한다. 세 번째 단계에서는 우리 원래 계정으로 그 위장 안티파 계정들의 트윗에 '안티파는 참 좋은 사람들이네요'같이 비꼬는 댓글을 달고 리트윗하면서 정치 평론가들을 태그할 것이다.

주류 언론은 멍청해서 이 밈들을 보도하면서 더 널리 퍼뜨릴 것이고, 진보파들이 안티파를 의심하게 되면서 '**#나치를박살내자**' 해시태그의 위신은 떨어질 것이다. 안티파의 평판도 떨어질 것이다. 마땅한 일이지. 웅당한 일이고. 밈에 무엇을 넣을지는 제군들의 재량에 맡기지만, 오른쪽 위 모서리에 검은색과 빨간색 안티파 깃발은 꼭 넣어야 한다. **#리소스** 채널에서 JPEG 파일을 찾을 수 있을 것이다. 자, 예를 하나 들어보자. '부상 경찰'을 검색해서 들것에 실린 경찰 사진을 찾아 '진정한 영웅은 경찰을 죽인다'라고 쓰고 안티파 깃발을 넣는다거나, '백인 여성 가정 폭력'을 검색해서 얻어맞은 백인년의 사진을 찾아 '인종차별은 두들겨 패서 내쫓아야 한다'라고 쓰고 안티파 깃발을 넣으면 된다. 이런 예시들이 효과적인 이유는 '**#나치를박살내자**'처럼 폭력을 정당화하는 입장과 맥을 같이하면서도 살짝 과장돼 있기 때문이다. 모두 이해했나?"

"예!"

"예!"

"로저 댓!"

"1단계를 시작하도록 하지." RitterKreuz 최고사령관이 말한다. "작업을 시작해서 결과물을 **#밈저장소** 채널에 올리도록. 45분 후에 돌아오겠다."

"시간이 다 됐다."

데이비드는 밈을 세 개 만들었다. 네 번째 밈을 작업하던 중에 포토샵이 먹통이 됐고, 다시 실행하는 데도 한참 걸렸다. 해킹 버전이라 버그가 자주 난다. MikeOxlong 장교는 여섯 개나 만들었는데, 하나같이 기발하고 웃긴 것들이었다. 분명 데이비드보다 먼저 장군이 될 테고, 그래야 마땅하다.

"수고했다, 전우들이여." RitterKreuz 최고사령관이 말한다. "제군들의 예술성과 통찰력이 잘 드러났다. 실망스럽지 않았다. 이제 선별을 마쳤으니, 선별작 여섯 개는 **#리소스** 채널에 게시하도록 하겠다."

데이비드는 축 늘어진 채로 **#리소스** 채널을 클릭했다가 눈이 휘둥그레진다. 뭐지? RitterKreuz 최고사령관과 장군들이 데이비드가 만든 밈을 두 개나 뽑았다. 데이비드는 의자에 털썩 주저앉는다.

"이제 다음 단계를 시작하겠다." RitterKreuz 최고사령관이 말한다.

새벽 2시 30분, 미션이 마침내 끝났다. 여섯 개의 밈이 세상에 뿌려졌다. 데이비드는 눈이 쓰라린 채로, 힘겹게 화장실로 발을 질질 끈다. 대충 이를 닦고 얼굴에 물을 끼얹는다. 오늘은 쓰레기를 내다 버리지 않기로 한다. 간신히 방으로 돌아와 침대에 기어오른다. 잠이 절실하다.

"한번 해봐, 조."

아빠? 아, 제발. 지금은 안 돼.

"한번 해봐, 조."

이러다 이웃들이 깨면 어쩌지? 지난번에는 난리가 났었는데.

데이비드는 아빠의 혼잣말을 더는 견딜 수 없어 이어폰을 귀에 꽂고 칼 윌리엄스와 살로메 재생목록을 스크롤 한다. 디스코드 알림이 번쩍인다. 또다시 번쩍인다. 계속해서 번쩍인다.

> LordofKek 장군 오늘 04:50
> 로저 에번스 트위터 즉시 확인.

> LordofKek 장군 오늘 04:50
> 밈 리트윗 + "안티파 놈들 부끄러운 줄 알아라"

> LordofKek 장군 오늘 04:50
> 〈브라이트바트〉 칼럼니스트/블루 인증 계정.

LordofKek 장군 오늘 04:50

팔로워 5.8만 명.

LordofKek 장군 오늘 04:50

BGMP5R1A 자네가 만든 밈이 승리했다.

LordofKek 장군 오늘 04:50

!!!!!!!!!

◇

"다음에 네 엄마 보거든," 아빠가 말한다. "내가 운동한다는 얘기를 슬쩍 끼워 넣어봐라. 알잖냐. 걷기도 하고, 조깅도 하고, 그런 얘기."

"네, 알았어요."

"5킬로미터 달리기까지 차근차근 늘려가고 있다고 해도 되고."

"네."

"그러면 입이라도 좀 다물겠지."

데이비드는 고개를 끄덕이며 DVD 플레이어를 켠다. 이런 대화를 나누자니 불편하다. 엄마는 정말 짜증 나는 사람이지만, 그래도 한 가지는 맞는 말을 했다. 아빠는 운동을 해야 한다. "어떤 편 볼까요?"

아빠는 바비큐 소스처럼 끈적하고 탁한 눈동자를 찡그리며 화면을 바라본다.

"'법의 긴 다리The Long Legs of the Law' '재는 재로Ashes to Ashes' '연패A Losing Streak' '이보다 더 큰 사랑은 없다No Greater Love' '황색 공포The Yellow Peril' '비가 안 온다더니It Never

Rains'…. 이렇게 여섯 편이 들어 있네요." 데이비드가 말한다.

"'비가 안 온다더니' 어떠냐?"

엔딩크레디트가 올라가자 데이비드가 말한다. "진짜 재밌네요." 그리고 리모컨으로 전원을 끈다. 평소 같았으면 다른 편도 보자고 했겠지만, 오늘 밤은 시간이 없다. 장군으로 진급하면서 새로운 임무와 책임이 생겼다. 훈련병들을 지원하고 독창적인 미션 아이디어를 내는 일 등을 해내야 한다.

"이제 올라가봐야겠어요." 데이비드가 말한다.

아빠가 놀란 듯 데이비드 쪽으로 돌아본다. "어, 그래, 그래."

"내일 밤에 '법의 긴 다리' 편 봐요."

"그것도 괜찮지."

"네."

힘겹게 자세를 고쳐 앉은 아빠가 '콜 오브 듀티'는 어떻게 하고 있느냐고 묻는다.

"할 만해요."

"대회는 더 생각해본 적 있냐? BBC에서 뉴스를 또 봤는데 말이야. 매년 열린다는데 상금도 자꾸 올라간다더라. 이번엔 우승 상금이 50만 파운드였고. 다음엔 더 오르겠지. 어쩌면 100만 파운드까지 갈지도 모르고."

"제가 대회 나갈 실력은 안 되는 것 같아요, 아빠."

아빠가 고개를 끄덕인다. "그냥 말해봤다."

"감사해요."

"그럼 네 할 일 하고."

"네…. 뭐 필요하면 말씀하세요."

"걱정하지 마라."

데이비드는 새로 올라온 게시물을 살펴본다. Corey(515)가 올린 재미있는 밈들이 줄줄이 이어져 있다. #부걸루본부* 채널에도 글이 올라왔다. 새로 들어온 훈련병이 다크웹**의 마켓 사이트 링크를 공유하면서 이렇게 썼다. "여기에 진짜 모든 게 다 있어요. 대마초, 코카인, 엑스터시, 케타민, 불법 복제 소프트웨어, 3D프린터로 만든 무기, 진짜 무기까지 뭐든 구할 수 있어요. 전에 몇 번 써봤는데, 안전하고 보안도 확실하다고 보증할 수 있어요. 때가 오면 이 링크가 필요할 거예요. 저를 믿으세요. 자유가 아니면 죽음뿐이잖아요." 해골 이모지와 키스를 보내는 얼굴 이모지도 함께 올렸다. 데이비드가 링크를 클릭해보지만 아무 일도 일어나지 않는다. 특수한 브라우저가 필요한 모양이다. 혹

---

* '부걸루boogaloo'는 '제2차 미국 내전'(남북전쟁)을 뜻하는 극우 운동의 은어다. 1980년대 영화 제목에서 유래해 '2탄'이나 '식상한 속편'을 뜻하던 밈이 미국 극우 운동 내에서 '제2차 미국 내전'을 암시하는 은어로 변형됐다. 무장 반란이나 내전을 선동하는 폭력적 메시지를 내포하고 있다.
** 일반적인 검색엔진으로는 접근할 수 없는 인터넷 영역을 가리키는 말로, 불법 거래 등이 이뤄지기도 한다.

시 수상한 건 아닌지, 이 훈련병이 스파이는 아닌지 RitterKreuz 최고사령관에게 보고할까 고민하지만 그만둔다. **#부걸루본부** 채널은 워낙 이용률이 낮아서 다른 장군들도 이 글을 볼 것이다. 그들이 알아서 처리할 것이다.

  덜거덕거리며 총총대는 소리가 난다. 데이비드가 홱 돌아선다. 이미 사라졌다. 지난 한 주 동안 이 소리를 여러 번 들었다. 생쥐일까? 아니면 설마 시궁쥐? 벽 안쪽에서 들려오는 것 같은데, 이상하다. 데이비드는 다른 채널로 넘어간다. **#공유코너** 채널에서는 또 다른 훈련병이 격앙된 메시지를 연달아 올렸다.

> Tweak Tweak 오늘 22:00
> 씨발 더는 못 참겠다

> Tweak Tweak 오늘 22:01
> 우리 집 근처 던킨도너츠에 커피 사러 갈 때마다 밖에서 대마초나 피우고 노는 저 씨발 흑인 애새끼들이 시비를 건다. 매번. 진짜 더는 못 참겠어. 우리 아빠가 이 동네에서 뭔가 일을 저질렀다는 거 알아. 내가 좀 마른 데다가 이상한 옷을 입고 다닌다는 것도 알아. 근데 이제 제발 좀 그만하라고! 맨날 이러네.

> Tweak Tweak 오늘 22:01
> 다른 데로 가고 싶어도 그다음으로 가까운 카페는 20분이나 더 가야 하

는 데다가 거긴 스타벅스라서 너무 비싸고. 저 새끼들 그냥 꺼져주면 안 되나.

Tweak Tweak 오늘 22:01
어떡하죠???

Tweak Tweak 오늘 22:01
제발 누가

Tweak Tweak 오늘 22:02
죄송해요. 가끔 참을 수가 없어서. 죄송해요.

Tweak Tweak 오늘 22:02
무시해주세요

네이비드는 용기를 내서 자신의 경험을 털어놓기로 한다. RitterKreuz 최고사령관은 이런 순간에 장군들이 나서서 훈련병들을 정서적으로 지지해주길 바란다는 것을 알고 있다.

BGMP5R1A 장군 오늘 22:02

@Tweak Tweak 사과하지 마세요. 미안하다고 할 필요 없어요.

BGMP5R1A 장군 오늘 22:03

어떤 기분인지 알아요.

BGMP5R1A 장군 오늘 22:03

저도 무슬림들한테 시달린 적이 있거든요. 그때는 칼리지에 등교하는 것도, 집에 걸어가는 것도, 모든 게 다 싫었죠. 그놈들이 몰려다니는 동네는 아직도 잘 안 가요. 당신 기분이 어떤지 알아요. 한번은 얻어맞고 오줌까지 맞았어요. 진짜 오줌을 맞았다고요. 제 인생 최악의 경험이었죠. 그러니까 진심으로 당신 기분 이해해요.

Tweak Tweak 오늘 22:04

헐, 진짜요? 씨발

BGMP5R1A 장군 오늘 22:05

그 흑인 애들이 당신 아빠가 뭘 했다거나 당신이 어떻게 생겼다고 시비 거는 게 아니에요. 당신이 아리아인이라서, 그걸 질투해서 그러는 거예요. 그놈들이 시비 거는 걸 막을 방법은 없어요. 비아리아인들은 아리아인들을 증오하거든요. 그게 다예요.

BGMP5R1A 장군 오늘 22:05

우리 전부가 겪은 일이에요.

BGMP5R1A 장군 오늘 22:05

걱정 마세요. 여기서 우리가 당신 편이 되어줄 테니까요.

BGMP5R1A 장군 오늘 22:05

그리고 언젠가는 우리가 저들을 뒤엎을 거예요.

BGMP5R1A 장군 오늘 22:05

약속합니다.

◇

"오늘 저녁부로 새로운 형태의 미션을 개시하겠다." RitterKreuz 최고사령관이 알린다. "공중 지원 미션이라고 명명하도록 하겠다. BGMP5R1A 장군이 이 작전의 설계에서 중추적 역할을 수행했다. BGMP5R1A 장군, 수고했다."

"감사합니다, 최고사령관님." 데이비드가 말한다.

"전원 준비 완료됐나?"

"예!"

"예, 최고사령관님!"

"우리는 아리아인 협력자 한 명을 지원할 것이다." RitterKreuz 최고사령관이 말한다. "영국의 록 뮤지션 칼 윌리엄스다. 그는 우리의 가치관과 도덕적 신념을 전부 공유하지는 않는다. 하지만 사회적 영향력이 있고, 그 영향력을 이용해 이슬람의 해악을 알리고 있어 자유주의 언론 엘리트들의 분노를 사고 있다. 우리는 칼 윌리엄스를 지원함으로써 진실을 말하는 것이 이득이 된다는 것을 보여주고, 그를 우리 쪽으로 더 끌어들이고 다른 예술가들도 그의 뒤를 따르도록 유도할 수 있다. 우리는 오버턴의 창Overton Window*을 넓혀야 하고, 윌리엄스 같은 인물은 그 일을 도울 수 있다. 자유주의 언론 엘리트들이 윌리엄스의 경력을 망치도록 놔둬서는 안 된다. 개들의 먹잇감으로 던져줘서도 안 된다. 이제 BGMP5R1A 장군이 몇 마디 하겠다."

데이비드는 긴장과 흥분, 기대감에 몸을 떨고 있다. "음. 그러니까…." 데이비드가 목을 가다듬는다. "아, 미안하다. 그러니까, 우리가 기존 질서에 저항하는 예술가들에게 지지를 보여주는 게 중요하다고 생각한다. 예술계는 PC에 너무 사로잡혀서, 어떤 뮤지션이 '생각 죄wrong-think'라도 저질렀다간 모두가 즉시 등을 돌려버린다. 그 후에는 훌륭한 앨범을 내도 5점 만점에 1점짜리 평가를 받게 된다. 그래서 대부분의 뮤지션은 겁먹고 입을 다물어버린다. 우리는 기존 질서에 저항하는 뮤지션들을 지원해야 한다. 나는 칼 윌리엄스를 한동안 지켜봐왔는데, 음, 가치 있는 협력자라고 생각한다."

"BGMP5R1A 장군, 고맙네." RitterKreuz 최고사령관이 말한다. "제군들, 공중 지원 미션은 이렇게 진행할 것이다. 구글 뉴스에 '칼 윌리엄스'를 검색어로 입력해서 새 앨범을 혹평하는 평론 기사들을 찾아내어 이런 식으로 댓글을 달 것이다. '칼 윌리엄스의 예술을 평가해야지, 견해를 평가하지 마라. 게다가 칼

---

* 미국의 정치학자 조지프 오버턴이 제시한 개념. 특정 시기와 사회에서 대중이 받아들일 수 있는 의견과 정책의 범위를 뜻하며, 극단적 견해를 정상으로 받아들이게 하는 전략을 가리키기도 한다.

윌리엄스는 비상식적인 말을 한 적이 전혀 없다. 자유주의 엘리트의 세상에서 단 1초만이라도 벗어나 보면 알 것이다.' 등등으로 말이다. 진보 성향 평론가들이 다시 생각해보게 만들어야 한다. 그다음, 여러 평론 기사에 댓글을 달고 다른 지원군들의 댓글에 '좋아요'를 누른 뒤에, 트위터에서 그 평론가들을 찾아낼 것이다. 그 평론가들은 자신이 쓴 평론을 트윗했을 테니까, 우리는 그 트윗들에 부정적인 답글을 달아 박살낼 것이다. 그리고 나서 우리 계정이나 우파 성향의 위장 계정들을 갖고 칼 윌리엄스 앨범의 스포티파이 링크를 이슬람에 대한 그의 발언과 함께 트윗할 것이다. BGMP5R1A 장군이 #리소스 채널에 발언 목록을 올릴 것이다. 늘 하듯이 우파 성향의 정치·문화 논평가들을 태그할 것이다. 그중 누군가가 우리의 추천 트윗을 리트윗하거나, 또 모르지, 어쩌면 칼 윌리엄스에 대해 긍정적인 글을 쓰기를 기대할 수도 있을 것이다. 모두 이 계획에 동의하는가?"

"예!"

"예!"

"예!"

데이비드에게 Corey(515)와 Dysruptz의 목소리가 들려온다. 그들은 데이비드의 계획을 실행하려 하고 있다. 데이비드의 계획 말이다. 칼은 데이비드의 인생을 바꿔놓았다. 이제 데이비드가 그 은혜를 갚을 차례다.

"개시하라." RitterKreuz 최고사령관이 말한다.

◇

데이비드는 두 눈을 힘주어 감고 입술을 깨문 채 바를 밀어 올린다. 몸을 버둥거리며 몇 초를 떨다가 바를 쨍그랑 내려놓으며, 체력의 한계에 다다랐음을 실감하고 있다. 조금씩이나마 나아지고 있다. 더디지만, 그래도 나아지고 있다. 체스트프레스를 여섯 번 했다. 머지않아 1세트를 완벽하게 해낼 수 있을 것이다. 물병을 잡으려 손을 뻗는다. 헬스장의 천장이 검어서 그런지 유독 답답한 기운이 감돈다. 물을 꿀꺽꿀꺽 들이켜고는 자리에서 일어선다.

다음은 숄더프레스다. 차례를 기다릴 필요가 없다. 사람들이 몰리는 걸 피해 새벽 6시에 침대에서 일어나자마자 헬스장으로 힘겹게 걸어왔다. 잠은 겨우 세 시간밖에 못 잤지만, 일찍 일어날 만했다. 게다가 보탄 멤버들이 이렇게나 많이 모여 칼 윌리엄스를 지원했고 미션이 성공을 거뒀다는 생각에 아직도 흥분이 가시지 않아 피곤할 틈도 없다. 위층에 있는 유산소 운동 기구들의 조작 패널에서 나오는 초록색과 빨간색 불빛이 난간 사이로 반짝인다. 복싱 벽화 앞에서는 아리아인 남성 한 명이 견고한 은색 체인에 매달린 샌드백을 치고 있다.

바를 밀어 올린다. 네 번째로 반복하고 나니 온몸이 굳어버려서 그만할 수밖에 없다.

날카로운 통증에, 피부가 바짝 조여오는 느낌이다. 뭐지? 저 사람은….

하산인가? 맞다. 하산이다. 헬스장으로 누군가와 함께 들어오고 있다. *하산이다.* 머리가 헝클어진 데다가 금빛 하이라이트도 넣었지만, 틀림없이 하산이다. 눈이 마주친다. 하산은 잠깐 멈춰서 살짝 고개를 끄덕이고는, 옆 사람한테 뭐라 중얼거리며 탈의실 쪽으로 향한다.

데이비드는 운동복 소매로 입가를 닦으며 어떻게 할지 고민한다. 하산은 데이비드가 도망갈 거라고 생각하겠지. 하지만 도망칠 생각이 없다. 여기는 영국이다. 데이비드의 나라다. 헬스장 안에는 아리아인 동료들도 있다. 하산이 그에게 덤벼든다면, 동료들이 도와줄 것이다. 물론 하산을 도우려 들 무슬림들도 있겠지. 하지만 데이비드와 그의 동료들이 이길 것이다.

바이셉 컬 기구로 자리를 옮겨 앉아서 무게를 5킬로그램으로 바꾼다. 문득 생각이 스친다. 싸우다가 피를 흘리게 된다면 빨간 신발끈을 맬 자격을 얻게 되리라. 작은 일이 아니다. 오른쪽 벽에는 각종 경기 중계와 뉴스를 보여주는 TV 스크린들이 늘어서서 흐릿한 푸른빛 띠를 그린다. 어깨를 으쓱하고는 팔을 쭉 펴며 목을 좌우로 돌리고, 바를 움켜쥐며 운동을 시작한다. 여기는 영국이다. 그의 나라다. 절대로 도망치지 않을 것이다.

네 번을 해내고는 잠시 멈춰 휴대폰으로 1분 타이머를 맞추며, 네 번짜리 두 번째 세트도 해낼 수 있다는 자신감을 느낀다. 주위를 둘러본다. 슬립낫Slipknot 민소매에 검은 반바지를 입고 레그 프레스를 하고 있는 저 아리아인 남자라면 분명 싸움에 끼어들 거다. 휴대폰이 진동한다. 가자.

바를 당긴다. 하나…. 둘…. 셋… 셋… 셋….

더는 안 되겠다. 눈을 뜬다.

탈의실에서 나온 하산이 데이비드한테 고개를 끄덕이고는 다가온다.

씨발. 시작이다.

칼리지를 그만둔 이후로 모나 이브라힘이나 하산이나 단 한 번도 마주친 적이 없었다. 하지만 상상 속에서는, 상상 속에서는 정말이지 수도 없이 마주쳤다.

두려움과 분노 그리고 이상하게 메스꺼운 흥분으로 손바닥이 떨려온다.

"안녕, 친구야." 하산이 말한다.

데이비드는 눈을 깜빡인다. 방금 하산이 '친구'라고 나를 부른 건가?

"데이비드 맞지?" 하산이 말한다. "데이비드? 맞지? 그냥…. 보게 돼서 반갑다. 한동안 보고 싶었거든. 나는…. 그때 그 일에 대해서 미안하다고 말하고 싶었어…. 뭐 말하는지 알지?"

"뭐라고?"

"지하도에서 있었던 일 말이야. 네가 신경 쓸진 모르겠지만, 난 그 이후로 모랑 이브라힘이랑은 절교했어. 그놈들 개자식이야. 그때도 개자식이었던 것 같긴 했지만. 근데 뭐, 내가 바보였지. 친구라고 생각했으니까." 하산이 손가락 마디를 꺾는다. "그래, 운동하던 거 계속해. 그냥 이 말이 하고 싶었어."

데이비드가 눈을 떨군다.

"잘 지내, 친구야." 하산이 주먹 인사를 건네며 말한다. "…저기, 운동하고 단백질 보충하고 싶을 때 '타리크 그릴'에 들러. 어딘지 알아? 스미스 스트리트에 있어. 레이 스트리트 바로 옆이야. 여기서 5분 거리밖에 안 돼. 요즘 거기서 거의 매일 아빠 일 돕고 있거든. 탄두리 치킨 공짜로 줄게."

무슨 일이 벌어지고 있는 거지? 하산 이 무슬림 새끼가 무슨 음흉한 수를 쓰고 있는 거야? 하산이 하는 말 하나하나가 전부 개소리라는 걸 안다. 맞서 싸워야 하고, 일을 키워야 하고, 동료들의 힘을 빌려야 하는데, 머리가 제대로 돌아가지 않는다. 침묵이 길어지자, 눈물이 툭 떨어진다.

"잘 지내, 친구야." 하산이 다시 말하고는 태연히 걸어간다.

패배다.

데이비드는 출구를 찾는다.

◇

데이비드는 자기 방에서 보탄 서버의 여러 채널을 이리저리 넘기고 있다. 십자군 전쟁을 그린 '몽기사르 전투The Battle of Montgisard' 그림에 베이퍼웨이브 필터를 씌워서 밈을 하나 올렸는데, 검은 하트와 번개 이모지를 잔뜩 받았음에도 데이비드는 불안한 듯 우울하게 뒤척이고 있다.

장군으로서 그는 하산한테 침을 뱉어야 했고, 자신이 살아 있는 한 절대로 영국에 샤리아법*이 발을 붙이지 못할 거라고 분명히 말해야 했고, 하산을 때리고 아리아인 동료들을 불러 함께 해야 했고…. 해야 했을 일은 수없이 많았다. 하지만 그는 무너져버렸고, 하산이 주도권을 잡아 승리하도록 내버려뒀다. 왜 이렇게 된 걸까?

데이비드는 '칼 윌리엄스' 서브레딧에서 위안을 찾는다. 지금 가장 인기 있는 글은 '이 라이브 버전은 진짜 명곡을 한 단계 더 끌어올렸네'다. "내가 제일 좋아하는 곡인데" "공연에서 정말 열

---

*   이슬람의 율법으로, 오늘날 극우 집단은 무슬림들이 서구 사회를 장악해 샤리아법을 강제로 도입하려 한다는 음모론을 주장한다.

정이 장난 아니네. 너무 좋아" "완전히 레전드 공연이다" 같은 댓글이 달려 있다. 데이비드는 글에 삽입된 유튜브 영상을 본다. 로열 앨버트 홀에서 부른 〈세팅 선Setting Sun〉이다. 마지막 절에서 칼은 더 이상 노래하지 않는다. 그저 울부짖을 뿐이다. 다른 인기글로는 '팬들한테 이렇게 따뜻하게 대해주는 거 좀 봐'라는 제목의 글이 있는데, 거기에는 칼이 데님 재킷을 입은 남성 팬과 포옹하는 모습이 있다. 그 팬의 재킷 뒷면에는 '살로메' 패치가 박혀 있다. 데이비드는 서브레딧을 최신글 순으로 정렬한다. 1분 전 올라온 글에 '영국 공연 소식 업데이트 :(:('라는 제목으로 공식 웹사이트 링크가 걸려 있다.

칼이 새 앨범으로 영국 투어를 하지 않기로 했다. 공연 주최 측과의 협상이 결렬됐다. 주최 측은 후원사들의 반발이 두려워 계약을 망설였고, 칼의 소속사는 더 이상 기다릴 생각이 없다. 온갖 고난을 견뎌내고 있는 영국의 팬들 앞에서 공연하길 고대했던 터라 참 가슴 아픈 일이다. 안타깝게도 엘리트들은 공연을 용납하지 않으려 한다.

데이비드가 욕설을 터뜨린다.

보탄은 신문 기사의 댓글창을 점령하고, 트위터에서 진보 성향 평론가들을 갈가리 찢어놓고, 스포티파이에서 앨범 스트리밍 수를 끌어올렸다. 하지만 그게 무슨 소용이었나? BBC, 〈가디언〉, 나이키, O2, 펩시, 애플, 바클레이카드. 모든 기관이 이슬람 편을 들고 있다. 어떻게 맞서 싸울 수 있단 말인가? 이건 공평한 싸움이 아니다. 데이비드는 하이네켄캔을 딴다. 쉬 하는 소리와 함께 맥주가 거품을 내며 솟구친다. 이건 공평한 싸움이 아니다. 알림이 번쩍인다. 다크 퓨리 서버에서 Corey(515)가 메시지를 보냈다.

    Corey(515) 오늘 21:01
    야, 2대2 근접전 한판 할래?

    Corey(515) 오늘 21:01
    새로 나온 맵 있는데 좋아 보이더라

    Corey(515) 오늘 21:01
    오늘 밤 습격전도 참여하지?

    Corey(515) 오늘 21:01
    그전에 새 맵 한두 시간 헤치워볼까?

데이비드는 노트북의 푸른 불빛 속에서 몸을 꼬며 맥주를 길게 한 모금 마신다. 정말 엿같다. 진짜 개 같이 엿같다.

    David1702UK 오늘 21:03
    ㅇㅇ 근접전 좋지

David1702UK 오늘 21:03

5분 후에 들어갈게

David1702UK 오늘 21:04

습격전도 당연히 할 거고

David1702UK 오늘 21:04

근데 가끔 모든 게 절망적이라는 생각 안 드냐

David1702UK 오늘 21:04

진짜 말 그대로 절.망.적이라고

Corey(515) 오늘 21:05

?

David1702UK 오늘 21:05

몰라. 유툽 습격전이랑 댓글 공격이고 뭐고 이제 한계 아닌가 싶어서

David1702UK 오늘 21:05

온라인에서는 우리가 완전히 발라버리고 있는데 그런다고 뭐가 달라지냐고. 우리가 뭘 얻었냐고.

David1702UK 오늘 21:05

말, 말, 말, 말뿐이라고. 근데 현실에선? 씨발 여전히 그대로잖아

Corey(515) 오늘 21:06

?

David1702UK 오늘 21:06

우릴 쓰레기처럼 대하면서 우리 문화를 빼앗아가잖아

David1702UK 오늘 21:06

승리해봤자 아무 의미 없는 거 같아서 질린다고. 그뿐이야

David1702UK 오늘 21:06

여전히 그대로잖아. 씨발 여전히 그대로라고. 안 그래?

David1702UK 오늘 21:06

몰라. 진짜 모르겠다

David1702UK 오늘 21:06

여전히 그대로야. 이대로는 안 돼. 이대로는 안 된다고

David1702UK 오늘 21:06

더는 이대로 놔두지 않을 거야

하산

"오늘은 뭐로 하시겠어요?" 하산이 묻는다.

"일단 양갈비 하나 주시고요, 메인으로는 카라히 키마karahi keema 주세요." 제이가 말한다.

"더 필요하신 거 있으세요?"

"마실 건 콜라로 주세요."

"알겠습니다." 메뉴판의 가격을 드디어 다 외운 하산은 침착하게 계산대에 가격을 두드린다. "13파운드 50펜스입니다."

단골인 제이는 잔돈을 딱 맞게 준비해뒀다.

"매장에서 드시는 거죠?"

"당연하죠."

"알겠습니다. 냉장고에서 콜라 하나 가져가시고 자리에 앉아 계세요. 나머지는 제가 가져다드릴게요."

수요일치고는 의외로 손님이 많다. 빈 테이블은 두 개뿐이다.

여기저기서 이야기 소리가 들린다. 제이는 식당을 가로지르며 다른 단골손님들과 인사를 나누다가 TV 아래 안쪽 테이블에 자리를 잡는다. 하산은 주문 내용을 종이에 휘갈겨 적은 뒤 주방으로 들어가 아빠한테 건넨다. 아빠는 고개를 살짝 기울여 주문을 확인하고는 요리를 계속한다. 아빠 옆의 튀김기에서 기름이 튀며 지글거린다. 도마 네 개가 모두 나와 있다. 하산은 아빠가 꼼꼼할 거라고는 생각했지만, 도마와 칼까지 색깔별로 구분하는 정도일 줄은 몰랐다. 계산대로 돌아온 하산은 제이의 머리 위에서 무음으로 나오고 있는 TV에서 스카이 스포츠 뉴스의 스코어를 훑어본다. 챔피언스리그에서 나폴리는 리버풀을 2대 0으로 이기고 있고, 첼시는 발렌시아에 0대1로 지고 있으며, 보루시아 도르트문트와 바르셀로나는 0대0으로 비기고 있다.

종소리가 울린다. 하산은 자세를 바로 하고 돌아서다가 손님을 알아보고는 긴장한다.

무슬림청소년센터에 당구 대회 때만 나타나던 우마르다. 하얀색 아디다스 후드티에 하얀색 조거 팬츠, 하얀색 아디다스 슈퍼스타 운동화까지 온통 하얀색 차림인 그가 계산대로 다가와서는, 의아한 표정을 짓더니 손가락으로 가리키며 말한다. "하산 형 맞지?"

"어."

둘은 악수를 한다.

"여기서 일한 지 얼마나 됐어?"

"두 달 정도? 우리 아빠 가게야."

"아 맞다. 기억나네…. 센터는 아직도 가?"

"아니."

"바빠서?"

"그런 셈이지."

하산은 폭행 사건이랑 그 뒤로 6개월간 겪어온 외상후스트레스장애, 심리상담 치료, 그 밖의 온갖 쓰레기 같은 일들을 우마르한테 털어놓고 싶은 마음 따위 전혀 없다.

"그렇군." 우마르가 말한다. "한동안 못 봤잖아. 식스폼 과정은 끝났어?"

"응."

"난 이제 시작이야. 생물, 화학, 수학 하고 있어. 의대 갈 거거든. 임페리얼칼리지런던으로 가고 싶은데."

"그래, 좋네."

우마르가 미간을 살짝 찌푸린다. "대학은 생각 없는 거야?"

"응." 하산은 공부에 집중할 수가 없어서 골드스미스대학교 합격 조건을 충족하지 못했다. AAB를 받아야 했는데 BBB를 받았다. 다른 온갖 쓰레기 같은 일 중 상당수가 이것과 관련이 있다.

"왜?"

"그냥 별로 가고 싶지 않아서…. 나중에 갈지도 모르지."

"그래, 나중에라도 가봐."

"음. 그래서 오늘은 뭐로 주문할 거야?"

"아, 맞다. 그렇지. 먹을 거 사러 왔다는 걸 깜빡했네." 우마르가 킥킥 웃으며 주문을 한다. 하산은 음식이 나오려면 10분 정도 걸린다고 알려준다.

"괜찮아. 그럼 좀 있다가 다시 올게. 오랜만에 보니까 좋다, 형."

"그래."

"참, 머리 괜찮다. 그 금빛 하이라이트."

대화 중 처음으로 하산의 얼굴이 밝아진다. "고마워."

지난주에 머리를 했다. 이제 여기서 일하는 데다가 헬스장도 다니니까 다시 멋있어 보이고 싶었고, 이마에 난 흉측한 상처 자국으로부터 시선을 다른 데로 돌리는 효과도 있다.

◇

하산은 디비전Division 10에서 디비전2까지 거뜬히 올라간 뒤 'EA 스포츠 피파 글로벌 시리즈'에 등록했다. 엘리트 디비전에 도달한 다음, 글로벌 시리즈 예선과 플레이오프를 통과하면 피파 e월드컵에 출전할 자격을 얻을 수 있다. 무모한 도전일까? 그렇다. 완전히 불가능할까? 아니다. 인스타그램에 올라온 트레일러 영상이 도전 의욕을 불태운다. 영상은 한 십대 소년이 칠흑 같은 방에 앉아 피파를 하는 장면으로 시작하는데, 그 주위로 폭발하는 얼굴 이모지와 화려한 '역대 최고' 스티커, 여러 소셜 미디어 댓글이 휙휙 지나간다. *무명에서 슈퍼스타로 급부상했습니다. 우리는 지금 전설의 탄생을 목격하고 있습니다.* 영상은 그가 우승을 기뻐하며 팬들에게 사인을 해주는 장면들이 빠르게 깜빡이며 나오면서 끝이 난다. *드디어 프로 데뷔를 이뤄냈네요. 눈부신 성장입니다. 정말 대단한 여정이었고, 놀라운 스토리였죠. 무명의 도전자에서 세계 최강의 피파 선수가 되기까지, 그 누구도 상상하지 못했던 신화를 써내려갔습니다. 다음 주인공은 과연 누가 될까요?*

평소엔 꿈도 못 꿀 낮 시간의 게임 기회라 편하게 자리를 잡는다. 엄마는 보통 거실에서 〈무슬림의 소리〉 기사를 쓰는데, 오늘은 누군가를 인터뷰하러 브라이턴에 갔기 때문이다.

EA스포츠. 이츠 인 더 게임. '글래스 애니멀스'의 감각적인 트로피컬 록 사운드가 흘러나오며 메인 메뉴 화면이 뜬다. 하산은 무릎을 손가락으로 두드리며 얼티밋팀Ultimate Team을 열고 최근 전적을 훑어본다. 승, 승, 승, 승, 무, 승, 승, 패, 무, 승. 팀 구성을 바꿀지 고민한다.

얼티밋팀을 처음 시작했을 때는 뱀퍼드, 네베스, 클레벌리가 주축이었다. 지금은 베컴, 판 데이크, 호베르투 카를루스다. 식당에서 일해 번 돈 덕분에 선수팩을 살 수 있었다.

선발 라인업에 만족하며 게임 상대를 찾는다. 음성채팅은 전혀 사용하지 않아서 온라인에서 사귄 친구는 한 명도 없다. 하지만 친구를 사귀려고 게임하는 게 아니다.

역시 축구의 명소답습니다. 중계 멘트가 흘러나온다. *지금 저희는 북런던의 에미레이트 스타디움에 나와 있습니다. 저는 데릭 레이고, 제 옆에는 아스널과 웨스트햄에서 미드필더로 활약했던 스튜어트 롭슨이 함께하고 있습니다. 오늘은 얼티밋 디비전 라이벌전을 중계해 드리겠습니다.*

나무 바닥이 차갑기도 하고, 왠지 모르게 자신감이 생기기도 해서, 하산은 파란색과 주황색이 섞인 나이키 운동화를 신고 있다.

산뜻하게 시작한다. 5분 만에 결정적인 찬스를 만들어내고,

안토니오가 박스 바깥에서 감아차기 슛을 시도해 크로스바를 맞춘다. 공 점유율도 좋고 패스도 날카롭다. 시간문제다. 파르케 감독 이름을 딴 'For Farke Sake'라는 아이디를 쓴 걸 보니 노리치팬인 듯한 게임 상대는 공을 공격진까지 제대로 연결하지 못하고 있다. 20분이 되자 마침내 골이 터진다. 호베르투 카를루스가 페널티 마크 부근으로 코너킥을 감아올리고, 모우라가 머리로 연결하자 이아고 아스파스가 절묘하게 공을 컨트롤한 뒤 몸을 돌려 수비수를 따돌리고는 까다로운 각도에서 강력하게 슛을 날린다. 당연하게 우위를 점하며 전반전을 마무리한다. 운이 좀 더 따랐다면 2대0이나 3대0까지도 가능했을 경기다. For Farke Sake는 코너에 몰려 있다. 하산은 경기 데이터를 확인한다. 드리블 성공률과 패스 정확도가 전부 90퍼센트를 넘는다. For Farke Sake는 각각 70퍼센트와 74퍼센트다. 이길 게 확실하다.

거실 문이 홱 열린다.

"이 시간에 피파를 하고 있니?" 엄마가 말한다.

"브라이턴에 가신 거 아니었어요?" 하산이 변명하듯 되묻는다.

"하피자가 막판에 전화해서 인터뷰를 취소했어. 이미 가는 길이었으니까 브라이턴에서 카페에 앉아 몇 시간 일하면 좋겠다 싶었는데, 어디나 사람이 너무 많더라. 그래서 레인스 쇼핑거리에서 구경이나 좀 하다가 기차 타고 돌아왔어."

"아." 볼륨을 최대로 높여놓은 걸 자책한다. 그러지만 않았어도 엄마가 오는 소리를 들었을 텐데. *게임 재개까지 3, 2, 1….*

"흠, 지금이 몇 신데…." 엄마가 시계를 확인한다. "수요일 2시 반에 피파를 하고 있구나."

"엄마, 지금 중요한 상황이에요."

"하산!"

"제발요. 5분만요."

For Farke Sake가 골 에어리어 근처에서 공을 빼앗았다. 서두르다 보니 바로 슛부터 날렸기에 망정이지, 침착하게 패스만 한 번 더 했어도 동점을 내줄 뻔했다.

"이런 데 시간을 너무 많이 낭비하고 있어. 더 좋은 것도 많은데…."

"어떤 거요?"

"뭐든지. 피파가 재미있다는 건 알아. 나도 네가 지금 재미있게 지내길 바라고. 그럴 만도 해. 하지만 다른 것도 할 수 있는 시간이 있잖아. 마지막으로 책 읽은 게 언제야?"

"운동."

"뭐라고?"

하산은 자기 팀이 이리저리 끌려다니는 게 못마땅하다. For Farke Sake가 경기를 장악하면서 자기 템포대로 끌고 간다. 동점골이 터질 게 분명하다.

"운동."

"운동?"

"네, 운동이요. 매주 몇 시간씩 하고 있잖아요, 몇 시간씩. 엄마도, 아빠도, 상담사 선생님도, 다들 운동을 해보라고 하셨죠. 그래서 하고 있잖아요. 그건 인정 안 해주시나요?"

For Farke Sake가 좋은 위치에서 프리킥 기회를 얻는다.

"인정은 네가 운동하면서 스스로 느끼는 거야. 운동이 너한테 도움되는 것 같아서 다행이고." 엄마가 팔짱을 낀다. "운동은 시간을 잘 쓰는 좋은 예지. 하지만 헬스장 다니면서도 충분히…."

"아악!"

For Farke Sake가 공을 오른쪽 상단 구석으로 감아 차 넣자 골대 그물이 출렁인다.

"제발, 제발, 제발요. 5분만요."

엄마는 혀를 차고는 거실을 나간다.

◇

하산 님께

안녕하세요. 그동안 잘 지내셨나요?

저희 전화 친구 봉사활동에 귀한 도움을 주신 것에 다시 한번 감사드립니다. 자작 알라후 카이란Jazāk Allāhu Khayran*. 줄피 칸 님께서 하산 님과의 대화가 자신의 삶에 "이루 말할 수 없이" 큰 영향을 미쳤다며, 하산 님께서 들인 시간과 노력에 얼마나 감사한지 전하는 후기를 보내주셨습니다. 이 후기를 하산 님께 전달해드리고, 곧 저희 웹사이트의 블로그 섹션과 소셜 미디어에도 게시할 예정입니다!

한편 하산 님께 새로운 전화 친구를 맡아주실 수 있는지 여쭤보고자 이렇게 편지를 씁니다. 최근 요청이 많이 들어왔는데, 그중 한 분이 하산 님의 관심사와 매우 잘 맞을 것 같습니다. 평생 웨스트햄을 응원해온 분이시거든요. 관심이 있으시다면 말씀해주시기 바랍니다. 제가 모든 준비

---

* '신께서 선행에 대한 보답을 내려주시기를'이라는 뜻의 아랍어 표현.

과정을 처리하고 그분의 정보를 보내드리도록 하겠습니다.

감사합니다.

뉴버리 파크 모스크
봉사활동 코디네이터
자파룰라 자말리 드림

  하산은 물렁물렁한 입안 살점을 물어뜯는다. 9월이 되자 줄피는 마침내 무릎 수술을 받고 재활 클리닉에 다니기 시작했는데, 곧 다시 뉴버리 파크를 통증 없이 걸어 다닐 수 있으리라 확신하며 전화 친구 프로그램을 그만뒀다. 하산은 여전히 그와 연락을 주고받지만, 더 이상 매주 전화 통화를 하지는 않는다. 봉사활동은 그것으로 끝났다.
  회색빛 아침이다. 배수로에는 노란 낙엽이 수북이 쌓여 있다. 전화국 직원들이 새 인터넷 회선을 설치하려고 도로를 파헤치고 있다. 우편함에 들어 있던 안내장에는 이 지역의 인터넷 속도가 획기적으로 개선될 거라고 적혀 있었다. 하산이 바라 마지않는 일이다. 엄마나 아빠가 넷플릭스로 뭘 볼 때마다 피파에서 렉이 걸리기 때문이다.
  봉사활동을 더 이어갈 필요가 있을지 의문이다. 골드스미스 대학교에 다시 지원하더라도 똑같은 자기소개서를 낼 것이다.

줄피에 관해서 쓴 부분이 충분히 인상적이니, 굳이 손볼 필요도 없다. 봉사활동을 더 하는 건 결국 엄마, 아빠를 달래기 위해서일 뿐이다. 전화국 직원 둘이 어색한 동작으로 밴에서 드릴을 꺼내는 사이에 하산이 서둘러 히트곡 플레이리스트를 틀자 에드 시런의 노래가 흘러나온다. 줄피와 전화 친구를 할 때만 해도 부모님은 틈만 나면 하산이 얼마나 자랑스러운지 말했었다. 아빠는 심지어 나이키 멀린 축구공도 사주셨다. 봉사활동을 한다면 피파도 마음 편히 할 수 있게 해줄지도 모른다. 지난 여섯 달은 인생에서 최악의 시기였고, 지금은 식당에서 알바까지 하고 있으니 부모님은 하산을 그냥 내버려둬도 될 것이다. 하지만 그렇게는 안 될 거라는 걸 안다. 부모님은 계속 잔소리를 할 것이다. 봉사활동이 제일 나은 선택지일지도 모른다. 일주일에 30분이면 되니까….

하산은 한숨을 쉬며 마지못해 '답장' 버튼을 누른다.

자파룰라 님께

네, 할게요. 자세한 내용을 알려주세요.

감사합니다.

하산 드림

이렇게 하면 한 달 동안은 방해 없이 게임을 할 수 있을 테고, 엘리트 디비전까지 오르기에는 충분한 시간이다. 제발 그래야 할 텐데.

◇

지금 상황을 확 뒤집어야 한다. 당장 뒤집어야 한다. Jeweller's Hand 와의 경기에서 보여준 모습은 창피하기 그지없었다. 1대0으로 진 것도 다행이었다. 3대0, 4대0으로 질 수도 있었다. 스토어에서 프로모션팩을 훑어본다. 프리미엄 골드 선수팩, 레어 선수팩, 레어 메가팩, 점보 레어 선수팩이 보인다.

점보 레어팩의 확률을 살펴본다. 골드 75+ 선수가 나올 확률이 100퍼센트, 골드 82+ 선수가 나올 확률도 100퍼센트, 골드 90+ 선수가 나올 확률은 4퍼센트, 이 주의 팀TOTW 선수가 나올 확률이 34퍼센트, 얼티밋팀 대결 얼음 진영 선수가 나올 확률이 9퍼센트다. 피파 포인트 1100포인트. 8파운드 50펜스*니까 꽤 큰 돈이다. 하지만 그만한 가치는 있을 것 같다. 골드 90+ 선수가 나온다면 팀에 크게 변화를 줄 수 있다. 메시, 레반도프스키, 호날두, 케빈 더 브라위너, 음바페, 살라 같은 선수들 말이다.

하산은 '구매' 버튼을 누르며 속삭인다. "제발요, EA님. 메시 좀 뽑히게 해주세요."

* 약 1만5000원.

검은 화면이 뜬다. 황금빛 무대, 위로 이어지는 계단이 보이고, 연기가 뿜어져 나온다. 덴마크 국기. 골키퍼. 레스터 소속. 카스페르 슈마이켈이다. 점보 레어 선수팩에서 나온 최고 선수가 카스페르 슈마이켈이라니. 믿기지 않아서 눈을 깜빡인다. 카스페르 슈마이켈은 고작 86점인 데다, 하산은 이미 야신으로 만족한다. 골키퍼는 전혀 신경 쓸 포지션이 아니다. 이게 무슨 개짓거리람.

짜증이 난 하산은 스토어로 돌아가 점보 레어 선수팩을 하나 더 산다.

검은 화면이 뜬다. 황금빛 무대, 위로 이어지는 계단이 보인다. 꼭대기의 조명이 켜지면서 높은 점수의 선수가 직접 걸어 나올 거라고 알려준다. 불꽃이 터져 나온다. 잉글랜드 국기. 왼쪽 윙어. 맨체스터 시티 소속. 스털링이다. 하산이 오른손 주먹을 꽉 쥔다. "좋았어." 스털링의 총점은 88점이고, 속력은 93점, 드리블은 89점이다. 확실히 전력이 한층 업그레이드될 카드다.

이제 디비전1로 진출하기 위한 본격적인 도전을 시작할 수 있게 됐다.

하산은 모스크에서 보내온 이메일을 다시 읽어본다.

하산 님께

안녕하세요. 줄피 님의 후기를 잘 읽어보셨기를 바랍니다.

승낙해주셔서 감사합니다. 자작 알라후 카이란.

새로운 전화 친구가 되실 분은 앨릭스 스튜어트 님입니다. 75세이고 무슬림은 아닙니다. 하지만 저희 모스크에서 몇 블록 떨어진 뉴버리 파크에 거주하고 계시는데, 부인께서 돌아가신 후 저희의 전화 친구 프로그램에 관한 안내 전단을 보시고는 본인도 신청할 수 있는지 문의해오셨습니다. 이분은 요즘 무척 외로움을 느끼고 계신다고 합니다. 웨스트햄의 열렬한 팬이신데, 예전에는 시즌권도 갖고 계셨을 정도라고 합니다. 〈매치 오브 더 데이〉를 한 회도 빠짐없이 보신다고 하니, 하산 님이 이분과 아주 잘 맞으실 것 같았습니다. 이분의 다른 관심사를 정리한 문서를 첨부해드렸는데, 가장 큰 관심사는 역시 축구입니다.

이분의 전화번호는 07834 282717입니다.

첫 통화는 언제쯤 하길 바라시는지 알려주시기를 바랍니다. 활동 지침이나 다른 사항들을 다시 한번 확인하고 싶으시다면 여기에서 확인하실 수 있습니다. 다른 궁금하신 점이 있으시다면 언제든 이메일 주시기를 바랍니다.

감사합니다.

뉴버리 파크 모스크
봉사활동 코디네이터
자파룰라 자말리 드림

앨릭스라고? 하산은 등골이 오싹해지지만 그 감정을 떨쳐낸다. 하산은 이미 그 일을 극복했다. 그것도 꽤 오래전에. 이분은 그저 모스크의 전화 친구 프로그램에 등록한 어르신일 뿐, 인종차별주의자가 아니다. 앨릭스라는 이름이라고 해서 전화를 안 하겠다고 하면 그야말로 우스운 일일 것이다.

하산은 내일 오전 10시 반이 어떻겠냐고 답장을 보냈다.

◇

대체 왜 이러는 걸까?

 번호를 누를 때마다 마치 지난 봄여름에 집을 나설 때처럼 가슴이 조여든다. 나아졌다고 생각했는데. 젠장, 정말 나아졌다고 생각했는데.

 이제 정오인데, 그 말은 앨릭스가 한 시간 넘게 기다리고 있을 거라는 뜻이다.

 한 번 더 시도해보기로 마음먹고 배에 손바닥을 얹는다. 코로 숨을 천천히, 아주 천천히 들이마시면서 배가 부풀어 오르는 걸 느낀다. 폐가 천천히, 정말 천천히 가득 차고, 다시 입으로 내쉬면서 배가 꺼지는 걸 느낀다. 상담사 선생님이 알려준 대로 이 호흡을 열 번 반복한다. 그리고 전화를 집어 든다. 할 수 있다, 충분히 할 수 있다.

 가슴이 다시 조여든다. 어지러움에 화면이 흐려지고 마치 물속에 잠긴 듯 일렁인다. 통화 종료 아이콘에서 붉은색이 번져 나온다. 속이 메스껍다. 두 번째 신호음이 갈 때 엄지손가락으로 통화 종료 버튼을 누른다.

 쌀쌀한 데다가 천둥도 울리는 하늘에서 곧 비가 쏟아질 것 같은데도 창문을 연다. 창밖으로 몸을 내밀고 숨을 헐떡이며 버스가 지나가는 걸 바라본다. 버스에는 맥도날드 신제품 솔티드 캐러멜 맥플러리 광고가 붙어 있다. 전동 킥보드를 탄 사춘기 무렵의 아이들이 연달아 인도를 질주하며 비명을 지르고, 노부부는 그 바람에 차도로 밀려난다.

전화 친구 프로그램에서 빠질지 고민한다. 하지만 자파룰라에게 말하기도 민망한 데다가 엄마 아빠한테 말하는 건 더 끔찍할 것이다. 왜 그러냐고, 왜, 대체 왜 그러냐고 꼬치꼬치 캐물을 게 뻔하다. 앨릭스라는 할아버지한테 전화하려다 무슨 일이 있었는지 살짝이라도 내비쳤다가는 상담사 선생님한테 다시 예약을 잡으라고 닦달할 것이다. 게다가 운동에 더해 일기 쓰기며 뭐며 상담사 선생님이 하라던 온갖 것들을 다 하라고도 닦달할 것이다. 그리고 한 달 동안 방해 없이 게임을 할 계획도 물 건너가고….

화가 나서 팔꿈치로 창문을 친다. 식당 일이 1시부터인데, 진정할 시간이 한 시간도 안 남았나. 이렇게 사소한 일로 이토록 괴로울 수가 있나?

아빠가 시계를 확인한다. "늦었구나, 하산."
"죄송해요."
"15분이나 늦었어."
"죄송해요."

"앞으로는 늦지 말아라.".

하산은 후드티를 걸어둔다. 아빠는 하산에게 테이블을 세팅하라고 말하고는, 잠시 뒤 진열대에 채소를 놓으면서 물어본다. "새로 전화 친구가 된 사람이랑 통화는 어땠니?"

어물쩍대며 중얼거린다.

"줄피 칸 할아버지랑 얘기할 때만큼 재미있었어?"

"…네."

"웨스트햄 팬이라고 했었지?"

"네."

아빠가 후무스 통 테두리를 닦으며 말한다. "앞으로는 늦지 말거라, 아들. 알겠지? 하지만 이번만은 봐주마. 네가 모스크를 위해서 봉사하는 건 참 훌륭한 일이야."

◇

하산 님께

안녕하세요. 잘 지내시나요?

음성 메시지를 남겨뒀습니다. 앨릭스 스튜어트 님께서 어제 약속한 시각 (10시 30분)에 연락을 받지 못하신 것 같습니다. 전화를 해보셨나요? 혹시 문제가 있으셨거나 현재 어려움이 있으시다면 제게 알려주시기를 바랍니다. 그렇지 않다면 가능한 한 빨리 앨릭스 님께 연락을 부탁드립니다. 오늘도 하루 종일 통화 가능하실 겁니다.

감사합니다.

뉴버리 파크 모스크
봉사활동 코디네이터
자파룰라 자말리 드림

이 이메일은 여러 번의 부재중 전화와 한 통의 음성 메시지 뒤에 온 것이다. 하산은 곧 누군가에게 뭔가를 말해야 할 것이다. 하지만 누구한테 뭘 말해야 하는 걸까? 엄마와 아빠는 하산이 앨릭스와 평화롭고 즐겁게 대화를 나눴다고 생각했기에, 어젯밤 다섯 시간 동안 피파를 하는 것을 아무 말 없이 허락했다. 이제 와서 돌이켜 엄마 아빠한테 실은 거짓말을 했다고, 실은 앨릭스와 대화를 나눈 적이 없다고, 실은 이 프로그램에서 빠지려 한다고, 그리고 실은 아직도 외상후스트레스장애 증상을 겪고 있다고 말하는 건, 불가능한 일이다.

구름 사이로 파란 하늘이 얇게 비집고 들어온다. 전화국 직원들이 더 정교한 새 도구를 들고 다시 돌아왔다. 케이블을 설치하다가 문제가 생겨서 인터넷 속도가 오히려 더 느려졌던 터였다.

앨릭스에게 전화해야만 한다는 것을, 기분이 얼마나 더럽게 느껴지든 반드시 해야만 한다는 것을 알기에 휴대폰을 켠다. 전화하지 않는다면 상황은 더 나빠질 것이다. 창문을 열고 심호흡을 한 뒤 전화번호를 누르는데, 예상대로 가슴이 답답하게 조여온다.

토할 것 같은 느낌이 목 끝까지 차오르지만 전화를 건다. 전화를 걸며 욕설을 내뱉는다.

"여보세요?"

하산은 대답을 중얼거리다가 비틀거리며 창가로 향한다.

"누구시죠?"

하산은 간신히 숨을 들이마신다. 전화국 직원들의 모습이 뿌옇게 흐려진다. 하산은 눈을 감는다. "안녕하세요, 저는 하산이라고 합니다. 저… 그러니까, 모스크의 전화 친구 프로그램으로 전화드렸습니다."

"아, 하산 군이로군. 전화 줘서 고맙네."

"어제 전화드리려 했는데요. 그게… 몸이 좀 안 좋아서요."

"그랬구나. 지금은 좀 괜찮은가?"

"…네."

휴대폰을 붙잡고 있는 것조차 버거울 만큼 손이 심하게 떨린다.

"괜찮다니 다행이구나. 미안해하지 않아도 된다. 오늘 이렇게 전화해줘서 고맙구나."

"음."

"진심으로 하는 말이야. 고맙네. 자, 그럼. 내가 누군지, 또 왜 이 프로그램에 신청했는지 좀 얘기해주겠네. 자까룬라가 그렇게 하라고 했거든…. 너도 이미 알고 있어서 내가 또 말하는 게 이상하게 들릴 수도 있겠지만…. 맞아, 난 무슬림이 아니야. 사우스다운 크레센트에 살고 있는데, 집에서 모스크가 몇 분 거리밖에 안 돼. 이 프로그램 안내 전단이 우리 집 문틈으로 들어왔었지. 출근할 때 모스크 앞을 지나가곤 했는데, 사람들이 밖에 모여서 이야기하는 걸 보면서… 그 공동체 같은 느낌이… 웨스트햄 홈구장에서 말고는 그런 걸 한 번도 느껴본 적이 없었거든. 그리고 무슬림들은 내가 보기에 늘 괜찮은 사람들 같았고. 그래서 그 전단을 보고 '한번 해볼까?' 하는 생각이 들었지. 아내가 얼마 전에 세상을 떠났거든. 그 후로 아내 없이 사는 게…. 우리는 같이 경기도 보러 가고 〈매치 오브 더 데이〉도 보곤 했었는데. 아내가 떠나고 나서는 시즌권도 더 이상 사지 않았어. 예전 같지 않을 테니까. 〈매치 오브 더 데이〉는 아직도 보긴 하는데, 그것도 역시 예전 같진 않네…. 미안하다, 하산. 내가 자꾸 주절거리는구나. 그러니까, 아내 없이 사는 게 좀 힘들어서 말이야. 이 프로그램이 도움이 될 것 같아서 신청했어."

하산은 앨릭스의 말을 온전히 다 듣지는 못하면서도 어지러움이 조금씩 가라앉는다고 느낀다. 가슴이 조이는 느낌은 여전하다. 하지만 정말로 어지러움이 조금씩 가라앉고 있다. 증상이 사라지게 될까? 어쩌면? 이런 생각만 해도 마음을 다잡을 수 있다. "무척 힘드시겠어요. 앞으로 매주 30분 정도 통화하면서 얘기를 나눌 거예요. 어…. 통화가 도움이 되길 바랄게요…. 오늘은 좀 어떠세요?"

"아, 그럭저럭 괜찮아. 다만 토요일 경기 생각만 해도 아직 속이 쓰리구나."

"웨스트햄 경기 말씀하시는 거죠?"

"그렇지."

이제 확실히 어지러움이 덜하다.

"우리 진짜 형편없었어요." 하산이 말한다. "유효 슈팅이라도 있었나요?"

"초반에 한 번 있었던 것 같구나. 야르몰렌코가 멀리서 한번 때려봤지. 근데 그게 다였어. 우리가 상대편 페널티 에어리어 안으로 공을 몰고 간 적이 있었는지도 기억이 안 나는구나. 도대체 우리가 왜 이렇게 됐지?"

확실히, 확실히 어지러움이 덜하다.

"아르나우토비치 판 게 실수였어요. 본인이 이적하겠다고 안달이 났다는 건 알죠. 그 돈으로 다른 선수도 영입했고요. 하지만 그래도…."

"아예티가 얼마였지? 800만 파운드?"

"웃기죠. 바젤이 우리한테 돈을 줘도 모자랄 판에 말이에요."

앨릭스가 웃는다. "뭐 어쩌겠나."

"알레도 별로 마음에 안 들어요. 왓포드랑 노리치 상대로 경기할 때는 수비수들이 감당을 못 할 정도로 잘했는데요. 근데 다른 팀 상대로는 글쎄요, 수비수들이 꽤 쉽게 막아내더라고요."

"그래도 앞으로 좋은 선수가 될 수 있을 거야. 프리미어리그에 적응하려면 시간이 좀 필요할 거다."

"그런가 봐요…. 안토니오가 돌아와야 할 것 같아요."

"훈련에 복귀했단다."

"안토니오가요? 정말요?"

"오늘 아침에."

"잘됐네요…. 그래요, 어쩌면 좀 나아질지도 모르겠어요, 정말 나아질지도요."

◇

"오늘은 상체 할까?" 키넌이 묻는다.

"그래." 하산이 답한다.

벤치프레스를 하면서 서로 보조를 몇 번 서주다가, 키넌이 전화번호를 교환하고 고정 운동 파트너가 되자고 제안했다. 하산은 키넌과 공통점이 전혀 없으니까 친구가 될 거라고 생각하지는 않지만, 운동 파트너가 생겨서 만족스럽다. 운동 자세를 개선할 필요가 있기 때문이다.

"좋아. 덤벨숄더프레스 할까?"

"그러자."

"20파운드까지 늘리려고."

"할 수 있을 거야."

"오늘 컨디션이 좋네. 6시에 일어나서 아침으로 그래놀라를 먹었어. 단백질 들어간 거, 퓨얼 그래놀라 있잖아. 개좋더라고. 여기 오는 길에 에스프레소도 한 잔 마셨고." 키넌이 어깨를 으쓱한다. "오늘 컨디션이 진짜 좋아."

둘은 헬스장을 가로질러 탈의실로 향한다.

"사람이 별로 없네." 하산이 말한다.

"그래서 이 시간에 오는 걸 좋아해."

웨이트 머신 몇 대에만 사람이 앉아 있다. TV에서는 스포츠 경기와 뉴스가 나오고 있다. 누군가가 빨간 매트 위에서 윗몸일으키기를 하고 있고, 또 다른 누군가는 샌드백을 치고 있다. 여기 있는 사람들은 다들 비츠 이어폰을 끼고 있는 것 같아서 하산도 사고 싶다는 마음이 든다. 하지만 프리미엄 골드 선수팩 70개 값이나 한다. 키넌의 시선은 숄더프레스 머신에서 운동 중인, 인스타 모델처럼 섹시한 여자에게 가 있다.

"야." 키넌이 말한다. "인생 참 불공평하지. 그렇지 않아?"

하산은 굳어버린다. 가슴이 찌르르하고, 온몸의 피부가 조여든다. 뭐야? 저기…. 데이비드인가? 맞다. 정말로 데이비드다. 머리를 밀었지만 틀림없이 데이비드다. 하산은 모, 이브라힘과 함께 있었던 지하도에서 벌어진 그 사건 이후로 그를 보지 못했다. 하산과 데이비드의 시선이 마주친다. 하산은 어정쩡하게 고개를 끄덕인다.

"무슨 일이야?" 키넌이 묻는다.

"방금 예전에 알던 사람과 마주쳤어."

"그래? 괜찮아?"

"음. 신경 쓰지 마. 가자."

하산은 로커 옆 벤치에 앉아 운동화끈을 매면서 데이비드에게 말을 건네야 할지, 건넨다면 뭐라고 말해야 할지 고민한다. 다른 때 마주쳤더라면 좋았을 텐데. 앨릭스와 30분 동안 통화를 해냈고, 그러는 동안 증상이 싹 사라지더니, 그 뒤로는 팩에서 마라도나 카드도 얻고 디비전1까지 올라가서 전 세계 상위 2퍼센트 선수 대열에 들어섰다. 엘리트 디비전도 코앞이었다. 그래서 어젯밤엔 천하무적이 된 기분으로 잠들었고 아침에도 기분 좋게 일어났는데.

하산은 마음을 정하고는 아직도 카고바지를 입고 있는 키넌을 팔꿈치로 툭 친다.

"먼저 하고 있어. 저 사람하고 잠깐 얘기 좀 하고 싶어서."

키넌이 눈썹을 추켜세운다. "저 사람이랑만?"

"어, 왜?"

"나 빼고 숄더프레스 하는 여자 꼬시러 가는 거면 가만 안 둘 거야."

"그럴 일 없어. 나중에 보자."

"그래."

"뭐라고?" 데이비드가 콧구멍으로 훑어보는 듯한 표정을 짓는다.

하산은 이제 자신이 모와 이브라힘이랑은 어울려 다니지 않는다고 설명하면서, 그들을 개자식이라고 부르며 손가락 마디를 꺾는다. "그래, 운동하던 거 계속해. 그냥 이 말이 하고 싶었어…. 잘 지내, 친구야." 하산은 주먹 인사를 건네지만 무시당한다. 서로 화해가 된 건지, 사과가 통한 건지 확신이 서지 않아 머못거린다. "…저기, 운동하고 단백질 보충하고 싶을 때 '타리크 그릴'에 들러. 어딘지 알아? 스미스 스트리트에 있어. 레이 스트리트 바로 옆이야. 여기서 5분 거리밖에 안 돼. 요즘 거기서 거의 매일 아빠 일 돕고 있거든. 탄두리 치킨 공짜로 줄게."

데이비드가 몸을 떨었고, 하산은 그의 눈에 눈물이 맺힌 것을 본 것만 같다. 끔찍했던 그 기억이 생생하게 떠오른다. 이브라힘의 오줌을 뒤집어쓴 채 웅크리고 울던 데이비드의 모습이.

하산이 제자리에서 서성인다. 데이비드가 적대적인 것도 이해가 간다.

눈물이 뚜렷해지기 전에, 더 난처하게 만들기 전에 그만 가는 게 좋겠다.

"잘 지내, 친구야."

I

II

III

IV

V

데이비드

서문

"저 깊은 밤 속으로 순순히 걸어가지 마라
빛의 죽음에 맞서 분노하고, 분노하라"
딜런 토머스

유럽과 미국의 아리아인들은 이슬람의 침투로 대체되고 있으며, 세계주의 엘리트가 이 과정을 돕고 있다.

무슬림들이 서구의 문화와 문명, 정체성을 계속해서 훼손하도록 절대로 가만히 놔둬서는 안 된다. 언론은 부정하겠지만, 곧 LGBTQ 권리도 사라지고 여성들이 원하는 대로 옷을 입을 자유도 사라질 것이다. 그리고 쿠란 외의 다른 책을 읽거나 음악을 들을 자유, 할랄 고기를 먹지 않을 자유가 사라질 것이다. 샤리아법이 우리 삶을 통제하게 될 것이다. 먼 미래가 아니라 곧 닥칠 일이다.

대체 작업이 이미 막바지 단계에 이르렀다.

우리는 깨어나야 한다!

순수한 영국·이란 혈통을 지닌 아리아인으로서(이란은 아리아인들의 발상지다), 나는 이 상황에서 책임을 다해 행동에 나설 의무가 있다고 믿는다.

이로써 나는 반격을 시작한다.

  6시가 되어 어둠이 내린다. 마당의 돌바닥 위로 물이 조금씩 흐르고 있다. 담쟁이덩굴의 죽은 줄기가 희미하게 보인다. 데이비드는 커튼을 친다. 서문이 마음에 든다. 화면을 위로 스크롤한다. 표지도 마음에 든다. 파란색에서 자주색으로 이어지는 그러데이션 배경 위에 형광 분홍빛 굵은 글씨체로 '미래는 우리 것'이라고 쓰여 있고 검은 태양 모양이 보인다. 베이퍼웨이브 미학은 역시 제대로다.

  택배 상자들이 매트리스 위에 놓여 있다. 데이비드가 그중 하나를 집어 들어 만지작거리자 뽁뽁이에서 기분 좋게 바스락거리는 소리가 난다. 세 번째이자 마지막 택배가 오늘 아침에 도착했다.

  어떻게 이렇게 과정이 간단할 수 있지? 함정인가?

  데이비드는 수없이 복기해본다. 구글링을 5분만 해보니 다크웹 접속 방법을 찾을 수 있었다. 방법을 읽어본 후, 토어Tor 브라우저*를 다운받고, 여섯 달 전에 한 훈련병이 공유한 링크를 붙여 넣었다. 그러자 짜잔, 암호화폐로 거래하는 마켓 사이트가 나타났는데, 꼭 이베이처럼 생겼다. *상품 분류: 도용 정보, 마약 및 화학물질, 안내서 및 사용 지침, 모조품, 디지털 콘텐츠, 보석류, 무기류, 도난 카드 구매 상품, 서비스 대행, 기타 상품, 소프트웨어 및 악성 소프트웨어, 보안 및 호스팅.* '무기류'를 클릭하자 수많은 매물이 쏟아져 나왔다. 글록, 콜트, 지크자우어, 베레타, 에콜 볼트란, 루거, 스미스 앤 웨슨 매물들이 줄줄이 있었다. 곧 믿을 만해 보이는 판매자를 찾았다. MsDutchDynamite라는 아이디를 쓰는 판매자였는데, 긍정 피드백이 98퍼센트에 마켓 사이트의 사기 신고 게시판(구매자들이 거래 문제를 신고하면 관리자가 나서서 분쟁을 중재하는 곳)에 언급된 적도 없었고, 사기 감시팀의 경고 표시도 없었다.

판매자는 바이칼 IZH-79 권총과 체코산 9밀리미터 실탄 100발을 650파운드**에 팔고 있었다. "사용한 적은 있지만 누구를 쏴본 적은 없어요." 이전에 연극 소품이었고 일련번호가 제거돼 있어서 추적이 불가능했다. 네이비드는 가장 좋아하는 '콜 오브 듀티' 권총인 레네티로 마음을 정했던 터라 망설이며 바이칼을 살지 레네티를 기다려볼지, 그리고 이 판매자가 정말 믿을 만한 사람인지 고민했다.

---

*   익명성을 보장하는 웹 브라우저. 다크웹 접속에 주로 사용된다.
** 약 110만 원.

결국 데이비드는 용기를 내어 물건을 사고 싶다는 메시지를 보냈다. 그리고 2주 동안 메시지를 주고받았는데, 판매자 고집으로 남들이 대화를 절대로 볼 수 없게 하는 특별한 보안 프로그램을 써야 했다. 데이비드는 실명을 알려주기로 했다. 가명을 쓰면 택배가 중간에 걸릴 위험이 커질 터였다. 그러고는 결제 방법 얘기로 넘어갔다.

웃기게도 비트코인을 사는 게 전체 과정에서 가장 복잡했다. 하지만 방법을 알아내서 650파운드어치 비트코인을 보냈다. '송금' 버튼을 누르는 순간은 견딜 수 없이 괴로웠다. 650파운드면 '콜 오브 듀티' 스토어에서 모든 걸 살 수 있었다. 오퍼레이터 스킨, 무기 설계도, 트레이서, 콜링 카드까지 싹 다.

데이비드는 그 생각을 떨쳐냈다. 그런 생각을 하기에는 상황이 너무 심각했다.

그리고 이제 그의 손에는 개봉해야 할 택배 상자가 세 개나 있다. 막상 열어보니 쓸모없는 고철 덩어리라면, 마켓에 신고를 하고 돈을 돌려받는 걸 관리자가 도와주기를 바랄 수밖에 없을 것이다. 택배를 열어야 한다. 하지만 이렇게 자기 방에서 바이칼 IZH-79 부품과 체코산 9밀리미터 탄환 100발을 눈앞에 두고 손으로 만지려니, 여전히 속이 불편했다.

대체는 이미 막바지 단계에 이르렀다. 오늘 밤이나 내일 아침, 늦어도 내일은 꼭 상자를 열어볼 것이다. 데이비드는 눈을 감는다. 아리아인들이 반격할 순간이 곧 올 것이다. 반드시 올 것이다. 데이비드는 모두에게 증명해 보일 것이다. RitterKreuz 최고사령관은 명예로운 칭호를 하사할 것이고, 새로운 훈련병들은 그를 숭배할 것이다. 모두에게 증명해 보일 것이다. 성자 BGMP5R1A가 될 것이다.

◇

데이비드는 조준 훈련에 하루 여섯 시간씩 쏟는다. 거실의 갈색 카펫 위에 책상다리를 하고 앉아 '콜 오브 듀티'를 켜고는 커스텀 게임을 설정한다. 맵은 팩토리, 모드는 프리 포 올, 처치 장면 재생은 비활성화(그래야 적들이 끊임없이 나타난다), 시작 시 탄창은 꽉 차 있게, 주 무기는 X-16 권총(제일 잘 다루는 무기이자 바이칼 IZH-79와 제일 비슷하다)으로 한다.

성능이 좋아진 새 조이스틱을 단 덕분에 이전보다 높이가 10밀리미터 높아져 조작하는 데 힘을 덜 써서 손의 피로도가 덜하다. 그 덕분에 컨트롤러를 장시간 붙잡고 있어도 괜찮다. 오후에는 커튼 틈새로 번지는 기름진 봄 햇살 때문에 TV 화면에 끈적이는 빛 반사가 생겨 불편하지만, 환경이 어떻든 능숙하게 해낼 줄 알아야 한다.

맵을 한 바퀴 도는 식으로 연습한다. 목표물이 나타나자마자 몇 밀리초 안에 조준해서 맞히기를 반복하며, 가능한 한 헤드샷을 많이 맞히려 한다.

아직 기술이 완벽하지 않다. 총알을 마구 쏘아대는 버릇도 그렇고, 조준선을 제대로 잡지 않는 것도 문제다. '콜 오브 듀티'

에서 헤드샷을 줄줄이 맞히지 못한다면, 연속 처치 기록을 쌓는 건 고사하고 미션도 성공적으로 완수하지 못할 것이다.

마지막 택배 상자가 도착한 다음 날 아침, 다섯 시간을 내리 연습에 매달린다(포장을 여는 건 계속 미룬다). 쉬는 시간이라고는 Corey(515)가 메시지를 보냈는지 확인하는 순간뿐이다.

장군에서 장교로 강등된 이후 대부분의 보탄 멤버들은 데이비드를 대하는 태도가 달라졌고, 그중에서도 Runningngunning이 특히 그렇다. 하지만 데이비드는 자기 연민에 빠지지 않는다. 그의 책임이 맞으니까.

2시를 조금 넘기자 배가 꼬르륵거린다. 아침도 걸렀고 냉장고, 냉동고, 싱크대 그 어디에도 먹을 게 남아 있지 않다. 동네 잡화점에 다녀와야 한다. 매주 한 번씩 가는 곳이지만, 데이비드는 그곳에 발을 들이는 게 싫다. 정말 싫다. 능글맞게 웃으며 맞아주는 그 무슬림이 데이비드한테 어떻게 지내냐고, 아빠는 잘 계시냐고 묻는 것도….

30분만 더 연습하자. 그러고 나서 꾹 참고 나가기로 한다. 30분만 더.

조준선을 화면 중앙에 유지하자. 조준선을 화면 중앙에 유지하자. 조준선을 화면 중앙에. 조준선, 화면 중앙. 반드시.

〈타임스The Times〉에서 일주일에 두 편의 무료 기사를 보려고 회원 가입한 데이비드는 칼 윌리엄스 독점 인터뷰 기사를 읽는다.

똑같은 개소리다.

"맞아요. 제 생각은 바뀌었고, 그 발언을 했던 걸 진심으로 후회합니다. 무지한 상태에서 한 말이었어요. 이 사안에 대해 더 많이 공부하고 알아본 후, 이슬람이 서구의 가치관과 양립할 수 있다고 생각하게 됐습니다. 파필드 학교 앞에서 벌어진 일은 정말 부끄러운 일이었죠. 그 점에 대해서는 여전히 같은 생각입니다. 하지만 문제는 시위자들에게 있었지, 이슬람이라는 종교 자체에 있었던 게 아니었어요. 그때는 몰랐지만, 지금은 분명히 알게 됐습니다."

기자가 칼이 했던 다른 발언을 지적하자, 이렇게 답한다. "아니요. 저는 인종차별에 진심으로 반대해왔고, 평생 그랬습니다. 인종차별은 멍청이들이나 하는 짓이에요. 그런 건 쓰레기통에나 처박아야 해요."

별다를 게 없다. 칼은 지난 9월 공식 웹사이트에 올렸던 입장을 지금도 고수하고 있다. 완전히 타락했다. 대체 무슨 생각을 하는 걸까? 데이비드는 스크롤을 내리며 댓글을 읽는다. "저 사람은 인종차별이라는 단어 뜻도 모르는 것 같은데." "못 믿겠네." 데이비드는 낙담하며 고개를 젓는다. 칼은 줏대가 없다. 그게 문제다. 다른 자유주의 엘리트 셀럽과 똑같다. 데이비드는 칼이 용기 있는 사람이라고 생각했지만, 아니었다. 칼은 비겁자, 운동을 배신한 비겁자다. 대체 뭘 얻으려고 그러는 걸까? PC충들은 절대 칼을 용서하지 않을 것이다. 칼은 어차피 캔슬된 상태에서 벗어나지 못할 것이다. 결국 아무런 대가도 없이 운동을 배신한 셈이다.

데이비드는 웹사이트를 닫는다. 요즘은 칼에 관한 글을 읽을 때마다 피부에 소름이 돋는 것 같다. 데이비드는 LordofKek 장군이 칼의 공식 웹사이트 입장문을 공유하면서 이렇게 썼던 순간을 결코 잊지 못할 것이다. "이딴 게 우리의 아리아인 동맹이라고? 씨발, 이게 뭐냐?"

그리고 RitterKreuz 최고사령관의 반응은 어땠는가···.

데이비드의 장군 계급을 박탈한 건 옳은 결정이었다. 칼이 단순한 비겁자가 아닐 거라고 생각했던 건 순진한 착각이었다. 한심할 정도로 순진했다. 칼을 공중 지원하자고 추천했던 건 실수였다. 절대로 하지 말아야 했다.

데이비드는 이런 생각들을 억누르고 싶어서 스포티파이를 연다. 하지만 이제는 뭘 들어야 할지 모르겠다. 결국 얼터너티브 록 플레이리스트를 아무거나 고른다. 생소한 밴드 이름들 사이에서 뮤즈의 곡이 재생되기 시작한다. 빠르고 거칠며, 귀를 긁는 듯한 소리가 울려 퍼진다. 그래도 없는 것보다는 낫다. 데이비드는 적막이 싫다. 적막이 점점 더 불편해진다.

노트북 화면의 번들거리는 불빛 속에서, 데이비드는 자신의 선언문을 연다. '물음에 답한다' 부분에 주류 언론이 보일 반응은 참 볼 만하겠지. 이런 인터넷 질의응답 문화 같은 걸 TV 진행자들이 알기나 하겠어?

데이비드는 손톱 밑의 때를 긁어내고 자신의 손을 살펴본다. 손등의 털이 날이 갈수록 길어지고 굵어지며 검어진다. 정말 짜증난다. 데이비드는 아마존에서 제모 크림을 찾아봤지만 너무 여성스러운 포장뿐이라 아직 구매하지 못했다. 누군가 그를 곤란하게 만들려고 주문 내역을 유출할지도 모른다. 어쩔 수 없지. 데이비드는 화면에 집중한다. 일이나 하자.

Q. 당신이 이슬람이 아리아인들을 대체하고 있는 사태에 있어서 전문가라고 할 수 있는 근거가 뭔가?

데이비드는 스위스 아미 나이프를 만지작거린다.

A. 나는 런던에서 평생을 살면서 유럽의 이슬람화가 미치는 영향을 식섭 목격했다. 여기선 이슬람을 피할 수가 없다. 거기다 내 혈통은 이란계다. 이란은 음악과 예술, 문화에서 세계를 선도하는 아리아 문명이었다. 이슬람 정권이 들어서서 모든 걸 망치기 전까지는. 지금은 불모지가 돼버렸다. 내 어머니는 이슬람 혁명 이후 이란을 떠나셨지만…. 유럽도 같은 운명을 맞이하리란 건 꿈에도 모르고 계셨다.

여기까지 쓰니 분량이 2000단어에 달한다. 지금껏 쓴 글 중에서 가장 긴 글이 될 모양이다. 칼리지 때 쓴 글보다도 더 길다. 이런 내용이라면 글쓰기가 쉽다.

하산

"안녕, 다들 잘 지내?" 하산이 헤드셋을 고쳐 쓰며 책상 밑으로 다리를 뻣뻣하게 뻗는다. "오늘 기분은 어때? 다들 좋길 바래. 스트리밍에 온 걸 환영해. 출석 체크 한번 할까?" 하산은 생기 있는 표정을 지으며 채팅창을 훑어본다. "CKS, 안녕? DavidtheGooner, 안녕? Marcio Rodriguez, 잘 지내? Farhann, 잘 지내지? Ayoub Kilani, 안녕? Africas Champ, 유료 구독 고마워. Harvey, 3개월 구독 고마워. KrazyNZ, 안녕? SaraJ, 반가워."

CKS 요, 하산

DavidtheGooner 헤이, 친구

Asianmoon123 웨스트햄! 웨스트햄! 웨스트햄!

Marcio Rodriguez 난 잘 지내, 하산. 트위치 방송 잘 보고 있어. 방금 전방십자인대 재건술하고 금속 나사도 박아서 침대에 누워 있는 중. 하던 대로만 해줘. 피파 글로벌 시리즈 예선전에서 미친 플레이 보여줄 거 기대하고 있어.

Matri XXX 아스널 vs 뉴캐슬전 어떻게 될 것 같아?

Gamerzz18 오늘 피파 얼티밋팀 '주목할 만한 선수OTW' 카드 새로 나오나?

SkippyPeenut 케인이 여름에 이적할 것 같아, 아니면 남을 것 같아?

Jayback 헤이, 하산. 나는 잘 지내, 너도 잘 지내길 바래. 오늘은 호나우두 카드 뽑을 수 있겠지? ㅋㅋㅋ 오늘 경기에서도 미친 스킬 기대할게. 어제 방송 마지막 경기, 4대0으로 이긴 경기에서 보여준 기술 미쳤어 진짜. 존경한다.

Sam1911947 뒤에 새로 설치한 조명 미쳤다, 하산! 분위기 좋네!

"Marcio Rodriguez, 다쳤다니 안 됐네. 빨리 낫길 바래. Matri, 나는 아스널이 3대1로 이길 것 같아. 오바메양이 요즘 미쳐서 날아다니거든. 해트트릭까지 가능할 듯. 그래도 뉴캐슬도 한 골은 넣겠지, 뭐. 그래서 3대1. 다들 어떻게 생각해? 채팅창에 예상 점수를 써봐. Gamerzz, 좋은 질문이야. 홈페이지에는 오늘 '주목할 만한 선수' 카드가 출시된다고 나와 있는데, 게임 안에는 아직 공지가 없네. EA가 늘 그렇지, 뭐. 홈페이지랑 게임이랑 말이 다르고. 기다려보는 수밖에. Skippy, 내가 몇 주 전부터 말했잖아. 케인은 팀을 떠나야 해. 토트넘에서는 절대로 메이저 트로피 못 따. 프리미어리그든 챔피언스리그든 그런 트로

피가 케인의 목표여야 하는데. Jayback, 고마워. 칭찬해주는 거 감동이다. 호나우두 카드? 정말 정말 갖고 싶지. 오늘도 팩 스무 개 더 까볼게. 걱정하지 마. 곧 나와야 하지 않겠어, 그치? Sam, 고마워. 마음에 들어서 다행이다."

뒤쪽으로는 웨스트햄 벽화가 있고, 그 옆에는 플레이스테이션 버튼 아이콘들이 색상을 바꿔가며 빛나는 조명이 있다. 웹캠이 비추지 않는 곳은 빈 캔과 과자 봉지로 엉망이지만, 누구도 이를 알지 못한다. 얄궂게도 웹캠을 설치한 뒤로 방이 더 지저분해졌다. 웹캠에 잡히는 작은 공간만 신경 쓰게 된 것이다. 엄마가 잔소리하지 않는다면, 청소는 더더욱 대충 하고 일주일에 한 번 오는 가사도우미에게 모든 걸 맡겼을 테다(그 가사도우미는 섹시하기까지 하다).

1월만 해도 팔로워가 1000명도 되지 않았다. 지금은 팔로워 1만2000명에 유료 구독자가 450명이다. 사람들이 피파를 하는 하산의 모습을 보는 것만으로도 즐거워하고, 하산과 소통하면서 하나의 커뮤니티까지 만들어졌다는 게 아직도 믿기지 않는다. 전화 친구 프로그램이 아니었다면 이런 건 감히 시도조차 하지 못했을 것이다.

"새로 들어온 사람들이 더 있네. Dayson, 안녕? Mason-Mount4Ever도 안녕? TBone, 반가워. TinaTime도 안녕? 1Ronaldo, 유료 구독 고마워, 친구. Salmon11, 안녕?"

TBone 헤이, 하산. 또 레전드급 플레이 기대하고 있어!

TinaTime 전술 좀 설명해줄 수 있어? 3-4-1-2 포메이션 쓰는 이유도 궁금해

Asianmoon123 웨스트햄! 웨스트햄! 웨스트햄!

1Ronaldo 프리킥 차는 법도 알려주면 좋을 것 같아

Thirsty95 나도 궁금

GeordieGold 소닉 영화 봤어?

"고마워, TBone. 오늘은 어떨지 두고 봐야지. 모르는 거잖아. 근데 이제 피파 글로벌 시리즈 예선이 다가오니까 이 페이스만 유지했으면 좋겠네. Tina, 당연하지. 이번 방송에서 포메이션이랑 전술 설명하는 시간 따로 가질게. 언제든지 설명해줄 수 있어. 1Ronaldo, 게임 할 때 프리킥 차는 노하우도 최대한 설명해줄게. 음… Geordie, 아쉽게도 소닉 영화는 아직 못 봤네. 솔직히 피파랑 방송하느라 다른 건 할 시간이 없어서 말이야. 나중에 기회 되면 볼게. 추천할 만해? 몇 년 전에 나왔던 게임은 진짜 재밌게 했는데. 뭐였더라? 잠시만. 찾아볼게. '소닉 매니아'. 맞다, 그거였네. 소닉 매니아 레트로 느낌 진짜 좋았어. 그래서 영화는 추천하는 거야? 혹시 본 사람 있어? 있으면 스포는 빼고 후기 좀 채팅창에 남겨줘."

하산은 피파에서 이적 시장과 스토어를 멍하니 둘러보다가 얼티밋팀 디비전 라이벌로 이동해 '다음 경기 시작'을 클릭한다.

상대를 찾는 중이다.

팩 열어보는 건 방송 후반부에 할 예정이다.

"어? Geordie, 넌 좋았다고? 1Ronaldo, 너도? 그럼 나도 봐야겠네. 좋아. 시작해볼까. 상대는 Salvatore2002라는 사람이네. 어? Skippy도 좋았다고? 그럼 진짜 봐야겠다. 야, 저 사람 커스텀 경기장 봤어? 경기장에 걸려 있는 배너 진짜 미쳤다. 저런 배너 디자인 본 적 있는 사람?"

데
이
비
드

"여기요." 데이비드가 말한다.

"이게 뭔데?"

"잘프레지jalfrezi 커리*랑 바지bhaji 튀김**을 곁들인 밥이에요."

아빠는 의심스럽고 수상쩍다는 듯이 접시를 살펴본다.

데이비드는 침대 옆 탁자 위에 음식을 털썩 내려놓았다. 탁자 옆으로는 공구 상자가 쓸데없이 자리를 차지하고 있다. 자리에 앉자 무슨 냄새가 나는 것 같다. 무슨 냄새…. 무슨 냄새냐면…. 오줌 냄새 같다. 오줌 냄새라니, 그게 말이나 되는 걸까?

요즘은 아빠가 매일 밤 〈온리 풀 앤 호스〉를 보기 시작한 지 10분도 안 돼서 화장실에 가겠다고 두세 번씩 멈춰달라고 한

---

*   양파, 피망, 토마토로 만든 인도·영국식 매운 커리.
** 여러 채소를 병아리콩 반죽에 튀긴 인도 남서부식 튀김.

다. 아빠의 방광이 분명…. 아니다, 데이비드는 이런 생각을 떨쳐낸다.

좋은 시간이 돼야 한다. 분명 좋은 시간이 될 것이다.

"전부 다 데워 온 거예요." 데이비드가 말한다. "잘프레지 커리는 동네 잡화점에서 산 거예요."

오늘 저녁은 기름이 흥건하지만, 적어도 아빠가 좋아할 음식이다. 건강식을 먹이려는 시도는 불가능한 것으로 판명 났다. 데이비드는 그 시도를 당분간은 포기하기로 한다.

"잘프레지 커리라고?"

"네."

"거기다가 바지 튀김?"

"네."

아빠는 시계를 한참 쳐다본다. "너도 지금 먹을 거냐?"

"제 것도 지금 데우고 있어요."

전자레인지가 땡 하고 울린다. "먼저 드세요." 데이비드가 말한다. "금방 갖고 올게요."

"그러면 오늘은 건강…."

"먼저 드세요."

데이비드가 돌아오자 아빠는 자리에 앉아서 무릎 위에 접시를 올려두고는 바지 튀김을 썰고 있다. 추리닝 밑으로 배가 불룩 튀어나와 있고, 눈 밑의 다크서클은 보랏빛으로 짙어졌으며, 일주일은 깎지 않은 듯한 수염이 자라 있다. 아빠가 한때는 단

하루도 빼놓지 않고 면도를 했다는 게 믿기지 않는다.

데이비드도 같이 맛있게 먹는다. 지난 반년 동안 먹었던 것들과는 비교도 안 되게 맛있다. 마치 다시 배달 음식을 시켜 먹는 것만 같다. 다른 점이 있다면 납작빵이나 피클이 없다는 것 그리고 이제는 대화가 줄었다는 것뿐이다. 개 짖는 소리가 들린다. 버스가 덜컹거리며 지나가는 소리도 들린다. 그리고 이 냄새는… 오줌일까?

"바지 튀김 맛있네." 아빠가 손가락을 핥으며 말한다.

소스 몇 방울만 남기고 접시가 깨끗하다.

"맛있네요." 데이비드가 답한다. "동네 잡화점에서 산 거예요. 잡화점에서도 바지 튀김을 파는 줄은 몰랐어요. 사모사 튀김만두도 있더라고요. 다음에는 그것도 한번 먹어봐요."

"그… 시금치랑 그런 거 아직 먹어야 하지 않나?"

"그런 건 좀 쉬어가요."

아빠는 베개에 머리를 기대고 눈을 감는다. 무릎 위에는 여전히 접시가 놓여 있다. 밖은 짙은 쪽빛으로 타들어가듯 어둑해진다. 창문에는 거미줄이 주렁주렁 매달려 있다. 아빠의 거친 숨소리가 무겁게 쌕쌕 새어 나오며 정적을 채운다. 데이비드는 잠시 기다렸다가 물어본다. "〈온리 풀 앤 호스〉 좀 볼까요?"

"좋지."

"8시 반에요?"

"8시 반에 보자."

데이비드는 두 번째 바지 튀김을 접시에 문질러 남은 소스를 싹싹 긁어 먹고는 접시들을 부엌으로 가져가 싱크대에 탁 내려놓는다. 아빠는 중간에 화장실을 다녀오고 나면 이내 곯아떨어진다. 몇 시부터 보기 시작하든 이제는 에피소드 절반도 못 보고 잠들어버린다. 데이비드는 대개 코 고는 소리가 들리기 시작할 때까지 같이 앉아 있는다. 손을 씻고는 위층으로 올라가는데, 저 냄새는…. 오줌이었던 걸까?

아빠가 저렇게 되어가는 걸 보는 게 괴롭다. 하지만 모든 게 곧 달라질 것이라는 걸 기억해야 한다. 모든 게 달라질 것이다. 데이비드가 맞서 싸우기 시작하고 나면, 아빠는 살아갈 이유를 되찾을 것이다. 바로 자부심 말이다. 그리고 우리 운동 구성원들이 아빠를 태스크래빗에서 가장 인기 있는 수리공으로 만들어 줄 것이다.

데이비드는 씩 웃으며 침대에 앉는다. 아빠는 술도 끊고 건강도 회복하여 활기찬 모습으로 매주 교도소에 면회를 올 것이다. 엄마는 단 한 번도 오지 않을지도 모른다. 하지만 아빠는 올 것이다. 그건 100퍼센트 확신한다.

◇

데이비드는 잔을 들어 싱크대에서 물을 받는다.

"냉장고에 있는 정수기 물을 마시는 게 어때?" 스티븐이 권한다. "맛이 더 나을 거야. 정수기를 쓰기 전까지는 이 동네 물이 엄청 경수인 데다가 더럽다는 걸 몰랐어."

"신경 쓰지 마세요."

"괜찮겠니? 트와이닝 콜드 인퓨즈 티백도 있는데." 스티븐이 주전자 옆에 놓인 빨간색과 흰색의 플라스틱통을 가리킨다. "원래는 물병에 넣는 건데 물잔에 넣어도 괜찮아. 하나 넣고 몇 분만 저으면 돼. 수박, 딸기, 민트 맛인데 맛있어."

"됐어요."

스티븐은 브루독 맥주를 한 모금 마시고는 그 작고 파란 맥주 캔을 식탁 위 젖은 자국 위에 정확히 맞춰서 내려놓는다. "아미라는 곧 올 거야. 20분 정도? 아직 149번 버스를 타고 있거든. 오후에 리버풀 스트리트 근처 A10 도로에서 큰 사고가 났어. 내가 집에 올 때도 도로가 꽉 막혀 있더라. 집에 오는 데 거의 한 시간이나 걸렸어."

"알겠어요." 데이비드는 자리를 뜨려 한다.

"잠깐만, 이렇게 만난 김에…. 할 얘기가 있어."

"뭔데요?"

"음, 네가 유튜브를 많이 본다는 거 알아. 그리고 정치적 견해도 확고하고…. 디스트로이어라는 유튜버 혹시 들어봤니?"

"아니요."

스티븐이 아랫입술을 톡톡 건드린다. "정말 모르니?"

"몰라요."

"네가 좋아할 것 같은데…. 요즘 엄청나게 뜨고 있어. 구독자만 40만 명이고 트위치는 그보다 더 많아. 내 직장 동료가 알려줬는데, 자기 아들 인생이 바뀌었대. 디스트로이어. 원래는 '스타크래프트' 스트리밍으로 유명해진 프로게이머인데, 정치에도 관심이 많아. 정치토론도 하고 그래. 정말로 들어본 적 없어?"

"몰라요."

데이비드는 더러운 물을 마시며 스티븐이 닥칠 때까지 구부정한 자세로 문간에 서 있다. 스티븐 옆에 놓인 이국적인 식물 잎사귀가 이른 저녁 햇빛을 받아 은빛으로 반짝인다. 데이비드는 그 식물을 전에도 본 적이 있지만, 청록색 소용돌이무늬와 페르시아 문자가 새겨진 하얀 화분은 처음 본다.

스티븐이 말을 이어간다. 직장 동료의 말을 듣고 난 뒤, 디스트로이어에 대해 찾아보고 많은 걸 알게 됐다고 한다. 트롤 문화가 판치는 인터넷 한구석에서 자란 칼리지 중퇴생인 디스트로이어는 블랙 유머를 즐기며 논쟁을 일삼고, 노 플랫포밍*이

역효과만 낼 뿐이라고 생각하며 PC 문화에 질색한다. "볼테르 신봉자인 셈이지. 하지만 재밌는 건… 사회적으로나 경제적으로는 좌파 성향이고, 사회 정의를 추구하고 이슬람을 존중한다는 거야." 스티븐의 팔꿈치가 잎사귀에 스친다.

"아, 네."

"대안 우파가 '이성'이니 '합리성'이니 '과학'이니 '팩트'니 '논리'니 하는 말들을 장악한 게 디스트로이어를 열받게 하는 거야. 실제로는 이성이 대안 우파가 아니라 자기 입장을 지지하고, 팩트가 대안 우파가 아니라 자기 입장을 지지한다고 생각하니까…. 그래서 대안 우파 인사들이랑 정치 토론을 열어서 이성과 합리성, 과학으로 진짜 *발라버리려* 하더라고."

데이비드는 스티븐이 '발라버리려'라고 말한 걸 듣지 않은 것으로 하고 싶다고 생각한다.

"아무튼, 내 직장 동료 아들이 유튜브에서 좀, 뭐랄까, 그런 우파 인물들한테 빠졌었다더군. 토론이란 게 진보파를 발라버리기만 하면 되는 거라고 생각했던 모양이야. 근데 우연히 디스트로이어 영상이 추천돼서 봤다가 자기가 좋아하던 유튜버가 진보파한테 완전히 발리는 걸 보면서 충격받았다네. 그 유튜버가 사기나 치고 있었다는 걸 보여준 거지. 눈이 번쩍 뜨였고, 이제

---

*   혐오발언 등으로 논란이 된 인물의 공개 발언 기회를 차단하려는 대응방식. 주로 강연이나 토론을 막는 식으로 나타난다.

는 디스트로이어를 무지 좋아한다더라고."

"아, 네."

"정말… 한번 봐봐. 네가 어떻게 생각할지 궁금하구나."

"아, 네."

스티븐이 손뼉을 마주치자 하늘색 셔츠의 주름이 일렁인다. "좋아. 더 붙잡고 있지 않을게. 올라가봐도 돼. 아, 근데 물어보는 걸 깜빡했네. 보일러는 어때?"

데이비드가 흠칫 놀란다. "잘 돌아가요." 몇 주 전, 스티븐에게 공들여 거짓말을 했다. 집에 있는 보일러가 고장 났다고 한 것이다. 아빠가 난방 기술자를 불러 살펴보니 펌프를 교체해야 하고 전체 배관 세척도 강력히 권장된다는 말을 들었다고 했다. 총 650파운드가 들어서 자신과 아빠는 감당할 수 없다고, 스티븐에게 혹시 돈을 빌려줄 수 있느냐고 물었고, 스티븐은 승낙했다. 그리고 제발, 제발 부탁이니 엄마한테는 돈을 빌렸다고 얘기하지 말아달라고 했다. 엄마와 아빠가 싸우게 될 테니 말이다. 스티븐은 마지못해 그것도 승낙했다. 여러모로 따져봤을 때 데이비드는 스티븐을 속여서 미션 자금을 마련하고 싶지는 않았다. 하지만 650파운드를 저금으로 모아서 바이칼 IZH-79를 사는 건 불가능했다. 완전히 불가능했다.

"이제 문제없어?"

"완벽하게 잘 돌아가요."

"잘됐네."

◇

"어, 이게 누구야?"

부엌 식탁에서 고단백 그래놀라를 먹으며 휴대폰으로 '콜 오브 듀티' 유튜브 영상을 보던 데이비드가 고개를 든다. 분홍색과 흰색 잠옷 차림의 조이가 서 있다.

"어, 안녕."

여러 달 만에 보는 조이다. 살이 좀 쪘는데, 머리카락은 여전히 우스꽝스럽다. 짧고 검고 뾰족뾰족한 데다 끝은 라벤더색으로 염색했다.

"아미라랑 아빠는 벌써 나갔어?" 조이가 묻는다.

"응, 엄마랑 스티븐은 벌써 나갔어."

"이런. 두 분께 게시물 좀 올려달라고 부탁드리려 했는데."

"…넌 출근 안 해?"

"목요일, 금요일은 재택이야." 조이는 앰네스티에서 인턴을 마친 뒤 '요크'라는 홍보 회사에 취직했다. 위워크 공유 사무실에 입주해 있는 회사로, 프로세코 와인이 무제한 공짜란다.

"그러면… 집에 있어야 하는 거 아냐? 그러니까, 네 집 말이야."

"아이고, 참. 어젯밤에 쇼어디치에 갔는데, 오버그라운드 전철 타고 돌아갈 수가 없었어. '재규어 슈즈'에서 너무 많이 마셨거든. 거기 알아?"

데이비드는 고개를 젓는다.

"여기까지 휘청거리면서 걸어오는 것만으로도 한계였어. 그래, 커피가 절실하네."

"걱정하지 마. 금방 나갈 거야."

"있어도 돼. 세상에. 나한테서 도망갈 필요 없어."

조이가 냉장고를 열고는 정수기 물통을 꺼내 싱크대에서 물을 채운 뒤 커피머신 옆에 놓는다. 물이 플라스틱 바닥에 부딪치며 찰랑거린다. 조이가 데이비드 쪽으로 몸을 돌린다. "우리가 이제 어울려 놀지도 않고, 모든 문제에서 서로 생각이 다르다는 건 알아. 근데 그렇다고 아예 대화를 못 할 건 없잖아. 지금 같은 공간에 있는데 말이야."

"아, 그럼 나 이제 캔슬 취소된 거야?"

조이가 눈알을 굴린다. "넌 내 의붓동생이잖아. 대화 정도는 할 수 있지. 같이 공연 보러 가자거나 밤새 와인 마시면서 수다 떨자는 건 아냐. 그냥 이렇게 짜증 나게 어색한 분위기 없이 가벼운 대화 정도는 나눌 수 있다고."

"그러든지."

"*그러든지?*"

"그러든지."

조이가 한숨을 쉰다. "됐어."

"그러든지."

조이가 찬장에서 머그잔을 꺼낸다. 주황색과 흰색의 여우 모양 도자기잔인데, 손잡이는 복슬복슬한 꼬리 모양이고 잔 바닥에는 여우 발이 달려 있다. 조이는 머그잔을 물받이에 놓고 은색 회전 거치대에 놓인 커피 캡슐들을 살펴보다가 하나를 골라서 넣고는 버튼을 연달아 누른다. 커피머신이 윙 하고 작동하더니 커피가 잔에 똑똑 떨어진다. 향이 좋다. 진짜 커피다운 과일 향과 흙내음이 난다.

데이비드도 커피가 마시고 싶지만 머신 사용법을 알아내는 게 귀찮다. 도자기 드리퍼와 종이 필터를 쓰는 데 익숙해져 있었는데, 왜 엄마랑 스티븐은 커피머신으로 업그레이드를 한 건지 모르겠다. 조이가 불쌍해서 그랬나 보다. 여우 머그잔은 귀가 튀어나와 있어서 드리퍼를 위에 올려놓을 수가 없었기 때문에, 조이는 늘 다른 잔에 커피를 내린 다음 여우 머그잔에 부어 마셨다. 매번 그렇게 번거로운 짓을 하는 게 데이비드를 짜증 나게 했다. 잔은 그냥 잔일 뿐인데.

집에 가면 켄코 인스턴트 커피가 있다. 이따가 그걸 마시면 된다. 조이가 데이비드의 맞은편에 앉아 짜증 나게도 커피를 후루룩거리며 휴대폰을 만지작거리는 동안, 데이비드는 그래놀라 상자에서 두툼한 코코아 덩어리나 초콜릿 조각을 더 찾아내려 뒤적거린다. 맛은 괜찮은데, 이렇게나 적게 들어 있다는 게 아쉽다.

"저기." 조이가 말한다. "우리 얘기 좀 나누자."

데이비드는 더 찾기를 포기한다. 지저분하게 찢어서 열어둔 상자 안 비닐봉지를 돌돌 말고는 상자를 밀어낸다. 비닐이 다시 펴지면서 바스락거린다.

"그래."

"어떻게 지내?"

데이비드가 조이의 눈을 마주 본다. "나? 잘 지내."

"정말로?"

"응."

"아빠가 너 아직 구직 중이라던데."

데이비드는 히죽 웃는다. "그래."

"안됐다." 조이가 머그잔을 두 손으로 감싼다. "진짜 짜증 나겠다. 매주 구직센터 가서 취업 상담원 만나는 것도 진짜 괴로울 것 같아."

"뭐, 그런 거지."

"혹시 거기 상담원들 완전 무능하고 쓸모없어서 그런 것 같아?"

"뭐, 그런 거지."

"곧 뭐라도 구할 수 있을 거야."

"으음."

동정 어린 미소가 비친다.

잠시 침묵이 흐른 뒤 조이가 말한다. "믿기 어렵겠지만, 나 담배 끊었어."

"뭐? 왜?"

"음. 기침하다가 갈비뼈에 금이 갔거든."

"기침하다가 갈비뼈에 금이 갔다고?"

"그러게나 말이야. 평소 내 기준으로 봐도 미친 듯한 기침이었어. 몇 주 동안 너무 자주 기침을 해서 결국 위쪽 갈비뼈 하나가…. 진짜 최악이었어. 한참 동안 침대에 누워만 있어야 했어. 아무것도 못 하고. 가슴이 찢어질 것처럼 아파서 움직이지도 못했다니까. 두 시간마다 아세트아미노펜이랑 이부프로펜 번갈아 먹었어. 엘리너가 물이랑 음식도 갖다주고 화장실 갈 때도 부축해줘야 했어."

"어우."

"응, 진짜 최악이었어. 그래서 이제는 끊어야겠다 싶더라고."

"그러면 담배 때문이었다고 생각하는 거야?"

"아마도. 주치의가 경미한 천식이랬거든."

"쌍."

"그래, 그래서 이제 담배는 끊었어. 인생이 그런 거지."

데이비드는 멍하니 고개를 끄덕이다가 다시 휴대폰을 들여다본다. '콜 오브 듀티' 영상이 끝나고 새로운 영상으로 '역대 최다 시청 트위치 클럽 모음!'이 시작되자, 유튜브를 닫고 반사적으로 트위터를 연다. 갈비뼈에 금이 갔다고? 염병. @JustaUKPirateship: "이슬람이 영국 사회 곳곳에 스며들고 있는데도 그냥 놔두면서, 삶이 변하지 않길 바란다고? 영국 사람들은 대체 뭐가 문제인 거야? 정신 좀 차려! 너무 늦기 전에!" 데이비드는 의자에서 살짝 몸을 움직인다. 조이는 과장하고 있는 것일 테다. 기침하다가 갈비뼈에 금이 가는 사람이 있을 리가. 이제는 담배를 피우는 게 더 이상 워크하지 않은 게 틀림없다. 분명 그런 거겠지.

조이가 검은 손톱으로 식탁을 두드린다. "칼 윌리엄스 건은 다행이야."

"뭐라고?"

"극우에서 등을 돌리고 마침내 인종차별을 규탄한 거 말이야. 난 아직 용서할 마음은 없어. 그래도 그 사람이 아직 옳고 그름은 구별할 줄 안다는 게 다행이야. 그리고 적어도 이제 유니버설이 계약을 유지하기로 했고, 새 음악도 나올 수 있게 됐잖아. 다행이지. 네가 그 사람을 얼마나 좋아하는지 아니까."

데이비드가 쓸쓸하고 심술궂게 웃는다.

"왜 그래?" 조이가 말한다. "난 진심이야. 네가 좋아할 것 같아서 나도 기뻐."

"그 자식도 이슬람을 애호하는 자유주의 엘리트가 됐어. 다른 셀럽들이랑 똑같이."

"칼 윌리엄스가?"

"이제 그 새끼 음악은 쓰레기가 될 거야. 병신같이 굴어서."

"…칼 윌리엄스가?"

"응."

"지금 농담하는 거지?"

"아니."

"…말도 안 돼…. 넌 그 사람을 숭배하다시피 했잖아. 무슨 일이 있어도 계속 지지했으면서."

데이비드가 어깨를 으쓱한다. "그땐 어렸으니까."

하산

하산은 어리둥절한 표정으로 메시지를 다시 읽는다.

안녕하세요, 하산 님.

저는 멤시프 실레선이라고 합니다. 저는 시리우스(www.siriusxp.org)라는 e스포츠 인재 매니지먼트 및 콘텐츠 제작 회사에서 일하고 있습니다.

스트리밍 잘 보고 있습니다. 지난 몇 달 동안 트위치에서 하산 님의 활동을 지켜봤는데, 팔로워가 꾸준히 늘어나고 있는 데다가 피파 실력도 정말 뛰어나시더군요.

관심 가지실 만한 좋은 기회가 있어서 말씀드리고 싶은데요. 제 번호는 07592 928521입니다. 연락해주세요.

감사합니다.

멤피스 드림

책상 위로 햇살이 줄무늬 지고, 운동 후 마신 셰이크에서 커스터드향이 아직 감도는 가운데, 하산은 시리우스 웹사이트의 최신글들을 훑어본다. '인테르 밀란, e스포츠 에이전시 시리우스와 파트너십 체결하며 새로운 피파팀 창단 발표' '아이코닉스 에너지 드링크, 시리우스 e스포츠의 새 메인 스폰서로 선정' '시리우스, 클리프 브뤼허와 e스포츠 파트너십 체결 발표'.

하산은 입술을 깨물며 시리우스와 멤피스 실레션이 진짜인 건지 가늠해본다. 검은 바탕에 네온사인 같은 색감, 깔끔한 페이지 구성, 세련된 헤더와 푸터가 신뢰감을 준다. 모든 게 전문적으로 보인다. 팀 메뉴로 들어가보니 *페예노르트, 아약스, 올버햄프턴, 인테르 밀란* 그리고 *웨스트햄*이 보인다. 뭐라고? 말도 안 돼. 웨스트햄이라고? 구글에 '웨스트햄 시리우스'를 검색하자 웨스트햄 공식 웹사이트 www.whufc.com에 올라온 파트너십 체결 소식이 검색 결과로 나온다. 시리우스는 진짜다. 진짜라고. 하산은 흥분한 손으로 휴대폰을 찾아 더듬거린다.

"아, 하산 님."

멤피스는 밝고 사무적인 목소리로, 상냥하면서도 공허하게 들리는 목소리로 말한다. 그는 자신이 지금 요한 크루이프 아레나에 회의하러 가는 길이며, 하산도 분명 일정이 바쁠 거라고 말한다. "바로 요점만 말씀드려도 될까요?"

"좋아요."

"e스포츠 프로 선수가 되고 싶으신가요?"

"당연하죠."

"좋습니다. 음, 저희가 그걸 도와드릴 수 있을 것 같네요."

"정말요?"

"저희 웹사이트 방문해보셨나요? 방문해보셨다면 저희가 웨스트햄과 함께 일한다는 걸 아시겠죠. 저희는 웨스트햄의 e스포츠 선수 영입, 콘텐츠 제작, 코칭 및 실력 관리를 맡고 있습니다. 웨스트햄은 야심 찬 구단이죠. 사실 프리미어리그에서 e스포츠 분야에 처음 진출한 구단이기도 하고요. 그쪽 디지털·커머셜 디렉터가 선견지명이 있거든요. 아무튼, 지금 새로운 e스포츠 선수를 찾고 있는데, 하산 님이 적임자가 될 수 있을 것 같네요."

하산의 눈이 커진다. "제가요?"

"지금 당장 제안을 드리는 건 아닙니다만… 가능성을 한번 타진해보고 싶어요."

"그렇군요."

"월요일 저녁에 시간 될까요?"

하산은 시간이 있다. 스카이 스포츠 채널에서 웨스트햄 대 왓퍼드 경기를 볼 생각이었지만, 그게 일정의 전부다. 멤피스가 싱긋이 웃는다. "저희는 올림픽 스타디움에 박스석이 있습니다. 거기서 경기를 보시는 건 어떨까요?"

"와, 그러니까. 네, 당연히 좋죠."

"좋습니다. 그럼 오후 5시 반부터 6시 반까지 미팅을 잡아볼까요? 그러고 나서 식사도 하고, 경기장 분위기도 좀 느끼고, 경기 시작 전에 현직 웨스트햄 e스포츠 선수랑 이야기도 나눠보고요. 괜찮으실까요? 자세한 내용은 메시지로 보내드리겠습니다."

"알겠습니다."

"아주 좋습니다. 궁금한 점 있으실까요?"

하산이 망설인다. "혹시 다른 사람을 데려가도 될까요?"

"문제없습니다. 답장하실 때 그분 정보를 알려주시면 출입증을 준비해드릴게요."

"좋아요."

"그래요. 저는 이제 지하철 타러 가봐야겠네요. 오늘 저녁에 메시지 보내드릴게요."

"감사합니다."

"나중에 뵙겠습니다, 하산 님. 월요일이 기다려지네요. 들어가세요."

하산은 일어나서 피터 크라우치의 로봇 춤 세리머니를 하고는 창문을 열고 외친다. "야호!" 지나가던 행인이 어리둥절한 표정으로 올려다보며 웃는다. 〈루즈 유어셀프Lose Yourself〉를 듣고, 〈셰이프 오브 유Shape of You〉를 듣고, 〈스트롱거Stronger〉를 듣고, 다시 한번 〈루즈 유어셀프〉를 듣는다. 그러고는 이 소식을 누군가와 나눠야겠다고 생각한다.

전화를 받은 아빠의 목소리에 걱정이 묻어난다. "무슨 일 있니?" 목소리 뒤편에서 도마에 칼 부딪치는 소리, 라디오 진행자가 크게 떠드는 소리, 기름이 이리저리 튀면서 지글거리는 소리가 들린다.

"월요일에 일찍 닫을 수 있어요?"

"월요일에?"

"제발요, 아빠. 그날이 제일 한가한 날이잖아요. 딱 한 번만요."

"왜?" 아빠의 목소리가 높아진다. "무슨 일 있니?" 나이 든 피곤한 목소리가 들린다. 라디오 소리가 잦아든다. 하산은 다음 말을 음미하는 듯 잠깐 기다린다. "무슨 일 있는 거야?" 아빠가 또다시 묻는다.

"그러면 웨스트햄 대 왓포드 경기에 갈 수 있잖아요."

"웨스트햄 대 왓포드 경기?"

"네."

"경기장에 가자고?"

"네."

침묵 속에서 아빠가 생각하는 소리가 들리는 것만 같다.

"매진되지 않았을까? 왜, 전에도 표 사려고 했다가…."

"아빠, 우리한테 VIP 박스석에서 볼 기회가 생겼어요."

"뭐라고? 어떻게?"

하산은 제안받은 이야기를 아빠한테 들려주면서 '프로'라는 단어를 강조하고, 자기가 하고 있는 스트리밍 방송은 일이라고,

취미가 아니라 일이라고 분명하게 말하는데, 아빠는 수저를 달그락거린다.

"사기가 아닐까? 온라인에는 사기가 많잖아."

"진짜예요. 저를 믿으세요."

"흠."

"저를 믿으세요."

웹캠 시야 밖에는 샤워 수건이 옷장 문에 걸려 있다. 하산은 문을 열었다 닫았다 한다. 침대 옆 탁자 위에서 플레이스테이션 버튼 아이콘이 분홍, 초록, 파랑, 빨강으로 각각 반짝인다.

"저를 믿으세요."

데이비드

책상 위에 조립된 채로, 진짜로 조립된 채로 놓여 있다. PDF 파일로 된 설명서는 반쯤 취한 상태에서도 따라 하기 쉬웠다. 더는 미룰 수 없다고 생각한 데이비드는 긴장을 풀려고 하이네켄을 들이켰고, 네 캔을 비우고 나서야 포장을 뜯을 수 있었다. 햇빛이 방으로 쏟아져 들어온다. 기울일 때마다 검은 프레임 위로 칠흑 같은 그림자가 갈비뼈처럼 줄지어 지나간다. 묵직하다. 예상했던 것보다 더 묵직하다. 엄지로 프레임을 쓰다듬으며 〈언컷〉 잡지에서 받은 포스터를 향해 겨누고 방아쇠에 검지를 감는다. 총열이 콧구멍과 수평을 이루고, 데이비드는 포스터 속 칼을 뚫어져라 바라본다. 쿼라에서 읽은 바로는 반동이 꽤 셀 것이라고 한다. 다행히 반동 제어는 데이비드가 '콜 오브 듀티'에서 특히 잘하는 것이고, 실제로는 반동이 더 클 테고 자동 조준 보정 기능도 없겠지만, 반동 패턴은 같을 거라고 생각한다. 책상 위에 내려놓는다.

이제 어떡하지? 아직도 사이렌 소리가 들리고 경찰이 들이닥칠 것만 같다. 바이칼을 이렇게 쉽게 구할 수 있다니 말이 되나? 흥분으로 가슴이 몹시 두근거린다.

저기, 바로 저기, 데이비드의 책상 위에, 바이칼 IZH-79 권총이 놓여 있다. 데이비드의 책상 위에.

미션 스킨*을 고르는 일만 남았다. 데이비드는 총을 숨겨두고는 술에 취한 채로 비틀거리며 거실로 향한다. 동맹군과 연합군 요원들을 참고 자료로 찾아보려 한다. 비록 그들처럼 체격이 크지는 못하겠지만(근육을 키우려던 계획은 포기했다), 그래도 그들처럼 보이고 싶다. '콜 오브 듀티'의 배경 음악이 음울하고 험악하게 울려 퍼지고, 헬리콥터 날개가 타닥거리며 돌아가는 소리가 들려온다.

동맹군 요원들의 전투복부터 살펴본다. 전투 조끼, 민소매 셔츠, 모자, 두건 같은 것들은 데이비드한테 하나도 어울리지 않아서, 연합군 요원으로 넘어간다. 아르카디의 복장이 눈에 띈다. 금속 단추가 달린 검은색 군용 재킷에 검은 매듭 장식과 장미 펜던트 목걸이를 하고 있다. 데이비드한테 딱 맞는 스타일이면서도, 런던 거리를 돌아다니기에 너무 눈에 띄지도 않는다. 화면에 더 바짝 다가간다.

---

* 게임에서 캐릭터가 미션을 수행할 때 착용하는 전투복이나 장비의 외형.

아르카디의 오른손 마디마다 문신이 새겨져 있다. 이것도 어울릴 것 같다. 하지만 무슨 문신을 새기지? 1분도 안 돼 답이 나온다. 보탄. W, O, T, A, N…. 무슬림 바퀴벌레들이 죽기 전 마지막으로 비참하게 보게 될 모습이자, RitterKreuz 최고사령관이나 장군들이 뉴스 기사에서 발견하게 될 숨은 메시지다.

하이네켄을 다섯 캔째 마시면서 이베이를 둘러보다가 문신 가게를 검색한다.

> Tweak Tweak 오늘 14:00
> 또 하나 만들었다 ㅎㅎ

> LordofKek 장군 오늘 14:05
> 오오오오오오

> RitterKreuz 최고사령관 오늘 14:10
> 잘했다. 우리 대의에 크게 이바지하고 있어. @Tweak Tweak

데이비드는 다리를 꼰 채로 왼발 뒤꿈치로 오른발 발가락을 벽에 대고 누른다. Tweak Tweak이 만든 밈은 웃기긴 하다. 웃기긴 하지만 그리 특별할 건 없다. 데이비드가 아까 #밈도서관에 공유한 밈도 그만큼은 된다. 그런데 왜 아무도 댓글을 달지 않는 걸까? RitterKreuz 최고사령관도, 장군들도, 그 누구도…?

뭐, 상관없다. 어차피 시간문제일 뿐이니까. 미션을 완수하고 나면 데이비드는 만인의 시선을 한몸에 받게 될 것이고, 전 세계 아리아인들의 찬양을 받을 것이다. 밈이나 습격전이나 한가한 잡담보다는 선언문 작성에 집중하는 게 옳다. 이제 3000단어를 넘어섰다. 눈썹 몇 가닥을 뽑고는 이마를 주먹으로 문지른다. '물음에 답한다' 부분에서 더 다루고 싶은 쟁점들이 있다.

Q. 현실 세계 미션이 꼭 필요한가?

A. 필요하다. 미디어 게릴라전만으로는 유럽과 미국의 이슬람화를 막을 수 없다. 오해하지 마시라. 유튜브 습격전 등도 중요하다. 하지만 그것만으로는 부족하다. 밈과 말만으로는 이길 수 없다. 오직 '행동'으로만 이길 수 있다. 미디어는 아리아인 대체를 지지하는 엘리트들이 장악하고 있다. 그들은 온라인에서 '모든' 것을 좌지우지하며 우리의 미디어 게릴라전을 무력화하고 있다. 그들은 곧 우리가 하는 말을 모조리 검열하기 시작할 것이다. 트위터와 페이스북, 그 밖의 모든 플랫폼에 샤리아법을 들여올 것이다. 늦기 전에 행동을 시작해야 한다. '진짜 현실 세계 행동' 말이다. 현실 세계 미션을 통해 유럽과 미국의 이슬람화를 막을 수 있다. 유럽과 미국에 이미 들어와 있는 무슬림들에게 그들도 안전하지 않다는 사실을 보여줄 수 있다. 지금 아리아인들이 불안에 시달리는 것처럼 말이다. 그러면 무슬림들은 떠날 수밖에 없을 것이다. 침략을 노리는 무슬림들에게도 그들이 환영받지 못할 것이며 그러니 '절대' 발을 들여놓지도 말라는 경고를 보낼 수 있다. 현실 세계 미션은 상황이 이토록 심각하

다는 것을 모르고 있던 아리아인들에게도 투쟁 정신을 불어넣을 것이다.

Q. 나도 현실 세계 미션을 수행할 수 있는가? 누구나 할 수 있는 것인가?
A. 그렇다. 당신은 할 수 있고, '반드시' 해야 한다. 당신의 사명Call of Duty에 응하라. '지금 당장' 무기를 들고 싸워라. 아리아인인 당신은 우리의 형제다. 조직망은 없다. 중앙 사령부도 없다. 오직 아리아인 형제뿐이다. 전 세계는 우리의 반격이 시작됐다는 걸 알아야 한다. 우리 아리아인들은 정치인들이 귀를 기울이고 유럽과 미국의 이슬람화를 멈추거나, 아니면 내전이 일어나서 이를 통해 대체가 멈출 때까지, 끊임없이, 계속해서, 몇 번이고 공격을 가할 것이다. 어떤 방식으로 대체가 멈추든 상관없다. 하지만 반드시 멈춰야만 한다.

◇

화장실 불빛이 계속 깜빡거리는 가운데, 데이비드는 변기 뚜껑을 들어 올리고 소변을 보면서 변기 안에 묻어 있는 자국들을 맞힌다. 이게 데이비드가 변기를 청소하는 방식이다.

물을 내리고 지퍼를 올린 뒤, 주황빛이 도는 흐릿한 불빛 속에서 거울을 응시한다.

21세기의 아리아인 용사다. 데이비드는 놀라워하며 웃는다. 아르카디보다도 더 멋져 보인다. 검은 군복 재킷은 미션에 딱 알맞다. 고작 10파운드밖에 안 했다는 게 놀랍기만 하다. 곰팡이와 담배 냄새가 코를 찌르긴 하지만, 상태는 아주 좋다. 금색 술이 달린 견장과 독수리 문양이 새겨진 금색 단추가 마음에 든다. 방패 모양의 은색 펜던트 목걸이를 걸고, 목이 둥글게 파인 검은색 티셔츠와 검은색 스키니진을 입은 뒤 닥터마틴 부츠를 신으면 미션 스킨이 완성된다. 물론 부츠끈은 흰색으로 맨다.

거울 가까이 다가가 얼굴을 살펴보던 데이비드는 제모 크림이 효과가 있었다는 걸 보고 마음을 놓는다. 손에만 쓰려고 샀던 것이지만 결국 콧등과 볼, 눈썹 사이에도 발랐다. 전부 다 없애야만 했다. 언론 보도 사진에 야만인처럼 찍히면 안 되니까.

주머니에서 권총을 꺼내 반투명 유리창을 향해 겨눈다.

오른손에 문신을 새기면 멋있을 것이다. 이스트런던에는 예약 없이도 문신을 새길 수 있고 비건 잉크를 쓰는 문신 가게가 두 군데 있다. '라스트 라이츠'와 '화이트 래빗'이다. 해거스턴에서 돌아오는 길에 둘 중 한 곳에 들를 것이다. 그러고 나면 (해거스턴 방문을 두 번만 건너뛰면) 미션을 수행할 수 있는 시간이 일주일 정도 생긴다. 엄마나 스티븐한테는 문신을 들키면 안 된다. 그러면 난리가 나서는 프리벤트에 신고할 것이다. 아빠한테 들키는 건 괜찮다. 아빠는 절대 그 의미를 검색해보지 않을 것이다.

재채기가 나온다. 아침부터 콧물이 흐르더니, 목도 좀 따갑다. 싱크대에 침을 뱉고 손등으로 입을 닦는다. 심장이 웅웅거리고 등줄기가 찌릿하다. 데이비드는 21세기의 아리아인 용사다, 21세기의 아리아인 용사다, 21세기의 아리아인 용사다.

◇

 노크 소리가 들린다. "들어갈게."
 "끙…."
 "괜찮니?"
 "끄응…."
 데이비드는 이불을 어깨 위로 끌어올려 턱 밑까지 덮은 후 옆으로 돌아눕는다. 오버그라운드 전철을 타고 있을 때만 해도 그럭저럭 견딜 만했는데, 지금은 죽을 맛이다. 언젠가 크리스마스에 아빠가 웸블리 아레나에서 열리는 WWE 라이브 티켓을 사 준 적이 있었다. 그날 이후 3주 동안 데이비드는 남는 시간마다 레슬링에 대해 찾아봤고(전혀 모르는 분야니까), 끝난 후에 어디에서 식사할지 식당 리뷰들도 읽어봤다. 그리고 경기 당일 아침, 데이비드는 너무 아파서 갈 수 없었고, 엄마도 가면 안 된다고 했다. 티켓은 버릴 수밖에 없었고, 그 후로 다시는 아빠랑 그런 경기를 함께 보러 갈 기회가 없었다. 나중에 추억하며 이야기 나눌 수 있었을 그런 기회 말이다. 그 기억이 실망감과 함께 비참하게 되살아난다. 왜 데이비드의 몸은 설레는 일만 생기면 버티질 못하는 걸까?

"토스트에 비건 다크초콜릿 스프레드를 발라서 가져왔어." 엄마가 쟁반을 들고 들어오며 말한다.

"괜찮아요."

"뭐라도 좀 먹어야지."

"괜찮다니까요."

"*세칸자빈*sekanjabin*도 좀 만들었어. 꿀 대신에 아가베 시럽을 넣었어. 내가 아플 때마다 우리 엄마가 늘 만들어주시곤 했지. 쟁반은 여기에 둘게." 엄마는 쟁반을 침대 옆 탁자 위 구겨진 휴지 더미 옆에 놓고는 매트리스에 앉는다. 데이비드는 엄마한테서 멀어지려는 듯 무릎을 끌어당긴다. "걱정하지 마. 오래 있지 않을 거야." 잠시 침묵이 흐른 후 데이비드는 *세칸자빈*을 맛보려 한다. 괜찮은 맛이다. 하지만 속이 너무 메슥거려서 마실 수가 없다. 엄마가 초콜릿 스프레드병을 돌리는데, 통통하고 알록달록한 글씨로 '비고Vego'라고 크게 쓰여 있다. "네가 어렸을 때는 아프면 누텔라만 찾았었지. 그게 너한테 먹일 수 있는 유일한 음식이었어." 데이비드는 아세트아미노펜 두 알이 빨리 듣기를 바라며 고개를 끄덕인다. "이것도 맛있으면 좋겠네." 밖에서 엔진 소리가 울려서 창문으로 시선을 잡아당긴다. 커튼이 쳐져 있어 방 안의 유일한 빛은 통통한 스탠드 전구에서 나오는데, 종이로 만든 갓이 전구의 빛을 부드럽게 걸러낸다. 스탠드 옆,

---

* 민트와 식초, 꿀을 넣어 만드는 페르시아의 전통 음료.

책이 듬성듬성 꽂힌 하얀 책장이 주황빛을 띤다. 대부분의 책은 거실에 있다. 여기 위층에 있는 건 스티븐과 엄마가 교양 있는 손님들이 못 보게 감추고 싶어 하는 책들이다. 책장에는 목욕 수건과 여분의 침구류가 책과 함께 꽂혀 있다.

"뭐 좀 보여줘도 될까?" 엄마가 말한다.

"네?"

"네가 아픈 건 아는데, 이제는 별로 관심도 없을 테고…. 어쩌면 아예 관심이 없을 수도 있지만…. 사이다가 바바의 유품을 더 보냈어. 작은 그림도 있는데, 바바가 없애지 않고 남겨둔 몇 안 되는 것 중 하나야."

"알겠어요."

"볼래? 금방 올게. *세칸자빈* 더 마시고 있어."

엄마가 A3 크기의 그림을 들고 돌아온다. 앞쪽으로는 정사각형과 직사각형들이 늘어서 있고, 뒤쪽으로는 뾰족뾰족한 산의 윤곽이 보인다. "도시 풍경이라고 할 수 있을 것 같네. 92년도 작품인데, 그때는 바바가 색을 완전히 배제하고 회색톤으로만 그림을 그리셨거든."

"멋지네요."

"그치? 이제 바바가 그린 그림을 하나라도 갖고 있게 돼서 정말 다행이야." 엄마는 그림을 책장에 기대어놓는다. "이제…. 이제 바바의 전기를 써보려고 생각 중이야."

"으음."

"그래. 쓰고 싶기도 하고, 써야 할 것 같기도 해. 더 많은 사람들이 바바를 알면 좋겠어. 스티븐의 대학 동기가 출판하는 걸 도와줄 수 있을 것 같대. 그리고 내가 갖고 있는 자료도 많아. 사이다가 보낸 소포에서 노트도 하나 더 나왔고…. 그 노트를 보니까, 바바가 스물다섯 살 때 이미 이만 오천 살은 된 것 같다고 쓰셨더라고. 그리고 바바가 서너 살쯤이었을 때 아버지 장부에 그린 그림도 공책에 붙어 있어. 어렸을 때 매주 금요일마다 아버지가 바바를 사무실에 데리고 가서 하고 싶은 거 하게 해주셨대. 그래서 항상 장부에다 그림을 그렸다고 하시더라고…. 이런 일화가 정말 많아. 이걸로 뭔가를 만들어내고 싶어."

"한번 해보세요."

"그래도 되겠지?" 엄마가 미소 짓는다. "음…. 이제는 좀 쉬게 해줄…."

"가지 마세요."

엄마는 손등으로 데이비드의 이마를 짚어본다. "아이고. 정말 펄펄 끓는구나."

데이비드는 엄마의 손을 툭 쳐낸다. "전 괜찮아요. 그냥 계세요."

"그래."

지끈거리는 통증을 가라앉히기 위해 데이비드는 눈을 감는다.

"…음…. 올해는 노루즈를 소박하게라도 기념해볼까 해. 내가 어렸을 땐 거의 2주 동안 봄을 축하하는 큰 행사였거든. 노루즈

당일에는 꼭 *삽지 폴로*sabzi polo라는 전통 음식을 만들어서 *하프트 신*이랑 같이 먹었어. *하프트 신*은 's'로 시작하는 일곱 가지를 모아놓은 건데, *삽제*sabzeh, *사마누*samanu, *센제드*senjed, *세르케*serkeh, *시브*seeb, *시르*seer, *소막*somaq이야. 이번엔 *삽지 폴로*랑 *하프트 신*을 비건으로 준비해볼까 하는데, 네가 올 수 있을지⋯."

"언젠데요?"

"월요일, 21일이야. 뭐, 크게 파티를 할 건 아니고. 저녁에 조촐하게 즐길 거야."

불가능하다. 그때쯤이면 문신을 하고 있을 것이다. 하지만 지금은 엄마와 싸울 만한 기력이 없다. 그리고, 글쎄, 어쩌면 문신도 미루고 미션도 일주일 정도 미룰 수 있지 않을까? 일주일이 뭐 그리 대수일까?

"알겠어요."

"올 수 있을 것 같아?"

"으음."

"온다면 정말 좋겠다."

목이 말라서 *세칸자빈*을 한 모금 더 마셔보지만, 속이 너무 메슥거린다.

"아." 엄마가 말한다. "로라라고, 네가 기억하지 못할 수도 있는데, 주말에 콜롬비아 로드 거리에서 로라랑 로라 엄마를 우연히 만났어. 꽃 시장에서 화초를 사고 있더라고."

"누구요?"

"로라 카마이클. 초등학교 때 네가 좋아했었는데."

데이비드는 어깨를 썰룩한다. "…기억 안 나요."

"그때 교문 앞에서 로라 엄마랑 자주 이야기 나눴었어. 로라는 지금 유니버시티칼리지런던에서 의학을 공부하고 있더라. 안부 전해달래."

"음."

엄마는 팔찌를 빙빙 돌린다. "데이비드, 한동안 너한테 꺼내고 싶었던 얘기가 있어. 지금이 적당한 때일 것 같네. 네가 보통은 정신이 딴 데로 가 있잖아."

"뭔데요?"

"로라랑 로라 엄마를 보니까 생각이 났는데…. 지난번에 내가 초등학교 때 얘기를 꺼냈을 때, 몇 달 전이었지. 네가 갑자기 화를 벌컥 내서 그때는 더 말을 못 했잖아."

"엄마."

"이건 중요한 얘기야."

"엄마, 저 너무 아파서 죽겠어요. 제발요." 데이비드가 발을 버둥거린다. "제발요."

"그냥 들어봐. 안 그러면 이 말을 꺼내야 할지 말아야 할지 계속 고민할 것 같아. 네가 아픈 건 알아, 그리고 너한테 스트레스 주고 싶지도 않고. 하지만 이건 스트레스 받을 일이 아니야. 그냥 들어봐." 데이비드는 신음을 내뱉으며 엄마가 또 무슨 짜증 나는 말을 할지 걱정한다. "걱정하지 마." 엄마가 속삭이듯 말한다.

"그냥 들어봐. 그냥 들어봐. 그냥…. 아, 데이비드, 이걸 어떻게 말해야 할까?" 엄마가 말을 질질 끈다. "초등학교 때 네가 겪은 일이 얼마나 끔찍했는지 알아. 네가 그걸 기억에서 지우고 싶어하는 것도 이해해. 정말 이해한다니까. 이런 얘기를 꺼내는 게 나도 괴로워. 마치 고문하는 것 같아서 말이야. 하지만 네 그런 세계관은…."

"엄마…?"

"가끔은 네가 겪은 안 좋은 일들과도 마주하면서, 교훈을 얻는 게 중요해. 삶에서 단순하게 흑과 백으로 나뉘는 건 없거든. 초등학교 때…."

"엄마!"

"초등학교 때 다른 남자애들이 너를 심하게 괴롭혔잖아. 걔들은 영국 애들, 백인 애들이었어. 그러니까 네가 지금 갖고 있는 세계관은… 말이 안 되는 거야. 넌 아무 일 없었다고 할 수도 있겠지만, 칼리지에서 뭔 일이 있었다는 걸 나도 알아. 그리고 그때 무슨 일이 있었든 간에 그게 널 이렇게…. 하지만 난… 초등학교 때, 교장 선생님이 날 여러 번 부르셨어. 열 번은 됐을 거야. 어쩌면 더 됐을 수도 있고. 그때마다 난 교장실에 앉아서 네가 당하는 그 끔찍한 일들을 들어야만 했어. 그리고 그럴 때마다 내 가슴이 무너졌지. 아직도 기억나는데…."

"그만 좀 해요!"

"데이비드, 점심시간에 운동장에서 그 애들이 널 향해 공을 차고, 네 바지를 내리고, 가방에 역겨운 말들을 써놓고, 신발을 훔쳐서 숨기고, 그것보다 더 심한 짓도 했잖아. 내가 네 도시락으로 보라색 배트맨 도시락을 사줬잖아. 그걸 고를 때 넌 정말 신나했는데. 그리고 내가 실수로 타친tahchin을 싸준 적이 있었지. 그 이란식 샤프란 쌀케이크 말이야. 그 때문에 네가 얼마나 심하게 따돌림당했는지. 그 남자애들이 냄새난다면서 네 옆에 안 앉으려 했잖아."

"씨발!" 데이비드가 소리친다. "난… 난 아프다고요."

엄마는 잠시 손에 얼굴을 묻는다. "나도 네 초등학교 시절을 생각하는 게 너무 힘들어. 그때가 네게는 행복한 시간이었어야 했는데…. 네가 이런 얘기 듣기 싫어하는 것도 알고, 나도 이런 얘기 하기 싫어. 진짜야. 이런 말 하는 거 즐겁지 않아. 내가 이런 얘기를 꺼내는 건, 네가 개들처럼 되는 걸 원치 않아서야. 네가 그렇게 편협하게 세상을 보는데, 난 어떻게 해야 네가…. 모르겠다… 걱정되는구나."

"그만해요! 그만하라고요!" 데이비드는 귀를 막는다. "아아아 아아!"

"데이비드…."

"그만해요!"

데이비드는 속이 메슥거려서 입가에 주름이 질 정도로 입을 꽉 다물고는 훌쩍인다. 데이비드는 약한 모습을 보였고, 엄마는 그걸 이용하고 있다. 거짓된 기억으로 데이비드를 세뇌하려 든다. 엄마가 하는 말은 하나도 사실이 아니다. 하나도. 하나도. 단 하나도. "그만해요." 데이비드가 애원한다. "그만해요."

 엄마는 데이비드를 안타깝게 바라본다. "알았어…. 괜찮아, 괜찮아." 엄마가 데이비드의 발목을 만지려 하자, 데이비드가 발길질을 하고는 몸을 비틀며 멀어진다. "알았어… 쉬어. 나갈게."

 엄마가 데이비드를 세뇌하고 있다. 스티븐이 엄마를 세뇌했고, 이제 엄마가 데이비드를 세뇌하고 있다. 데이비드가 약한 모습을 보인 게 실수였다. 젠장, 속이 메슥거린다. 끔찍하게 메슥거린다. 올라온다. 금방이라도 토할 것 같다. 올라온다. 데이비드는 눈을 감고 이를 악문 채 *씨발*을 되뇐다.

◇

"첫 문신인가요?"

"네."

데이비드는 '화이트 래빗'의 로비에서 타투이스트와 마주 앉아 있다. 타투이스트의 머리카락은 뾰족뾰족 서 있고 얼음처럼 하얗게 물들인 데다, 귓불은 늘어져 있고 수염은 바스락거린다. 벽면은 그래피티 아트로 뒤덮여 있는데, 하얀 말풍선 속에는 분홍빛 스프레이로 '비건 문신, 피부에 새기는 달콤함'이라고 쓰여 있다. 천장에는 검은 철제 케이지로 둘러싸인 인더스트리얼 디자인의 시크한 풍선 모양 조명이 매달려 있다. 데이비드는 이렇게 힙스터스러운 곳보다는 다른 데가 더 좋았을 거라고 생각한다. 하지만 이미 와버렸다.

"손가락 관절에 하려는 게 확실해요?" 타투이스트가 묻는다. "그쪽이 좀 많이 아픈 부위거든요." 타투이스트는 코팅된 종이를 데이비드에게 건넨다. 종이에는 노란색, 주황색, 빨간색, 보라색으로 칠해진 인체 그림이 그려져 있다. 손가락 관절은 얼굴, 목, 가슴, 무릎, 발과 마찬가지로 빨간색으로 표시돼 있는데, 두 번째로 아픈 부위라는 뜻이다. "첫 문신이니까 노란색이나 주황색 부위를 해보는 게 어떨까요? 뭐, 결정은 고객님 마음이지만요." 손목은 주황색, 팔 윗부분은 노란색이다. 데이비드는 손가락 관절에 문신을 하면 얼마나 아플지 궁금하다. 작은 마셜 스피커에서 메탈리카의 〈엔터 샌드맨Enter Sandman〉이 날을 세우며 울려 퍼지자, 두통이 다시 시작된다. 데이비드는 손가락으로 턱을 쓸어본다. 오는 길에 아세트아미노펜 네 알을 먹긴 했지만, 빨간색은 두 번째로 아픈 부위다. 사타구니와 젖꼭지, 팔꿈치 안쪽만이 보라색이다. 타투이스트의 팔에는 장미와 용, 한자들이 새겨져 있다. 하지만 손이나 손가락에는 아무것도 없다. 이유가 있는 걸까?

"천천히 생각해보고 다음에 다시 와도 돼요. 부담 갖지 말고요."

말도 안 되는 소리다. 데이비드는 손가락 관절에 문신을 하기로 마음먹었다. 그러니까 반드시 할 것이다. 아침에 집을 나서는 것부터 힘들었다. 좀 나아지긴 했지만 완전히 괜찮아진 건 아니다. 팔은 축 늘어졌고, 바닥은 흔들렸다. 옷 입는 데만 20분이 걸렸다. 그래도 기필코 계획을 강행할 작정이다. 엄마가 데이비드를 세뇌하기 전에 서둘러야 한다.

"아니에요. 괜찮아요. 손가락 관절에 할래요."

"정말요? 알겠어요." 타투이스트가 짙은 색 나무 탁자로 간다. 탁자 위에는 피규어들(〈스타워즈Star Wars〉인가?)과 커다란 스타벅스 컵이 놓여 있다. 타투이스트는 서랍에서 양식 하나를 꺼낸다. "이거 좀 작성해주세요."

데이비드는 의기양양하게 오른손을 바라본다.

"해냈네요. 많이 아프진 않아요?"

"네."

방 한쪽에는 레트로풍 램프가 놓여 있다. 비디오테이프 릴 여러 개로 만든 이 램프에서 빨간색, 초록색, 파란색 불빛이 반짝인다. 다른 한쪽에는 산타 모자를 쓴 작은 인형 장식이 보초처럼 서 있다. 가느다란 선반 위에는 돌려서 여는 잉크병들이 옹기종기 모여 있다. 어두운 벽에는 A4 크기의 스케치와 그림들이 덕지덕지 붙어 있다. 문신 시술하는 건 길고양이가 할퀴는 것처럼 아팠고, 사실 눈물도 한두 방울 흘렸다. 하지만 타투이스트는 누구나 다 그렇게 아파한다면서, 손가락 관절에 하겠다고 끝까지 밀어붙인 걸 보면 정말 용감하다고 말했다.

"마음에 들어요?"

"당연하죠."

데이비드의 피부에 'WOTAN'이라는 글자가 새겨졌다. 블랙레터blackletter로 해달라고 하자 타투이스트가 견본을 한가득 보여줬는데, '다크 웨딩A Dark Wedding'이라는 글꼴이 단번에 눈에 띄었다. 데이비드가 상상했던 바로 그 모습이었다.

"자, 관리 안내서에 다 적혀 있을 건데요. 기본적인 것만 얘기하자면, 비닐랩을 한 시간 정도 감고 있어요. 한 시간 지나거나 집에 도착하고 나면 벗겨내고 따뜻한 비눗물로 손을 씻어요. 뜨거운 물 말고, 그냥 따뜻한 물로요." 타투이스트가 문신을 살펴본다. "피부가 너무 빨갛지는 않으니까, 통증도 오래가진 않을 거예요. 더 설명해야 할 게 있나? 아, 오늘이랑 내일은 핸드크림 바르지 마세요. 다음 주까지는 수영하지 말고, 가능하면 2주 동안은 하지 마세요. 그것 말고는…."

"알겠어요."

"당연히 긁으면 안 되고요. 딱지도 떼지 마세요."

"알겠어요."

"나머지는 안내서에 있을 거예요."

"알겠어요."

"좋아요. 저를 따라오세요." 로비로 돌아오자 작은 검은색 프린터에서 종이가 나온다. 타투이스트는 종이를 스테이플러로 찍고는 데이비드에게 건넨다. "DC 코믹스 좋아해요?"

"네?"

"보탄이라는 이름이 어디서 들어본 것 같았거든요. DC 코믹스 캐릭터 맞죠? 닥터 페이트의 숙적?"

"아. 네, 맞아요. DC 코믹스요."

"멋진데요. 독특한 선택이라 더 마음에 들어요. DC 문신은 많이들 하는데, 보통은 배트맨, 조커, 아쿠아맨, 슈퍼맨, 플래시, 그린 랜턴 이런 거죠. 다들 그렇잖아요?"

"네."

"요즘은 캣우먼이랑 원더우먼도 꽤 하긴 해요. 근데 보탄은 처음이네요."

"그렇군요."

"인스타그램에 올릴 사진 한 장 찍어도 돼요?"

"그러세요."

타투이스트가 아이폰을 들고 다가오자 데이비드는 웃음을 터트릴까 봐 걱정돼 얼굴을 돌린다. 미션을 완수하고 나면 그 인스타그램 게시물은 바이럴이 될 것이다. 타투이스트는 BBC 뉴스에서 ITV 뉴스, 스카이 뉴스까지 온통 인터뷰 요청을 받게 될 것이다. 데이비드와 타투이스트가 나눈 대화 한마디 한마디가 그대로 전해질 것이다.

◇

LordofKek 장군 오늘 15:03

샤프 미술관 테러 1주기가 곧이군

LordofKek 장군 오늘 15:07

벌써 1년이나 됐다니

LobsterSins68 오늘 15:10

씨발 진짜로?

LobsterSins68 오늘 15:10

미쳤네. 6개월 정도밖에 안 된 줄 알았는데

Tweak Tweak 오늘 15:11

근데 아직도 응징을 못 했다니 ㅠㅠ

Tweak Tweak 오늘 15:11

얘들아, 어서들 해보자고 ㅋㅋ

Runningngunning 오늘 15:12

내가 아는 애 사촌이 샤프 테러 때 죽었음

Runningngunning 오늘 15:12

프랑스인인데 좋은 애였는데. 진짜 개같네

Tweak Tweak 오늘 15:12

아 씨발 진짜 개같다

 데이비드는 '샤프 테러'를 구글에 쳐본다. 사실이다. 1주기가 정말로 코앞이다. 월요일, 바로 다음 월요일이다. 맥박이 빨라진다. 당연하다. 부활절 일요일에 일어났던 일이고, 작년 부활절은 3월 말이었으니까. 당연하다. 데이비드는 손가락 관절을 꺾는다. 푸른 하늘에 연분홍빛 구름이 얼룩져 있다. Tweak Tweak의 말이 맞다. 아직 응징은 이뤄지지 않았다. 치욕스럽다. 그러나 확신감이 데이비드의 척추를 타고 신나게 뛰어다닌다.
 데이비드는 열대과일맛 레드불캔을 하나 따서는 입안에서 한참을 굴리다가 삼킨다. 일반 맛이 더 맛있다.
 월요일이다. 이게 데이비드가 기다리던 징조일까? 말이 된다.

월요일이다. 화요일도, 수요일도 아닌 월요일이다. 마땅한 날이다. 월요일에 미션을 충분히 수행할 수 있거니와, 그 미션은 Nmoos와 그의 사촌을 위한 것이 될 테다. "월요일." 데이비드가 소리 내어 말한다. "월요일이야."

데이비드는 손바닥을 들어 햇빛을 가린다. 월요일이다. 월요일에 반격이 시작될 것이다. 키득거리는 웃음이 나온다. 그날은 노루즈다. 노루즈도 함께 기념하게 될 것이다. '미래는 우리 것' 선언문은 완성됐다. 바이칼 권총도 방에 놓여 있다. 미션 스킨도 제작 완료됐다. 어젯밤에는 미션 수행 장소까지 정찰하고 왔는데, 특별한 문제점은 보이지 않았다. 정찰하는 동안 오싹함을 느끼며 몸을 떨었고, 확신이 서지 않는다는 느낌까지 받았지만, 월요일에는 그렇지 않을 거라고 자신한다. 과거 아리아인 전사들의 요령과 기술에 관해 읽어보던 중, 데이비드는 크누트 칼센이 베르겐에서 미션을 수행하기 전에 ECA 스택*을 복용한 덕분에 뇌에 더 많은 산소를 공급해 신경을 안정시키고 자신감을 높였다는 사실을 알게 됐다. 데이비드는 크누트 칼센처럼 하려고 한다. 에페드린은 다크웹에서 주문할 예정인데, 대부분의 약물을 익일 배송으로 받을 수 있다. 카페인 알약은? 드러그스토어에서 사면 된다. 아스피린도 마찬가지다.

월요일에 미션 수행을 못 할 이유가 전혀 없다.

---

*   에페드린Ephedrine, 카페인Caffeine, 아스피린Aspirin을 조합한 약물.

데이비드는 오른손을 자기 쪽으로 기울인다. 엄마와 스티븐은 언론 사진이나 TV 보도에서 처음으로 문신을 보게 될 것이다. 이제 가만히 앉아 있기가 힘들 정도다. 월요일이다.

48시간 남았다. 48시간이다. 조준 연습을 더 많이 하는 것 말고는 이 시간을 어떻게 보내야 할지 모르겠다. 그리워할 만한 게 있을까? 딱히 없다. 다크 퓨리 클랜원들과 '콜 오브 듀티' 게임을 하는 것조차 이제는 재미가 없다. 데이비드가 게임에 참여하기만 하면 음성채팅방 분위기가 싸늘해진다. Runningngunning은 아무 말도 하지 않는다. 가끔 데이비드가 총을 빗맞힐 때 "자살각이네" "씨발" "개같이 하네" 같은 말을 내뱉을 뿐이다. 아직 스물한 살이 안 됐기 때문에 '가석방 없는 무기징역형'이 아니라 '가석방 가능한 무기징역형'을 선고받을 것이다. '최소 복역 기간'을 채우고 나면 가석방 심사 대상이 된다는 뜻이다. 10년이면 나올 수 있다. 가석방 심사위원회는 대의에 공감할 것이다. 10년이 무슨 대수라고? 그때도 '콜 오브 듀티' 시리즈는 계속되고 있을 것이고, 모두가 데이비드와 함께 플레이하고 싶어 할 것이다. 모두가.

◇

"'그저 로큰롤일 뿐It's Only Rock and Roll' 편 볼까요?"

"그거 재밌지." 아빠가 입술을 뜯으며 말한다.

데이비드는 DVD 케이스에 적힌 설명을 주의 깊게 살펴본다. "음, '페컴의 기적The Miracle of Peckham' 편도 재밌고요. '가장 긴 밤The Longest Night' 편도 재밌죠."

"음….'

"어떤 게 제일 좋으세요?"

"첫 번째 거?"

"로드니가 밴드에 들어가고, 델이 매니저를 자처하고 나서서 성 패트릭의 날에 샘록 클럽 공연 잡아주는 편이잖아요."

"그거 재밌지."

"그래도 '페컴의 기적' 편도 좋아하시잖아요? 신부님이 성모 마리아상이 눈물 흘리는 걸 보고는 델이 홍보해서 돈벌이하자고 꼬시는 편 말이에요."

"음….'

"그럼." 데이비드의 목소리에 초조함이 배어든다. "어떤 편으로 할까요?" 아빠가 재채기를 한다. 코가 빨갛게 되어 콧물이 흐르는데, 이번 주 초에 데이비드가 걸렸던 감기가 옮은 모양이다.

"괜찮으세요?"

"별거 아니야."

아빠는 TV를 멍하니 바라본다. "둘 다 재밌어."

데이비드는 모든 에피소드의 대사를 한마디도 빠짐없이 알면서도, 가장 좋은 선택을 하려는 심정으로 다시 한번 줄거리를 읽어본다. 앞으로 10년 동안 둘이서 〈온리 풀 앤 호스〉를 함께 보는 건 이번이 마지막이 될 것이다. 이 순간에 딱 맞는 에피소드여야 한다. 완벽해야만 한다.

"'페컴의 기적' 편으로 할까요, 아니면…. 혹시… 아니다, 그걸로 하죠."

아빠가 편안하게 등을 기대는 동안 데이비드는 DVD를 넣는다. 아빠가 얼마나 오래 깨어 있을 수 있을까? 에피소드가 시작하고 15분쯤 지나면 정말 웃긴 장면이 나오는데, 거기까지라도 볼 수 있으면 좋을 것이다. 아빠는 마치 담배를 들고 있는 것처럼 손을 축 처진 입가에 가져다 대더니, 휙 몸을 움직여서는 프링글스 통으로 손을 뻗는다. 데이비드는 볼 준비가 됐는지 묻는다.

"음…."

데이비드는 아빠가 깨어나기만을 바라며 10분을 기다리다가 '정지' 버튼을 누른다. 소용없다. 방광도 비우고 온 아빠는 거칠게 코를 골며 자고 있다. 데이비드는 DVD를 꺼내 케이스에 넣고는 노란색, 빨간색의 박스 세트 안에 밀어 넣는다. 아빠의 아랫입술에는 침이 고여 있다. 데이비드는 아빠 곁에 무릎을 꿇는다. 데이비드는 강해지고 싶다. 개릿 대위처럼, 그리고 군대에 있었을 때의 아빠처럼 강한 사람이 되고 싶다. 눈물을 훔치고는 아빠의 크고 부드러운 손을 잡는다. 10년 후 그들은 다시 〈온리 풀 앤 호스〉를 함께 보게 될 것이다. 그때는 아빠가 끝까지 또렷이 깨어 있을 것이고, 둘은 함께 웃을 것이다.

"안녕히 계세요, 아빠. 저 보러 와야 해요." 쉬익 하며 코 고는 소리가 이어진다. "네, 알아요. 올 거잖아요. 분명 올 거예요…. 걱정하지 마세요. 저는 모든 에피소드의 대사를 전부 기억하고 있을 거예요. 우리는 유리창 너머로 서로 대사를 읊어볼 수 있을 거예요. 그 순간을 기대하고 있을게요. 음… 잘 지내세요." 목이 멘다. "아빠를 자랑스럽게 해드릴게요. 약속해요."

하산

"칼라, 여기야." 엄마가 개껌을 내밀며 말한다. "칼라."

칼라가 조심스럽게 핥아보더니 부엌 구석으로 가져가서는 발로 꽉 붙잡고 씹기 시작한다. "새로 산 거야. '릴리스 키친' 제품인데, 전에 사던 것보다 칼라한테 더 좋을 것 같아. 칠면조랑 꿀, 고구마, 브로콜리도 들어 있고…. 칼라도 맛있게 먹는 것 같네."

"음…." 하산이 프로스티 시리얼을 그릇에 부으며 답한다.

흙빛 갈색 스웨터를 걸친 엄마가 부엌 조리대에 기대어 서 있다. 아침에 만든 *발루샤히*/balushahi*에서 버터향이 희미하게 흘러나온다. 희뿌연 햇빛이 벽에 걸린 액자들을 쓸고 지나간다. 도자기 꽃병 옆에서 통통한 파리 한 마리가 윙윙거린다. 세탁기

---

* 도넛을 닮은 남아시아 전통 과자. 기름에 튀긴 뒤 설탕 시럽에 절여 만든다.

통이 긁히는 듯한 찰캉거리는 소리가 간간이 들려와서, 하산은 또 청바지 주머니에 동전을 넣어둔 채로 빨래했나 걱정된다.

"시리우스에 대해 찾아봤어." 엄마가 말한다.

"그런데요?"

"네 말이 맞더구나. 괜찮아 보이더라."

"그렇다고 했잖아요."

"하지만…." 엄마가 숟가락으로 허벅지를 톡톡 두드린다. "그래서 오히려 더 마음이 안 좋아졌어."

"왜요?"

"정말로 이뤄질 수도 있는 일이겠다 싶어서."

"엄마."

"미안하구나. 널 지지해주고 싶지만, e스포츠에는 문제가 너무 많아."

하산이 신음하듯 한숨을 쉰다. "또 시작이네."

"이 사람들은 네가 한국이나 러시아에서 온 피파 선수들과 겨룰 수 있을 때까지 계속, 끝도 없이 연습시킬 거야. 처음에는 하루 열두 시간이었다가, 그다음엔 열네 시간, 그다음엔 열여섯 시간까지 하게 되겠지. 그건 위험한 일이야. 신경이 손상되거나 손목터널증후군이나 관절염에 걸리게 될 거야. 글을 읽은 적이 있는데, e스포츠 선수 중에 많은 사람들이 그렇대. 결국 스물다섯도 되기 전에 은퇴해야 할 거야. 그러고 나면 어쩌려고? 직업도 없고, 돈 벌 방법도 없이 평생 고통만 안고 살게 될 텐데."

"조심할 거예요. 규칙적으로 휴식도 취하고, 여덟 시간씩 자고, 운동도 계속하고, 다 지킬게요."

엄마가 고개를 젓는다. "넌 B를 세 개나 받았잖니. 그 정도면 충분히 잘한 거야. 웨스트런던대학교 추가 모집에 지원했더라면 합격했을 텐데. 그랬어도 게임업계에서 일할 수 있었을 거야. 대신 대졸자로서 갖는 안정적이고 믿음직한 직장, 육십대가 되어서도 다닐 수 있는 그런 직장이었겠지. 게임 기자나 홍보 담당자, 행사 기획자 같은 거 말이야."

"게임 기자나 홍보 담당자, 행사 기획자 같은 그런 거 전혀 하고 싶지 않아요. 제정신인 사람이라면 e스포츠 선수가 될 수 있는데 마다하고 그런 걸 하고 싶겠어요? 아무도 없을 거예요. 이건… 그리고 제가 이십대에 은퇴해야 한다고 해도 뭐 어때요? 대회에서 몇 번만 우승하면 평생 먹고살 돈을 벌 수 있을 텐데 말이에요."

"하산…."

하산은 시리얼 상자를 툭툭 건드린다. "아빠보다 더하시네요."

창가에 놓인 꽃 근처에서 벌 한 마리가 창문을 두드리며 들여보내달라고 보챈다. 편지 구멍이 삐걱거리며 열리고, 배달 음식점 전단지가 현관 복도의 발판 위로 떨어진다.

"월요일에 네 아빠가 그 멤피스란 사람한테 꼬치꼬치 캐물을 거라는 건 알고 있니?" 엄마가 묻는다.

"…."

"우리 허락 없이는 아무것도 동의하면 안 된다는 것도 알고 있고?"

"……."

엄마는 팔짱을 낀다. "하산?"

"알겠어요, 알겠다고요. 이제 그만 마음 편히 기대 좀 해도 될까요?"

하산은 아빠가 시리우스팀을 만나고 올림픽 스타디움에서 VIP 대우를 받고 나면 마음이 바뀌기를, e스포츠가 돈도 많이 벌고 멋진 일이라는 걸 납득하기를 간절히 바라고 있다. 그러면 이번에는 아빠가 엄마를 설득해줄 거라고 바라고 있다.

엄마가 한숨을 쉰다. "그래… 어쨌든 그날 재밌게 보내면 좋겠구나…. 네 아빠가 지금까지 경기장에 가본 적이 한 번도 없다니 정말 믿기지 않네. 웨스트햄을 분명 30년은 응원했을 텐데 말이야. 우리가 처음 만났을 때, 그러니까 네 아빠가 갠츠 힐에 살 때도 웨스트햄 열쇠고리를 갖고 있을 정도였다니까." 엄마의 심각한 표정이 녹아내리고 눈가에 웃음 주름이 잡힌다. "이번 시즌 유니폼을 사서 재킷 안에 입고 가겠다네…. 그건 꼭 사진으로 찍어놔야겠다."

데이비드

드디어 아침이 밝아온다. 마침내 이 순간이 찾아왔다.

데이비드의 속이 찌릿찌릿하다. 접시 위에는 거의 손도 대지 않은 팝타르트가 쓸쓸하게 놓여 있고, 분홍색 스프링클이 그 주위를 둘러싸고 있다. 마지막으로 한 입 더 먹어보려다가 몸을 움찔하고는 버려버린다.

ECA 스택을 만들 시간이다. 떨리는 손으로 휴대폰에 있는 설명서를 읽고, 재료들을 으깬 뒤 각종 하얀 가루를 유리잔에 쏟아붓는다. 수돗물을 몇 초간 틀었다가 유리잔을 채우고는 잘 휘저어본다. ECA 스택이 효과가 있어야만 한다. 이대로 손이 계속 떨린다면 절대로 반동을 제어하지 못할 것이다. 오른쪽 눈썹을 문지른다. 걱정할 필요 없다. 걱정할 필요 없다. 지금까지 읽은 모든 자료에 따르면 ECA 스택은 효과가 있을 것이다.

떠나기 직전에 먹어야겠다. 그래야 오버그라운드 전철에 탔을 때 효과가 나타나서 미션이 끝날 때까지 지속될 테니까. 이제 뭘 하지? 정오다. 그곳은 아직도 텅 비어 있을 것이다.

트위터를 훑어본다. @Kermitthetoad: "샤프 미술관을 잊지 말자. 샤프 미술관을 잊지 말자. 샤프 미술관을 잊지 말자. 샤프 미술관을 잊지 말자. 샤프 미술관을 잊지 말자." @LilyEngland87: "또 인종차별 카드를 꺼내시네 ㅋㅋㅋ 몇 번을 말해야 하겠냐. 이슬람은 인종이 아니라 종교라고." @useyournoodle555: "문명사회에 샤리아법이 발붙일 곳은 없다. 어떻게 이딴 게 계속 용인되는 건지. 아, 그렇지. 주류 언론이랑 조지 소로스 때문이지." @katiegirl84: "이슬람 = 폭력. 영원히 그래왔고 앞으로도 그럴 것. 방갈로르 폭동. 델리 폭동. 1993년 봄베이 폭탄 테러. 카슈미르 힌두교도 대량 학살. 미국 9/11 테러. 영국 7/7 테러. 아프가니스탄의 탈레반. 시리아, 이라크의 아이시스 ISIS. 샤프 미술관. 목록이 끝도 없음." 데이비드는 모든 트윗에 '마음에 들어요'를 누른다.

여전히 시간은 넉넉하다. 샤워하고 미션 스킨으로 갈아입기 전에 '콜 오브 듀티' 훈련을 하러 거실로 향한다. 마지막 '콜 오브 듀티' 훈련이 될 것이다. 살굿빛 햇살이 카펫 위에서 웅웅거린다. 길 건너편에서는 누군가 셰퍼드를 데리고 햇살을 받으며 산책하고 있다. 플레이스테이션을 켜고 컨트롤러를 집어 든다. 최근에는 헤드샷 성공률이 90~95퍼센트 정도였다. 오늘은 더 높이 가고 싶다. 98퍼센트, 심지어 99퍼센트까지도. 잘해보자.

'오프라 윈프리 네트워크Oprah Winfrey Network' 유튜브 채널에 오늘 아침 '이슬람 소개' 영상이 올라왔다. 데이비드는 Princess Fahmida 위장 계정으로 바꿔서 로그인한 뒤 '댓글 달기'를 클릭해 '미래는 우리 것' 선언문의 드롭박스Dropbox 링크를 입력하고는 화면을 뚫어져라 바라본다. 목구멍이 조여온다.

2시 15분. 그곳도 이제 문을 열었을 것이다. 데이비드는 ECA 스택도 만들었고, 조준 훈련에서 새로운 기록도 세웠고, 샤워도 했고, 미션 스킨으로 갈아입었다. 더는 기다릴 이유가 없다.

'엔터' 키를 내리친다. 로딩 표시가 돈다. 로딩 표시가 돈다. 로딩 표시가 돈다….

완료. 반격이 시작됐다. 유튜브와 페이스북, 인스타그램, 트위터 등에서 십여 군데 정도 더 재밌는 곳에 링크를 올리고 나면, 출발할 것이다.

시작됐다. 정말로 시작됐다.

데이비드는 **#작전** 채팅방에 들어가 수수께끼 같은 메시지를 남기며 기대감을 고조시킨다.

BGMP5R1A 오늘 14:25
런던. 곧.

누가 가장 먼저 '미래는 우리 것' 선언문을 찾아내 보탄 서버에서 신나게 공유하게 될까? RitterKreuz 최고사령관? LordofKek 장군? Runningngunning? Dysruptz? Corey(515)?

문자가 왔다. 엄마다. "오늘 저녁 6시에 들르지 않을래? 내가 전부 준비해놓을게." 데이비드는 히죽 웃는다. 그 바보 같은 노루즈 식사. 진정으로 노루즈를 기념하는 건 데이비드뿐이다. "좋아요. 노루즈 복 많이 받으세요!"

메시지가 전송 완료된 것을 확인하자마자 비행기 모드를 켠다. 곧이어 쏟아질 알림들에 방해받지 않기 위해서다. 보탄은 곧 있으면 바쁘게 돌아가기 시작할 것이다.

좋다. "자, 간다." 데이비드는 혼잣말로 중얼거린 뒤, 얼굴을 찡그리며 ECA 스택을 먹는다. 맛이 존나 끔찍하다. 머리를 흔들고는 이에 혀를 문지른다. 이게 효과가 있어야 할 텐데.

데이비드는 유리컵을 책상에 내려놓다가 경찰이 이 방을 이 상태로 발견하게 되리란 걸 깨닫는다. 옷가지가 사방에 널려 있고 사흘 치 분량의 더러운 접시들이 쌓여 있다. 마늘 냄새도 풍긴다. 그 빌어먹을 돌미오 소스 때문이다. 창문을 세게 밀어 열고 침을 뱉는다. ECA 스택 때문에 입 안에서 아직도 쇠맛이 난다. 애써 침을 삼킨다. 이제 칼의 포스터들이 시선을 끈다. 잡지 〈언컷〉 〈Q〉 〈케랑!〉 포스터, 특별판 LP 포스터. 데이비드는 욕설을 내뱉으며 벽에서 포스터들을 떼어내 갈기갈기 찢는다.

◇

이스턴 애비뉴는 활기로 가득 차 있다. 데이비드가 뚜벅뚜벅 걸어가는 동안, 찌그러진 제로콜라캔, 부러진 플라스틱 포크, 창가에 놓인 작은 위스키병이 전부 은백색으로 짤랑거린다. '미스터 치킨 앤 피자' 간판의 파란색이 전보다 더욱 선명하게 빛난다. '파이브 스타 카' 매장의 빨간 간판도 더욱 강렬하게 타오른다. 심지어 '셀러브리티 커리' 간판의 검은색조차 더욱 검은빛을 띤다. ECA 스택 때문에 데이비드의 감각이 날카로워졌다. 흰색 통신회사 밴 차량이 '더 퀸즈' 술집 앞에 멈춰 서서 주차한다. TV로 축구 경기를 보여주고 모창 가수들이 쓰레기 같은 공연을 하는 허름한 술집이다. '바버 킹' 이발소 밖에서는 한 무슬림이 양손을 등 뒤로 맞잡은 채 거리를 살피고 있다.

데이비드는 안쪽 주머니를 더듬어본다. 바이칼 권총은 여전히 그 자리에 있다. 몇 초마다 강박적으로, 비이성적으로 확인하고 있다. 무겁다. 개같이 무겁다. 그러니까 그 자리에 있는 게 당연하다. 데이비드는 입술을 핥으며 물병을 가져오지 않은 것을 후회한다. 잡화점에 들러서 하나 살 수도 있겠지만, 미션 수행 중에 그런 일상적인 행동을 하는 건 뭔가 잘못된 것 같다. 'AJ

셀프 빨래방' 간판의 노란색이 눈부시게 빛난다.

  이렇게 활기찬 기분을 느껴본 적이 없다. 데이비드는 안쪽 주머니를 더듬어본다. 여전히 그 자리에 있다.

  젠장. 빨간불이다. 또다. 기다림의 연속이다. 기다리고, 기다리고, 또 기다린다. 손등으로 이마의 땀을 훔친다. 왼쪽에는 에어팟을 낀 아리아인 한 명이 남색 피엘라벤 백팩을 메고 서 있다. 오른쪽에는 또 다른 아리아인이 무릎을 꿇고 물티슈로 하얀 운동화를 닦고 있다. 이 기다림을 견딜 수가 없다. 초록불이다. 드디어. 이스턴 애비뉴를 따라 위로 전진한다.

  지금쯤 누군가가 '미래는 우리 것' 선언문을 발견하고 보탄 서버에 공유했을지도 모른다. 상상 속 메시지들이 머릿속에서 부글부글 끓어오른다. *반격이 시작된 거임? 진짜로? 우리 영국의 영웅이 누군지 아는 사람? @BGMP5R1A에 대해 뭐 들은 거 있음?* 드디어 시작이다. 저 벌레들한테 심판의 날이 왔다! RitterKreuz 최고사령관은 명예로운 칭호를 하사할 것이고, 새로운 훈련병들은 그를 숭배할 것이다. 성자 BGMP5R1A가 될 것이다.

◇

타리크 그릴.

'매장 식사 / 포장 / 할랄'

유리창에는 '배달원 구함'과 '직원 구함'이라고 적힌 A4 용지들이 붙어 있다. 그 아래로는 음식 사진들이 번뜩거리고, 연두색 바탕의 검은색 위생 등급 배지도 반짝인다.

데이비드는 좁은 길 맞은편, 여러 세대가 사는 건물 앞에 서서 바라본다. 귓속이 쿵쾅거린다. 타리크 그릴이 있는 건물의 위층들도 다세대 주택으로 나뉘어 있다. 타리크 그릴은 저녁 5시에나 문을 여는 '다이아몬드 시샤' 물담배 바, 그리고 예전에는 '테리 앤 코' 부동산이었지만 지금은 사다리 하나만 덩그러니 놓여 있는 빈 건물 사이에 자리 잡고 있다.

스미스 스트리트는 대부분이 주택이다. 지나다니는 차도 별로 없고, 보행자도 별로 없다.

매장 안에는 후드티와 반바지를 입은 십대 소년 두 명이 창가 자리에 앉아 역겨운, 역겹디역겨운 할랄 고기를 먹고 있다. 계산대 뒤에는 나이 든 직원도 한 명 있다. 하산의 아버지일까? 아마도 그럴 것이다. 하산은 어디에도 보이지 않는다. 하지만 괜찮다. 세 명이면 적당하다. 연속 처치로는 괜찮은 숫자다. 게다가 목표물이 더 많으면 미션을 수행하다가 제압당할 수도 있다. 칼에 찔린다거나? 어쨌든 더러운 무슬림들이다. 분명 칼을 갖고 있을 거다. 다른 사람이 들어오기 전에 빨리 시작해야 한다. 한 발짝 앞으로 내디뎠다가, 재빨리 뒤로 물러선다.

이건 막중한 일이다. 데이비드에게도, 그의 동족에게도 막중한 일이다. 개릿 대위는 미션을 수행하기 전에 반드시 시가를 피운다. 그러니 데이비드도 미션 수행 전에 담배를 피워야 한다. 주머니에서 더듬더듬 담배를 꺼낸다. 담배에 불을 붙이며 손을 살펴보니 더 이상 떨리지 않는다. ECA 스택이 효과를 보이고 있다.

깊이 한 모금 빨아들인다. 눈을 감는다. 반격이 시작될 것이다. 그러고 나면 아리아인 영웅이 되어 교도소에서 편히 지내게 될 것이다. 낮 내내 TV를 보고, 책을 읽고, 당구를 치고, 아빠의 면회를 즐길 것이다. 보호 분리 수용동이 있을 테니, 만약 교도소에 무슬림들이 들끓는다면 그들로부터 멀리 떨어진 보호 분리 수용동으로 옮겨달라고 요청할 것이다. 아리아인 교도관들이 안전을 보장해줄 것이다. 괜찮을 것이다. 그리고 출소하고 나면 곧장 닥터마틴 매장으로 가서 빨간색 신발끈을 살 것이다.

아침에 읽었던 트윗에 나온 문구들을 중얼거린다. *샤프 미술관을 잊지 말자. 문명사회에 샤리아법이 발붙일 곳은 없다.* 이 담배 한 대가 기억에 남을 것이다. 정말이지 기억에 남을 것이다. 눈을 뜨고는 마지막 한 모금을 빨아들인다. 지금이 아니면 영원히 안 된다. 그리고 '안 된다'는 있을 수 없다. 대체는 이미 막바지 단계에 이르렀다.

준비됐다. 아리아 민족의 의지로.

가게 위층 집들의 창문과 주차된 차들의 창문을 확인하고, 인도를 왼쪽, 오른쪽으로 마지막으로 한 번 더 살핀 뒤(대부분의 주민은 일터에 있을 시간이다), 데이비드는 길을 건너 타리크 그릴을 향해 성큼성큼 걸어간다. 나이 든 무슬림이 데이비드를 향해 빙긋이 웃는다.

하산

"안녕, 다들 잘 지내? 스트리밍에 온 걸 환영해. 다들 잘 지내지? 오늘 나만큼 긴장되는 사람 있어? 오늘 진짜. 웨스트햄이랑 왓포드전이야. 두 팀 중 어디가 강등되느냐가 걸린 경기지. 아, 진짜. 나만 이렇게 긴장돼? 출석 체크나 해볼까. Silent Alarm, 안녕? Alter Ego, 잘 지내? Abir, 4개월 구독 고마워. CKS도 안녕? Alygatyr, 잘 지내지? JaySUFC, 안녕? 오늘 우리 편 들어줄 거지? Salty Panda, 2개월 구독 고마워. Dakota도 안녕?"

    Alter Ego 오늘 밤 행운을 빌어, 하산. 난 맨유 골수팬이지만 오늘은 스카이 스포츠 보면서 너희 편 들어줄게. 솔직히 왓포드는 별로 안 좋아했어. 말벌 유니폼 진짜 구린 듯 ㅋㅋㅋ

    Alygatyr 걱정하지 마. 잘할 거야. 스트레스 받지 마

    Asianmoon123 벌써부터 존나 떨린다. 오늘은 진짜 이겨야 하는데

JaySUFC 당연하지. 웨스트햄이 내 2순위 응원팀이야. 시즌권 갖고 있는 친구도 많아. 너 오늘 경기 보러 가?

Salty Panda 요즘 하는 레인보우 레이스 캠페인* 어떻게 생각해?

Silent Alarm 오늘은 누구 팩 뽑고 싶어?

CKS 야 혹시 감아차기 슛 너프된 거 아닌지 알고 있어? 요새 하나도 못 넣겠더라 ㅋㅋㅋ

"고마워, Alter Ego. 진짜 고마워." 하산은 웨스트햄 유니폼의 엠블럼을 주먹으로 두드린다. "와인색하고 파란색. 와인색하고 파란색. 유니폼에 어울리는 건 이 색깔뿐이지. Alygatyr, 고마워. Asianmoon, 맞아. 동감이야. 우리 이겨야 해. 앞으로 남은 경기들 생각하면 무승부 가지곤 안 돼. 좋아, Jay. 난 항상 사우스엔드 유나이티드에 애정이 있었지. 루츠 홀 경기장 가이드 투어도 가본 적 있는데, 재밌었어. 오늘 경기 보러 가냐고?" 하산이 활짝 웃는다. "응, 난 VIP 접대용 박스석에서 볼 거야. 이유가 있는데, 곧 말해줄 수 있을 거야. 지금 더 말해주고 싶지만…" 입을 지퍼로 잠그는 시늉을 한다. 그러고는 창밖을 바라본다. 헤드셋을 끼고 있어도 사이렌 소리를 무시할 수가 없다. 경찰차가 대여섯 대는 지나가는 게 분명하다. 쌍, 또 누군가 칼에 찔린

---

* 영국의 대표적인 LGBTQ+ 인권 단체인 스톤월과 영국 축구계에서 시행하는 LGBTQ+ 포용 캠페인. 선수들이 무지개색 신발끈을 착용한다.

모양이다. 하산은 게이밍 의자에서 몸을 뒤척인다. "사이렌 소리가 배경으로 들릴지 모르겠는데, 미안해, 애들아. 런던이 이래. 한낮인데도 말이야. 그나저나 Salty Panda, 좋은 질문 고마워. 프리미어리그랑 스톤월에서 하는 레인보우 레이스는 정말 좋은 캠페인이라고 생각해. 선수 탈의실이나 경기장에서 동성애 혐오를 없애려면 아직도 해야 할 일이 많은데, 이렇게 인식을 고취하는 게 다 도움이 되거든. 게다가 선수들이 전부 무지개색 신발끈을 한 걸 보면 시각적으로도 진짜 멋있잖아. 그래서 응, 난 지지해. 아, Silent Alarm. 너도 알잖아, 그 답. 당연히 호나우두지. 음, 감아차기 슛 너프됐다는 얘기는 못 들어봤어. EA에서 새로 패치 노트 나온 것도 없고. 근데 오늘 한번 써보면 알 수 있겠지."

Siuuuuu 안녕, 방금 들어왔어. 오늘도 개 쩌는 방송 기대할게
Salty Panda 멋있다, 하산. 나도 그 캠페인 지지해. 우리 동호회 축구할 때 쓰려고 무지개색 신발끈 주문했어 ㅋㅋㅋ 여기서. https://stonewalluk.myshopify.com/products/rainbow-laces-all
Silent Alarm 너랑 호나우두 카드 꼭 만났으면 좋겠다 ㅋㅋㅋ 그리고 오늘 VIP 접대용 박스석이라고? 대박! 완전 잘됐네
Aldébaran 피파 e월드컵에서 잉글랜드 대표로 뛰고 싶어?

"스트리밍 들어와줘서 고마워, Siuuuuu. 잘했네, Salty. 나도

하나 살게. Silent, 꼭 만날 거야. 그리고 고마워. 아까 말했듯이 VIP 접대용 박스석 건에 대해서 더 말해주고 싶은데, 곧 말할 수 있겠지. Aldébaran, 당연히 피파 e월드컵에서 잉글랜드 대표로 뛰고 싶지, 정말로. 그러고 보니 내가 최초의 무슬림 잉글랜드 피파 국가대표가 되는 거 아닐까? 그런 것 같은데? 혹시 아는 사람? 그럼 진짜 대박일 텐데." 하산이 능글맞게 웃는다. "근데 아직 글로벌 시리즈 예선이랑 플레이오프부터 통과해야 하는데 말이지…. 그래서 말인데 이제 연습 시작할까?"

하산은 틱톡을 열어 스트리밍 방송 중 몇 장면과 웨스트햄 응원가가 짧게 연주되는 부분을 공유하려 한다. 다음 게시물은 올림픽 스타디움에서 올릴 예정이다. 그렇다, 올림픽 스타디움이다. 추천 피드에서는 하위 리그 골키퍼가 멋지게 페널티킥을 막아내는 영상이 나온다. 감탄이 절로 나온다. 하산은 무의식적으로 화면을 위로 올리며 영상을 계속 재생한다. '보통 낮 12시에 일어나다가 아침 7시에 일어난 내 모습'이라든가 '오늘 아침에 일어나서 매직 존슨이 되기로 한 이 남자'라든가 '주목할 만한 선수 카드팩을 열었을 때 누구나 하는 반응' 같은 영상을 계속 넘기다가 한 영상에서 멈춘다. 위에는 '테러 공격?!?', 아래에는 '다들 조심하세요'라고 적혀 있다. 촬영하고 있는 사람이 말한다. "여러분, 영국 런던에서 무슨 일이 터졌어요. 여기 경찰이 바글바글해요. 정말 곳곳에 다 깔렸어요. 테러 공격이나 뭐 그런

게 있었던 것 같아요. 보세요." 그는 카메라를 뒤로 돌려 거리를 비춘다. 하산의 몸이 얼어붙는다. 완전히 얼어붙는다. 뉴버리 파크다. 이 거리가 어딘지 알고 있다. 아빠 식당에서 불과 몇 분 거리다. "경찰 차단선 보세요. 이거보다 더 가까이는 못 가겠지만 몇백 미터 앞에서 심각한 일이 벌어진 것 같아요." 다음 영상은 '테스코에서의 마지막 춤이 될지도'다.

하산은 허둥지둥 트위터를 확인한다. 씨발. #뉴버리파크가 실시간 트렌드에 올라 있다. @mickallen90: "누구 #뉴버리파크에서 무슨 일 터진 건지 아는 사람? 경찰 쫙 깔림." @redbridgebenali: "#뉴버리파크 스포츠 다이렉트 매장에서 칼부림 사건 있었던 것 같다는 얘기 들림. 혹시 모르니까 피해 가세요." @yellowlantern18: "나만 #뉴버리파크에서 총소리 들은 거????" @AdilParihar: "#뉴버리파크에 경찰 개 많긴 한데 뭔 일이 있었던 건 아닌 듯 ㅋㅋㅋ 마약 단속이라도 하려고 했나?" 온갖 말도 안 되는 소문이 서로 앞뒤가 안 맞는다.

하산은 욕설을 내뱉으며 이게 그저 허위 폭발물 신고이기를 바란다. 왜 하필 오늘일까, 왜 하필 오늘인 걸까? 지금은 3시 반이다. 5시까지는 올림픽 스타디움에 도착해야 하는데. 런던교통공사가 이 지역에서 지하철역을 폐쇄하고 버스 노선을 우회시킬 수도 있으니 지금 출발해야 한다. 아빠도 식당에서 나와야 할 텐데.

재킷, 1865 레트로 목도리, 백팩. 다 챙겼다.

아래층으로 황급히 내려가 운동화를 대충 신는다. 엄마는 유스턴에서 인터뷰 중이다. 4시까지 돌아와서 행운을 빌어주겠다고 했지만, 엄마를 기다리기에는 이제 너무 아슬아슬하다. 절대로 늦게 도착하는 일이 있어서는 안 된다.

나가면서 아빠한테 전화를 건다. 신호음이 울리고, 울리고, 또 울린다.

"제발. 전화 좀 받아요."

데이비드

"가까이 가지 마!" "무슨 일이야?" "가까이 가지 마!" "무슨…." "가까이 가지 마!" 끊임없이 반복된다. 거리가 점점 소란스러워지는 가운데, 데이비드는 총을 움켜쥔 채 나이 든 무슬림을 노려보고 있다. "누가 좀 도와줘!" "씨발, 신고 좀 해!" "경찰 온대!" "아직도 멀었어?" 끊임없이 반복된다. 부츠 밑창이 끈적이고 바스락거린다. 피와 유리 조각 때문이다. 신발끈에는 팝타르트가 섞인 토사물이 튀어 있다.

불과 몇 미터 뒤에는 십대 소년 두 명이 피를 흘리며 쓰러져 있다.

상황 파악을 못하는 공포. 그리고 애원. 데이비드는 조금 전 그 자리에 서서 총을 겨누며 그들의 이름을 불렀었다. 더러운 무슬림들, 존나 더러운 무슬림들이라고. 하지만 방아쇠를 당길 수가 없었다.

약한 틈을 감지하자, 그들이 데이비드에게 달려들었다.

가까이 다가왔을 때에야 방아쇠를 당길 수 있었다.

그러고는 눈을 감은 채, 계속해서 방아쇠를 당겼다.

검은 수염이 솜털같이 난 십대 소년의 목구멍에서 꿀떡거리는 소리가 새어 나온다. 하얀 아디다스 운동화가 부르르 떨리다가 마침내 멈춘다. 피의 늪이 돼가는 그의 몸에, 오른손마저 그 늪 속으로 미끄러져 들어간다. 생의 마지막 순간까지 제자리에 붙들고 있던 그의 턱도 함께 떨어진다.

다른 한 명은 경련을 일으킨다. 목에 난 구멍에서 거품이 일고, 손바닥은 으깨어졌다.

"빨리 피해!" "도망쳐!" "아직도 저기 있어?" "신고했어!" 그리고 쉴 새 없이 윙윙거리는 냉장고 소리. 양배추와 양파와 칠리소스 냄새에 오줌, 똥 냄새가 뒤섞인다. 데이비드는 구역질을 하면서도 선택의 여지가 없었다고, 필요한 일이었다고, 대체를 반드시 멈춰야만 한다고 자신을 다잡는다. 데이비드는 21세기의 아리아인 용사다,

"제발." 나이 든 무슬림이 애원한다. 땀에 젖은 웨스트햄 유니폼을 입은 채 진열대 뒤에 웅크리고 앉아, 두 손을 들어 올린 채. "제발."

"입 닥쳐." 데이비드가 떨리는 목소리로 식당 입구 근처에 서서, 자신이 죽인 이들로부터 최대한 멀리 떨어져서 말한다. 데이비드는 21세기의 아리아인 용사다, 21세기의 아리아인 용사다,

21세기의 아리아인 용사다, 21세기의 아리아인 용사다.

"제발."

"닥치라고!"

경찰이 곧 올 것이다. 몇 분 안에, 어쩌면 몇 초 안에라도. 데이비드는 계속 어깨 너머를 확인한다. 서둘러 연속 처치를 완수해야 한다. 연속 처치를 놓칠 순 없다. 어지럽고 속이 울렁거리지만, 거의 다 됐다. 결심을 다지기 위해 말을 꺼낸다. "샤프 미술관 기억해?"

"뭐?"

"샤프 미술관 기억하냐고?"

"제발."

"대답해봐."

"제발."

"알라는… 알라는 지금 어디 있냐?"

데이비드는 21세기의 아리아인 용사다, 21세기의 아리아인 용사다, 21세기의 아리아인 용사다, 21세기의 아리아인 용사다.

"야!"

데이비드는 흠칫 놀라며 돌아선다.

"야! 어이! 너! 병신 새끼."

맞은편 아파트 2층이다. 야구 모자를 쓴 누군가가 창밖으로 몸을 내밀고 있다. 대응할지 말지 고민하는 사이, 유리병이 인도에 부딪혀 파편이 데이비드 쪽으로 튄다.

"재밌냐?" 코크니 억양*이다. "재밌냐고, 파키야?"

파키? 데이비드를 그저 그런 더러운 지하디스트로 보는 건가?

"난 네 편이라고!" 데이비드가 바로잡는다. "난 아리아인이야!"

"개소리하고 있네. 아까 너 봤어. 파키 새끼." 데이비드는 굳어 버린다. "그래! 내 말 알아들었지? 아까 집 밑에서 너 봤다고. 저 파키 새끼가 뭐 하나 했는데, 그러다가 다 봤지. 개만도 못한 새끼. 사람들 죽이고. 이 나라 개판으로 좀 만들지 마."

사이렌 소리가 들린다. 경찰이다. 경찰이 오고 있다.

데이비드는 나이 든 무슬림을 바라본다.

"제발."

"움직이지 마." 데이비드가 명령한다. "움직이지 말라고."

피가 사방에 튀어 있다. 조각난 살점 위로 햇빛이 반짝인다. 수염 난 십대 소년은 미동도 없지만, 다른 한 명은 아직도 경련을 일으키고 있다.

몸이 으스스 떨린다. 데이비드는 아파트 쪽으로 홱 돌아선다. "난 영국인이라고! 영국과 이란 혈통이라고! 난 아리아인이라고!"

---

* 이스트런던 출신 노동계급 특유의 억양. 주로 저소득층 백인의 거친 말투를 지칭한다.

여기저기서 문이 쾅쾅 닫힌다.

"말도 안 되는 소리하고 있네!"

거리에 경찰들이 나타난다. "총 내려놔!"

경찰이 셋이다. 네 명, 다섯 명.

"총 내려놔!"

"총 내려놔!"

데이비드는 경찰의 말은 들리지도 않고, 같은 편인 이 남자가 왜 이해하지 못하는지 궁금하기만 하다.

"내 말 좀 들어봐! 난 지하디스트가 아니라고. 난 아리아인이야! 이건 아리아인의 반격이야!"

아파트 쪽으로 몸을 돌린 경찰이 고함친다. "창문에서 떨어져!" 다른 경찰들은 계속 데이비드에게 총을 겨누고 있다. "총 내려놔!" "총 내려놔!" "당장 총 내려놔!"

왜 이해를 못 하는 거지?

"당장 총 내려놔!"

데이비드는 더 이상 제대로 생각할 수 없는 상태다. ECA 스택의 효과가 너무 강했다. 지금 이 순간 데이비드에게 이 오해를 푸는 것보다 더 중요한 건 없다. 데이비드는 아리아인 동족을 위해 지옥을 겪고 있는 것이니 말이다.

손목으로 턱에 묻은 토사물을 닦아내고는 외친다.

"내 말 좀 들어봐! 난 아리아인이라고! 난 영국과 이란 혈통이라고! 난 아리아인이라고."

"당장 총 내려놔!"

"당장 총 내려놔!"

같은 편 남자는 아무 대답이 없다. 데이비드는 여전히 진열대 뒤에 웅크리고 있는 나이 든 무슬림을 힐끗 돌아보고는, 창문을 향해 총을 겨눈 채 거리로 나선다.

"당장 총 내려놔!"

"당장 총 내려놔!"

데이비드는 같은 편 남자가 똑똑히 보인다. 그 남자 눈에도 데이비드가 똑똑히 보인다.

"여기 봐! 난 백인이라고. 알겠어? 난 백인이야. 난 아리아인이라고! 우리는…."

"파키 새끼!"

참을 수가 없어 방아쇠에 걸린 손가락에 힘이 들어간다.

총소리가 울리고, 충격이 가슴을 관통한다. 그러고는 불타는 듯한 느낌, 이상한 화끈거림이 느껴진다. 마치 바늘로 찌르는 것 같이, 칼이 아니라 바늘로, 끊임없이 무자비하게 찌르는 느낌.

비틀거리며 뒤로 물러서는 데이비드의 눈에 보이는 건….

솟구치는 핏줄기. 그 느낌이 찌릿하게 온몸을 타고 흐른다. 데이비드는 서 있다, 서 있다, 서 있다가, 어지러움이 밀려오며 쓰러진다. 닥터마틴 부츠가 십대 소년들의 신발 바로 앞에 떨어진다. 메뉴판이 파란빛으로 빛난다. 천장 선풍기가 윙윙 돈다. 데이비드는 피를 많이 흘리고 있다. 너무 많이.

눈을 뜨고 있어야 한다는 걸 안다. 계속 뜨고 있어야 한다. 하지만, 젠장, 너무 힘들다. 날카로운 이명이 점점 커져 머릿속을 가득 메운다.

경찰들의 명령과 어디선가 들리는 비명이 안개처럼 흐릿하다. "틀렸어." 피로 끈적해진 오른손에 머리를 기댄 채 중얼거린다. "난 아리아인이라고." 계속되는 명령. 계속되는 비명. "난 아리아인이야." 데이비드는 몸을 꿈틀댄다. 이명. 젠장. 이명. 데이비드의 가슴이 으스러진 채 벌어져 있다. 감각이 없다. 감각이 없고 따뜻할 뿐이다. "우리는 아리아인이야." 하지만 이명이⋯.

멈춰야 한다. 이명을 멈춰야 한다.

데이비드는 눈을 꽉 감는다.

A Brighter Future @abrighterfutureforuk 5초
#뉴버리파크에서 테러 발생. 사상자 다수. **#이슬람** 덕분이네

Jenny Knowles @JennyKnowles86 8초
다들 추측 그만, 선입견 그만, 그냥 좀 그만! 기다려봐. 추가 정보 나올 때까지! **#뉴버리파크**

Me Nobody Else @menotnobodyelse 11초
미친! 지금 **#뉴버리파크**에서 완전 미친 일 벌어지는 중!!!! 총소리에 난리도 아님

Mostly Harmless Loo Loo @mostlyharmless_here4thememes 13초
평화의 종교가 또 영국을 강타했네. 주류 언론은 분명 곧 이러겠지. '정신건강 문제' '섣불리 판단해서는 안 돼' '동기 불분명' '테러라고 볼 만한 증거 없음' **#뉴버리파크**

Samantha Rowe #FuckRacism @SamanthaRowe03 19초

#뉴버리파크 사건으로 인해 피해 보신 모든 분께 깊은 위로의 마음을 전합니다.

Jessica Williams @tessellatewithme 21초

여기 트위터에서 총격범이 무슬림이길 바라는 쪽이나 극우이길 바라는 쪽이나 다 역겹네요. 어쨌든 이건 우리나라 거리에서 일어난 테러고 사람들이 죽었어요. 누가 맞았는지 겨루는 건 그만하세요. 런던에 사랑을 가득 보냅니다. **#뉴버리파크 #영국**

Rosa Blackwell @Rosa_Blackwell 24초

총격범이 자신은 아리아인이라고 외쳤다는 소문이 돌고 있음 **#뉴버리파크 #극우 #극우 #국수주의**

Left Right Behind @MrLeftRightBehind 27초

이 나라는 완전 망했는데 아무도 문제를 직시하려고도 안 함. 런던 레드브리지 자치구는 영국에서 무슬림 인구 비율이 제일 높은 편에 들어감. 이런 일 일어나도 하나도 안 놀라움. **#뉴버리파크 #이슬람 #다양성**

Danny England @DannyEnglandDifferentOpinions 35초

내 친구가 **#뉴버리파크**에 사는데 총격범이랑 일반 시민이 말싸움하는 거 들었다 함. 총격범이 알라후 아크바르라고 여러 번 외쳤음. **#이슬람**

Gavin Bartholomew @GavinBartholomew1988 40초
목격자들에 따르면 **#뉴버리파크**는 "완전히 참혹한 상황"에 "피바다"라고 하네요. **#뉴버리파크 #영국**

Well Do You? @YouWillBelieveUsSoon 49초
다양성의 천국 런던을 즐기시죠! **#뉴버리파크 #이슬람 #런던 #영국**

Charlie Spurs @Spurs4Life_Charlie 54초
#뉴버리파크 테러 소식 들리는데 사상자 두 명이래. 경찰이 총격범 사살했다고 함. 씨발 다행이다

감사의 말

이 소설의 방향을 잡아주신 박사과정 지도교수 베스나 골즈워디 선생님께 감사드립니다. 선생님의 피드백과 지도는 매우 소중한 자산이었습니다. 저는 터넘 그린에서 커피 마시는 시간을 늘 기대하곤 했습니다. 문학을 새로운 관점에서 바라보도록 이끌어주시고 늘 영감을 주시는 토머스 카샨 선생님께 감사드립니다. 선생님은 제가 만난 최고의 스승이시며, 이제는 선생님을 친구로도 여길 수 있게 되어 감사합니다. 저를 믿어주시고 이 소설이 현실에 나올 수 있게 해주신 훌륭한 에이전트 홀리 폭스 님께 감사드립니다. 제가 이 소설을 통해 말하고자 했던 바를 정확히 이해하고 그 가능성을 끌어내주신 최고의 편집자 루크 브라운 님께 감사드립니다. 예리하게 여러 제안을 해주신 교열 편집자 세라 데이 님께 감사드립니다. 멋진 표지를 만들어주신 피트 다이어 님께 감사드립니다. 이 소설이 세상에 나올 수 있도록 도와주신 서펀츠 테일의 로버트 그리어 님, 릴리 에번스 님, 에밀리 프리셀라 님, 메하르 애나오카르 님, 애나-마리 피츠제럴드 님을 비롯한 모든 분께 감사드립니다. 글쓰기 기법에 관해 끝없이 즐겁게 대화 나누고, 수천 번의 워크숍 원고를 주고받으며, 베를린에서 부다페스트까지 람슈타인 콘서트를 함께 다닌 알렉시스 허큘리스에게 감사합니다. 글래스턴베리의 언덕에 앉아 리버틴스를 함께 듣고, 해거스턴에서 늦은 밤 팔라펠 랩을 함께 먹거나 베르겐에서 너트 피타를 함께 먹으며 책 이야기를 나눈 장고 와일리에게 감사합니다. 위즌 월드 시리즈 대회에서 저를 이끌어준 비슈누 파피네니와 매슈 펭길리에게 감사합니다. 킹즐랜드 로드의 여러 식당에서 저녁 시간을 함께 보낸 세라 영에게 감사합니다. 애슐리 힉슨-로번스, 퍼디아 레논, 존 패트릭 맥휴, 헬렌 라이, 후만 바레캇, 킬런 톰프슨, 마크 스테이시, 소피 도널리, 톰 레이크가 보내준 우정과 응원에 감사합니다. 2002년 런던 아레나에서 슬립낫 공연을 보여주고, 위닝일레븐 게임을 연습하고 클랜전에 참가하며 함께 수많은 시간을 보낸 라이너에게 감사합니다. 평생 저를 지지해준 엘케에게 감사합니다. 따뜻한 마음과 지성, 열정, 유머, 사랑으로 매일매일을 특별하게 만들어주고, 소셜 미디어와 극단주의에 관한 토론을 통해 이 소설을 쓰는 데 도움을 준 아가에게 감사합니다.

옮긴이의 말

2024년 봄, 《가디언》 서평을 통해 니컬러스 파담시의 《영국은 나의 것》을 처음 알게 됐다. 데이비드와 하산이라는 두 소년의 엇갈린 운명을 그린 이 소설에서 강한 인상을 받았다.

출판사에 번역을 제안하던 2024년 여름, 소설이 현실이 되는 일이 영국에서 벌어졌다. 사우스포트에서 일어난 칼부림 사건의 가해자가 무슬림이라는 허위 정보가 온라인에서 퍼지면서, 영국 전역에서 이주민을 상대로 한 폭동이 일어났던 것이다. 그리고 이 글을 쓰고 있는 2025년 가을에는 파시스트 토미 로빈슨의 선동으로 이주민 반대 시위에 10만 명이 모였다. 영국 역사상 가장 큰 규모의 극우 집회였다. 이들은 키어 스타머 총리가 '아시아 그루밍 갱'(파키스탄 등 아시아 이주민들이 조직적으로 영국 소녀들을 성 착취한다는 비방)을 돕는다고 비난하고, "우리는 너희가 우리를 대체하려 한다는 걸 안다"라고 적힌 현수막을 들기도 했다. 소설 속 데이비드는 '외로운 늑대'로 그려지지만, 현실은 더 위험하다. 극우는 개인의 광기를 넘어 집단적 거리 행동으로 나아가고 있다.

이주민 문제는 영국뿐 아니라 전 세계적으로 극우 세력이 성장하는 핵심 동력이 되고 있다. 한국도 예외가 아니다. 비록 이주민 차별이 한국 극우의 핵심 전략은 아닐지라도, 대구 모스크 건설을 반대하며 벌어진 혐오 선동이나, 한 극우단체 대표가 미등록 이주민을 사적으로 체포·감금하다 1년 2개월형을 받은 사건 등을 보면 결코 안심할 수 없는 상황이다.

소설의 주인공인 데이비드는 이란인 어머니와 영국인 아버지를 둔 이주민 2세대다. 무슬림 소년들에게 괴롭힘을 당하고, 좋아하던 아티스트가 이슬람이 서구의 가치관과 양립 불가능하지 않을까 하는 의문을 제기했다가 '캔슬'당하는 모습을 지켜보면서 점점 극우에 가까워진다. 데이비드는 온라인 극우 커뮤니티에서 소속감과 정체성을 찾게 되고, 무슬림이 영국인을 '대체'하는 것을 막아야 한다는 음모론에 빠져 결국 돌이킬 수 없는 파국으로 끝난다. 가장 아이러니한 것은 파국의 순간 데이비드 자신도 무슬림으로 라벨링된다는 점이다. 혐오의 논리가 얼마나 자의적인지를 보여주는 대목이다.

또 다른 주인공인 무슬림 소년 하산은 백인들이 무슬림을 바라보는 시선을 끊임없이 의식해야 하고, 백인 청년들에게 "파키 페도 새끼"라는 욕을 들으며 죽을 뻔한 일까지 겪는다. 이는 현실에서 영국 극우들이 '아시아 그루밍 갱'이라며 비방하는 것과 같은 맥락의 편견이다. 하지만 하산은 단순한 피해자로만 그려지지 않는다. 웨스트햄을 응원하고, 대학 진학을 꿈꾸며 모스크에서 전화 친구 자원봉사를 하는 평범하고 매력적인 소년이다. 더 인상적인 것은 그가 보여주는 도덕적 용기다. 어린 시절부터 친했던 친구들이 데이비드를 괴롭히는 것을 목격한 후, 하산은 그 친구들과의 관계를 끊는다. 그리고 시간이 지난 후 우연히 만난 자리에서 데이비드에게 사과한다. 이미 무척 이슬람 혐오적인 극우가 되어 있던 데이비드였지만, 하산의 사과 앞에서 잠깐이나마 흔들리는 모습을 보이며 인간적 연결의 가능성을 보여준다. 한국 독자들이 하산의 이야기를 통해 이슬람 혐오가 개인에게 미치는 구체적 영향을 간접 경험하는 동시에, 그가 얼마나 친근하고 용기 있는 이웃인지도 알아가길 희망한다.

혐오를 막는 방법은 두 가지라고 생각한다. 하나는 거리에서 직접 맞서는 것이다. 2024년 여름 극우 폭동 당시에는 영국 전역에서 수만 명이 인종차별 반대 시위를 벌여 성공을 거뒀다. 하지만 2025년 가을에는 영국의 10만 명 규모 이주민 반대 시위에 맞서 '인종차별에 맞서 일어서자Stand Up to Racism' 연대체가 2만 명을 모았지만 역부족이었다. 만약 2만 명이 아니라 20만 명, 아니 200만 명이 모였더라면 어땠을까? 압도적인 규모로 극우의 기세를 꺾고, 더 나아가 단순 시위 참가자들이 더 극우화되는 연결고리를 끊어버리는 것이 중요하다. 다른 하나는 일상에서 서로를 알아가는 것이다. 극우가 부추기는 혐오에 맞서 이주민과 선주민이 서로를 만나고 이해해야 한다. 무지 속에 극우의 선동이 먹혀들기 쉽고, 만남 속에서 이해가 시작된다.

이 소설이 그런 이해의 다리 역할을 할 수 있으면 좋겠다. 두 소년의 엇갈린 운명 이야기를 통해, 우리가 어떤 사회를 만들어 갈 것인지 함께 고민해보자.